PAUL BRADLEY CARR

1414°

GOLDMANN

Buch

Die Journalistin Lou McCarthy hat ihr Leben einem Ziel gewidmet: die dunklen Machenschaften der mächtigen Männer im Silicon Valley zu enthüllen. Durch ihren Kreuzzug hat sie alles verloren: ihr Zuhause, ihre Freunde und ihre Karriere. Und wofür? Die Milliardäre, über die sie schreibt, feiern Erfolg um Erfolg. Doch als zwei der bekanntesten Tech-Titanen in derselben Nacht auf spektakuläre Weise Selbstmord begehen, steht Lou plötzlich im Rampenlicht: Man macht sie für die Tode verantwortlich. Lou muss herausfinden, wer die Männer in den Tod getrieben hat. Offenbar steckt ein perfider Rachefeldzug hinter den Ereignissen – und Lou weiß bald nicht mehr, ob sie ihn stoppen oder ihm zum Erfolg verhelfen soll …

Autor

Paul Bradley Carr hat bereits mehrere Bücher veröffentlicht, bevor er mit »1414°« seinen ersten Roman verfasste. Seit über zwanzig Jahren beschäftigt er sich als Journalist für den *Daily Telegraph, Private Eye, PandoDaily* und *TechCrunch* mit der dunklen Seite des Silicon Valley. Paul Carr wurde im schottischen Dunfermline geboren und lebt heute in San Francisco und Palm Springs.

Paul Bradley Carr

1414°

Thriller

Aus dem Englischen
von Tobias Schnettler

GOLDMANN

Die Originalausgabe erschien 2021 unter dem Titel »1414°«
bei Snafublishing LLC, New York, San Francisco, London.

MIX
Papier | Fördert gute Waldnutzung
FSC® C083411

Penguin Random House Verlagsgruppe FSC® N001967

1. Auflage
Deutsche Erstveröffentlichung April 2023

Umschlaggestaltung: UNO Werbeagentur GmbH, München,
nach einem Entwurf von Jamie Keenan
Redaktion: Regina Carstensen
AB · Herstellung: ik
Satz: KCFG – Medienagentur Neuss
Druck und Bindung: CPI books GmbH, Leck
Printed in the EU
ISBN 978-3-442-20649-0

www.goldmann-verlag.de

Wir geben eine Million Dollar dafür aus,
vier der besten Ermittler und vier der besten Journalisten
zu engagieren. Die tauchen dann ganz tief in
Ihr Privatleben ein, Ihre Familie.
Und niemand weiß, dass wir es waren.

Emil Michael, einstiger Chief Business Officer
des Fahrdienstleisters Uber

Gerade mittels solcher ganz geringfügigen Dinge
lassen sich auch schlaue Leute am leichtesten überrumpeln.
Je schlauer jemand ist, umso weniger argwöhnt er,
dass man ihn mit einem so einfachen Mittel fangen werde.
Dem schlauesten Menschen muss man gerade mit
dem einfachsten Mittel zu Leibe gehen.

Fjodor Dostojewski, *Schuld und Sühne*

0 %

JOE CHRISTIAN VERMISSTE seine Augenbrauen.

Er vermisste sie mit einer Intensität, die er nicht erwartet hätte.

Welchen Unterschied machten schon, in Schicksals großem Plan, zwei schmale Streifen Haar im Angesicht von Joe Christians unaussprechlich schmerzerfülltem Leben und seinem bevorstehenden Tod? Ein gestoßener Zeh auf der Krebsstation. Ein verlegter Hausschlüssel auf dem Weg zum Galgen.

Und trotzdem. Während Joe in den blinden Spiegel blickte und mit den Zeigefingern die wütend-roten Erhebungen abfuhr, wo einmal seine Augenbrauen gewesen waren, empfand er es als Verlust der tiefsten Art. Selbst nachdem er gezwungen gewesen war, sich den Kopf komplett kahl zu rasieren, um die Läuse loszuwerden, und der hässliche pinkfarbene Ausschlag sich von seinem Rücken über die Brust bis zum Hals, dem Gesicht und der Kopfhaut ausgebreitet hatte, hatte er zumindest noch jeden Morgen in den Spiegel schauen und den Mann erkennen können, der ihm entgegenstarrte. Jetzt, ohne Brauen, war Joe sich selbst ein Fremder.

»Nein!« Joe knallte eine blasenübersäte Handfläche gegen sein Spiegelbild. »Nein! Nein – nein – nein – nein«, die Worte kamen wie ein animalischer Schrei aus ihm heraus. *Ich lebe noch. Ich bin immer noch Joe Christian.*

Fünf Tage war es her, seit Joe zuletzt geschlafen hatte, doch irgendwo tief in seinem Hirn glomm noch immer sein vormals glühender Intellekt: *Die Stimmungsschwankungen. Die Verzweiflung. Die Schmerzen. Nichts davon ist real. Es wird vorübergehen.*

Du stirbst nicht. Ein paar Stunden anständiger Schlaf, dann kannst du wieder klar denken. Alles wird wieder gut.

Joes Tränen brannten sich ihren Weg über die offenen Geschwüre auf seinen Wangen und platschten ins Waschbecken, bahnten sich einen Kanal durch die Pfütze aus Blut und Schleim und Zahnpasta, die noch immer versuchte, durch das Abflussrohr abzulaufen. *Natürlich* starb er. Die einzige Frage war, was ihm den Rest geben würde: die Schlaflosigkeit, der Wahnsinn, die Infektion. Vielleicht würde Schicksal es aber auch auf die altmodische Weise tun: ein unaufmerksamer Busfahrer, ein loses Stromkabel an seinem selbst gebauten Telefonladegerät.

Die kleine Glasflasche stand noch immer auf dem Regal neben dem Spiegel, die chinesischen Buchstaben (so vermutete Joe) wiederholten die Warnung des Mannes in dem fleckigen weißen Kittel: »Probieren Sie es erst an einer nicht so sichtbaren Stelle aus. Verstehen Sie? Warten Sie eine Woche, bevor Sie es im Gesicht anwenden.« Der Arzt wollte bloß seinen eigenen Arsch retten, hatte sich Joe anschließend eingeredet, als er sich die übel riechende Flüssigkeit auf Kopfhaut, Stirn, Ohren und Augenbrauen schmierte.

Derselbe Mann hatte Joes Geschwüre durch zwei Paar Latexhandschuhe hindurch betastet, und einen Moment lang war seine Maske amüsierter Jovialität verrutscht. »Sie sollten wirklich einen Arzt aufsuchen.«

»Sind Sie kein Arzt?«

»Sicher, sicher«, hatte der Mann erwidert. »Ich Arzt. Ich reicher und berühmter Arzt, gucken Sie meine wunderschöne Frau!« Er deutete auf eine große Plastikkatze, die träge winkend auf einem Stapel Pappkartons stand.

Joe hatte mitgespielt, weil der Mann seine einzige Hoffnung war. Seine Krankenversicherung – ehemals mit allen Leistungen, die beste, die es gab – hatte er längst verloren. Sogar die Notaufnahme des CPMC-Hospitals im heruntergekommenen Tenderloin District – deren Aufbau er mit seinem eigenen Geld bezahlt hatte – wollte ihn nicht mehr behandeln; nicht, solange die Bakterien nicht sein Herz oder seine Leber angriffen und sie keine andere Wahl hatten.

»Nein.« Diesmal kam das Wort als ein leises Flüstern heraus, als habe das Spiegelbild es gesagt. Joe hatte Monate darauf gewartet, dass Schicksal sich zeigte – auf einen Hinweis auf das Lösegeld gewartet, das er zahlen musste, damit die Tortur ein Ende hatte. Doch jeder Sonnenaufgang brachte bloß einen neuen Tag, der exponentiell düsterer war als der vorangegangene. Aus jeder Katastrophe gingen bloß ein Dutzend weitere hervor, so wie ein rachsüchtiges Fraktal.

Jetzt schwand, mit Joes Augenbrauen, auch der letzte Rest seiner Hoffnung. Es kam kein Zeichen und kein Ausweg. Schicksal würde erst zufrieden sein, wenn Joe Christian voll und ganz und schmerzvoll tot war.

Na dann, gut.

Seine nackten Fußballen in den klebrigen Teppich pressend, humpelte Joe die zehn Schritte vom Waschbecken zu dem Schrankbett, das ihm als Wohnzimmer, Esstisch und Büro diente. Er zog die gelbe Polyesterdecke zur Seite und legte die Matratze und das eine schlaffe Kissen frei. Aus den Falten des Kissens holte er ein schwarzes Notizbuch hervor, in dem ein orangefarbener Kugelschreiber steckte. Schicksal konnte auf seinen Laptop zugreifen und seine Textnachrichten lesen. Er – oder sie – konnte sogar, da war sich Joe sicher, seinen Puls überwachen, anhand der WLAN-Signale aus dem Backpacker-Hostel gegenüber. Doch das schwarze Notizbuch gehörte Joe allein.

Er schlug die mit dem Kuli markierte Seite auf und schrieb in die linke der beiden Spalten das Datum, in ordentlichen Blockbuchstaben: 9. APRIL. Dann schrieb er in der rechten Spalte das Wort »Augenbrauen«, um es anschließend mit einer einzelnen Linie durchzustreichen.

Joe starrte den Tagebucheintrag an, den orangefarbenen Stift noch immer über die Seite haltend. Selbst jetzt noch war er ganz Ingenieur, ein Mann der Wissenschaft. Er wusste, wenn sein Tagebuch irgendeinen Wert haben sollte, nachdem er nicht mehr da war … wenn seine ehemalige Frau und seine einstigen Freunde das schwarze Notizbuch finden und endlich sehen würden, was er ihnen monatelang zu erklären versucht hatte … dass nichts von alledem seine Schuld war, dass er das Opfer von etwas viel Finstererem war als Karma oder irgendeiner göttlichen Vergeltung für seine Vergehen … Wenn sein Leiden auch nur den geringsten Sinn haben sollte, dann musste er sich der Daten und Fakten absolut sicher sein.

Joe schloss die Augen und ging im Kopf die Ereignisse der letzten Woche durch. Auch wenn Schicksal ihn zu dem chinesischen Arzt und seiner ätzenden Tinktur geführt hatte, war es doch Joes eigene Entscheidung gewesen, die Warnungen des Mannes zu ignorieren und sich das Gift ins Gesicht zu schmieren, oder nicht? Konnte er mit Gewissheit sagen, dass Schicksal *direkt* verantwortlich war?

Nein, das konnte er nicht. Korrelation war nicht dasselbe wie Kausalität. Und so setzte Joe neben das durchgestrichene »Augenbrauen« ein kleines Fragezeichen. Nachdem er seine täglichen Waschungen zum letzten Mal vollführt hatte, klappte er das Buch zu und steckte es in seine stinkende Hülle zurück.

1 %

DREI STRASSENBLOCKS SÜDLICH, in der Redaktion des *Bay Area Herald*, starrte Lou McCarthy verärgert auf ihren Bildschirm.

Sind Sie sicher, dass Sie bereit zur Veröffentlichung sind?
J/N

Im Stillen verfluchte sie den Software-Entwickler, der eine so idiotische Frage programmiert hatte.

In den vergangenen fünf Jahren hatte sie vielleicht 500 Artikel in das längst überholte News Management System des *Herald* eingetippt und bei diesem letzten Schritt jedes Mal gezögert. Können Journalisten sich jemals wirklich *sicher* sein, dass sie bereit sind, einen Artikel zu veröffentlichen? Natürlich nicht. Es gibt immer noch weitere Quellen, denen sie nachgehen müssten, weitere Zitate, die sie überprüfen müssten, weitere Recherchen vor Ort, weitere Nachtschichten und noch mehr schlechten Instantkaffee. Nachrichten werden nicht ohne Grund die erste Rohfassung der Geschichtsschreibung genannt: Irgendwann muss man veröffentlichen, was man hat, und den Dingen ihren Lauf lassen.

Heute Morgen, nach zehn Litern Kirkland House Blend und sechsundzwanzig Stunden ohne Schlaf, nahm diese Frage ein noch größeres Gewicht an.

Sind Sie sicher, dass Sie bereit sind, sich mit dem wertvollsten Privatunternehmen in der Geschichte des Silicon Valley anzulegen?
J/N

Sind Sie sicher, dass Sie das schlimmste Trauma einer Frau für Ihre Zwecke verwenden und es der Allgemeinheit zugänglich machen wollen?
J/N

All das auf Grundlage eines einzigen geleakten Dokuments einer anonymen Quelle? Haben Sie komplett den Verstand verloren?
J/N

Lou blickte auf die IBM-Schulhofuhr an der Wand: 8:26 Uhr. Sie hatte vielleicht nicht den Verstand verloren, doch Zeit blieb ihr definitiv nicht. In genau vier Minuten würde Stephen Camp die Tür zur Redaktion aufstoßen, sein Koffer vor Unterlagen überquellend, den unnötigen Regenschirm unter den Arm geklemmt, die Langsamkeit des Fahrstuhls und die frische Riege von Idioten verfluchend, denen er gerade im BART, dem Bay Area Rapid Transit, begegnet war, und dann würde sich Lous Zeitfenster für immer schließen.

Sie las noch einmal ihre Schlagzeile, noch immer sichtbar hinter dem dämlichen Pop-up-Fenster.

RAUM-MANAGER DER VERGEWALTIGUNG ANGEKLAGT

Eine gute Schlagzeile. Keine Übertreibung. Keine Mehrdeutigkeit. Einfach nur die reinen Fakten, wie ihre Quelle sie ihr genannt hatte.

Doch zugleich handelte es sich um eine beinahe lachhafte Untertreibung. Wenn Alex Wu »ein Manager von Raum« war, dann war Neil Armstrong »ein Ingenieur der NASA«. Als Erfinder des Raum-Bands galt Wu weithin als der mächtigste Mann des gesamten Silicon Valley. Nicht als der reichste – das würde (bald) sein ebenso abstoßender Chef sein, Raums CEO, Elmsley Chase –, doch ganz sicher der einflussreichste.

Alex Wu war es, der als Raums Technikvorstand entschied, wie schnell dein vRaum-Wagen kam, oder die RaumService-Bestellung, oder deine RedRaum-Verabredung. Alex Wu war es, der als Erfinder und Wächter von Raums streng geheimem Algorithmus mit einer einzelnen Zeile Code eine Million Mägen füllen, hunderttausend Ehen herbeiführen oder eine gesamte Stadt am Wahltag zum Stillstand bringen konnte – wie einige ihm feindlich gesinnte Abgeordnete auf die harte Tour erfahren mussten.

Und jetzt war es Alex Wu, der, dem Entwurf der Klageschrift nach, die gestern Abend in Lous Posteingang gelandet war, ebendiesen Algorithmus modifiziert hatte, um junge Frauen zu orten und zu verfolgen, die seinem eigenen kranken Opferprofil entsprachen, indem er sich von Alkoholsensoren in ihren Raum-Bands anzeigen ließ, wenn sie allein und betrunken waren. Und der, zwei Monate zuvor, einer sternhagelvollen zweiundzwanzigjährigen Studentin (in der Klage nur mit dem Platzhalternamen Jane Doe bezeichnet) angeboten hatte, sie in seinem Tesla Model π nach Hause zu fahren.

In einer perfekten journalistischen Welt hätte Lou über Wochen die Fakten einer solchen Geschichte recherchiert. Es hätte stundenlange Konferenzen mit Stephen Camp gegeben, ihrem Redakteur seit mehr als einem halben Jahrzehnt, gefolgt von tagelangem Einmischen der Anwälte des *Herald*. Eine so hetzerische Anschuldigung zu veröffentlichen – erst recht eine, die auf einer unbestätigten Klageschrift aus anonymer Quelle basierte –, war ein gewaltiges Risiko. Und zu veröffentlichen, ohne den Entwurf ihrem Redakteur zu zeigen, war eindeutig Wahnsinn. Das wusste Lou. Verdammt, natürlich wusste sie das.

Doch sie wusste noch etwas: Alex Wu, der mächtigste Mann im Silicon Valley, war ein Serientäter. Entweder versuchte Lou, ihn aufzuhalten, oder sie machte sich mitschuldig an jeder weiteren Vergewaltigung, die er beging: heute, morgen und für alle Zeiten.

Sie jagte seit Monaten Gerüchten über Wus Fehlverhalten hinterher. Geraunten Geschichten von jungen Frauen, die schluchzend und blutend durch die Straßen liefen. Weitergeleitete Hinweise über heimlich verabreichte Drogen und plötzliche Gewaltausbrüche. Lou hatte zahllose Nächte in Stanfords Studentenkneipen und den Lobbys gehobener Hotels an der Sand Hill Road verbracht, auf der Suche nach nur einer einzigen Quelle, die sich offiziell zu Wus Vergehen äußern würde. Einige Male war sie ganz nah dran gewesen: Sophie Aker – Wus Freundin zu Uni-Zeiten in Stanford, die Lou heulend erzählte, wie er sie einmal mit seinem Gürtel zu erdrosseln versuchte – und Mei Lynn Xi, eine junge Venture Capital Associate, die sich bei ihrem Chef beschwerte, dass Wu sie auf einer Urlaubsparty angegriffen hatte. Eine Woche später wurde sie gefeuert. Es gab noch zahlreiche weitere Gerüchte aus Wus Zeit in Stanford, wonach er eine andere Kommilitonin vergewaltigt hatte. Die Attacke sei von der Fakultät verschleiert worden, um den Ruf der Universität zu wahren. Doch jedes Mal waren Lous Quellen wenige Stunden vor Veröffentlichung abgetaucht, oder es ereilte sie ein plötzlicher Gedächtnisschwund.

Ein weiteres Gerücht hatte Lou nicht beweisen können: Während andere Start-ups ihre Personalpolitik umgestellt und Führungskräfte als Reaktion auf Skandale fallen gelassen hatten, hatte Raum einen Trupp Krisenmanager rekrutiert, um das Fehlverhalten der Führungsspitze des Unternehmens zu vertuschen. Zu den Aufgaben dieses Teams gehörten Schmierkampagnen gegen die Opfer, Drohungen gegen Journalistinnen, und manchmal sogar – so hatte Lou gehört – Hauseinbrüche, um die Beweise für Verbrechen beiseitezuschaffen. Doch ihre bevorzugte Waffe war die geheime Schweigegeldzahlung. Dem Grundbuch zufolge war Sophie Aker in den Besitz einer neuen Eigentumswohnung gekommen, nicht einmal einen Monat, nachdem Lou sie wegen einer Stellungnahme zu Wu kontaktiert hatte. Eine andere Quelle hatte Lou – unter der Hand – bestätigt, dass Mei Lynn Xis Kreditkartenschulden über Nacht verschwunden waren. Was sie nicht begriff, war, auf welchem Wege Raum diese Zahlungen tätigte. Wenn das Unternehmen das Geld der Investoren dafür verwendete, Opfer auszuzahlen, wäre dies ganz sicher ein Verstoß gegen die Treuhänderpflicht – möglicherweise sogar eine Straftat. Doch obwohl sie wochenlang Raums Unterlagen durchgegangen war, konnte Lou nicht den kleinsten Hinweis auf diese viele Millionen Dollar schwere schwarze Kasse finden.

Jetzt hatte sie endlich einen schriftlichen Nachweis von Wus Verbrechen, über eine verschlüsselte Nachrichten-App von ihrem anonymen Informanten bei Raum geschickt. Dieselbe Quelle, die ihr schon mehr als ein Dutzend Tipps hatte zukommen lassen, von denen sich jeder einzelne als zutreffend erwiesen hatte.

Lou nahm noch einen Schluck von ihrem kalten Kaffee, während sie mental ihre Liste vorbereiteter Entschuldigungen durchging. Mit exakt 399 Worten, die fünfzigseitige Klageschrift, die als PDF eingefügt war, nicht mitgerechnet, war der Artikel streng genommen nur eine »Kurzmeldung«, was bedeutete, dass sie das Einverständnis ihres Redakteurs nicht brauchte, um zu veröffentlichen. Außerdem hatte sie der Hinweis sehr spät erreicht, und sie hasste es, Camp zu Hause zu stören, vor allem jetzt, mit dem neuen Baby …

Lou schüttelte den Kopf. Das war alles Schwachsinn, viel zu durchsichtig. Doch jede Ausrede war besser als die Wahrheit: dass sie die ganze Nacht durchgearbeitet hatte, um die Geschichte fertig zu haben, bevor Camp das Büro erreichte, weil sie diesem übermüdeten, niedergeschlagenen Milchbrötchen von einem Redakteur nicht zutraute, sie *nicht* zu sabotieren.

»Arbeite noch mal mit Tommy Paphitis daran«, hörte sie Camp

schon sagen. »Er hat gute Quellen bei Raum.« Witzig, dass Camp, trotz seiner ständigen »Wir sind alle im selben Team«-Vorträge, niemals Tommy anwies, *seine* Entwürfe Lou vorzulegen.

Scheiß drauf. Sie konnte es nicht riskieren, dass Camp die Veröffentlichung verzögerte, nicht heute. In wenigen Stunden würde Raum, nur sechs Straßenblocks vom *Herald*-Gebäude entfernt, eine widerlich extravagante Party zur Eröffnung des neuen Hauptquartiers geben, Raum One. So hieß es offiziell. Doch die gesamte Business-Welt kannte den wahren Grund der Feierlichkeit. Heute Abend würde Elmsley Chase, unter dem funkelnden Glasdach des Raum One, den langersehnten Börsengang seines Unternehmens verkünden.

Ein Raum-IPO würde der größte und lukrativste Börsengang in der Geschichte des Silicon Valley sein – ein sogenanntes *liquidity event*, das Elmsley Chases persönlichen Aktienbesitz in fast 100 Milliarden echtes Geld verwandeln würde. Der Börsengang würde auch die leeren Kassen des Unternehmens füllen, sodass es seine Dienste auf Dutzende weitere Länder ausdehnen konnte. Nach dem Börsengang wäre Raum nicht mehr aufzuhalten, seine überlebensgroßen Frat-Boy-Chefs wären sogar noch unangreifbarer als ohnehin schon. Die bloße Verkündung des Ganzen würde einen Tsunami geifernder Presseberichte auslösen; ganz sicher genug, um etwas so Banales hinwegzuspülen wie eine Raum-Führungskraft, der vorgeworfen wurde, ihr Opfer so heftig geschlagen zu haben, dass es nun auf einem Auge blind war. Lou wusste, wenn sie ihre Alex-Wu-Geschichte nicht an diesem Abend veröffentlichte, würde Jane Does Klage bestenfalls als Schmutzkampagne neidischer Konkurrenten abgetan werden. Wahrscheinlich würde man sie komplett ignorieren.

Ein letzter Grund, nicht zu warten: Lous Quelle hatte sie darauf hingewiesen, dass Miquela Rio vom *Wall Street Journal* ebenfalls eine Kopie der Klageschrift erhalten hatte und eine Veröffentlichung vorbereitete. Rio war eine bekanntermaßen schlechte Schreiberin und stand eindeutig aufseiten der Big-Tech-Firmen und Risikokapitalgeber, doch sie war die einzige Reporterin im Valley, die auch nur annähernd über so gute Raum-Quellen verfügte wie Lou, und das *Journal* hatte eine Trillion Mal mehr Leser als der *Herald*. Wenn Lou verhindern wollte, dass man ihr zuvorkam, musste sie *jetzt* veröffentlichen, solange Rio noch mit Redakteuren und Anwälten kämpfte.

Lou verkleinerte das Fenster des News Management Systems und klickte auf ihren Posteingang. Keine neuen E-Mails. Sie rief sie noch einmal ab. Und noch einmal.

Die Stille war ohrenbetäubend und Furcht einflößend. Zwanzig Minuten zuvor hatte sie eine abgeschwächte Zusammenfassung ihrer Geschichte mit der Bitte um Stellungnahme an Raums Presseabteilung geschickt. Der Ethikleitfaden des *Herald* war eindeutig: Extremsituationen ausgenommen, musste der in einem Artikel dargestellten Person eine angemessene Frist eingeräumt werden, um vor der Veröffentlichung dazu Stellung zu nehmen. Typischerweise bedeutete das einen vollen Tag, oder zumindest einige Stunden.

Extremsituationen ausgenommen. Was konnte extremer sein, als einen Vergewaltiger zu entlarven, der die Technologie seines eigenen Unternehmens dazu verwendete, seine Opfer ins Visier zu nehmen? Eines Unternehmens, das kurz davorstand, den größten Börsengang in der Geschichte der Tech-Industrie zu verkünden?

Lou rief ein viertes Mal ihre Mails ab. Sie stellte sich vor, wie ihre E-Mail im Raum One von Anwalt zu Anwalt raste. Bevor die Uhr neun schlug, würden Bataillone von PR-Leuten Erklärungen abgeben, die Geschichte zurückweisen und Lous berufliche Qualifikation infrage stellen. Um zehn würden die privaten Telefone der Bundesrichter klingeln und sie beim Frühstück stören, um über den Antrag des Unternehmens zu beraten, einen Unterlassungsantrag gegen eine solche Berichterstattung zu erwirken. Raums Krisenmanagement-Team würde sich für den Kampf bereit machen: Sie würden Lous Telefon tracken, um ihre Quelle zu enttarnen, auf ihnen gewogenen Blogs Schmutzgeschichten platzieren, bei Twitter Fake-Accounts anlegen, um Lügen und Gerüchte über Jane Doe zu verbreiten. Dann würden die Stans und Trolle folgen und schließlich – unweigerlich – Claude Pétain. Bäh. Sie schüttelte den Kopf, dann ihren gesamten Körper, um den Gedanken an diesen groteskesten und gefährlichsten aller Trolle auszuradieren.

Sie hatte dies schon hundertmal zuvor durchlebt, bei hundert verschiedenen Artikeln. Hatte dieselbe verdammte Welle der Angst gesurft, gefolgt von Wut, gefolgt von Entschlossenheit, gefolgt von Panik, gefolgt von Akzeptanz, irgendwann unterbrochen von einem Vortrag von Stephen Camp oder einem der Anwälte, dass, wenn sie die Geschichte nur ein wenig anders geschrieben oder noch ein einziges Zitat mehr eingeholt hätte, Pétains »Men's Lives Matter«-Arschlöcher zu Hause geblieben wären und sie in Ruhe gelassen hätten.

Bleibt fair gegenüber den Vergewaltigern; *don't feed the trolls*; stellt Nachforschungen zu den Opfern an; vergrault die Werbekunden nicht; im Zweifel schweigen … so funktionierte Investigativjournalismus heute, festgeschrieben im *Herald Ethikleitfaden*.

Es war ein Kampf, den Lou nicht gewinnen konnte. Denn bei Raum gab es keinen Ethikleitfaden.

Machte sie sich etwas vor, wenn sie dachte, dass eine 399-Worte-Kurzmeldung Raums bislang so unaufhaltsamen Aufstieg endlich verlangsamen könnte? Normalerweise: ja. Aber vielleicht ja heute … Konnte ein Technologieunternehmen seinen Börsengang am selben Tag verkünden, an dem sein wichtigster Entwickler als Vergewaltiger entlarvt wurde? Sicher würden die Märkte – die

Raums stratosphärische Bewertung schon jetzt nervös machte – ein solches Risiko niemals tolerieren. Alex Wu würde vielleicht nie in einer Gefängniszelle landen, doch zumindest würde man ihn feuern müssen. Und Technikvorstände wuchsen nicht an Bäumen. Es würde eine komplette Überprüfung von Raums Systemen geben müssen, um sicherzustellen, dass keine weiteren Manager oder Angestellte vRaum-Nutzer ausspionierten, wie Wu es getan hatte. Ein Raubtier ausschalten und den Nachschub an Opfern abschneiden. Das war doch schon was. Das musste doch *irgendetwas* ändern.

Etwas, das es wert wäre, deinen Job dafür zu verlieren?
J/N?

Etwas, das es wert wäre, sich öffentlich zerfleischen und privat mit Dreck bewerfen zu lassen?
J/N?

Todesdrohungen? Doxing? Zwei Kilo menschliche Scheiße per Postpaket auf dem eigenen Schreibtisch?
J/N?

Sie konnte Stephen Camps Stimme in ihrem Kopf hören. *Du machst was Persönliches daraus, Lou. Es ist nicht unsere Aufgabe, Leute fertigzumachen.*

Nein – *aber da wir gerade davon reden, Stephen* –, die Aufgabe einer Journalistin ist es, die Wahrheit zu veröffentlichen. Ohne Angst, ohne Parteinahme, und ohne sich zu sorgen, was es für ihre Karriere bedeuten könnte, ihre Sicherheit oder ihr Sozialleben. Und die Aufgabe eines Redakteurs ist es, die Reporter vor all den oben genannten Dingen zu beschützen. Zumindest war das einmal so, bevor das Pressekorps des Silicon Valley von Gadget-Bloggern und dick auftragenden Fanboys unterwandert wurde, für die Journalismus nur eine Gelegenheit darstellte, ihren bro-ziopathischen Tech-Idolen näherzukommen.

Lou sah sich den Ausdruck der Klageschrift an, der neben ihrem Monitor angeheftet war. Vielleicht machte sie *tatsächlich* etwas Persönliches daraus – und wenn schon! War es denn nichts Persönliches für Jane Doe? War es nichts Persönliches für Sophie Aker, die sich, zehn Jahre nach dem Abschluss, noch immer in Traumatherapie befand, wegen all der Dinge, die Alex Wu ihr angetan hatte? Oder für Wus namenlose Kommilitonin, die nie Gelegenheit hatte, ihren Abschluss zu machen? Oder für Mei Lynn Xi, die, wie Lou gehört hatte, ihre Abende als Freiwillige in einer Unterkunft für Opfer häuslicher Gewalt verbrachte? War »etwas persönlich nehmen« nicht bloß eine andere Art zu sagen: »einen Funken Empathie für seine Mitmenschen haben«? War es wirklich ein so schreckliches Ziel, lügende, missbrauchende Männer fertigzumachen? Lou trat mit dem nackten Fuß gegen den Karton Druckerpapier unter ihrem Schreibtisch.

Sie wusste, was Camp wirklich meinte. Er meinte ihr Apartment. Oder vielmehr ihr ehemaliges Apartment – die untervermietete Wohnung für festgeschriebene 650 Dollar Monatsmiete, die sie in der ersten Woche nach ihrer Ankunft in San Francisco gefunden hatte. Das Apartment mit drei Mitbewohnern in zwei Zimmern, der liebenswerten Familie von Ratten im Bad und den Asbest-Küchenfliesen, das es Lou ermöglicht hatte, den Gesetzen der finanziellen Schwerkraft zu trotzen und mit einem Journalistinnen-Gehalt in einer Stadt zu überleben, in der die durchschnittliche Miete inzwischen 6000 Dollar betrug. Das Apartment – *ihr* Apartment –, das jetzt nur noch ein Haufen Schutt war. Gemeinsam mit einem Dutzend weiterer dem Erdboden gleichgemacht, um Platz für den Bau des Raum One zu schaffen.

Lou war wütend – aber es war nicht so, als würde sie nachts

wach liegen und sich ausmalen, wie sie Elmsley Chase vor einen Zug schubste, Alex Wu mit einem Rizin-Brief vergiftete oder mit einer Maschinenpistole vor den gesamten Raum-Vorstand trat und ihre blutigen Leichen auf einen Scheiterhaufen warf, zusammen mit all den anderen reichen Monstern, die in absoluter Straffreiheit durch das Silicon Valley streunten. Nicht ein einziges Mal hatte sie überlegt, ob die Kugel eines Scharfschützen von ihrem Bürofenster aus die Vorstandsetage des Raum One erreichen könnte.

Ihre Wut war produktiv. Ihre Wut floss in ihre Arbeit, was auch immer das bisher gebracht hatte. An dem Tag, an dem die ersten ihrer Nachbarn auf die Straße gesetzt werden sollten, reichte sie zwei volle Seiten für die Printausgabe des *Herald* ein, auf denen sie ganz objektiv ihre Geschichten erzählte. Es war der schwierigste Beitrag, den Lou je geschrieben hatte, mehr Nachruf als Journalismus. Sie hatte ihre Nachbarn anflehen müssen, um verwenden zu dürfen, was sie ihr erzählten; hatte sie inständig gebeten, sie mögen verstehen, wie wichtig es wäre, ihre echten Namen und ihre Gesichter zu verwenden. Denn nur wenn sie dem Gebäude und seinen Bewohnern ein menschliches Antlitz verlieh – nur wenn sie Mrs Gee und ihre vier Kinder nannte, die bald auf die Straße gesetzt werden würden, oder wenn Mr Kowalczyk die kräftezehrenden Emphysem-Symptome beschrieb, die ihn ans Haus fesselten –, konnte sie Raum an den Pranger stellen und vielleicht zum Einlenken bewegen. *Vertrauen Sie mir*, hatte Lou ihnen gesagt. Mit dem unausgesprochenen Zusatz: *Ich weiß, was ich tue.*

Dann kam der ganz Raum-typische Clou: Zwei Stunden nach Veröffentlichung ihrer Geschichte schickte Raum eine Stellungnahme an sämtliche Journalisten der Stadt, in der Lou und ihre Berichterstattung denunziert wurden. Sie kannte sie noch immer auswendig, Wort für Wort.

Entgegen der sensationsheischenden Berichterstattung des Bay Area Herald *wurde keine einzige Person durch die Enteignung des Wohnhauses 680 Market Street obdachlos. Sämtliche Hausbesitzer, die vom Bau des Raum One betroffen sind, haben einen großzügigen Umzugsbonus erhalten, der weit über dem üblichen Kurs liegt. So wurde sichergestellt, dass sie ohne Probleme eine alternative Wohnung finden konnten. Es ist bedauerlich, dass der* Herald *weiterhin Zwietracht zwischen der Tech-Community und den anderen Bewohnern San Franciscos sät, anstatt sich über den anhaltenden Erfolg des größten Arbeitgebers der Stadt zu freuen.*

Sämtliche Hausbesitzer … haben einen großzügigen Umzugsbonus erhalten. Diese Aussage war nicht nur falsch, sondern grausam. In Lous Haus wohnten keine »Hausbesitzer«, bloß Mieter und Untermieter wie sie und ihre direkten Nachbarn, und von denen hatte niemand auch nur einen Cent für den »Umzug« erhalten. Vielleicht waren die *Eigentümer* der Gebäude angemessen entschädigt worden. Wahrscheinlich hatte das Geschäft irgendjemanden irgendwo reich gemacht. Der Unterschied fiel den meisten Lesern gar nicht auf, und die Welt vergaß schnell, dass es einen Kampf um 680 Market Street gegeben hatte.

Doch Lou würde es niemals vergessen. Genau wie Mrs Gee und Mr Kowalczyk niemals vergessen würden, dass sie ihnen versprochen hatte, ihre Geschichte würde einen Unterschied machen. War das so? Hatte sie es selbst geglaubt, als sie es sagte? Oder war sie genauso ein Arschloch wie alle anderen in dieser Stadt?

Dann traf diese Klageschrift ein. Wenn der Fall vor Gericht kam, würden die Details schon bald der Öffentlichkeit bekannt sein. Raums Schmutzkampagnenspezialisten lag das Dokument zweifelsohne ebenfalls vor, und sie arbeiteten bestimmt schon daran, Jane Doe zu finden und zum Schweigen zu bringen – oder vielmehr, sie wieder zum Schweigen zu bringen: Der Klageschrift nach hatte Alex Wu es bereits geschafft, ihren Kehlkopf einzudrücken und ihr das Zungenbein in der Kehle zu brechen. Lous Geschichte konnte das alles unmöglich noch schlimmer machen.

Bist du noch Journalistin, Lou?
J/N?

Oder bist du raus?
J/N?

Das ferne Surren eines Aufzugs, der seine Fahrt nach unten zur Lobby begann, holte Lou in die Realität zurück. Ihr blieben vielleicht fünfundvierzig Sekunden, bis der Fahrstuhl zurück sein würde, mit Stephen Camp und seinem blöden Regenschirm an Bord. Sie griff nach ihrem Kaffee, doch fand sie nur einen leeren Pappbecher. Ohne sich umzudrehen, schleuderte sie den Arm nach hinten und hörte das befriedigende *Pong* des Bechers, der perfekt im Mülleimer gelandet war. Irgendwie fühlte sich das wie ein Zeichen an.

Sind Sie sicher, dass Sie bereit zur Veröffentlichung sind?
J/N

4 %

JOE CHRISTIAN SASS noch immer zusammengesunken auf der Bettkante und konzentrierte sich auf das kleine Glasfläschchen, das er mit den Fingerspitzen beider Hände gepackt hielt. Er konnte sich nicht erinnern, die chinesische Tinktur aus dem Badezimmerregal geholt oder den Sicherheitsverschluss aufgeschraubt zu haben. Beides musste ihm jedoch gelungen sein, denn da war das Fläschchen, wie im Gebet an seine Brust gepresst, und der beißende Geruch drohte, mit den Haaren in seinen Nasenlöchern das anzustellen, was es bereits mit seinen Augenbrauen getan hatte.

Joe schloss die Augen und ließ die Geräusche aus den anderen billigen Einzimmerapartments auf sich wirken. Am Ende des Ganges dröhnte und kreischte eine mexikanische Seifenoper, und eine Zwanzig-Dollar-Hure schrie ihren Freier an. Und jenseits der Mauern des Gebäudes brüllten die wenigen Menschen, die noch schlechter dran waren als Joe, und schoben ihre Einkaufswagen voller Aluminiumdosen scheppernd durch die Straßen des Tenderloin District. Ein komischer Gedanke. Keine zwei Jahre zuvor hatten Joe und Amelia eine Wohltätigkeitsveranstaltung in ihrem Haus in Palo Alto organisiert, um ebendiese Unglücklichen von der Straße vor seinem Büro zu holen und in Einzimmerapartments genau wie diesem unterzubringen.

Er dachte an Amelia, und an Linus und Nikola – ungewöhnlich gut aussehend, schon mit fünf und sieben –, wie sie zur Schule aufbrachen, die Schuluniformen frisch aus der Reinigung, ihre aufeinander abgestimmten roten Brotdosen an sich gedrückt.

Wussten die Jungs überhaupt noch, dass sie einen Vater hatten? Joe sah den Tag seiner Hochzeit vor sich, und die Nacht, in der Linus geboren wurde. Nikolas Geburt hatte er verpasst, wegen eines Investoren-Meetings in Dubai, doch er erinnerte sich lebhaft, mit welcher Freude er das gestreamte Video der Entbindung auf seinem Nachtflug nach Hause angesehen hatte, bis die Stewardess – die das Material für etwas weit weniger Erbauliches hielt – ihn ermahnte, den Laptop sofort zuzuklappen.

Amelia hatte ihm nie verziehen, dass er nicht da war, doch sie hatte sich auch nie über den Lebensstandard beklagt, den Joes Erfolg der Familie bescherte: die Villen, die Urlaube, die Spa-Aufenthalte und die präventiven Schönheits-OPs. Auch hatte sie nichts dagegen gehabt, dass sein unbarmherziger Terminkalender ihren Kindern die beste Privatschule eröffnet hatte.

Joes Hände zitterten noch mehr als üblich, als er das winzige Fläschchen an seine Lippen führte. In diesen letzten Momenten merkte er, wie er sich wieder an die beruhigende Gewissheit der Wissenschaft klammerte. War die chinesische Tinktur basisch?, überlegte er. Wenn ja, würde sie wie ein Bleichmittel wirken, seine Speiseröhre verbrennen und seinen Magen auflösen, während er sich schreiend einem gnädigen Tod entgegenkotzte? Oder würde sie sich eher wie ein Neurotoxin verhalten – ein Tetrodotoxin oder Botulinum –, das die Signale an sein Gehirn blockierte, die seine Lunge atmen und sein Herz schlagen ließen? So oder so, der Tod würde unerträglich schmerzvoll sein. Die Frage war bloß, ob er verbrennen oder ertrinken würde; wie lange es dauern und welche Sauerei dabei entstehen würde.

Joe zwang seine Hände, das Fläschchen noch ein wenig stärker zu kippen; nur noch ein letzter Ruck des Handgelenks und ein ordentlicher Schluck und dann – nach höchstens zehn Minuten Quälerei – die herrliche Erlösung. Schicksal würde ihm nie wieder wehtun können.

Doch leider konnte Schicksal alles tun.

Ein wütendes Piepen riss Joe in die Realität zurück und ließ das Fläschchen aus seinen Fingerspitzen auf den Boden kullern; die Flüssigkeit versickerte im Teppich. Auf seinem Nachttisch bewegte sich das Einweghandy, das zum Laden provisorisch an den Radiowecker angeschlossen war, vibrierend auf die Kante zu.

Joe griff danach und spürte das Prickeln eines elektrischen Schlags. Das war jedoch gar nichts im Vergleich zu dem Schock, der ihn durchfuhr, als seine Augen sich schließlich auf den winzigen Bildschirm fokussierten.

Joe schielte auf den nach oben wandernden Text, er begriff kaum, was er da sah. Konnte das wirklich wahr sein? Er scrollte weiter. Ja. Da war der Name des Mannes und sein Foto – wieder durchfuhr ihn ein Schock, diesmal einer des Wiedererkennens –, und darunter eine Schlagzeile, die gerade auf der Webseite des *Bay Area Herald* veröffentlicht worden war.

RAUM-MANAGER DER VERGEWALTIGUNG ANGEKLAGT

Jedem anderen wäre diese Schlagzeile deprimierend banal vorgekommen – bloß ein weiterer übertriebener, konstruierter Skandal, veröffentlicht von einem um Aufmerksamkeit ringenden Revolverblatt. Eine weitere betrogene Frau, die einen weiteren mächtigen, erfolgreichen Mann zu Fall bringen wollte, unterstützt von einer weiteren verzweifelten, ach so tugendhaften Reporterin.

Doch plötzlich wusste Joe Bescheid. Er starrte noch immer, jedoch nicht auf die Worte des Artikels, sondern auf das Foto, das den Text begleitete.

Es musste zwei Jahre her sein, dass Joe Alex Wu zuletzt gesehen hatte. Sie waren auf derselben Konferenz gewesen – Wu als Redner auf der Bühne und Joe im Publikum. Joe hatte zu Wu aufgeblickt – diese stechenden grünen Augen, das dichte schwarze Haar nach hinten gegelt und die Muskeln eines Wettkampf-Kite-Surfers unter dem Raum-T-Shirt hervortretend – und gespürt, wie sein eigenes Ego unter diesem Ansturm in die Knie ging.

Auf diesem Zeitungsfoto jedoch gab Wu ein jämmerliches Bild ab: abgemagert, das Raum-T-Shirt viel zu weit für seinen geschrumpften Körper. Die ehemals unerträglich dichte Mähne strähnig und schütter, die selbstgefälligen Augen furchtsam in die Ferne blickend. Er lächelte, doch seine Lippen waren fest verschlossen, als wolle er Gaumen und Zähne verbergen. Der Copyright-Vermerk unter dem Foto behauptete, es sei vor etwa einem Monat aufgenommen worden.

Joe nahm alles in sich auf: Wus abgemagertes Gesicht, die eingefallenen Augen, die Flecken auf seinen Wangen, die wenig kunstvoll mit, wie es aussah, mehreren Schichten Bühnenschminke überdeckt worden waren. Seine Augenbrauen. Oder vielmehr, das Fehlen seiner Augenbrauen.

Winzige silberne Punkte blitzten am Rand von Joes Blickfeld auf – eine Augenmigräne, ausgelöst durch Trillionen Synapsen, die explosionsartig zu neuem Leben erwachten. Er scrollte zur Schlagzeile zurück: die fünf Worte, die ganz sicher den beruflichen und persönlichen Ruin für den mächtigsten Mann des Silicon Valley bedeuten würden. Weitere Synapsen, und diesmal transportierten sie ihn mehr als ein Jahrzehnt zurück, zu dem Tag, an dem er zum ersten Mal den Namen Alex Wu gehört hatte.

Oh. Mein. Gott.

Der Umstand, dass die Benachrichtigung in exakt diesem Augenblick eingetroffen war, auf ebendiesem Telefon – einem Telefon, dessen Nummer nur Schicksal kennen konnte –, verbannte jeden Zweifel aus der Gleichung. Die beiden Erkenntnisse kamen Joe Christian im exakt selben Moment …

Ich weiß, wer Schicksal ist.

Und ich weiß, warum das alles geschieht.
Dann, einen Augenblick später, ein dritter Gedanke.
Alex Wu muss gestehen. Dann wird all das hier aufhören.

5 %

VIERTEL NACH NEUN am Morgen. Lou McCarthy stand im Gang der Nachrichtenredaktion des *Herald*, ihr Gewicht von einem Fuß auf den anderen verlagernd. Sie wartete schon volle zehn Minuten dort, seit Stephen Camp sie mit zwei Fingern und einem Gesicht wie Donnergrollen zu sich zitiert hatte. Jetzt sah sie zu, wie er auf und ab marschierte, ein uraltes rotes Nokia an eines seiner gigantisch großen Ohren geklemmt, und schweigend bis auf ein gelegentliches »Aha« und »Verstehe« und »Bei allem Respekt, diese Interpretation teilen wir nicht«, die er in das altertümliche Plastiktelefon hineinsprach.

Lou konnte nicht sagen, ob Camp wütend aussah, besorgt oder frustriert. In erster Linie wirkte er müde, die dunklen Tränensäcke unter seinen Augen lagen auf seinen Wangen auf, und sein schütteres, ergrautes Haar klebte platt auf seiner Stirn, was ihn wie ein schlaffes Landei aussehen ließ. Mit neunundvierzig Vater zu werden, war Stephen Camp nicht gut bekommen.

Schließlich beendete er das Gespräch, steckte sein Telefon ein und wandte sich Lou zu.

»Ich glaube, was ich mich wirklich frage …« Camp rieb sich die Stirn und setzte noch einmal von Neuem an. »Warum erklärst du mir nicht, mit deinen eigenen Worten, was genau ich heute Morgen auf unserer Seite gelesen habe?«

»Es tut mir leid, Stephen.« Lou begann mit der ersten ihrer einstudierten Erklärungen. »Ich habe das Dokument erst gestern Nacht von meiner Quelle bekommen, und ich weiß …«

»Lou, hör auf.« Camp hob die Hände, in gespielter Kapitulation. »Erspar mir den einstudierten Vortrag. Das haben wir alles schon gehört. Exklusive Geschichte. Konnte nicht warten. War doch nur eine Kurzmeldung. *Bla-di-bla-di-blubb.* Deine Verachtung dem redaktionellen Prozess, dieser Zeitung und mir persönlich gegenüber ist vermerkt, den Teil habe ich verstanden. Was ich aber nicht verstehe, ist, warum du eine gottverdammte Atombombe auf deine eigene Karriere abwirfst.«

»War das Raum?« Lou nickte in Richtung der Tasche, in der Camps Telefon jetzt steckte.

Camp schaffte es, ohne ein Lächeln zu lachen. »Ja, Lou, das war Raums Justiziar. Komischerweise wollte er unbedingt über den Artikel sprechen, in dem du seinem Technologiechef am Vorabend ihrer IPO-Verkündung eine Vergewaltigung vorgeworfen hast. Konkret hat er die Worte ›auf kriminelle Weise diffamierend‹ verwendet und ›ein Schulbeispiel von echter Bosheit‹. Das ist übrigens das, was mich am meisten ankotzt: Du hast mich gezwungen, mit Raum einer Meinung zu sein.«

Lou wusste, dass die Aussicht eines ihre Karriere beendenden Diffamierungsprozesses gegen das mächtigste und rachsüchtigste Unternehmen des Planeten sie in Panik versetzen sollte, doch in diesem Augenblick verspürte sie vor allem Wut. »Warum hast du mich nicht zum Anruf zugeschaltet?« Das war beim *Herald* übliche Praxis: Wenn die in einem Artikel beschriebene Person den Redakteur anrief, um sich zu beschweren – und das taten sie *immer* –, durfte der Reporter mithören, vordergründig, um Fragen zu Fakten oder Prozessen klären zu können, aber eigentlich, um dem wütenden Anrufer zu signalisieren, dass Redakteur und Reporter fest zusammenhielten. Ein unerschütterlicher Verteidigungswall. »Ich meine, mein Gott …«

Falls Camp von ihrer Aufmüpfigkeit überrascht war, dann ließ er es sich nicht anmerken. »O nein, denk nicht mal dran, sauer auf mich zu sein, weil ich *dich* verfickt noch mal nicht mit zugeschaltet habe. *Du* bist ja heute Morgen *nicht* zur Arbeit gekommen und musstest feststellen, dass eine deiner Reporterinnen gerade die verfickte Anschuldigung des Jahrhunderts gegen Raum veröffentlicht hat, ohne auch nur einen einzigen verfickten Redakteur zu fragen.«

In fünf Jahren beim *Herald* hatte Lou vielleicht ein einziges Mal erlebt, dass Camp fluchte. Ihn so reden zu hören, war, als würde die verfickte Welt untergehen.

»Meine Quelle ist gut. Das weißt du.«

»Das weiß ich eben nicht, Lou. Vor allem, weil ich nicht weiß, wer deine Quelle ist. Und unsere Leserinnen auch nicht. Ich muss davon ausgehen, dass zumindest *du* weißt, wer deine Quelle ist. Du müsstest schon selbstmörderisch blöd sein, um so eine Geschichte auf Grundlage eines anonymen Hinweises zu bringen. Und ich weiß, dass du das nicht bist.«

Lou sagte nichts. Sie spürte, wie ihre Wangen rot anliefen: eine Mischung aus Zorn und Scham.

»Aber was ich weiß«, fuhr Camp fort, »ist, dass Raum eine eidesstattliche Erklärung von dem Anwalt vorliegt, der angeblich den Jane-Doe-Prozess betreut. Er sagt, das von dir veröffentlichte Dokument stammt nicht von seiner Kanzlei. Er ist bereit, unter Eid auszusagen, dass es eine Fälschung ist.«

»Das ist Schwachsinn …« Das musste es sein. Lou hatte Raum erst eine Stunde zuvor per E-Mail zu einer Stellungnahme aufgefordert – es war nicht möglich, dass ihr Anwalt so schnell eine eidesstattliche Erklärung auftreiben konnte, die aussagte, dass es keine solche Klage gab. Es sei denn, das Dokument war echt, und Jane Doe war real, und Raum wusste bereits vorher davon und hatte das Dementi längst vorbereitet. Oder … oder was? Irgendwo ganz tief in Lous Gehirn nahm ein erschreckender Gedanke Gestalt an.

»Er schickt uns die Erklärung. Die ist wahrscheinlich schon in deinem Posteingang. Ach, und es wird noch besser. Der Justiziar sagt, das Unternehmen hat Beweise, dass Alex Wu an dem Abend nicht mal in der Stadt war, an dem deine namenlose Quelle behauptet, er hätte irgendein anderes namenloses Mädchen angegriffen. Die haben vRaum-Quittungen, die zeigen, dass er in einem Restaurant in Woodside war, um mit seiner Mutter ihren achtzigsten Geburtstag zu feiern. Die Fahrtquittungen der Mutter bestätigen das.«

»Ach, komm schon, Stephen. Raum kann die Fahrtquittungen fälschen, und die eidesstattliche Erklärung genauso. Die können das alles fälschen. Das machen die so.« Lou hörte, wie ihr die Stimme wegblieb. In ihrer Kehle machte sich ein vertrauter Geschmack breit, doch sie wollte verdammt sein, wenn sie Camp die Genugtuung gönnte, sie weinen zu sehen. Es machte sie jedes Mal wütend, wenn Typen wie Stephen Camp instinktiv den Tätern glaubten, nicht den Opfern.

Camp schaute sie mit seinem verkniffenen Lächeln an, als suchte er gerade mit der Zunge nach Spinatresten zwischen seinen Zähnen. »Also ist unsere Verteidigung, dass Raum routinemäßig Dokumente fälscht und man deshalb allem, was aus dem Raum One kommt, nicht vertrauen kann?«

»Siehst du das anders?«

»Ich sehe das nicht anders, Lou. Aber nur aus Interesse, woher hast du diese definitiv authentische Klageschrift bekommen? Kam sie rein zufällig von jemandem aus dem Raum One?«

Lou öffnete den Mund, um zu antworten, doch die Worte kamen nicht heraus. Die Erkenntnis, jetzt voll ausgeformt, traf sie wie der Twist am Ende eines schlechten Films. Nur war der Film in diesem Fall ihre eigene Karriere und der Twist so offensichtlich, dass sie ihr Eintrittsgeld zurückverlangen wollte. Indem sie ein gefälschtes Dokument über Alex Wu verschickt und es nach der Veröffentlichung als Fälschung enttarnt hatten, hatte ihre sogenannte

Quelle bei Raum nicht nur Lou und ihre Geschichte unglaubwürdig gemacht, sondern jede zukünftige Geschichte über Wu gleich mit, die irgendein Reporter noch bringen könnte.

Es war noch schlimmer. Wenn Raum den *Herald* verklagte und gewann, hätten die Feiglinge bei der *Times* und dem *Journal* die perfekte Ausrede, um jeden Artikel abzuschießen, der einen Raum-Manager verärgern könnte. Deshalb hatten sie bei Raum nicht auf ihre Aufforderung zur Stellungnahme reagiert: Sie *wollten*, dass sie es veröffentlichte. Das Ganze war eine verdammte Falle gewesen. Ein letzter Schlag in den Magen, um sicherzugehen, dass sie wirklich voll und ganz erledigt war.

»Arschlöcher.«

»Ja, Lou, das sind sie. Dafür sind sie berühmt.«

»Ich kann versuchen, meine Quelle anzurufen ...«

»Nein, kannst du nicht.« Camp seufzte lautstark. »Ich garantiere dir, wenn du das machst, ist da kein Anschluss unter dieser Nummer, oder du erreichst irgendeine perverse Sex-Hotline. Oder bloß Elmsley Chase in Endlosschleife, der sich darüber totlacht, wie einfach wir uns haben ausspielen lassen. Verdammt, ich würde mich nicht wundern, wenn Chase selbst deine mysteriöse Quelle wäre.«

Camp musste Lou angesehen haben, wie niedergeschlagen sie war. »Wenn du mich fragst« – er zuckte mit den Schultern – »glaube ich nicht, dass sie klagen werden. Erstens würde der Richter den Fall vermutlich als eine Einschüchterungsklage ablehnen. Zweitens, auch wenn sie ein wohlgesinntes Gericht finden sollten, könnten unsere Anwälte verlangen, dass sämtliche von Wus Fahrtquittungen, Mails und Textnachrichten vorgelegt werden. Wu ist vielleicht kein Vergewaltiger, aber du kannst wetten, dass es darin genug anderes gibt, das Raum uns nicht sehen lassen will. Chase hat ja, was er wollte: die Zusage eines Widerrufs, die Gerüchte über Wu sind diskreditiert, und deine Glaubwürdigkeit ist im Eimer.«

Lou schluckte das Bedürfnis herunter, Camp daran zu erinnern, dass Wu definitiv ein Vergewaltiger war und dass das genau der Grund war, warum das Unternehmen so verzweifelt versuchte, ihre Berichterstattung zu diskreditieren. »Und jetzt willst du, dass ich einen Widerruf schreibe?«

Camp schüttelte den Kopf. »Ich habe Tommy gebeten, das zu tun. Ich will, dass du dich nicht mehr mit Raum beschäftigst, für mindestens zwei Monate, bis wir wissen, dass definitiv kein Prozess kommt.«

»Und dann?«

»Dann sehen wir weiter.«

Für einen Augenblick wunderte sich Lou, dass sie nicht gefeuert wurde. Dann kehrte die Wut zurück. Natürlich hatte Camp Tommy Paphitis gebeten, den Widerruf zu schreiben – alles, was Tommy schrieb, las sich wie ein verdammter Widerruf.

»Und was soll ich bis dahin machen?«

Camp rieb sich den Nacken. »Du wirst jetzt all deine Notizen zusammensammeln und sie Tommy geben. Wenn er den Widerruf fertig hat, wird er sich mit der Klage beschäftigen und herausfinden, ob an diesem ganzen Desaster irgendwas Wahres dran ist. Und dann … ehrlich gesagt ist es mir total egal, was du machst, solange es nichts mit Raum oder Alex Wu oder Elmsley Chase oder sonst jemandem zu tun hat, der uns in Schutt und Asche klagen könnte.«

»Also übernimmt Tommy meine Story.«

»Ich verrate dir mal was, Lou.« Camp beugte sich vor, und Lou konnte den Tabak in seinem warmen Atem riechen. »Jeder Einzelne in dieser Redaktion hasst Raum. Elmsley Chase und seine Bande von Verbrechern lügen, betrügen und klauen, und sie decken Vergewaltiger und Frauenschläger. Wie du in den Redaktionssitzungen immer sagst, die sind das moderne Philip Morris.«

»Standard Oil.«

»Was?«

»Sie sind das moderne Standard Oil.«

»Aber anders als du, sieht der Rest von uns nicht jeden anonymen Hinweis als Gelegenheit, sie fertigzumachen oder jemandes Karriere zu beenden. Manchmal passiert das als Nebeneffekt dessen, was wir tun, aber es ist nie das Hauptziel.« Camp stand jetzt so nah vor ihr, dass Lou die Härchen sehen konnte, die aus seinen Nasenlöchern ragten. Warum verwechselten so viele Männer Zunahetreten mit Nähe? »Das wird dir nicht gefallen, Lou, aber du könntest von Tommy einiges lernen. Kann sein, dass du *vielleicht* die bessere Journalistin bist, und du kannst ganz sicher besser schreiben. Aber im Gegensatz zu dir lässt Tommy sich nicht leiten von seinen …« Camp verkniff sich das »E«-Wort, wie ein Pferd, das vor einem Sprung erstarrte, von dem es wusste, dass er ein wenig zu hoch war, um sicher hinüberzukommen.

»Pass auf. Raum ist zu einer Trillionen-Dollar-Firma geworden, weil sie dort genau wissen, wie man Menschen manipuliert. Sie manipulieren ihre User und ihre Dienstleister, aber auch Politiker, Regulierungsbehörden, Aktionäre und … dreimal darfst du raten … Reporter. Wir können nur verhindern, manipuliert zu werden, wenn wir als Team zusammenhalten.«

Lou nahm den Rest von Camps allzu nahem Vortrag über risikoscheue Anwälte und Regeln, die es aus gutem Grund gab, kaum wahr, sein Geschwafel über die grenzenlosen Möglichkeiten der Jugend und dass dies vermutlich das Beste sei, was ihr je widerfahren sei. Über die Schulter ihres Chefs hinweg hatte sie ihr eigenes Gesicht entdeckt, reflektiert und verzerrt von den Türen des Fahrstuhls. Mit ihren neunundzwanzig Jahren sah sie aus wie eine Frau mittleren Alters – und fühlte sich auch so. Ihr mausblondes Haar sah inzwischen hoffnungslos nach Ratte aus, ihre grünen Augen waren blutunterlaufen, und mit ihrer Hautfarbe hätte sie es auf ein Plakat zum Thema »Was Meth mit dem Gesicht anstellt«

geschafft. Wie lange war es her, seit sie sich zuletzt ein neues T-Shirt gekauft hatte, oder ein Paar Schuhe? Sechs Monate? Ein Jahr? Sicher hatten all ihre Kollegen inzwischen bemerkt, dass sie nur eine einzige ausgefranste Jeans und zwei weiße Hemden besaß, die sie mit ihrer Sporthose und Unterwäsche im Waschbecken der einzigen Toilette des *Herald* wusch. Sie erschauderte, wenn sie sich daran erinnerte, wie Camp nach dem Pinkeln mit einem ausgeleierten grauen Tanga zurückkam, der vom Ende seines Kulis baumelte.

Camp dachte wirklich, dass er sie verstand; glaubte aufrichtig, er wisse, was sie geopfert hatte, persönlich wie beruflich, um die Wahrheit über die Arschlöcher des Silicon Valley zu berichten. Dabei kannte er vielleicht 20 Prozent davon. Was hätte Camp zum Beispiel gesagt, wenn er gewusst hätte, dass Lou seit sechs Monaten unter ihrem Schreibtisch schlief? Dass seine Star-Reporterin jeden Abend, wenn Camp zu seiner ungewöhnlich attraktiven Frau und ihrer frisch adoptierten chinesischen Tochter nach Hause fuhr, sechs eiskalte Stunden allein und zusammengerollt unter einem Berg »Heralding San Francisco«-Werbe-T-Shirts verbrachte, den Kopf auf einen Stapel Druckerpapier gebettet? Dass sie an Wochenenden auf Craigslist nach einem weiteren wundersamen Untermietangebot suchte – das es unmöglich geben konnte –, bevor sie ihr T-Shirt-Bett in die Ecke beim Fenster zerrte, um auf die Skyline der Stadt und auf das Raum One zu starren, den himmelhohen Glasobelisken, der genau dort stand, wo einmal ihr Apartment – und ihr Leben – gewesen war?

Sie hatte alles für den *Herald* gegeben. Hatte auf Bequemlichkeit, Sicherheit und Geld verzichtet – Freundschaften platzen lassen und Beziehungen verbrannt. Und wofür? Ihre Reportagen hatten gelegentlich die Aktienkurse beeinflusst und zu kleineren Umbesetzungen in Vorständen geführt, doch wenn man am Ende alles betrachtete, hatten die widerwärtigen Arschlöcher, über die sie berichtet hatte – Alex Wu eingeschlossen –, noch immer ihre Jobs oder andere Jobs, die noch besser bezahlt waren. Der Börsenwert erholte sich jedes Mal, und die Investoren machten weiter ihre Milliarden. Die Vergewaltiger machten noch immer die Straßen unsicher, die Arbeiter der Sharing Economy starben noch immer, weil sie in ihren Autos schliefen, die Trolle stahlen noch immer Wahlen und bedrängten Reporter, und das alles störte niemanden.

Von sämtlichen Unternehmen des Silicon Valley war Raum am besten darin, verfaulte Zitronen in mit Gold versetzte Limonade zu verwandeln. Dieselbe Quelle, die Lou die Wu-Klage zugespielt hatte, hatte ihr vorher gesteckt, dass ein großer Teil der vRaum-Fahrer ihre Background-Checks wegen einer kriminellen Vergangenheit nicht bestanden hatten. Zwei Tage später hatte das Unternehmen mit Verweis auf Lous Bericht verkündet, man werde sich im Laufe des nächsten Jahres von sämtlichen menschlichen Fahrern trennen und die gesamte Flotte durch selbstfahrende Autos ersetzen. Massenentlassungen, verpackt als Initiative für die öffentliche Sicherheit. Für die Tech- und Wirtschaftspresse ein gefundenes Fressen. Hatte ihre Quelle schon die ganze Zeit nur mit ihr gespielt?

Halte dich für zwei Monate von Raum fern. Das war der Teil von Camps Standpauke, der am meisten wehtat: dass ihr eigener Chef sie für eine Idiotin hielt. Sie wussten beide, dass die Verjährungsfrist für Verleumdung in Kalifornien ein Jahr betrug. Worüber sollte sie in der Zwischenzeit schreiben? Twitter? Uber? Dunk.ly? Grintech? Unternehmen, für die sich schon seit Jahren niemand mehr interessierte? Zwölf Monate ohne auch nur eine Co-Autorenzeile bei irgendeinem Raum-Artikel und sich in Tommys schmierigem, kriecherischem Schatten verstecken – das war so gut wie lebenslänglich.

Als Lou zu ihrem Schreibtisch zurücktrottete, den Kopf gesenkt, um jeden Blickkontakt mit ihren Bürokollegen zu vermeiden, fiel ihr auf, dass sie sich nicht erinnern konnte, wie ihre Unterhaltung mit Stephen Camp geendet hatte. Konnte es sein, dass sie einfach gegangen war, obwohl er noch mitten in seinem Vortrag war? Nein, sie blickte zu ihm hinüber und sah ihn an seinem Computer sitzen und tippen. Vermutlich schrieb er gerade eine E-Mail an Raums Justiziar und ließ ihn wissen, dass Lous Schicksal ein Fait accompli war. Auf dem Bücherregal hinter ihm stand die Reihe seiner verstaubten Journalistenauszeichnungen – Loebs und PENs und Lovejoys –, ganz nah an der Kante, wie zum Sprung bereit. Ein paar Meter weiter hing Tommy Paphitis an seinem Arbeitsplatz, das Telefon zwischen knochiger Schulter und Wange eingeklemmt, das schwarze Haar zu unerträglich bemüht wirkenden Spikes aufgerichtet. Er schien gerade über den lustigsten Witz der Welt zu lachen.

Lou ließ sich auf ihren eigenen Stuhl sinken und versuchte, den kleinen Ablageschrank zu öffnen, in dem sie ihre Notfall-Diet-Cokes aufbewahrte. In der Schublade hatte sich ein Knäuel aus T-Shirts und Socken und dem berühmten grauen Tanga verhakt. Noch schlimmer wurde es durch eine Probepackung Tide-Waschmittel, die sich in der Führungsschiene verfangen hatte. Nach einigen Sekunden des Rüttelns und Zerrens gab sie den Kampf auf, knallte die Schublade zu und verpasste ihr noch einen Tritt.

Das war doch Schwachsinn.

Der Ausdruck der Klageschrift gegen Alex Wu hing noch immer im Dokumentenhalter ihres Bildschirms, Formulierungen wie »gewaltsam und ohne ihre Einwilligung« oder »voll und ganz bewusst, dass die Klägerin betrunken war« waren mit gelbem Textmarker hervorgehoben. Was für ein Arschloch ging da jeden Tag zur Arbeit, wenn diese darin bestand, Dokumente zu fälschen und Journalisten zu diskreditieren, um milliardenschwere Sexualstraftäter zu decken? Was muss in so einem Leben schiefgelaufen sein?

Lou sammelte die Notizen ein, die auf ihrem Schreibtisch verteilt lagen, und legte sie zu einem ordentlichen Stapel zusammen. Dann zupfte sie den Kranz aus Post-its von ihrem Bildschirm und warf sie als wirres Bündel obendrauf.

Sie konnte den Gedanken nicht ertragen, durch die Redaktion zu laufen und Tommy ihre Aufzeichnungen zu bringen – noch nicht. Stattdessen holte sie ihr Smartphone aus der Tasche, wischte ein paar verpasste Anrufe von unbekannten Nummern weg – wahrscheinlich Reporter konkurrierender Zeitungen, die einen Kommentar zu Raums Dementi hören wollten – und öffnete ihre verschlüsselte Chat-App. Die Software – heiß geliebt von Journalisten, Whistleblowern und Praktikanten im Weißen Haus – löschte Nachrichten nach sechs Stunden automatisch, doch sie zeigte noch immer das Ende ihrer letzten Konversation, die sie beim Verfassen der Alex-Wu-Geschichte mit ihrer Quelle geführt hatte.

LouM: Ich werde Sie als eine Quelle beschreiben, die mit den Details der Klage vertraut ist. Korrekt?

Raum101: LOL. Def korrekt.

Raum101: Und gucken Sie mal auf der Bio-Seite von Raum.com. Fehlt da jemand?

»Def korrekt.« Fick dich!

Lou öffnete einen Web-Browser. Raums Unternehmens-Homepage war noch von letzter Nacht geöffnet, mit der klaffenden weißen Leerstelle, wo einmal Alex Wus Name und Kurzbio gewesen waren. Das hatte die Sache entschieden: Das war der Beweis, dass Wu von Raums Webseite gelöscht wurde und bald ganz aus dem Unternehmen entfernt werden würde. Der Beweis, dass das *Wall*

Street Journal kurz davorstand, die Geschichte zu bringen, und dass Raum hektisch versuchte, den Schaden zu begrenzen. Sie machte von der Seite einen Screenshot, tippte auf Refresh und musste mitansehen, wie Wus Gesicht plötzlich wieder da war – frisch frisiert und feixend. *Diese Arschlöcher.*

Doch auch wenn Wus Porträt seinen Ehrenplatz auf der Raum-Webseite wieder eingenommen hatte, war sein Fehlen andernorts dennoch auffällig. Das Unternehmen hatte Camp eine Stellungnahme angeboten, eine eidesstattliche Erklärung von dem in der gefälschten Klage genannten Anwalt, aber kein Wort von Wu persönlich.

Jetzt tippte Lou auf den Online-NewsRaum des Unternehmens. Seit der Jane-Doe-Klageschrift waren fast fünfzig Presseerklärungen aus Raums Technologie- und Anwendungsabteilung gekommen. Eine kurze Textsuche bestätigte, dass in keiner davon ein Zitat des Chefs dieses Teams enthalten war: Alex Wu. Eine Suche in der Bilddatenbank des *Herald* lieferte dasselbe Ergebnis – ein Dutzend Pressekonferenzen, darunter zwei bedeutende Produktpräsentationen, aber keine Spur von Raums zweitwichtigstem Kopf, seit fast zwei Monaten. Wo zur Hölle war Alex Wu?

Lou sah sich das letzte Foto von Wu genauer an, das im Bildarchiv des *Herald* zu finden war – ebenjenes Foto, das sie hastig ihrem Artikel beigefügt hatte. Der Fotograf hatte Wu unvorbereitet erwischt, als er im Hintergrund einer Raum-Pressekonferenz über selbstfahrende Autos stand. Hatte er schon immer so mager ausgesehen? Waren seine Augen stets so blutunterlaufen und eingefallen gewesen? Hatte er nicht viel dichteres Haar gehabt?

»Hey? Lou?«

Lou blickte auf und sah Tommy Paphitis vor ihrem Schreibtisch, nervös wie ein Teenager, der ein Mädchen zum Abschlussball einladen will. Wie lange stand er schon da und sah zu, wie sie Alex Wus Foto auf ihrem Telefon betrachtete?

»Hey.« Lou erhob sich, steckte das Gerät in ihre Tasche zurück und befahl ihrem Gesicht zu lächeln, mit mittlerem Erfolg.

»Für mich?« Er nickte in Richtung des Stapels Papier.

Lou nahm diesen und überreichte ihn Tommy. »Dachte mir, die könnten hilfreich sein, wenn du tiefer einsteigen willst.« Sofort bereute sie ihren Versuch, den Schein zu wahren. Sie wussten beide, dass sie das hier nicht freiwillig tat.

»Danke«, sagte Tommy. Dann runzelte er die Stirn. »Hör zu, das mit deiner Story tut mir leid. Ich hab die Klageschrift gelesen – und wenn du mich fragst, wirkt sie ziemlich echt auf mich.«

»Ja. Das sollte sie ja auch.«

»Vielleicht ...« Tommy verstummte, und sein Blick huschte von rechts nach links.

»Siehst du das anders?«

Tommy schien jetzt noch nervöser zu sein. Als würde er, indem er mit Lou sprach, zum Komplizen eines schrecklichen Verbrechens. Er senkte seine Stimme. »Pass auf, ich hab viel Zeit mit den Jungs von Raum verbracht, und jeder von denen kennt unzählige Geschichten über Wu und die Frauen, die er ... du weißt schon.«

Lou nickte. Sie wusste es.

»Alles natürlich nicht fürs Protokoll. Aber ich verstehe nicht, warum sie für so eine Fake-Klage ausgerechnet ihn auswählen und nicht jemanden, der kein ... äh ...«

»Der kein echter Vergewaltiger ist.«

»Kann sein«, sagte Tommy und schickte sich an, zu seinem Schreibtisch zurückzukehren. »Das kommt mir halt irgendwie blöd vor.«

»Weißt du was?« Lou hielt ihn zurück. Wenn Tommy schon ihre Geschichte übernahm, sollten ihm zumindest alle Fakten vorliegen. »Eine Sache, die du dir für deinen Folgeartikel anschauen solltest, ist Raums Presseseite. Wu hat zuletzt bei ein paar Veranstaltungen und Präsentationen ohne Erklärung gefehlt. Seit dem Datum der Klageschrift war er kein einziges Mal zu sehen.«

»Hach«, sagte Tommy. »Das ist seltsam.«

Lou fuhr fort: »Wenn er unschuldig ist und die Klage erfunden war, warum sollte er sich dann verstecken? Hast du schon mal jemanden bei Raum gesehen, der freiwillig aufs Rampenlicht verzichtet hätte?«

Tommy lachte. »Nee.«

»Du lässt mich wissen, was du herausfindest?«

Diese Frage schien Tommy reale körperliche Schmerzen zu verursachen. »Ah … also … Stephen hat ziemlich deutlich gemacht, dass ich einen klaren Widerruf schreiben soll. Er will nicht, dass ich Raum noch wütender mache, indem ich noch weiter recherchiere.«

Gott bewahre, dass in dieser gottverdammten Redaktion tatsächlich recherchiert wird. Das hätte Lou beinahe laut gesagt, aber was brachte das schon? Tommy war bereits unterwegs zu seinem Platz, mitsamt Lous Notizen und der Möglichkeit, dass Alex Wus Opfern je Gerechtigkeit widerfahren würde.

Lou wandte sich wieder ihrem Telefon zu und verspürte einen kalten Schauer, als sie die neueste Benachrichtigung las: *300 neue Erwähnungen.*

320.

380.

450.

Also ging es jetzt los.

Sie warf das Telefon auf ihren Schreibtisch, als wäre es ansteckend. So viele Erwähnungen in so kurzer Zeit konnten nur eines bedeuten: Claude Pétain und seine Troll-Armee hatten ihren Artikel gesehen und Raums Dementi, und jetzt twitterten sie, was das Zeug hielt, und wollten ihr Blut fließen sehen. Wieder einmal.

Die widerlichen #MLM-Typen und ihr anonymer Anführer

waren vor allem auf Elmsley Chase fixiert – so sehr, dass manche bereits spekuliert hatten, ob Chase vielleicht selbst Pétain sein könnte. Chase und Raum hatten das natürlich dementiert – der große Elmsley Chase hatte weit wichtigere Dinge zu tun, als täglich eine Zehntausend-Worte-Mailpile-Tirade zu verfassen oder in endlosen Freestream-Videos aufzutauchen, mit verpixeltem Gesicht, und sich über »Feministinnen der fünften Welle« und »Transgender-Verräter« auszulassen. So oder so.

Zuverlässig wie ein Uhrwerk kamen Pétains Trolle jedes Mal aus ihrem Versteck, wenn eine Frau gegen einen prominenten Tech-Bro aussagte oder, Gott stehe ihr bei, so unvorsichtig war, sich bei der Nutzung eines Raum-Dienstes missbrauchen zu lassen: Sie fluteten die dafür vorgesehenen rechten Social-Media-Plattformen mit Gewaltandrohungen und üblen, per Photoshop erstellten »Nachstellungen« des Verbrechens, meist in Verbindung mit dem Namen des Opfers, der Wohnadresse der Frau und ihrer Dating-Geschichte. Weil sie nicht auf die anonyme Jane Doe losgehen konnten, würden sie ihre Wut gegen Lou und die »femi*nazi*stische Lügenpresse« richten, ein Schimpfname, den sie ohne jede Ironie verwendeten.

Lou wusste, wie es lief, doch sie wusste auch, dass sie recht gut geschützt war. Ihre derzeitige Wohnadresse war ein Haufen T-Shirts unter einem Schreibtisch, und das hatte bisher nicht einmal Pétains Netzwerk von Spionen herausgefunden. Auch ihre Familie hatten sie größtenteils in Ruhe gelassen – ein nützlicher Nebeneffekt des Umstands, dass sie keine Familie hatte, abgesehen von ihrer Mutter, die aufgrund ihres ehemaligen Jobs als Polizistin in den meisten öffentlichen Datenbanken nicht mit persönlichen Angaben geführt wurde. Lous jämmerliches Liebesleben war eine weitere mächtige Waffe: Sie vertraute keinen Apps, verschickte niemals Nacktfotos von sich und hatte die Handvoll enttäuschender, unter Alkoholeinfluss entstandener Affären, die sie in ihrer Zeit beim *Herald* gehabt hatte, jedes Mal eingehend überprüft (wenn schon nicht im Voraus, so doch direkt danach). Pétains Drohungen würden ihre Erwähnungen für ein paar Tage durcheinanderbringen, doch sobald Tommy den Widerruf veröffentlichte, würden sich die Trolle ein neues Ziel suchen.

Lou vergrub den Kopf in ihren Händen, so absurd war ihre Lage: dieses Verlangen nach Gerechtigkeit für ein Vergewaltigungsopfer, das – sämtlichen verfügbaren Hinweisen nach – gar nicht existierte.

Möchten Sie eine Maschinenpistole auf eBay kaufen und einen Amoklauf starten, angefangen mit Alex Wu und Elmsley Chase, der Person, die die Anordnung zum Rauswurf Ihrer Nachbarn unterzeichnet hat, dem Raum-Angestellten, der diese Klageschrift erstellt hat …
J/N

Der Gedanke wurde unterbrochen, als plötzlich eine Gestalt vor Lous Schreibtisch stand. Lou blickte mit einem scharfen »Ja?« auf, damit rechnend, Camp oder Tommy Paphitis vor sich zu sehen, die ihren Tag noch schlimmer machen wollten. Stattdessen sah sie in die Augen eines gelangweilten Fahrradkuriers, der ihr einen kleinen weißen Umschlag überreichte und wortlos davonschlich.

»Danke«, rief Lou ihm nach und schob noch ein leises »Entschuldigung« hinterher. Sie betrachtete den Umschlag: ihr Name und die Adresse des *Herald* in Maschinenschrift auf einem weißen Label, perfekt mittig auf die Vorderseite geklebt. Es sah offiziell aus – eine Vorladung vielleicht –, abgesehen von dem Wort »Dringlich«, das mit rotem Stift geschrieben war, doppelt unterstrichen, wo normalerweise eine Briefmarke klebte.

Später würde Lou schwören, sie habe gewusst, was in dem Kuvert war, noch bevor sie es aufriss und die leuchtend grüne Skyline sah, die am oberen Rand der dicken weißen Karte eingraviert war. Irgendeine übernatürliche Warnung vom Universum: *Nicht öffnen, Lou. Der Inhalt bringt dir nichts als Kummer und Elend.*

ELMSLEY CHASE LÄDT SIE EIN

Die Schrift war fett und golden und tief in die Karte eingraviert. Dann, in größerer Schrift:

ZU EINEM GANZ BESONDEREN EREIGNIS
AUS ANLASS DER ERÖFFNUNG DES RAUM ONE

Lou starrte die Einladung an und rieb mit den Fingerspitzen über die glänzende Oberfläche. War das Raums Vorstellung eines makabren Witzes? Der Reporterin, die sie gerade erniedrigt hatten, eine Einladung zu schicken? Zu einer Party, die genau dort stattfand, wo einmal ihr Apartment gewesen war? Forderte Elmsley Chase sie heraus, zu der Party zu kommen, oder ergötzte er sich bloß daran, dass sie nicht erscheinen konnte?

Doch dann stießen ihre Finger auf etwas, das an die Rückseite der Karte geheftet war: ein kleiner gelber Post-it-Zettel, mit derselben roten Schrift …

Ihre Story war gut. Kommen Sie heute Abend vorbei. Werde alles erklären. – Raum101

Lou fixierte den Zettel. Bedeutete das, dass Camp sich irrte? Dass ihre Quelle noch immer da draußen war und bereit, sich persönlich mit ihr zu treffen? Sie bemerkte die Hoffnung, die sich in ihr regte, und sie hasste sich dafür. Es war jedes Mal das Gleiche: Immer glaubte sie, dass diese Geschichte, diese Quelle, diese Affäre, dieses Jobangebot, dieser scheißleckere zuckerfreie Energieriegel das

Wahre sein würden. Sie war Journalistin geworden, weil sie *wusste*, dass die Welt voller Betrüger war, warum also verbrachte sie ihr Leben damit, zu beweisen, dass sie es nicht war? Die Einladung war ganz offensichtlich eine weitere Falle, ein Köder, der sie ins Raum One locken sollte, Camps Anweisung zum Trotz, sich davon fernzuhalten.

Lous Blick fiel auf die Höhle unter ihrem Schreibtisch. Vielleicht wäre es gar nicht so schlimm, gefeuert zu werden. Sie dachte an ihr Kinderzimmer in Alpharetta, weit weg vom Silicon Valley, von Raum und von Claude Pétains toxischen Trollen. Es sei immer da, wenn sie es bräuchte, erinnerte ihre Mutter sie jedes Mal. Doch es war klar, was sie nicht dazusagte: *Ich weiß, dass es nie dazu kommen wird.* Sie war schließlich die große Journalistin, die in der großen Stadt für die Wahrheit kämpfte.

Du führst einen persönlichen Feldzug gegen Raum. Dadurch bist du leicht zu instrumentalisieren. Camps Worte hallten noch immer nach.

»Fuck you«, flüsterte sie und warf die Einladungskarte in den Müll.

Zwei Minuten später flüsterte sie die exakt gleichen Worte, als sie die Karte wieder herausholte.

10 %

RAUMS GLOBALES HAUPTQUARTIER hatte sich wie Zahnschmerzen in der Skyline von San Francisco ausgebreitet. Erst nur ganz langsam – die stechenden Schmerzen von Baugerüsten und das dumpfe, gleichmäßige Pulsieren des Bohrens und Hämmerns, größtenteils hinter großen hölzernen Plakatwänden verdeckt, die mattschwarz lackiert worden waren.

Dann, über Nacht, war das Ding plötzlich mit aller Macht da gewesen: eine scharfe, pochende Monstrosität aus blauem Glas und Suchscheinwerfern, so hässlich und aggressiv, dass es unmöglich war, sich noch eine Zeit vorzustellen, in der es nicht da gewesen war.

Das Gebäude war das teuerste Bauprojekt, das in Nordkalifornien je umgesetzt worden war. Das höchste menschengemachte Bauwerk westlich des Mississippi. Sitz des wertvollsten Privatunternehmens in der Geschichte des Silicon Valley. Und das transparenteste: Das Raum One war in Gänze aus spezialbehandeltem Maxiglass™ errichtet worden, das einen ungehinderten Blick auf die Geschäfte ermöglichte, die darin getätigt wurden. Für diese milliardenteure Spielerei war Raum die »Corporate Accessibility Trophy« der Digital Openness Group verliehen worden, einem Thinktank für Tech-Freiheit, der durch großzügige Fördergelder von Facebook, Palantir und dem US-Außenministerium finanziert wurde. »Raum«, so der begeisterte Text dazu, »ist wahrlich ein Unternehmen, das nichts zu verbergen hat.« Abgesehen von dem, was in den Stockwerken fünfundfünfzig bis sechsundsechzig geschah, die durch vier gigantische LED-Leinwände – die hellsten der Welt! – vor Blicken geschützt waren und die jeweils ein animiertes Raum-3D-Logo zeigten.

Trotzdem. Als die ersten Gäste in Gala-Kleidung zur großen Eröffnungsparty des Turms eintrafen – dabei kamen sie durch Drehkreuze aus leuchtendem Glas, die zugleich ihre Einladungen verifizierten und sie auf verdeckte Waffen und ansteckende Viren überprüften –, war der Menge beinahe ein wenig Enttäuschung anzumerken. Bei allem Maxiglass und aller Geräumigkeit – vielleicht gerade deswegen – fühlte es sich in Raum Ones himmelhoher Lichthof-Lobby, 200 Meter breit und 365 Meter vom Fußboden bis zum Dach, auf merkwürdige und ernüchternde Weise so an, als würde man in einer gigantischen kristallenen Bowling-Trophäe stecken.

Waren die Architekten so begeistert von ihrer Arbeit an der Gebäudehülle gewesen, dass sie schlicht vergessen hatten, Einbauten und Einrichtung fürs Innere zu entwerfen? Hatten die Kosten für die Vernichtung von drei Straßenblocks, um Platz für die Schreibtische von fünfzigtausend Raum-Angestellten zu schaffen, in dem 3,5-Milliarden-Budget keinen Spielraum mehr für einen bescheidenen Wasserfall oder eine unauffällige Henry-Moore-Skulptur gelassen?

Lou wusste von ihren Quellen, dass die Wahrheit noch merkwürdiger war. Das Gefühl klaffender Leere in der Lobby – es ging so weit, dass es nicht einmal eine Empfangstheke oder Stühle und Bänke für wartende Besucher gab – war etwas, auf das Elmsley Chase persönlich bestanden hatte. Dies war der Mann, der das wertvollste Privatunternehmen in der Geschichte des Silicon Valley auf einem simplen Versprechen aufgebaut hatte: *Nie. Wieder. Warten.* Dieser Vision entsprechend konnte jeder in Amerika und eines Tages auf der ganzen Welt – jeder, auf dessen Telefon die Raum-App installiert war oder an dessen Handgelenk ein Raum-Band für 200 Dollar prangte – ganz einfach einen Befehl äußern und so ein Auto herbeirufen, ein Hotelzimmer bestellen, Pizza, Sex-Arbeiter oder einen Partner … und zwar auf der Stelle. Tatsächlich war Raums zentraler Algorithmus inzwischen so gut darin, die Wünsche der Nutzer vorherzusagen, dass sie immer häufiger gar nichts zu sagen brauchten. Lobbystühle und Empfangstheken waren Artefakte einer Welt, in der das Warten toleriert wurde – zelebriert sogar. Und als solche hatten sie im Raum One nichts verloren.

Die Herausforderung, ein so riesiges Gewächshaus in einen gemütlichen Veranstaltungsort zu verwandeln, hätte noch den erfahrensten Partyplaner vor Schwierigkeiten gestellt. Doch Raums Veranstaltungsleute waren das Problem mit bestens vergüteter Begeisterung angegangen. Für diesen einen Abend tanzte der Betonfußboden des Lichthofs vor neongrünen und -roten Raum-Logos, die von in den vier Hauptsäulen des Gebäudes verborgenen Lasern ausgingen. Lange Wimpel, auf denen »Willkommen im Raum One« stand, schwangen wie Wappen von dem Netz aus Glasröhren, die die oberen Stockwerke miteinander verbanden. Als weitere Ablenkung fürs Auge war ein ganzer Zirkus von Plastikfiguren – ein lila Elefant, ein gelbes Pferd, ein weißer Biber – zwischen den Gästen verteilt worden. Jedes dieser bunten Tiere stand für einen der drolligen Codenamen, die Raum bekannterweise jeder neuen Version seines zentralen Algorithmus zuwies. Die besonders gut vernetzten Partygäste hatten diese nerdige Verknüpfung längst hergestellt und teilten sie mit digitalen Freunden und Followern mittels des offiziell abgesegneten Hashtags #niewiederwarten.

In der Mitte des Lichthofs stand die langsam vor sich hin schmelzende Pièce de Résistance. Ein zehn Meter hoher Klotz Eis, den ein Instagram-berühmter Kettensägenkünstler in ein schartiges, impressionistisches und unverhohlen phallisches Modell des Raum One verwandelt hatte. Die Kettensäge selbst steckte noch im Fuß des Klotzes, anstelle einer traditionellen Unterschrift. Im

Schatten dieser Skulptur versammelten sich die meisten der Partygäste, machten Selfies, mampften Gourmet-Horsd'oeuvres und versuchten, einander über das Wummern von frühem 2000er-Hip-Hop hinweg beim Netzwerken zu verstehen.

They say you're alone / Ain't nobody but you / Always gotta watch your back / For someone tryin' to drag you down / You ain't invincible / One day justice will come ...

Die Eisskulptur diente zugleich als Ground Zero für die Vierte Gewalt. Ein Team des örtlichen Fernsehsenders beeilte sich, seine eine Kamera für eine bessere Einstellung auf die Feiernden neu auszurichten, während *Content*-Erzeuger aller größeren Web- und Printmagazine hin und her eilten und jeden für ein Zitat vor die Kamera zerrten, der ein Raum-T-Shirt trug. In zwanzig Minuten würde Elmsley Chase sprechen. Dann würde es bis zum Sonnenaufgang mit Tanzen und Microdosing und Verstößen gegen die Personalordnung weitergehen.

Weitab vom bunten Treiben und den Influencern, in einer der Ecken des riesigen Lichthofs neben einem großen Tisch, der mit winzigen fleischlosen Improbable™-Lamm-Burgern beladen war, stand Lou McCarthy vom *Bay Area Herald* und starrte in den Hohlraum aus Glas hinauf. Es gelang ihr so gerade, sich zusammenzureißen, so gerade, aufrecht stehen zu bleiben, so gerade, das nervöse Zucken, das in ihren Händen begonnen hatte, davon abzuhalten, auf ihren gesamten Körper überzuspringen. Sie ballte ihre Hände zu Fäusten, trieb ihre Fingernägel noch tiefer in ihre feuchten Handflächen hinein. *Fang bloß nicht an zu heulen, Lou, du Arschloch*, ermahnte sie sich selbst. *Fall bloß nicht in Ohnmacht. Gönn diesen Monstern nicht die Genugtuung.*

Lou legte den Kopf noch weiter in den Nacken, um noch mehr von der Leere in sich aufzusaugen, und inhalierte die trockene, HEPA-gefilterte Luft. Das war genau die Stelle, da war sie sich sicher, an der die Eingangstür ihres Mietshauses gewesen war. Der

Fuß der Holztreppe, die dreizehn Stockwerke bis zu ihrem winzigen Zufluchtsort hinaufgeführt hatte. Die Treppe, die Mrs Gees Kinder hochgerannt waren, johlend und brüllend, egal zu welcher Tages- und Nachtzeit, und die der alte Mr Cohen einmal betrunken hinuntergestürzt war, wobei gleichzeitig sein Bein und das Geländer zu Bruch gegangen waren. Die Treppe war jetzt für immer verschwunden, genau wie Mrs Gee und ihre Kinder, Mr Cohen und sein Bein und einhundert Jahre Geschichte.

Als sie durch ihr Bürofenster mitangesehen hatte, wie das Raum One Gestalt annahm, hatte sich Lou gefragt, was einmal die Stelle einnehmen würde, an der ihre Wohnung gewesen war. Eine Toilette? Eine Snack-Bar oder eine Schnellreinigung für verhätschelte Raum-Arbeiter? Jetzt, da sie über sich die Glasgänge sah, die den hohlen zentralen Turm des Raum One umgaben, kannte sie die Antwort. Ihre Wohnung war ausgelöscht und ersetzt worden durch … nichts. Bloß leere, beschissene Luft. Eine Träne lief ihre Wange hinab, dicht gefolgt von einer zweiten. *Scheiße. Arschloch. Arschloch. Arschloch.*

Sie nahm die Faust vor den Mund und atmete tief durch die Nase ein und durch den Mund wieder aus, dann langte sie nach einem Prosecco-Trinkpäckchen – einem Rechteck in *Millenial Pink*, mit einem goldenen Papiertrinkhalm. Lou hatte es sich zur Regel gemacht, bei Jobveranstaltungen niemals Alkohol zu trinken, doch sie brauchte etwas, an dem sie sich festhalten konnte, während sie die Menge zum vielleicht fünfzigsten Mal nach jemandem absuchte, der die Quelle sein könnte, die sie als Raum101 kannte.

Es war seltsam, dass niemand sie am Betreten des Gebäudes gehindert hatte. Die Sicherheitsschleusen hatten ihr Gesicht erkannt oder irgendeinen winzigen Chip in ihrer Einladung, und hatten fröhlich zirpend grün aufgeleuchtet und sie willkommen geheißen. Die Armee von blonden PR-Aufpasserinnen, die auf der Party patrouillierten, hatte sie sofort entdeckt. Dringliche Worte wurden über schmale Headsets ausgetauscht, Nachrichten hektisch in breite Mobiltelefone getippt. All das hatte sie erwartet. Doch merkwürdigerweise, und beunruhigenderweise, hatten die Aufpasserinnen sich von ihr ferngehalten. Vielleicht hatte Raums PR-Maschine entschieden, es sei zu riskant, eine Reporterin von der großen Eröffnungsfeier des transparentesten Gebäudes der Welt zu verbannen. Solange sie nicht versuchte, sich Elmsley Chase oder den anderen Raum-Vorständen zu nähern, würden sie sie vielleicht in Frieden lassen, damit zufrieden, Lou durch die vorgetäuschte Klage und die Drohung eines Karriereendes unschädlich gemacht zu haben. Vielleicht war das Ganze aber auch eine beschissene Falle.

Lou war es egal. Sie würde ihrer Quelle noch zehn Minuten Zeit geben, um sich zu zeigen, dann würde sie den Beweis entgegennehmen, den sie oder er besaß oder auch nicht besaß, um danach diesen lächerlichen, ihr Herz zerreißenden Treibhausphallus endlich zu verlassen. Was spielte es schon für eine Rolle, wenn man ihr eine Falle stellte? Sie hatte wortwörtlich nichts zu verlieren. Sie war bereits erniedrigt worden; ihre Träume, sich vom *Herald* weiter hochzuarbeiten, waren längst geplatzt. Nicht ein einziger der anderen Reporter – von denen sie einige einmal als Freunde bezeichnet hätte – wagte es, sich dem Buffettisch zu nähern, solange sie dort stand. Entweder hatten sie Angst, sich durch die Nähe zu ihr selbst zu erniedrigen, oder sie wollten das Risiko nicht eingehen, den großen Elmsley Chase zu verärgern.

Apropos Arschloch des Teufels, da war er auch schon.

Elmsley Chase war auf der anderen Seite des Lichthofs erschienen und schüttelte den versammelten Würdenträgern überschwänglich die Hand: dem Gouverneur, dem Bürgermeister, dem einen oder anderen Google-Gründer, dem Rapper MC Hammer und den CEOs von mindestens fünf großen Banken.

Der heißeste CEO im Silicon Valley sah genauso aus wie immer – ein Hanna-Barbera Ryan Gosling in einem engen schwarzen Raum-T-Shirt unter einem dunkelgrauen Anzug. Er begrüßte die Reporter von *Wall Street Journal*, Bloomberg und MSNBC mit Fist Bumps und Umarmungen. Der Wirtschaftsredakteur der *Times* – ein dünner weißer Typ mit Hornbrille und Tweed-Weste – wurde mit einer unfassbar komplexen Choreografie aus Händeschütteln und High Fives geehrt, die Lou an einen Kung-Fu-Film denken ließ, der in Zeitlupe abgespielt wurde.

Aaaaaaaalteeeer!

Peinlich. Das waren die großen Namen der landesweiten Wirtschaftsberichterstattung. Das waren die geheiligten Reihen, zu denen Lou – nach inzwischen sechs erfolglosen Bewerbungen – wiederholt der Zugang verwehrt worden war. *Ihre Arbeit ist vielversprechend, aber wir müssten erst sehen, dass Sie ein paar größere Geschichten an Land ziehen.* Oder sich, wenn das nicht klappt, einen Penis einpflanzen.

Begleitet wurde Chase von seiner Lebensgefährtin, einer ehemaligen Olympiateilnehmerin im Schwimmen oder Turnen, die den Blogs zufolge zehn Millionen Dollar für ihr revolutionäres Welpen-Zustell-Start-up eingesammelt hatte, WetNoze. Die junge Frau – die sich Lou sehr gut als eine Maddison oder Meredith vorstellen konnte – verfügte über ein exzellentes »Kameradar«: Sie spitzte reflexhaft den Mund oder hob das Kinn, wann immer sich ein Objektiv näherte.

Die Dreiergruppe komplett machte eine ältere Frau, auch wenn Lou nicht sagen konnte, wie alt sie genau war, weil sie immerzu im Schatten blieb und darauf achtete, nicht von Kameras oder Mobiltelefonen aufgenommen zu werden. Sie trug einen schwarzen Jumpsuit und schwarze Stöckelschuhe, dazu eine Gucci-Sonnenbrille oben auf dem Kopf, und versuchte, ihr unbändiges rotes Haar unter Kontrolle zu halten. Immer wenn sich ein Reporter zu der Gruppe gesellte, fiel Lou auf, entschuldigte sich die Frau, um ans Telefon zu gehen oder sich irgendeinen Betonpfeiler aus der Nähe anzusehen.

Lou strengte ihr Gehirn an, ob sie sie wiedererkannte. Sie hatte ein perfektes Gedächtnis für Gesichter und Namen, deshalb frustrierte es sie, als beides zu keinem Ergebnis führte. Sie hatte sich aus Prinzip geweigert, Raums Gesichtserkennungs-App zu installieren, doch sie musste zugeben, dass dies der perfekte Anwendungsfall gewesen wäre.

Ihr Blick fiel wieder auf Chases selbstgefälliges Gesicht. Wusste er, dass Lou auf seiner Party war und sich gerade vorstellte, kostenloses Essen in ihren Rucksack zu stopfen, verzweifelt darum bemüht, ihre Karriere zu retten, während er eine Siegerrunde durch seine pulsierende Kristallfestung drehte? Wusste er, dass sie genau dort standen, wo einmal ihr Zuhause gewesen war?

Lou sah sich noch einmal die Eisskulptur an, in der noch immer die Kettensäge steckte, wie bei der Instagram-Version von Excalibur. Wie einfach wäre es, die schwere gelb-schwarze Maschine zu packen und damit auf Chase und sein Gefolge loszugehen. Wie viele weitere dieser Overdressed-Soziopathen – die schlechten, überteuerten Wein tranken und sich einen Wettstreit lieferten, wie viele Teenager-Suizide ihre Apps ermöglicht hatten, wie viele Morde, wie viele Wahlen sie mitentschieden hatten, wie viele Arbeiter sie fertiggemacht und Wählerstimmen sie unterdrückt hatten – würde sie ausschalten können, bevor man sie zu Boden rang?

Lou spürte, wie eine kalte Flüssigkeit langsam ihre Fingerknöchel hinunterlief, und bemerkte, dass sie ihr Trinkpäckchen zerquetscht hatte. Elmsley Chase wusste ganz offensichtlich, dass sie hier war. Gesichtserkennungs-App hin oder her, Raum wusste alles über jeden.

Na, scheiß auf ihn, und scheiß auf sie alle. Raum101 blieben noch acht Minuten, bevor Lou sich aus dem Staub machte. Aus dem Raum One – und vielleicht sogar aus dem Silicon Valley insgesamt.

In genau diesem Augenblick bemerkte sie die ihr vertraute Gestalt Tim Palgraves, der auf sie zugestakst kam. Wahrscheinlicher war, dass Raums Vorstandsvorsitzender auf die dreigeschossige Etagere mit Lamm-Burgern auf dem Buffet hinter ihr zustakste – der Effekt war der gleiche. Doch Lous Augen blieben nicht lang auf Palgrave gerichtet, weil sie von dem Gesicht eines Engels in einem funkelnd grünen Kleid angezogen wurden, der einige Schritte hinter ihm ging.

Diese Frau entsprach genau dem Trend, dem Palgrave ganz offensichtlich und mehr und mehr auch andere Silicon-Valley-Superinvestoren folgten: Asiatische Freundinnen waren so was von überholt. Das Accessoire, das jeder Risikokapitalanleger heute unbedingt haben musste, war die Schwarze Freundin an seiner Seite. Lou starrte das perfekte Haar und die Supermodel-Züge an und verspürte plötzlich Wut darüber, dass diese Frau gezwungen war, ihre Zeit mit einem so abstoßenden Mann wie Tim Palgrave zu verbringen. Wie bei den meisten Männern der Sand Hill Road war Palgraves Schwanz der einzige Teil, der sich für Diversität und Inklusion interessierte.

Ihr erster Reflex bestand darin, sich hinter einer Säule zu verstecken. Das Letzte, was sie jetzt brauchte, war, dass Raums Vorstandsvorsitzender sie wegen ihrer Alex-Wu-Geschichte zur Rede stellte. Doch dann wurde ihr klar, dass er sie niemals erkennen würde. Tim Palgrave galt weithin als der dümmste Risikokapitalgeber im ganzen Silicon Valley, und man tauschte Geschichten über seine Blödheit aus, als wären es Sammelkarten. Der Legende nach war Palgrave durch reines Glück zu seiner Raum-Investition gekommen, weil er auf dem Rückweg von der Toilette in das falsche Pitch-Meeting spaziert war. Nachdem er zwanzig

Minuten »Hmm« gemacht und genickt hatte, hatte er dem Unternehmen seinen ersten sechsstelligen Scheck ausgestellt, im vollen Glauben, er finanziere damit einen Hersteller von »smarten« Pullundern.

Solange er ihr den Rücken zuwandte, konnte Lou auf ihrem Posten am Buffet bleiben, bis Palgrave seinen beschissenen Mini-Burger heruntergeschluckt hatte und weitergezogen war.

Eine Sekunde lang erlaubte sich Lou, sich zu fragen, ob Palgrave vielleicht Raum101 sein könnte. Er und Elmsley Chase standen sich bekanntermaßen feindlich gegenüber: Chase behandelte seinen ersten Investor in den Vorstandssitzungen so, als wäre er nicht viel mehr als ein besserer Kaffeekocher, und Palgrave gab der Presse gegenüber oft schwachsinnige Statements über Raums kartenhausartiges Geschäftsmodell ab. Doch davon abgesehen, dass er viel zu blöd war, um überhaupt irgendetwas anonym zu machen, durfte Tim Palgrave damit rechnen, mehr als jeder andere – von Chase persönlich abgesehen – von einem erfolgreichen Börsengang des Unternehmens zu profitieren.

»Lou McCarthy?«

Lou drehte sich um und stellte überrascht fest, dass sich Palgraves Freundin vor ihr aufgebaut hatte. Die Frau war aus der Nähe sogar noch schöner, mit freundlichen Augen, die Lou sofort ein schlechtes Gewissen machten, sie zu einer bloßen Partybegleitung degradiert zu haben. »Tut mir leid, ich wollte mich nicht an Sie heranschleichen«, sagte die Frau mit einem warmen, beschämten Lächeln. »Ich wollte nur sagen, dass ich ein großer Fan Ihrer Arbeit bin.«

Wenn Lou sich schon zuvor wie ein Esel vorgekommen war, dann fühlte sie sich jetzt wie der Arsch vom Esel. »Meine Arbeit?«, platzte es aus ihr heraus, und sofort war ihr klar, dass die Frage wie ein Urteil klingen musste. Supermodels können lesen? »Ich meine, vielen Dank.«

»Ich lese den *Herald* schon seit dem College. Ihre Berichte über das Netzwerk von sexueller Gewalt in Stanford waren so wichtig. Dafür hätten Sie einen Pulitzer gewinnen müssen.«

Lou hatte das Gefühl, schon wieder losheulen zu müssen. Der Skandal an der Computer-Science-Fakultät von Stanford war eine ihrer größten Geschichten: eine geheime Abmachung zwischen dem College und einem großen Silicon-Valley-Start-up, das männlichen Informatikstudenten, die still und leise wegen sexueller Gewaltvergehen exmatrikuliert worden waren, Jobs zusicherte. Es war zugleich eine ihrer größten Enttäuschungen. Nur ein einziger Student wurde je eines Verbrechens angeklagt, und der Richter stimmte einer Einigung zu, durch die die »ansonsten vielversprechende akademische Laufbahn« des jungen Vergewaltigers nicht gefährdet wurde. Der Gründer des Unternehmens, das all diese Arschlochstudenten einstellte – Tyrus Weber von Mushu Health –, hatte sich ebenfalls aus der Verantwortung gestohlen, zum Teil, weil kurz vor der Veröffentlichung der Geschichte ein tödlicher Bauchspeicheldrüsenkrebs bei ihm diagnostiziert wurde. Ein bitterlich ironisches Ende für den Gründer einer Gesundheits-App, und so tragisch, dass niemand Lous Story aufgreifen wollte, sodass mehrere Dutzend verurteilte Vergewaltiger und Belästiger in Ruhe ihren Karrieren nachgehen konnten.

»Das hat gar nichts verändert.« Lou hatte es angemessen bescheiden sagen wollen, doch es klang bloß verbittert. Diese Frau war vermutlich der einzige Mensch, der sich noch an den Skandal erinnerte. »Die Geschichte wird von den Siegern geschrieben und der ganze Schwachsinn.«

»Eigentlich«, sagte die Frau, »bin ich mir ziemlich sicher, dass die Geschichte von den Autoren geschrieben wird.« Sie schien bereit, diesen Gedanken weiter auszuführen, doch sie unterbrach sich, als sie sah, dass Palgrave sich zu ihnen gestellt hatte. Er starrte Lou ausdruckslos an, unter gigantischen weißen Augenbrauen hindurch, und mit einem Probiergläschen Kartoffelbrei in der Hand. »Hallo … äh«, sagte er schließlich.

»Lou«, sagte Lou. »Lou McCarthy.«

Jetzt dämmerte es ihm. »Ah, ja, vom *Herald*.« Seine Augen fixierten das Namensschild, das an ihre Brust geheftet war.

»Sie müssen sehr stolz auf Raums neues Gebäude sein«, sagte Lou, auf den denkbar fadesten Satz abzielend und sofort einen Volltreffer erzielend. Ihre Quelle konnte jede Sekunde da sein. Sie musste raus aus dieser Unterhaltung, und zwar schnell.

»Sehr stolz!« Palgrave brüllte es fast. »Raum ist eine fantastische Firma. Elmsley Chase ist ein Weltklasseunternehmer.«

Lou nickte. Elmsley Chase konnte einen ganzen Bus voll Nonnen feuern, und Investoren wie Tim Palgrave würden ihn auch dafür noch loben.

Dann sprach wieder Palgraves Begleitung. »Lou hat heute diese Alex-Wu-Geschichte gebracht. Über das Mädchen, auf das er losgegangen ist.«

Gottverdammt. Palgrave sah Lou jetzt direkt in die Augen, sein Mund zu einem Grinsen erfroren. Wie lang dauerte es, fragte sich Lou, bis ein Sechzigjähriger seine eigenen Zähne zu Staub zermalmte? Auch seine Begleitung starrte sie an, doch Lou bemerkte, dass ein Lächeln über ihre Lippen spielte. Sie verarschte ihn. Irre.

Doch jetzt blinzelte Palgrave, als hätte jemand den Reset-Knopf seiner Gesichtsmuskulatur gedrückt, und die Wut war verflogen. »Entschuldigen Sie mich«, sagte er. Dann langte er nach einem winzigen Entenconfit, schob das gesamte klebrige Ding in seinen Mund und stakste davon.

»Schön, Sie kennengelernt zu haben, Lou«, sagte seine Freundin und ging ihm mit großen Schritten hinterher.

Lou sah ihr nach, erleichtert, dass die beiden sich von der Stelle entfernten, an der Elmsley Chase und sein Gefolge noch immer standen. Ein einziges Wort von Palgrave würde reichen, um sie rauswerfen zu lassen. Doch das war es wert gewesen: ein winzig kleiner lichter Moment an einem ansonsten beschissenen Tag. Erst später fiel Lou auf, dass sie die Frau nicht nach ihrem Namen gefragt hatte.

Lou spürte eine Vibration am Bein. Sie hatte die Benachrichtigungen bei ihren E-Mail- und Social-Media-Accounts ausgeschaltet – die Beleidigungen durch Claude Pétains #MensLivesMatter-Trolle machten keinerlei Anstalten, weniger zu werden. Die einzige App, die noch ein Vibrieren auslösen konnte, war ihre verschlüsselte Chat-App. Eine Nachricht von Raum101! Lou zog das Gerät aus der Tasche und öffnete das Konversationsfenster.

Keine neuen Nachrichten.

Sie tippte auf »Aktualisieren«. Noch immer nichts. Die Vibration war bloß ein Phantom gewesen.

Frustriert hackte Lou auf die Bildschirmtastatur ein.

LouM: *Ich stehe im Lichthof, hinten rechts, neben dem Buffettisch.*

Ein riskanter Schritt. Raum würde ganz sicher den digitalen Traffic überwachen, der in das Gebäude hinein- und aus ihm herausging – dies war ein Unternehmen, das auf der Auslöschung sämtlicher Privatheit aufgebaut war. Wie ironisch war es, dass die digitale Spionage so effizient geworden war, dass es inzwischen sicherer war, eine Quelle auf einer Party zu treffen, als eine verschlüsselte Textnachricht zu schicken.

Zum hundertsten Mal suchte Lou die Menge ab. Jeder Einzelne auf der Party schien damit beschäftigt zu sein, zu fotografieren, zu twittern oder zu texten.

LouM: *Wo sind Sie?*

Während sie auf ihr Telefon starrte und auf die drei blinkenden Punkte wartete, die bedeuteten, dass gleich eine Antwort kommen würde, bemerkte sie im Augenwinkel plötzliche Aktivität. Eine Schar PR-Damen hatte sich an Chases Seite versammelt, und die größte und blondeste von allen flüsterte ihm etwas ins Ohr. Chase nickte, und die Frauen geleiteten ihn durch die Menge – ein Geheimdienstkommando auf Zehn-Zentimeter-Absätzen – in Richtung der Eisskulptur und der Gerüstplattform, auf der er seine große Rede halten würde.

Lou ließ ihr Trinkpäckchen stehen und mischte sich unter die Gäste.

13 %

LOU MCCARTHY WAR nicht die einzige Person im Raum One, der die Zeit davonlief. In genau diesem Moment war 300 Meter über ihr Joe Christian gegen die Maxiglass-Wand des östlichen Wartungstreppenhauses gesackt, den Kopf zwischen die Knie geklemmt, und versuchte vergeblich, wieder zu Atem zu kommen. Zu seinen Ultramarathon-Zeiten wäre er nach einem Lauf die fünfundfünfzig Stockwerke hinauf außer Puste gewesen. In seiner derzeitigen Verfassung hatte der einstündige Aufstieg, trotz seines extremen Adrenalinlevels, Joes Lunge an den Rand der Kapitulation gebracht. Er tupfte sich den Mund mit einem Taschentuch ab und verzog das Gesicht, als er die winzigen Tröpfchen Blut auf dem Papier sah. Unterhalb seiner Waden spürte er nichts mehr, doch das schmatzende Geräusch versicherte ihm, dass seine Schuhe ebenfalls mit Blut gefüllt sein mussten.

Es war ein Wunder, dass er überhaupt so weit gekommen war, unbemerkt vom Sicherheitsdienst. Es war ihm gelungen, sich über eine der hinteren Laderampen des Raum One einzuschleichen, wo jemand eine Tür offen gelassen hatte, vermutlich die Partyplaner oder die Caterer. Von dort war er in die Servicetunnel hinabgestiegen, die unter dem Lichthof verliefen. In einem dieser Tunnel fand er das Gebäudeverzeichnis und erfuhr, zu seiner Bestürzung, dass sich das C-Level im zweiundsechzigsten Stock befand. Er konnte es nicht riskieren, den Fahrstuhl zu benutzen, und so war er gezwungen, die Wartungstreppe zu nehmen: für jeden sichtbar, der zufällig auf die nur leicht mattierte Glasröhre blickte, die sich an der hinteren Wand erstreckte. Doch entweder hatte niemand hingesehen, oder niemand hatte es seltsam gefunden, dass sich da eine Gestalt gebückt und keuchend zu Raums Allerheiligstem hochkämpfte. Es war, als hätte Schicksal gewollt, dass er es schafft.

Während er keuchend und nach Luft schnappend dasaß, dachte Joe noch einmal an den Zeitungsartikel, der fast zwölf Stunden zuvor mit einem Piepen auf seinem Telefon gelandet war.

Alex Wu wurde schließlich doch noch zur Rechenschaft gezogen. Mehr als ein Jahrzehnt zu spät, und für das falsche Opfer, aber dennoch, das konnte unmöglich ein Zufall sein. Und dann das …

Heute Abend findet die Eröffnung des Raum One statt, des neuen, 3,5 Milliarden Dollar teuren Hauptquartiers. Zu Redaktionsschluss steht eine Bestätigung des Unternehmens aus, ob Wu dennoch anwesend sein wird.

Hätte Joe noch Zweifel gehabt, dass Wu ein weiteres von Schicksals Opfern war – und warum –, dann hatte diese Zeile sie ausgelöscht. Als Raubtier entlarvt zu werden, war zu jedem Zeitpunkt niederschmetternd – das wusste Joe nur allzu gut –, doch dass die Bombe ausgerechnet an dem Abend platzte, an dem dein Multimilliarden-Dollar-Börsengang verkündet werden soll … der Gipfelpunkt der Arbeit deines Lebens … na ja, einen so bitteren Twist konnte sich nur Schicksal ausdenken.

Schicksal verhöhnte auch Joe: lockte ihn mit der Aussicht einer Antwort auf die Frage, warum er und Wu zur Zielscheibe geworden waren. Und, mit dieser Antwort einhergehend, vielleicht mit dem Schlüssel zu einem Ende seiner Qualen. Wieder blitzte die Erinnerung daran auf: das Aufflackern eines vergangenen Lebens, das mehr als zehn Jahre geschlummert hatte, nur um durch das Piepen einer Nachrichtenmeldung geweckt zu werden. Der Abend, an dem Joe Alex Wu zum ersten Mal getroffen hatte – ein Abend, der damit enden sollte, dass die beiden Männer ein Leben lang miteinander verbunden sein sollten, durch ein gemeinsames Geheimnis.

Das musste es sein. Schicksal wollte, dass Joe Alex Wu dazu zwang, die Wahrheit zu gestehen, vor aller Welt.

Warum hätte Schicksal ihm sonst die Nachricht schicken sollen? Und dass Wu im am stärksten gesicherten Gebäude der Stadt gefasst wurde – war das nicht auf perfekte, geniale Weise grausam?

Kommen Sie, und holen Sie sich ihn, wenn Sie können! Die Uhr tickt!

Doch Joe Christian war fest entschlossen: Er würde Alex Wu finden und von ihm verlangen, dass er sein Verbrechen gestand. Heute Abend, vor sämtlichen Kameras. Vielleicht würde Schicksal Joe dann am Leben lassen.

Wunschdenken, schon möglich, aber auch die einzige Art zu denken, die Joe noch blieb. Wenn er heute nicht an Alex Wu herankam und ihn zwang zu gestehen, würde alles verloren sein, wenn es das nicht längst war.

Das Metallgeländer mit beiden Händen packend, zog er sich auf die Füße und machte sich bereit, den letzten Teil des Anstiegs anzugehen. Nur noch acht Stockwerke. Er konnte es schaffen.

14 %

UNTEN AUF DER Party war die Menge inzwischen auf 200, vielleicht 300 Gäste angewachsen. 200, vielleicht 300 Kameras wurden in die Luft gereckt, um Geschichte festzuhalten. Oben auf der Tribüne war Elmsley Chase ein ganz anderer Mann. Kein winziger Cartoon-Depp mehr! Jetzt war er der *Duke of Disruption*! Der Oberchefmacker! Ein wiehernder Pegasus in einer Herde schnöder Einhörner.

Die Art, wie er das Funkmikrofon hielt – nach unten geneigt, als wolle er daraus trinken – und wie er die Zeilen seiner Rede ausspuckte, ließ ihn eher wie einen Rapper aussehen als wie einen CEO. Zumindest schien er selbst das zu glauben.

»… das Raum One ist nicht bloß unser globales Befehlszentrum. Es ist unsere Botschaft an all die korrupten Politiker und gierigen Lobbyisten da draußen. An die Hater …«

Yeeeeeaaaaahhhh …

Lou musste zugeben: Der Typ konnte nicht mit einem Mikro umgehen, aber mit dem Publikum dafür umso besser.

»An die Hater da draußen … und an die *Loser* …«

… *aaaaahhhhh* …

»An all die verfickten Looo-ser, die den freien Markt hassen. Die euch erzählen wollen, was ihr mit eurem Eigentum machen dürft. Mit eurer Zeit. Mit eurem eigenen Geld.«

WUUUUUUUU …

»Das ist eine Botschaft, die sogar sie verstehen werden …«

… OOOOOHHHHH …

»*Fuck you*, verfickte *Motherfuckkkkkkkkker*.«

JUUUUUUUUUHHHHHHHHHHHH!

Das Publikum, das aus Silicon-Valley-Vorständen und Investoren und Journalisten bestand, drehte kollektiv durch. Sie jubelten und pfiffen und schrien WUUUUUHH und YEEEAAH, als würden sie nach Dezibel bezahlt. Hände wurden hochgerissen und gegen die Rückseiten von 200, vielleicht 300 Smartphones geschlagen. Elmsley Chase sagte, was Sache war!

Lou war der einzige Mensch im gesamten Lichthof, der nicht applaudierte: eine Geste der Unabhängigkeit, die sie mit einem Mal extrem verlegen machte. Während alle anderen Reporter in einem abgesperrten Pressebereich direkt vor Chases Tribüne eingepfercht waren, hatte sie sich eine eigene Ecke gesucht, ganz hinten, neben einer Kamera von KPIX 5, die auf einem großen Stativ aufgebaut war. Lou hatte eine orangefarbene Kuh neben die Kamera gezerrt und kletterte jetzt auf den Rücken des Tiers, um einen besseren Überblick über den Raum zu haben. Die Plastikbeine der Kuh knickten unter ihrem Gewicht ein wenig ein, doch sie bewahrten ihre Integrität.

Chase hob die Hand, um für Ruhe zu sorgen. Ein paar Typen wetteiferten darum, das letzte »Wuuuuuh« abzusetzen, doch eine Frau von BusinessInsider.com übertrumpfte sie alle: »Wir lieben dich, Elmsley!«

»Ich liebe euch auch.« Wieder winkte er, um Ruhe bemüht. »Noch eine letzte Sache. Hier bei Raum haben wir einen besonderen Ausdruck. Einige kennen ihn schon. Stoked-ness. Wir fragen uns jeden Tag, wie wir unsere Partner noch mehr *stoked* machen können, und unsere User auch. Vorhin, bevor ihr alle herkamt, bin ich mit dem Fahrstuhl ganz nach oben gefahren – ich stand auf dem Dach des Raum One und sah auf die Tausenden von Menschen in San Francisco hinab …«

Ein Mann in einem Cowboyhemd machte sich mit einem schlecht getimten »Yuuuuhh« zum Affen.

»Die Milliarden von Menschen auf der ganzen Welt, die ihr bestes Leben leben – mit Raum. Wenn ich an die Millionen von wirtschaftlichen Chancen denke, die wir unseren Partnern ermöglicht haben, die Milliarden toller Erfahrungen, die wir für unsere User kuratiert haben …«

Lou wartete auf die Pointe, während sie weiter die Menge nach ihrer Quelle absuchte. Chase liebte diese überraschenden »Eine Sache noch«-Verkündungen – ein billiger Trick, den er von seinem Idol und Mit-Arschloch Steve Jobs übernommen hatte.

Niemals würde er all diese Medienaufmerksamkeit auf die bloße Eröffnung des höchsten Gebäudes westlich des Mississippi verschwenden. Die IPO-Verkündung würde definitiv heute Abend erfolgen – *Nie wieder Warten!* –, und es gab nichts, womit Lou es aufhalten konnte. In wenigen Stunden würden die Unterlagen an die Börsenaufsichtsbehörde SEC gehen, und Raum würde in die vorgeschriebene »Stillhaltephase« eintreten, in der es Raum-Vorständen per Gesetz verboten war, mit Journalisten zu sprechen, selbst wenn sie es wollten. Nach heute Abend würde Elmsley Chase sich weigern, unangenehme Fragen zu Alex Wu zu beantworten, und die Wall Street würde ihm für seine Diskretion applaudieren.

Doch die Pointe kam nicht. Jetzt stand Chase schweigend da, blickte über die Menschenmenge hinweg und biss sich auf die Unterlippe – eine Persiflage von Nachdenklichkeit.

»Wisst ihr, bevor ich zum Hauptevent übergehe, gibt es da noch etwas, das ich ansprechen will.« Lou spürte, wie ihr fröstelte. Dies war seine besorgte, einfühlsame Stimme – die er benutzte, wenn er sich im Fernsehen dafür entschuldigte, dass die Essensbestellung vom Raum-Service ein Kleinkind vergiftet hatte, oder wenn er von seinem jüngeren Bruder Ramsey erzählte, der gestorben war, als sie beide noch Kinder waren. Mit anderen Worten, jedes Mal, wenn er wie ein echter Mensch klingen musste.

»Heute hat der *Bay Area Herald* einen verleumderischen Artikel über einen meiner Freunde veröffentlicht – einen Mann, der, wie ihr alle wisst, einer der brillantesten Technologie-Köpfe unserer Zeit ist.« Chase hielt seine Hand hoch, sodass das Rampenlicht auf das hauchdünne Platin-Raum-Band fiel, das er am rechten Handgelenk trug.

Die Zuhörer reagierten mit ein paar verwirrten Buuuhs und mit Applaus, weil sie nicht wussten, wie sie gleichzeitig Wu preisen und den *Herald* verurteilen konnten. Lous Herz pochte. *Das ist nicht gut. Das ist gar nicht gut.* Sie begann, langsam von der Plastikkuh abzusteigen.

Zu spät. Jetzt zeigte Chase mit dem Arm auf sie, die Handfläche nach oben, als wolle er Lou als eine Opfergabe darbringen. »Nein, bitte, Miss McCarthy, versuchen Sie nicht, sich zu verstecken.« Chases Stimme hallte von den Glaswänden des Lichthofs zurück. Die Zuhörer drehten sich allesamt um, und nun sah sich Lou dem Starren von 200, vielleicht 300 Smartphone-Kameras und der doppelten Anzahl von Augen ausgesetzt.

»Kurz bevor ich hier rauf bin, habe ich von meiner Sicherheitschefin erfahren, dass sich Miss McCarthy auf unsere Party geschlichen hat.« Erneute Buhrufe. »Ich wünschte, ich könnte sagen, dass mich das schockiert, aber wie ihr alle wisst, hasst uns der *Herald* schon von Anfang an.« Ein langsames, übertriebenes Kopfschütteln.

Der Saal explodierte. »Werft sie raus!«, schrie eine Frauenstimme, ungefähr von dort, wo die PR-Blondinen versammelt standen. »Ja, werft sie raus«, brüllte noch jemand, und schon bald wurde ein Sprechchor daraus …

Werft sie raus!

Werft sie raus!

Lou sah zwei Kommandos von Sicherheitsleuten, die irgendwie aus den Glaswänden gekommen zu sein schienen und sich nun einen Weg durch die Menge bahnten, um sie in die Zange zu nehmen. Dann bemerkte sie, dass sämtliche Fernsehkameras auf sie umgeschwenkt waren, um ihre Erniedrigung festzuhalten.

Werft sie raus!

Werft sie raus!

Lou wusste nicht, ob sie davonrennen sollte und riskieren, von diesem Mob aus rotgesichtigen Krawattenträgern verfolgt zu werden, oder ob sie die Stellung halten sollte, wohl wissend, dass ihre Demütigung live auf der ganzen Welt übertragen wurde. Wieder erhob sich Elmsley Chases Stimme über den Lärm. »Moment, Moment, jetzt wollen wir uns alle erst einmal beruhigen. Ich habe meinem Sicherheitsteam gesagt, sie kann hierbleiben, weil wir hier bei Raum nichts zu verbergen haben. Wir sind super transparent, sogar gegenüber Hatern von der Presse.« Jetzt sah er wieder Lou an. »Miss McCarthy, wir sind *stoked*, Sie hier begrüßen zu dürfen …«

Weitere Buuhs und Jubelschreie.

»… falls …« Er hielt inne, um die Wirkung seiner Worte zu verstärken. »Falls Sie bereit sind, sich bei Alex zu entschuldigen, weil Sie eine erfundene Geschichte gebracht und versucht haben, das Leben eines großen Mannes zu zerstören.«

Lou spürte, wie ihr von einem der Sicherheitsleute ein Mikro in die Hand gedrückt wurde. Also hatte Stephen Camp recht gehabt: Elmsley Chase *war* Raum101. Er hatte sie auf die Party gelockt, um sie ein allerletztes Mal zu erniedrigen. Als Warnung an alle Journalisten, die es wagen sollten, Raum in die Quere zu kommen. Lou war übel, sie schämte sich und war …

Scheißwütend. Die Wut, die sie verspürt hatte, als Raum sie aus ihrer Wohnung geworfen hatte, kehrte mit Macht zurück, tausendfach verstärkt durch die Erkenntnis, dass sie gerade versuchten, sie von genau demselben Fleck ein zweites Mal zu vertreiben, öffentlich und auf brutale Weise. Doch es war noch so viel mehr als das. Sie hatte sich hinters Licht führen lassen, schon wieder, weil sie so verzweifelt glauben wollte, dass ihre Quelle echt war. Dass sie tatsächlich Gerechtigkeit für Jane Doe erreichen konnte. Elmsley Chase wusste das, und er hatte ihre Hoffnung gegen sie eingesetzt.

Chase redete noch immer von seiner Tribüne aus auf sie ein. »Und? Was sagen Sie? Werden Sie das Richtige tun und sich entschuldigen?«

»Klar«, spuckte Lou in das Mikrofon.

Der Sprechchor setzte aus. Chase schien ehrlich erschrocken über ihre Antwort. »Wirklich? Sie werden sich ... entschuldigen? Das sind tolle Neuigkeiten.«

»Klar«, wiederholte Lou. »Wenn Sie Alex Wu herholen, entschuldige ich mich persönlich bei ihm.« Ihre Stimme hallte durch den Lichthof. »Wo ist er?«

Das Publikum war bereits auf Sprechchöre eingestimmt, und so setzte schon bald ein neuer ein. »Wir wollen Alex! Wir wollen Alex!«

Der Sicherheitsmann griff nach Lous Mikro, doch sie hielt es mit beiden Händen fest. »Wo *ist* Alex Wu, Elmsley? Warum ist er nicht hier?«

Wir wollen Alex!

Wir wollen Alex!

Oben auf der Tribüne verwandelte sich Chase ganz langsam vom Warrior zurück zum Wackeldackel. Erst nickte er den TV-Kameras zu, dann jemandem in der ersten Reihe und schließlich dem Rest des Publikums, bis er seine Aufmerksamkeit erneut auf Lou richtete, die wieder auf ihre Plastikkuh geklettert war.

Wir! Woll'n! Al-ex!

Wir! Woll'n! Al-ex!

Die Euphorie würde nicht lange anhalten. Lou war jetzt definitiv ihren Job los, und ihr verängstigter Blick, als Elmsley Chase ihren Namen gerufen hatte, würde für Millionen animierter GIFs herhalten müssen. Doch in diesem Augenblick, als sie einer Menge aus Investoren und Journalisten und Fanboys zuhörte, die danach riefen, Alex Wu möge sich zeigen, fühlte sie sich wie die Königin der Welt. Ganz egal, was als Nächstes geschah, Wus Abwesenheit auf der IPO-Verkündungsparty würde auf Tausenden Tech-News-Seiten und Hunderten Kabelsendern weltweit Thema sein. Schon bald würde es sich in den Vorstandsetagen der Hedgefonds und der institutionellen Anleger herumsprechen. Stillhaltephase hin oder her, niemand von Raum würde sich im Fernsehen oder an der Wall Street zeigen können, ohne diese Frage gestellt zu bekommen: »Wo ist Alex Wu?«

Wir! Woll'n! Al-ex!

Wir! Woll'n! Al-ex!

Nur leider irrte sich Lou. Es *gab* etwas, das diese Frage von den Titelseiten verdrängen konnte. Und in genau diesem Augenblick geschah genau das.

Am oberen Rand ihres Sichtfelds nahm Lou einen schwarz-gelben Klecks war, fast sofort gefolgt von einem donnernden Krachen und einem undefinierbaren Schmatzen. Zunächst dachte sie, es habe sich nur einer der »Willkommen im Raum One«-Wimpel aus der Befestigung gelöst und sei auf die Eisskulptur gekracht. Elmsley Chase fuhr gerade rechtzeitig herum, um einen Schwall Rot aus dem zerknüllten Stoff schießen zu sehen, der, wie Lou jetzt begriff, um den Körper eines Mannes gewickelt war. Eines Mannes, der offenbar von einem der oberen Stockwerke des Lichthofs gestürzt war und sich auf der gefrorenen Spitze der Eisskulptur aufgespießt hatte.

Auf das Krachen folgte schon bald ein weiteres bemerkenswertes Geräusch: das von 200, vielleicht 300 Männern und Frauen, die so laut schrien, wie sie nur konnten. Lou versuchte, ihr Gleichgewicht zu halten, doch durch den Ansturm von Menschen, die

Richtung Ausgang drängten, wurde sie von ihrer Kuh gestoßen. Als sie wieder auf den Beinen war, sah sie für einen Moment fasziniert zu, wie all die VIPs die Hände hochrissen und Befehle in die Cloud brüllten, in der Hoffnung, ein Flucht-vRaum zu erwischen, bevor der viel teurere »Komfortpreis« einsetzte.

Sie bahnte sich mit Schubsern und Ellbogen einen Weg durch die Gala-Kleidung tragende Masse Richtung Eisskulptur. Von dem Toten stieg bereits Dampf auf (jetzt bestand kein Zweifel mehr, dass es ein Leichnam war), und durch das Schmelzen des Eises rutschte er herunter, was weiteres Blut und das Banner freisetzte. Lou blieb stehen, vorübergehend gelähmt, als sie das mit Blasen übersäte Gesicht des Toten sah, sein zurückgegeltes schwarzes Haar – strähnig, mit einigen freien Stellen – und seine typische rote Cordhose, die an den Knien aufgerissen war. Das Gesicht, das bei eintausend Presseterminen zu sehen gewesen war, das Gesicht des Mannes, der den Software-Algorithmus erschaffen hatte, durch den Raum zum wertvollsten Privatunternehmen der Welt geworden war. Ein Gesicht, das es sogar im Tod noch fertigbrachte, anzüglich zu grinsen.

Das grausige, hässliche und ausgesprochen tote Gesicht von Alex Wu.

15 %

JOE CHRISTIAN HATTE den Sprung mitangesehen. Er war endlich auf dem gläsernen Gang auf Etage zweiundsechzig angekommen, als die Sprechchöre begannen. Unter Aufbietung seiner allerletzten Kräfte zog er sich an der Brüstung hoch und blickte in den Lichthof hinab. Aus dieser Höhe waren die Köpfe der Partygäste nicht mehr als Punkte auf einem Streudiagramm und ihr Small Talk ein langsam pulsierendes Dröhnen. Joe brauchte einige Sekunden, um zu erkennen, dass der weiße Stalagmit, der sich ihm entgegenreckte, die Spitze einer Skulptur aus Eis war.

Dann blickte er über die freie Fläche hinweg zum gegenüberliegenden Gang und sah die Gestalt, die dort in der Dunkelheit stand und über die Brüstung nach unten sah. Ihn durchfuhr die Erkenntnis, dass sie beide, die sich hier, weit oben im Lichthof, gegenüberstanden, das perfekte Spiegelbild des jeweils anderen darstellten: zwei von Schicksals Opfern, die begriffen, dass ihre Zeit beinahe abgelaufen war; zwei schuldige Männer, die endlich das Wesen – und die Konsequenzen – ihres Verbrechens verstanden. Joe hätte beinahe losgebrüllt, doch er wollte keine Aufmerksamkeit von unten auf sich ziehen. Er hob die Hand, als wolle er winken, dann ließ er sie wieder fallen.

Es war zu spät.

Joe stand starr vor Schreck da, als Alex Wu sich noch weiter über die Absperrung beugte und sich dann, ganz sachte, ins Nichts fallen ließ.

16 %

LOU RANNTE. SIE rannte und rannte, bis sie zehn Minuten und eine Meile später, außerstande, auch nur einen Schritt weiterzugehen, in den mit Brettern vernagelten Eingang des O'Farrell-Street-Pornokinos stolperte.

Ihre Beine und Lunge brannten, doch als sie sich auf den dreckigen Gehsteig sinken ließ und raue Bretter ihr durch das dünne Hemd hindurch den Rücken aufkratzten, war ihr plötzlich kalt. Sie schnappte nach Luft, doch in ihrer Nase war bloß der scharfe Ammoniakgeruch von Urin.

Sie hatte es ins Tenderloin geschafft: das ärmste, gefährlichste Viertel der Stadt, schon bevor die Tech-Inflation die Anzahl an Wohnungslosen verdoppelt und die vorherrschende Wut vervierfacht hatte. Jetzt war es ihr Rückzugsort. Aufnahmen von Wus Suizid trendeten auf sämtlichen sozialen Plattformen, neben einhundert separat voneinander hochgeladenen Videos von Lou, die sich Elmsley Chase entgegenstellte.

Wo ist Alex Wu?, hatte sie zu wissen verlangt, und Wu persönlich hatte geantwortet, indem er sich im Live-Fernsehen in den Tod gestürzt hatte. Jetzt jagten Claude Pétain und seine #MensLivesMatter-Armee die Frau, die sie für den Suizid verantwortlich machten. Sie forderten brutale, sexuell verwerfliche Rache für den Tod eines ihrer Helden. Pétain hatte bereits eine Reaktion auf Freestreem gepostet und eine seiner berüchtigten »roten Kennzeichnungen« gegen Lou verhängt – eine Kriegserklärung, mit der er seine Follower zur Tat rief.

Lou rollte sich noch mehr zusammen, zog ihre Knie eng an sich und bemühte sich, sich in der Hocke und über dem Teppich aus Nadeln und benutzten Kondomen zu halten, die in dem Eingang verstreut lagen. Sie hatte über genügend von Pétains roten Kennzeichnungen berichtet, um zu wissen, in welcher Gefahr sie sich befand. Die Gruppe hatte ein riesiges, verdecktes Überwachungsnetzwerk aufgebaut – sie hackten öffentlich zugängliche Gesichtserkennungstools, im Außenbereich angebrachte Überwachungskameras, Mobilfunkmasten, Krankenakten –, um ihre wertvollsten Ziele aufzuspüren und zu zerstören. Schon eine einzige Kamera, die in Lous Richtung zeigte, konnte ausreichen, um eine Armee herbeizurufen. Das Einzige, was sie tun konnte, war, ihr Telefon auszuschalten und sich darauf zu konzentrieren, sich in Sicherheit zu bringen: diese paar Blocks, in die sich die Techies nicht hineintrauten und die sogar die verzweifeltsten Raum-Fahrer mieden, aus Angst, dass ihre Autos entführt oder in Brand gesteckt wurden. Sicher würden selbst Pétains durchgeknallte Follower es nicht wagen, sie in dieser Kriegszone zu suchen.

Jetzt jedoch, während sie langsam wieder zu Atem kam, dachte Lou an ihre Mutter in Atlanta. In zahllosen Video-Tutorials hatte Pétain seine Truppen daran erinnert, dass eine rote Kennzeichnung keinerlei Gnade erlaube – *Trefft sie da, wo es wehtut, greift ihre Familien an, ihre Geliebten, ihre Arbeitskollegen. Es gibt keine Zivilisten; auf Kollateralschaden wird keine Rücksicht genommen.* Erst wenige Wochen zuvor hatten sie die Privatadresse und die Sozialversicherungsnummer der Tochter des CIA-Direktors veröffentlicht. Die arme, verängstigte Frau war noch immer in Schutzgewahrsam.

Lou hatte so hart dafür gearbeitet, die brutale Wirklichkeit ihres Jobs vor ihrer Mutter geheim zu halten. Die Beleidigungen, die Drohungen, das Wissen, dass jedes Date eine Falle der alternativen Rechten oder ein PR-Pitch sein könnte – die tiefen Narben, die all das auf ihrer Seele hinterlassen hatte.

Sie zwang ihr Gehirn zum Nachdenken. War heute Mittwoch? Ja. Mittwochabends sang Lous Mutter in irgendeiner Kneipe Karaoke, während ihre beste Freundin Carol versuchte, Trucker abzuschleppen. Was, wenn sie nach Hause kam, betrunken und aufgeputscht von den Beastie Boys und Dolly Parton, und der Mob bereits dort auf sie wartete?

Gott stehe dem Mob bei, wenn es so war.

Lou holte ihr Telefon aus der Hosentasche und scrollte zur Nummer ihrer Mutter. Sofort meldete sich die Voicemail – die voreingestellte Begrüßung ihres Mobilfunkanbieters. Sie hängte auf und versuchte es bei Carol, doch auch hier gab es bloß eine fast identische Aufnahme.

Sie versuchte es ein zweites Mal bei ihrer Mutter und hinterließ ihr eine Nachricht. »Mom, ich bin's.« Lou brachte kaum die Worte heraus. »Pass auf, mir geht's gut, aber … also, heute Abend ist was passiert – wahrscheinlich wirst du's im Fernsehen sehen. Tu mir den Gefallen und bleib heute bei Carol, okay?« Sie zögerte, wartete auf eine Bestätigung, bis sie sich erinnerte, dass sie zu einem Voicemail-Server sprach. »Ich ruf noch mal an. Geht zu Carol, okay? Hab dich lieb.« Sie hängte auf und bereute augenblicklich die Anweisung, die sie gegeben hatte. Jeder Mob, der vor Carols Haus auftauchen würde, würde sich einer .44 Magnum gegenübersehen, die sie in einem Schließfach über der Eingangstür verwahrte. Das war so ungefähr die schlechteste Art, auf einen Mob gewaltbereiter Halbstarker zu reagieren.

Lou hielt den Ein-/Aus-Knopf ihres Telefons gedrückt, bis es einmal lang vibrierte und verstummte. In der Stille versuchte sie, ihre neue Realität zusammenzusetzen. Alex Wu, der Mann, den sie zwölf Stunden zuvor als Vergewaltiger enttarnt hatte, war tot. Alex *fucking* Wu. Tot. Er hatte sich wegen ihrer Geschichte umgebracht. Was hieß, dass es wahr sein musste. Richtig?

Sie kämpfte sich auf die Füße. Sie konnte nicht zum *Herald-*

Gebäude zurück. Nach einem toten Vergewaltiger auf einer Eisskulptur gab es kein Zurück. Außerdem war die Fahrstuhlkarte noch in dem Rucksack, den sie in all dem Chaos im Raum One verloren hatte. Ganz zu schweigen von ihrem Laptop, ihrem Portemonnaie und dem Telefonladegerät.

Sie musste in Bewegung bleiben. Sie würde sich an die Badlands halten – eine furchterregende Route voller Umwege durch die Obdachlosenlager von South Van Ness nehmen, bis sie die Polizeistation in der Mission erreichte. Eine ihrer Quellen arbeitete dort in der Nachtschicht – ein erfahrener Kommandant, der arrogante, gesetzesbrechende Techies fast genauso sehr hasste, wie sie selbst es tat. Er würde ihr vielleicht keinen Schutz anbieten können, doch vielleicht würde sie sich dort ein paar Stunden verstecken können, bis sie begriff, was zur Hölle gerade im Raum One geschehen war.

Sie wandte sich nach links, wappnete sich für einen weiteren Lauf, doch kaum hatte sie auch nur einen Schritt aus dem Eingang getan, als sie mit jemandem kollidierte, der ihr entgegenkam. Der Mann wich zurück, genauso erschrocken, gegen sie zu prallen, wie sie es war, gegen ihn zu prallen. Er sah dünn und asiatisch aus und trug einen Hoodie, dessen Kapuze er eng um sein Gesicht gezogen hatte. »Entschuldigung«, sagte sie und versuchte, an ihm vorbeizukommen.

»Alles gut«, murmelte er. Zwei verängstigte Fremde, die sich irgendwie ins Tenderloin verirrt hatten.

Aber nein. Das war nicht das, was er gesagt hatte.

Eigentlich hatte er gesagt: »Alles gut, Lou.«

In dem Sekundenbruchteil, in dem ihr das klar wurde, geschahen mehrere Dinge gleichzeitig. Zuerst erstarrte Lou, als sie ihren Namen hörte. Dann drehte sie sich um, um wegzurennen, doch da stand ein zweiter Mann hinter ihr und blockierte den Gehsteig. Dieser Mann war groß und auf ungesunde Weise dünn, mit krausem blondem Haar, das unter einer roten Baseballkappe hervorragte.

Eine dritte Gestalt – stämmig mit einem dunkelroten Bart – trat an die Bordsteinkante und blockierte ihren einzigen Fluchtweg. Lou griff nach ihrem Telefon, um Hilfe zu rufen, dann erinnerte sie sich, dass sie es ausgeschaltet hatte. Aber nicht schnell genug: Das Netzwerk an Überwachungskameras hatte sie schon entdeckt.

»Wie fühlt man sich als Mörderin?« Der Baseballkappen-Typ spuckte Lou die Worte fast ins Gesicht.

»Journalistische Ethik, *Bitch*«, verhöhnte Hoodie sie, der sein Telefon hochhielt und den Überfall schadenfroh für Pétains Troll-Netzwerk freestreemte. Jetzt sah sie das Logo, das auf seinem Sweatshirt prangte: Jean-Claude, das Schwein, die obskure Achtzigerjahre-Comicfigur, die Pétains Follower als ironisches Schibboleth zweckentfremdet hatten.

Kämpfen, fliehen, kämpfen, fliehen. Lou starrte geradeaus, die Augen auf die Linse des Telefons gerichtet, während das Adrenalin die Ränder ihres Sichtfelds schwarz färbte. Sie hoffte wider besseres Wissen, dass eine Million Zeugen sie irgendwie beschützen könnten. Was sie nicht tun würden. Freestreems Offshore-Server waren voller Videos, in denen Frauen von Pétains Followern geschlagen und attackiert wurden, und jedes Video wurde von einer Lawine falsch geschriebener Beleidigungen und neuer Vorschläge der Zuschauer begleitet. Ganz egal, wie viele von Pétains Gefolgsmännern für die gefilmten Attacken ins Gefängnis kamen, die juristischen Folgen schienen für diese beschissenen Idioten immer wieder ein Schock zu sein. Sie konnte schreien, aber wen würde das hier im Tenderloin interessieren?

Eine vierte, größere Gestalt war im Halbdunkel zu ihnen getreten und stand jetzt hinter Baseballkappe, den er um einiges überragte. Lou konnte das Gesicht des Neuankömmlings nicht erkennen, nur, dass er einen Kopf größer war als die anderen drei und um einiges breiter. Er hatte eine Glatze oder trug eine helle Mütze, und dazu eine glänzende Bomberjacke. Der Livestream funktionierte also: Pétains Gefolge rückte an.

Hoodie richtete die Kamera auf sein eigenes Gesicht. Er hatte den Neuankömmling offenbar noch nicht bemerkt. »Was sollen wir mit ihr machen?«, fragte er das Publikum an den Bildschirmen.

»Sagt es uns in den Kommentaren«, kreischte Rotbart, der sich über die Schulter seines Freundes beugte, um die Reaktionen auf dem Display zu lesen.

Einen Moment lang schien es so, als würde auch der vierte Mann in die Übertragung mit einsteigen wollen – er schob seinen Körper zwischen Hoodie und Rotbart, um einen besseren Blick auf das Display zu haben. Doch dann blitzte es plötzlich weiß auf – zwei riesige Hände schossen am Telefon vorbei und auf Lous Gesicht zu. Instinktiv riss sie den Kopf zurück, nahm die Hände hoch und wappnete sich für den Schlag. Ihr Hinterkopf knallte gegen etwas Hartes, Metallenes, das aus den Brettern ragte. Ein scharfer Schmerz schoss ihr durch den Schädel.

Das war alles, was sie spürte. Denn der Schlag kam nicht. Bloß ein übles Knirschen, das Lou später als das Geräusch zweier Schädel identifizierte, die gegeneinandergeschlagen wurden – mit so viel Kraft, dass ihre Besitzer das Bewusstsein verloren.

Auf das Knirschen folgte ein ebenso übler dumpfer Aufschlag, als Hoodie und Rotbart auf den Gehsteig sackten. Lou öffnete die Augen gerade rechtzeitig, um die beiden vor ihren Füßen landen zu sehen. Aus Hoodies Nase lief Blut. Baseballkappe erblickte das Gleiche und drehte sich zu dem Angreifer um. Er bekam gerade noch ein verwirrtes »Aaaaalter!« heraus, bevor auch er zum Schweigen gebracht wurde, indem ihm eine Faust die Nase tief ins Gesicht drückte. Ein roter Springbrunnen spritzte auf Lous

Hemd, und sie schrie auf. Das ganze Manöver dauerte vielleicht zwei Sekunden.

Lou schrie erneut, als der große Mann ihren Arm packte und sie aus dem Eingang zerrte, über den Gehsteig und auf einen schwarzen SUV zu, der ein paar Meter entfernt mit laufendem Motor am Bordstein stand, die Warnleuchten in der Dunkelheit blinkend. Sie kämpfte gegen den Griff des Mannes an, schlug mit der Faust so hart sie konnte gegen seine Schultern und seinen Rücken, doch genauso gut hätte sie auf einen Elefanten eindreschen können.

»Schluss jetzt, du durchgeknallte *Bitch.*« Die Stimme des Mannes klang nasal, die Vokale verschluckt. Israeli? Südafrikaner? Er fasste ihren Arm noch fester. »Ich bin die Kavallerie.« *Kivilry.*

Und damit, und einem letzten Ruck, hob der Mann Lou von den Füßen und warf sie auf die Rückbank des SUV.

17 %

LOU MUSSTE SICH den Kopf schlimmer gestoßen haben, als sie gedacht hatte, oder ihr Körper machte vor lauter Erschöpfung einfach dicht. Später erinnerte sie von der Entführung nur, dass sie auf den ledernen Rücksitzen des SUV lag und auf die Straßenbeleuchtung starrte, die pulsierend an dem abgedunkelten Fenster vorbeischoss. Dann, nach einiger Zeit – zehn Minuten? Einer Stunde? – gingen die Lichter aus.

Irgendwann verlangsamte das Fahrzeug sein Tempo und hielt dann ganz an, und Lou hörte nur noch das sanfte Surren des Motors. Danach erinnerte sie einzig ein paar einzelne Bilder eines Fahrstuhls mit verspiegelten Wänden und einer niedrigen gepolsterten Bank, auf die sie vorsichtig gelegt wurde. Der glatzköpfige Mann war jetzt wieder an ihrer Seite – oder war er die gesamte Zeit dort gewesen? –, der beißende Geruch von billigem Eau de Cologne, ein kräftiger Arm, der Lous Hüfte fest umfasste, während sie durch eine Holztür gingen. Der Fußboden fühlte sich unter Lous Füßen uneben an, und als sie nach unten sah, stellte sie verwirrt fest, dass da nur ein staubiger Fuß war, wo eigentlich ihr Schuh sein sollte.

Schwärze.

18 %

LOU ERWACHTE AUF einer tiefen, weichen Couch. Ihr Hinterkopf fühlte sich taub an, und sie zitterte, trotz der kratzigen Wolldecke, die ihr bis zum Hals reichte.

»Lou? Lou-ise McCarthy?« Eine Frauenstimme drang leise durch den Nebel. »Sind wir zurück unter den Lebenden?« Ihr Akzent klang entweder britisch oder australisch: Dame Judi Dench, gespielt von Nicole Kidman.

»Ah, sehr schön, da sind Sie ja.«

Lou öffnete langsam die Augen und versuchte, den Ursprung der Stimme zu lokalisieren. Sie erkannte die verschwommenen Umrisse einer Frau, die auf der Kante eines blauen Sessels hockte, den Kopf über dem niedrigen Tisch aus Glas und Mahagoni, der zwischen ihnen stand.

Lou stemmte einen Ellbogen gegen den Rand der Couch und richtete sich benommen auf. Ihr Kopf pochte, und als sie ihre Füße von der Couch nahm und die Decke gleich mit zu Boden fiel, war sie überzeugt, sich augenblicklich übergeben zu müssen.

Zu all der Reizüberflutung kam hinzu, dass ein Rinnsal eiskalten Glibbers ihren Nacken hinunterlief. Sie drehte sich zum Couchkissen um und sah, dass ihr Kopf auf einem Plastik-Kühlakku gelegen hatte.

Ihre Augen stellten jetzt auf das Gesicht der Frau scharf: auf ungesunde Weise dünn und doch merkwürdig faltenfrei, und obendrauf rotes Haar, das zu einem strammen Dutt gebunden war. Lou brauchte einen Augenblick, um sie als die Frau zu erkennen, die zu Elmsley Chases Gefolge im Raum One gehört hatte.

Sie trug noch immer ihren schwarzen Couture-Jumpsuit, doch jetzt hatte sie ihn um eine teuer aussehende cremefarbene Jeansjacke ergänzt.

»Was soll der Scheiß?« Lous Kehle war kratzig und wund. »Wo …«

»Sie sind hier sicher«, sagte die Frau. Sie schob ein großes Glas Wasser über den Couchtisch. »Landon findet, Sie gehören in ein Krankenhaus, aber ich dachte mir, Sie würden sich lieber irgendwo ausruhen, wo es weniger … öffentlich ist.« Sie neigte den Kopf in Richtung der Tür, und Lou spürte von Neuem das Adrenalin, als sie den Mann erkannte, der sie in den SUV verfrachtet hatte und der jetzt Wache stand. Der Mann zuckte mit den Schultern, als wolle er noch einmal bestätigen, dass er eine medizinische Einrichtung für den geeigneten Ort für jemanden mit einer ernsten Kopfverletzung hielt.

Lou versuchte, den Rest ihrer Umgebung wahrzunehmen. Die Möbel in diesem Raum sahen teuer aus, aber langweilig; an den Wänden hing fade Massenkunst: impressionistisch, und doch perfekt darauf abgestimmt, keinerlei Eindruck zu hinterlassen. Dicke beigefarbene Vorhänge ließen die Nacht nicht herein, und die einzige Beleuchtung ging von einer Sammlung von Tischleuchten aus schwerem Messing aus. Der unverwechselbare, unverfängliche Luxus einer hochpreisigen Hotelsuite. Das St. Regis in der Third Street, tippte Lou, oder das Four Seasons in der Market; Lou hatte in beiden an Konferenzen teilgenommen, und beide waren nur eine kurze Fahrt vom Raum One entfernt. Sie suchte vergeblich nach etwas Unverkennbarem – einem Logo, einer Schlüsselkarte –, bevor sie sich wieder der Frau im Sessel zuwandte. »Ich habe Sie was gefragt. Sie können nicht einfach …«

»Sie sind in meinem privaten Apartment im Four Seasons«, unterbrach die Frau sie erneut, geduldig, aber mit einem gewissen frustrierten Unterton, als habe sie es mit einer blinden Idiotin zu tun. »Und das da« – die Frau schnipste in Richtung der Couch – »ist mein Sofa, das Sie gerade vollbluten. Aber bitte, machen Sie sich nichts daraus.«

Lou blickte auf den feuchten, dunklen Fleck auf dem Polster, wo das Kondenswasser vom Kühlakku sich mit ihrem Blut vermischt hatte. Ein Bild blitzte in ihr auf: eine rote Cordhose und eine schmale Brust, blutig und von einer Eisskulptur durchbohrt. *Alex Wu ist tot.*

»Also, Vorstellungsrunde!« Die Frau klatschte in die Hände, was Lous Kopfschmerzen sofort noch schlimmer machte. »Ich heiße Helen. Helen Tyler.«

»Ich weiß, wer Sie sind«, bluffte Lou, »und Sie können Ihrem Chef sagen, er soll sich keine Sorgen machen. Elmsley Chase wollte, dass ich gefeuert werde, und sein Wunsch geht in Erfüllung. Ich bin durch mit dieser Scheiße.« Lou zwang ihre Beine, ihre Arbeit zu verrichten und ihr von der Couch zu helfen, doch dann erwischte sie eine weitere Übelkeitsattacke. Sie schaffte es gerade einmal, sich nicht gleich wieder hinzulegen.

Selbst mit einer Gehirnerschütterung konnte Lou noch eins und eins zusammenzählen. Sie hatte gesehen, wie diese Frau im Raum One mit Elmsley Chase sprach. Jetzt, da sie Lou vor Claude Pétains Mob gerettet hatte, spielte sie die Florence Nightingale, während ihr Schläger an der Tür Wache stand. Diese Person, die sich Helen Tyler nannte, gehörte zu Raums legendärem Krisenmanagement-Team. Ein Mann war tot, und sie bemühten sich immer noch um Schadensbegrenzung – vielleicht aus Angst, dass Lou Chase verklagen könnte, weil er Pétains Schläger ermuntert hatte, sie anzugreifen. Diesen Monstern war einfach nichts heilig.

Tyler schnaubte, was Ausdruck von Verachtung oder Belustigung sein mochte. »Leider macht sich Elmsley, meiner Erfahrung nach, nie um irgendetwas Sorgen. Zum Glück arbeite ich ganz entschieden *nicht* für ihn.«

Tyler musste Lous verständnislosen Blick bemerkt haben, denn sie lächelte und fuhr dann schnell fort: »Bleibt das unter uns?« Sie wartete, bis Lou mit einem Schulterzucken zugestimmt hatte. »Ich bin das, was man eine Auftragskillerin nennt.«

Lou zuckte bei dem Wort zusammen, doch Tyler korrigierte sich gleich. »Unglückliche Wortwahl. Tut mir leid, es war eine schwierige Nacht für uns alle.« Sie hielt inne und sprach mit leiser Stimme weiter. »Auch wenn ein schmerzhafter Tod das Mindeste war, was Alex Wu verdient hat.«

»Wie bitte?« Hatte diese für Raum arbeitende Frau gerade dem CTO ihrer Firma den Tod gewünscht? Was war denn das für ein neues Psychospielchen?

»Sehen Sie das nicht so?«, fragte Tyler.

Lou antwortete weiterhin nicht. Wer auch immer diese Frau wirklich war und welche Reaktion auch immer sie sich erhoffte, Lou meinte, was sie im Stillen gedacht hatte. Sie hatte die Spielchen satt. »Ich frage noch ein letztes Mal. Wer sind Sie, und was wollen Sie von mir?«

Tyler seufzte. »Auch das *entre nous*, Raums Vorstand hat mich angeheuert, um, sagen wir mal, das Unternehmen einmal abzuschrubben, bevor es an die Börse geht. Man könnte sagen, dass wir beide ganz ähnliche Jobs haben – wir suchen nach faulen Äpfeln im Raum One –, nur eben von unterschiedlichen Seiten aus.«

Lou hörte sich selbst lachen. »Ihr Job ist es, Raum vor dem IPO auf Vordermann zu bringen? Ihr Vergewaltiger-CTO hat sich gerade auf eine Eisskulptur gestürzt, und Ihr soziopathischer Ober-Bro-CEO hat einer Journalistin einen Mob misogyner Arschlöcher auf den Hals gehetzt. Fünf Sterne, gerne wieder.«

Tyler schnaubte erneut, diesmal belustigt. »Gut zusammengefasst. Hätte ich gewusst, dass Elmsley heute diese Nummer abziehen würde, hätte ich das selbstverständlich verhindert. Das war ein kindisches, sinnloses Theater.«

»Das, was Alex Wu getan hat, würde ich nicht ›Theater‹ nennen.«

»Dann gehen wir eindeutig nicht in die gleichen Opern, meine Liebe.« Tyler lächelte. »Ich meinte, es war nicht nötig, dass Elmsley Sie im landesweiten Fernsehen erniedrigt und Pétain und seine grauenhaften Social-Media-Gehirnakrobaten gegen Sie aufstachelt. Eine rote Kennzeichnung, wohl wahr.« Sie sprach den Namen französisch aus – *Pay-tahn* –, nicht auf die amerikanisierte Weise – *Pet-ain* –, die Pétain selbst und seine Fans benutzten. »Schlimm genug, dass Sie von Ihrer Quelle betrogen wurden und Ihre eigene Karriere zerstört haben.« Sie schüttelte den Kopf, was fast schon einer Form von Mitgefühl gleichkam.

Endlich gelang es Lou, sich auf die Füße zu kämpfen, und sie zog ihr Telefon aus der Hosentasche. Die Erwähnung der roten Kennzeichnung erinnerte sie daran, dass sie noch immer nichts von ihrer Mutter gehört hatte.

Wer auch immer diese Frau war – und sie redete nicht wie irgendeine Krisenmanagerin, die Lou jemals getroffen hatte –, sie wussten beide, dass Raum Claude Pétains Trolle alles andere als abstoßend fand. Lou drückte mit dem Daumen auf den An-Knopf, doch das Display blieb absolut schwarz.

»Ich muss los.«

Sie versuchte noch einmal, ihr Telefon wiederzubeleben, doch abermals ohne Erfolg.

Einen Moment lang schien Tyler verwirrt zu sein. Dann griff sie in ihre Tasche und holte ein schmales silbernes Mobiltelefon hervor, das sie Lou reichte. »Bitte, rufen Sie an, wen Sie wollen.«

Lou wusste genau, dass sie einer Raum-Krisenmanagerin nicht die Nummer ihrer Mutter verraten sollte, doch sie hatte keine andere Wahl. Es dauerte bis zum fünften oder sechsten Klingeln, bis ihr klar wurde, dass sie ihre Zeit vergeudete. Selbst wenn Pétains Wirrköpfe sie nicht längst gefunden hatten, ihre Mutter hob nie ab, wenn eine unbekannte Nummer anrief, und Lou hatte sie per

Voicemail vorgewarnt, dass mit Anrufen von Verrückten zu rechnen sei. Sie drückte auf Abbrechen und tippte eine kurze Nachricht ein. *Ich bin's, Lou. Mein Telefon ist tot. Geh ran!* Dann wählte sie die Nummer erneut, ein stummes Gebet aussendend. Diesmal hob ihre Mutter beim ersten Klingeln ab.

»Lou! Was soll der Scheiß?«

»Hallo, Mom. Hast du meine Nachricht bekommen?«

»Ja, aber die Arschlöcher standen schon vor dem Haus, als ich vom Karaoke zurückkam.«

»Ist alles okay?«

»Mir geht's gut. Carol hat niemanden gefunden, also hat sie mich nach Hause gebracht.«

Lou lachte. Sie konnte nicht anders. »Oje.«

»Scheiße, *oje* trifft's ganz gut«, sagte ihr Mutter. »Einer der kleinen Scheißer hat Pfefferspray abgekriegt und der andere den Schläger in die Nüsse.« Lou erinnerte sich an den Baseballschläger aus Aluminium, den Carol im hinteren Fußraum ihres Autos aufbewahrte, zusätzlich zum Taser und dem Pfefferspray im Handschuhfach. Hätte schlimmer laufen können. In zwanzig Jahren als Wärterin in einem Bundesgefängnis und fünfzig als alleinstehende Frau in Georgia hatte Carol genügend Methoden aufgeschnappt, um einen Mann auszuschalten – manche davon dauerhaft.

»Wo bist du jetzt?«

»Wir sind bei Carol. Die Bullen kamen vorbei und sagten, wir sollen irgendwohin, wo's sicher ist. Die denken vermutlich, wir sind totale Vollidioten. Willst du wissen, was sie ans Garagentor gesprüht haben?«

Lou war verwirrt. »Die Bullen?«

»Nein, Louise, deine Psycho-Fans. Anscheinend ist meine Tochter eine … willst du das mitschreiben für deinen nächsten Artikel? Eine ›Schlampefotze‹!« Sie hielt inne. »In einem Wort. Schlampefotze. Da freuen sich doch die Nachbarn.«

»Gott, Mom, das ist nicht witzig.«

»Das nennt man Galgenhumor, Louise. Die Bullen haben gesagt, du warst im Fernsehen. Welchem Techie hast du diesmal ans Bein gepinkelt? Nicht wieder diesem Elektroauto-Arsch?«

»Nein, einem anderen Arsch. Es tut mir wirklich leid, dass sie vor deinem Haus waren. Hey … tust du mir einen Gefallen? Kannst du dein Telefon heute Nacht ausschalten?« Lou bemühte sich, es wie eine Bitte klingen zu lassen, nicht wie einen Befehl.

»Mach dir um uns keine Sorgen. Wir gucken *Mord ist ihr Hobby* mit Carols Freunden Smith & Wesson. Hier kommt heute Nacht niemand rein. Ich lasse mein Telefon an, falls du irgendwas brauchst.«

Lou fragte sich, ob Helen Tyler hören konnte, was ihre Mutter sagte, und was sie darüber denken mochte. »Mom, tu's für mich, okay? Die können dich über dein Telefon finden.« Sie unterbrach sich, die Reaktion ihrer Mutter ahnend.

»Ich brauche mein Telefon für die Arbeit. Es ist wichtig.«

Wichtiger als deine Tochter? Lou schluckte den Köder nicht. »Ich weiß, ich weiß. Es ist … nur für eine Nacht, bitte.«

Schweigen.

»Bitte!«

Ein Seufzen. »Gut. Aber Carol sagt, wenn ich morgen nichts von dir höre, steigt sie ins Flugzeug und knöpft sich diese Tech-Nerds persönlich vor.« Lou setzte an, ihrer Mutter zu sagen, dass Carol unter keinen Umständen in ein Flugzeug nach San Francisco steigen durfte, doch sie hatte bereits aufgelegt. In fast dreißig Jahren hatte Lou noch nie erlebt, dass diese Frau sich verabschiedete.

Lou gab Helen Tyler das Telefon zurück. »Danke.«

»Sehr gerne. Wenn Sie erlauben, würde ich gern die Kosten für eventuelle Schäden an ihrem Haus übernehmen.«

Lou schüttelte entschieden den Kopf. »Kein Problem.«

Tyler nickte, sagte aber nichts, vielleicht noch unentschieden, ob sie darauf bestehen sollte. Dann: »Den Schläger in die *Nüsse*?« Wenn sie es sagte, klang der Satz sogar noch lächerlicher.

»Die Freundin meiner Mom ist ein bisschen durchgeknallt.« Lou hatte genug über ihre Familie geredet. »Ich muss immer noch los.«

»Verstehe. Ich lasse Landon ein vRaum für Sie rufen ...« Tyler unterbrach sich und lächelte sie gutmütig an. »Ein *Taxi*. Das Sie dorthin fährt, wo Sie sein müssen.« Sie drehte sich zur Tür, als wolle sie den Auftrag erteilen, doch der riesige Mann war verschwunden. Wieder lächelte sie. »Ah. Ich bin sicher, er ist gleich wieder da. Bevor Sie gehen, wollte ich Sie noch bei einer Sache um Hilfe bitten.«

Lou schüttelte den Kopf, angewidert oder mitleidsvoll. Natürlich erwartete sie für das Telefon eine Gegenleistung. »Ganz ehrlich, *fuck you*. Ihre Schadensbegrenzung interessiert mich nicht. Ich habe nicht vor, Elmsley Chase oder Raum zu verklagen. Sie haben gewonnen, okay?« Sie ging Richtung Tür.

Tylers Augenbrauen schossen in die Höhe. »Wer spricht denn hier von verklagen? Ich sagte doch schon, dass ich nicht für Elmsley arbeite.« Sie hielt inne. »Ich wollte Sie nur fragen, wie Sie heute Abend auf die Party gelangt sind. Nichts weiter.«

Lou blieb stehen und drehte sich zu Tyler um, die noch immer in ihrem Sessel saß. »Sie wissen, wer mich eingeladen hat. Elmsley Chase wollte mich erniedrigen, und das hat auch funktioniert.«

»Ah«, sagte Tyler. »Sie meinen die mysteriöse Raum101. Wie unangenehm.«

Da war es also. »Sie sind Raum101.« Lou spürte, wie sich ihre Finger zu Fäusten ballten. Was würde sie jetzt tun? Diese Frau schlagen, die ungefähr so alt sein musste wie ihre Mutter? Vielleicht.

Tyler schürzte die Lippen. »Ein schäbiger kleiner Trick, aber Sie haben mir kaum eine Wahl gelassen. Ich konnte nicht zulassen, dass Sie mich ausstechen, indem Sie über die … *Neigungen* unseres CTOs berichten, bevor der Vorstand Gelegenheit hatte, einen Ersatz für ihn zu finden. Sosehr ich es auch versuchte, Sie wollten verdammt noch mal nicht aufgeben. Die Freundin aus Stanford zu finden, war dann der entscheidende Tropfen zu viel.«

»Sophie«, sagte Lou. »Sophie Aker. Die *Freundin aus Stanford* hat einen Namen.«

»Den hat sie, und dazu eine geräumige Eigentumswohnung in Woodside.«

Tyler schien zu bemerken, was sie gerade gesagt hatte, doch Lou griff das Geständnis sofort auf. »Also geben Sie zu, dass Raum Wus Opfer bestochen hat?«

Tyler holte tief Luft, bevor sie vorsichtig antwortete. »Ich sage bloß – auch das nicht fürs Protokoll –, dass wir nicht alle solche Monster sind, wie Sie glauben.«

»Nein, Sie sind ein Scheiß-Engel, der ein Missbrauchsopfer bestochen hat, es gezwungen hat, eine Verschwiegenheitserklärung zu unterzeichnen, und Sie sind jemand, der öffentlich meine Karriere zerstört hat, weil ich es gewagt habe, die Wahrheit zu berichten.«

Ein Anflug von Zorn huschte über Tylers Gesicht und war gleich wieder verschwunden, wie eine Druckstelle in Memory-Schaum. »Ich habe nichts dergleichen getan, und es ist wichtig, dass Sie das verstehen. Ich habe eine leicht anzweifelbare Klageschrift verfasst und Sie nur ganz leicht angeschubst, sie zu veröffentlichen.« Sie faltete wie zum Gebet die Hände. »*Mea culpa.* Aber nur eine von uns hat auf *Veröffentlichen* geklickt. Nur eine von uns hat entschieden, ihre gesamte Reputation von dem Wort einer einzelnen, unverifizierten Quelle abhängig zu machen. Nur eine von uns hat ihre eigene Karriere zerstört, indem sie zugelassen hat, dass ihr Hass auf Raum und Elmsley Chase ihr Urteilsvermögen trübt.«

Lou spürte, wie die Wut aus ihr wich. Sie wusste, dass Tyler recht hatte: Sie hatte so verzweifelt glauben wollen, dass ihre Quelle echt war, dass sie direkt in Chases Falle hineinspaziert war. Dann war sie auf ihren Peiniger losgegangen, was gar nichts gebracht hatte, außer dass die ganze Welt zusammengebrochen war – erst über ihr und jetzt auch noch über ihrer Mutter. Sie wappnete sich für das Übelkeit erregende Echo aus ihrer Kindheit – ein Bild ihres Vaters, wie er in der Küche steht, sie anspornt … das Gewicht der Waffe … *Nein.* Lou drängte die Erinnerung zurück. Diese Frau wusste gar nichts über sie. »Und Miquela Rio vom *Journal*? Ich weiß, dass Sie ihr die Geschichte auch geschickt haben.«

Tyler nickte. »Auch wenn Sie feststellen werden, dass Miss Rio sie nicht veröffentlicht hat. Nach dem, was Alex heute Abend widerfahren ist, verstehe ich, dass ihre Redakteure sie dazu ermuntert haben, etwas zurückhaltender über Raum-Führungskräfte zu berichten. Ende gut, alles gut … na ja …«

Lou schüttelte den Kopf. Vielleicht hatte diese Helen Tyler recht, und alles war ihre eigene Schuld, doch dann blieb immer noch ein ganzer Berg an offenen Fragen übrig. Angefangen mit …

»Warum haben Sie mich gefragt, wie ich auf die Party gekommen bin? Sie haben mir doch die Einladung geschickt.«

Tyler blinzelte träge. »Sie haben mein Ehrenwort: Ich hatte keine Ahnung, dass Sie heute Abend im Raum One sein würden. Nicht, bis Sie mir geschrieben haben – das heißt, nicht mir, sondern Raum101 –, mit der mir unliebsamen Nachricht, dass Sie am Buffettisch stehen. Ich dachte, Sie hätten sich mit den Caterern ins Haus geschlichen.« Sie deutete auf Lous blutig-weißes Hemd. »Bis ich dann das Material der Überwachungskameras geprüft habe.«

Mit den Caterern ins Haus geschlichen? Gab Tyler wirklich zu, ihre falsche Quelle zu sein, sie in die Falle gelockt, ihre Karriere zerstört zu haben … und leugnete zugleich, dass sie ihr die Einladung geschickt hatte? Und warum diese seltsame Formulierung, als sie von Wus Tod gesprochen hatte? Ein Selbstmord »widerfährt« einem doch nicht …

Bevor Lou nachfragen konnte, griff Tyler unter ihren Sessel und holte einen dünnen Umschlag hervor, aus dem sie einen Stapel großformatiger Schwarz-Weiß-Fotos zog. »Bitte«, sagte sie, auf das Sofa deutend. Lou setzte sich.

»Danke. Ich hoffe, Sie nehmen es mir nicht übel, wenn ich Sie bitte, dass dieser Teil unserer Unterhaltung unter uns bleiben muss. Nicht zuletzt, weil sie nie stattgefunden hat, und diese« – Tyler schob die Fotos über den Couchtisch – »existieren gar nicht.«

Als Lou den Stapel entgegennahm, stand Tyler auf und ging durch den Raum. Lou nahm an, dass sie die Tür schließen würde. Stattdessen schob sie sanft einen Teil der mit Holz vertäfelten Wand zur Seite und legte so den Zugang zu einer modern aussehenden Küche frei. Tyler trat hindurch, und Lou hörte das Geräusch fließenden Wassers.

Sie sah sich das erste der Fotos an, eine körnige Nahaufnahme, die einen Mann zu zeigen schien, der sich über eine gläserne Brüstung beugte. Sie zuckte zusammen, als sie die Zeitmarke in der unteren rechten Ecke sah – *62. Stock Gang Ost: 20:23* – und das unscharfe Gesicht Alex Wus erkannte. *Oh, Gott.* Das Bild musste Sekunden vor Wus Sprung aufgenommen worden sein. Sie hatte ein Foto aus einem Snuff-Video vor sich.

Mit zitternden Händen betrachtete Lou das zweite Foto, das dieselbe Szene aus einer anderen Perspektive zu zeigen schien. Nur war der Mann auf diesem Bild mindestens einen Kopf größer als Wu, und ihm schienen die meisten seiner Haare ausgefallen zu sein. Auch die Zeitmarke war nicht identisch: *62. Stock Gang Süd: 20:23*. Sie stieß einen weiteren leisen Fluch aus. Die zweite Aufnahme musste auf dem von Alex Wu gegenüberliegenden Gang gemacht worden sein. Tyler kehrte mit zwei Wassergläsern aus ihrem kulinarischen Narnia zurück, von denen sie eines vor Lou abstellte.

»Wer …«, setzte Lou an, doch Tyler unterbrach sie, um ihr zu sagen, sie solle sich erst die anderen Fotos ansehen.

Das dritte Bild zeigte ebenfalls den zweiten Mann, allerdings viel schärfer, als sei es bearbeitet oder digital verbessert worden.

»Oh, Gott.« Lou hielt die Faust vor den Mund, als sie das Gesicht erkannte, das sie da anstarrte.

»Wohl wahr.«

Im Laufe ihrer Karriere hatte Lou unzählige Artikel über Tech-Gründer verfasst, die sich danebenbenommen hatten. Eine Handvoll der Männer war gefeuert worden, und manche waren gezwungen gewesen, sich öffentlich und kleinlaut zu entschuldigen, doch nur von zweien konnte man sagen, dass das, was Lou geschrieben hatte, ihr Leben zerstört hatte. Der zweite war Alex Wu. Der erste, fast zwei Jahre zuvor, war der schmierige CEO eines kleinen Micropayment-Anbieters, der, wie Lou berichtet hatte, eine Praktikantin gevögelt hatte. Er hieß Joe Christian und hatte, soweit Lou wusste, keinerlei Verbindung zu Raum oder zu Alex Wu. Und doch war er da, klar wie Maxiglass, und stand Wu im zweiundsechzigsten Stock des Raum One gegenüber und sah zu, wie er sprang.

»Was … warum zeigen Sie mir das?« Lous Mund lief auf Autopilot, und der pochende Schmerz in ihrem Hinterkopf reichte jetzt bis in ihre Augen hinein.

»Unseren gemeinsamen Freund haben Sie ganz offensichtlich erkannt«, sagte Tyler, auf das Foto von Alex Wu zeigend. »Aber unsere Kameras haben auch noch diesen anderen Typen aufgenommen. Kommt Ihnen das Gesicht bekannt vor?«

»Ist das Joe Christian? Von Grintech?«

Tyler nickte bedächtig.

»Ich dachte, er sei tot.« Lou korrigierte sich rasch: »Nicht tot, aber, na ja, verschwunden. Nach dem Praktikantinnen-Skandal.« Dies war einer von Lous Halb-Triumphen gewesen: dabei mitzuhelfen, Joe Christian als Sexualstraftäter zu entlarven – die Praktikantin war unter einundzwanzig gewesen und damit minderjährig –, als sich sein Unternehmen gerade in Übernahmegesprächen mit einer großen Bank befand. Er war mit einem goldenen Fallschirm von mehreren Millionen Dollar entlassen worden, doch zumindest war er nicht zum Milliardär geworden. Im Unterschied zu den meisten anderen seiner entlarvten Kollegen hatte er es auch nicht geschafft, sich in der Tech-Gesellschaft zu rehabilitieren. Kein Gras-Liefer-Start-up, kein Kryptowährung-Podcast, keine Vortragstouren.

Tyler schüttelte den Kopf. »Wie es aussieht, ist er … na ja, nicht mehr *sehr* lebendig, aber zumindest noch nicht tot …« Sie starrte konzentriert auf die auf dem Tisch verteilten Bilder. »Unsere angeblich allwissende Gesichtserkennung hat ihn aus den Augen verloren, nachdem er das Raum One verlassen hat. Wir haben keine Ahnung, wo er ist oder wie er überhaupt in das Gebäude gekommen ist. Noch entscheidender: Es scheint keine sinnhafte Verbindung zwischen ihm und Alex Wu oder Raum zu bestehen – außer …« Tyler gab Lou zu verstehen, sie solle zum letzten Foto des Stapels blättern. Doch das war gar keines, sondern eine gedruckte Liste von Namen, in zwei Spalten aufgeteilt.

»Das ist ein Teil unserer Einladungsliste zur heutigen Feier, vor einer halben Stunde aus dem Intranet gezogen. In der linken Spalte sind die Namen der eingeladenen Gäste aufgeführt. Rechts steht der Name, der die Einladung autorisiert hat.«

Lou fuhr mit dem Finger die linke Spalte ab, bis sie ihren eigenen Namen fand: McCarthy, Louise, mit den Buchstaben [VIP] versehen. Das erklärte Tylers Frage, wie sie auf die Party gekommen war und warum Raums PR-Trupp gezögert hatte, sie hinauszuwerfen. Sie fuhr mit dem Finger langsam von der linken zur rechten Spalte. *Gast von …*

»Scheiße *was*?«

… Joseph Christian [VIP].

»*Er* hat mich eingeladen?«

»Wie Sie sich denken können«, sagte Tyler, »kann sich unser Sicherheitsteam nicht recht erklären, wie ein Ausgestoßener wie Mr Christian nicht nur sich selbst auf die Gästeliste setzen konnte, sondern offenbar auch noch in der Lage war, unser auf Militärniveau gesichertes Intranet zu hacken und VIP-Einladungen an gottverdammte Journalistinnen auszugeben. Nicht böse gemeint.«

Das war zu viel. Lou war in einen Kaninchenbau geraten, wo nichts mehr real sein konnte. »Ich soll glauben, dass Joe Christian aus dem Exil zurück ist und irgendwie Ihre Gästeliste gehackt hat, nur damit er mich ins Raum One einladen konnte und wir beide … was denn? Kanapees essen und zusehen, wie Alex Wu sich auf eine Skulptur aus Eis stürzt?«

Tyler zuckte mit den Achseln. »Ich erwarte nicht, dass Sie irgendetwas glauben, Lou. Was ich Ihnen hier zeige, ist die Definition des Unglaublichen. Ich kann Ihnen nur die Überwachungsaufnahmen und die Gästeliste zeigen, und das – da stimme ich zu – ergibt keinerlei Sinn. Auch beantworten sie nicht die noch rätselhaftere Frage, warum zur Hölle Alex Wu sich selbst von diesem Gang stürzen sollte.«

»Er hat sich umgebracht, weil ich ihn als Vergewaltiger entlarvt habe.« Lou bemerkte selbst, wie hoffnungsfroh sie klang. Bereits zum zweiten Mal hatte Helen Tyler angedeutet, dass Wus Selbstmord vielleicht gar keiner gewesen war.

»Tod durch Investigativjournalismus?« Jetzt verdrehte Tyler tatsächlich die Augen. »Seien Sie ehrlich: Hat Alex Wu auf Sie wie ein Mann gewirkt, der zu Scham imstande war? Ihre Geschichte wurde widerlegt – *mea maxima culpa* –, und in ein paar Wochen hätte Raums Börsengang ihn reicher gemacht als fast jeden anderen Menschen auf diesem Planeten, mit Ausnahme von Elmsley Chase. Klingt nicht unbedingt nach den Voraussetzungen für tiefste Verzweiflung.«

»Vielleicht war er wegen etwas anderem deprimiert ... Wer weiß, auf welchen anderen Scheiß er noch stand.«

Tyler schlug mit beiden Händen auf den Couchtisch, dann ließ sie sich in ihren Sessel sinken. »Genau das meine ich, Lou. *Ich* weiß es. Alex Wu war der Schlüssel zu Raums erfolgreichem IPO. Das heißt, es war mein Job, ganz genau zu wissen, auf welchen *Scheiß* er *stand*. Die Drogen, das Saufen, die Frauen ... na ja, Ihnen muss ich ja nicht erklären, was er alles getrieben hat. Glauben Sie mir einfach, wenn ich sage, dass ich von allem wusste, und noch mehr.« Sie hielt inne. »Aber jetzt kommt der Haken: Ich habe meine gesamte Laufbahn damit verbracht, mächtige Männer und ihren selbst verschuldeten Ruin zu verfolgen. Ich kenne die Muster, und ich weiß, wenn etwas nicht passt. Und das ...« Sie stieß einen manikürten Fingernagel auf das Foto von Alex Wu. »Passt. Nicht. Meinen Sie, ein paar Tütchen Schnee und ein paar Geschlechtskrankheiten machen aus einem Mann *so was*?« Wieder stieß sie zu. »Meinen Sie, ein gebrochener Knöchel und eine einzige heftige Lebensmittelvergiftung können jemanden wie Alex Wu so weit über den Rand des Abgrunds bringen, dass er lieber heute stirbt, als ein paar Wochen zu warten und Multimilliardär zu werden? Und weil wir gerade dabei sind, glauben Sie wirklich, ein notgeiler kleiner Wanst wie Joe Christian hat das Zeug dazu, das höchstentwickelte Gebäudesicherungssystem des Planeten zu hacken, selbst wenn er das wollte? Und warum sollte er das wollen?« Pause. »Nein. Ich bin mir sicher, wer auch immer Sie heute Abend ins Raum One eingeladen hat, es war nicht Joe Christian.« Wieder hielt sie inne, diesmal länger. »Vielleicht war es Alex.«

Lou griff nach ihrem Glas und trank zitternd einen Schluck. Sie hatte gerade eine ähnliche Vermutung äußern wollen. »Warum, glauben Sie, ist er gesprungen? Und warum sollte er mich und Joe Christian einladen, ihm dabei zuzusehen?«

Tyler zuckte mit den Schultern. »Ich habe nicht die leiseste Ahnung. Ich hatte gehofft, Sie könnten ein wenig Licht ins Dunkel bringen. Deshalb habe ich Landon losgeschickt, Sie zu suchen.« Sie nickte in Richtung des blutverschmierten Couchkissens. »Gott sei Dank.«

»Vielleicht ist …« Lou unterbrach sich, als ihr etwas auffiel, das Tyler gesagt hatte. »Wu hatte einen gebrochenen Knöchel?«

Tyler grinste. »Ich dachte, das würde Ihnen gefallen. Ja, letzten Donnerstag. Alex wurde von einem von Raums selbstfahrenden Autos überfahren, als er die neue Flotte inspizierte.«

Auch Lou grinste. Konnte es sich nicht verkneifen.

»Wunderbar, nicht?«, sagte Tyler. »Und jetzt kommt der lustige Part. Zwei Stunden zuvor hatte unser Sicherheitsteam ihm einen Bericht über ein Problem mit dem Kollisionserkennungssystem geschickt. Anscheinend hat unsere Gesichtserkennungstechnologie Schwierigkeiten, Menschen mit dunkler Haut zu erkennen. Alex hat ihnen gesagt, sie sollen die Ergebnisse ignorieren und die Fahrzeuge ausliefern.«

»Wow«, sagte Lou. »Klingt ziemlich nach Karma.«

»Ja, oder?«, sagte Tyler. »Bei der Lebensmittelvergiftung war es genauso. Sie erinnern sich an Raums Missgeschick mit dem Amt für Lebensmittelsicherheit kürzlich?«

Lou erinnerte sich. Sie selbst hatte die Sache öffentlich gemacht: Die Stadt hatte gedroht, den RaumService dichtzumachen, nachdem es einige Escherichia-coli-Vergiftungen gegeben hatte, die allesamt auf ihre Großküche und ihr Verteilungszentrum in San Francisco zurückzuführen waren. Alex Wu hatte sich persönlich ins Rathaus begeben und argumentiert, RaumService sei bloß eine Technologieplattform und müsse deshalb von den Gastronomievorschriften befreit werden. »Dieser Schwachsinn mit der Technologieplattform.«

»Genau das«, sagte Tyler. »Zwei Tage nach der Anhörung fing sich Alex eine besonders heftige Form von E.coli ein. Ein fauler Shrimp in seinem RaumService-Biryani. Ich könnte Ihnen noch einige weitere Beispiele nennen, aber man könnte sagen, dass das Karma sich in letzter Zeit ungewöhnlich stark für Alex Wu interessiert hat.«

»Sie glauben also nicht, dass er gesprungen ist?«

Lou spürte erneut dieses unwillkürliche, kaum unterdrückte Gefühl von Hoffnung, doch Tyler nahm es ihr sofort. »Jetzt kommt der andere Haken. Ich *weiß*, dass er gesprungen ist. Die Aufnahmen zeigen es, glasklar. Niemand, auch nicht Joe Christian, war in seiner Nähe gewesen, als er über das Geländer stieg.« Tyler lehnte sich zurück. »Ich habe den E.coli-Vorfall persönlich untersucht, und unser Technikteam hat das selbstfahrende Auto komplett auseinandergenommen, um Hinweise auf Sabotage zu finden. Beide Fälle waren genau das, was sie zu sein schienen: unglückliche, zutiefst ironische Unfälle.« Sie hielt inne. »Es sei denn …«

»Es sei denn, was?«

Tyler blickte sich zur Tür um. Als sie sah, dass sie noch immer allein waren, sagte sie: »Den Fakten nach gibt es zwei denkbare Erklärungen für das, was heute Abend geschehen ist. Die erste ist, dass – wie Sie sagen – das Karma Alex Wu endlich eingeholt und er entschieden hat, sich umzubringen. Diese Theorie schafft es nicht mal über die erste Hürde. Wir wissen beide, dass es kein Karma gibt – vor allem nicht für Männer wie Alex Wu. Das hat uns die jüngere Geschichte gelehrt.«

Lou nickte. In den Jahren seit dem erwarteten MeToo-Moment des Silicon Valley hatte sie frustriert, aber nicht überrascht mitangesehen, wie fast jeder der Täter sich zurück zu Macht und Einfluss geschlängelt hatte. Dies war eine Industrie, die auf dauerhaften Erinnerungen aufgebaut war, geleitet von Menschen, die sich nicht an letzte Woche erinnern konnten.

Tyler fuhr fort: »Womit nur Erklärung Nummer zwei übrig bleibt: dass jemand sehr, sehr Kluges sehr, sehr hart dafür gearbeitet hat, Alex Wus Leben zu zerstören, bis zu dem Punkt, an dem ein Suizid seine einzige Option war. Und das hat dieser Jemand auf eine Art getan, die – für den zufälligen Betrachter – genau wie Karma aussieht.«

»Was unmöglich ist.«

Tyler schüttelte den Kopf. »Bitte. Wir arbeiten beide lang genug in dieser Stadt, um zu wissen, dass unmögliche Probleme bloß solche sind, die reiche Männer nicht lösen wollen. Gleichberechtigung am Arbeitsplatz; sich selbst davon abzuhalten, Praktikantinnen zu vögeln; Nazis von Social Media verbannen … das alles sind« – sie malte Anführungszeichen in die Luft – »›unmögliche Probleme‹. Jemandes Leben zu ruinieren und die Welt glauben zu machen, dass es ihr eigener Fehler war … na ja, das ist im Silicon Valley Tagesgeschäft, oder nicht?«

Lous Augen weiteten sich. Tyler hätte genauso gut aus einem von Lous eigenen Artikeln zitieren können. *Zitiert sie gerade aus einem meiner Artikel?*

»Was ich beschreibe, ist unwahrscheinlich und teuer und komplex, aber ganz sicher nicht unmöglich«, bemerkte Tyler nun. »Vor allem, wenn es ausreichende finanzielle Beweggründe dafür gibt.«

Lou verstand ihre Andeutung. »Sie denken, jemand hat all das getan, um Raums IPO zu sabotieren?« Es gab zahllose Unternehmen oder Länder, die über genügend Ressourcen verfügten, um Amerikas Vorzeige-Tech-Start-up zu sabotieren.

»Das war mein erster Gedanke. Den CTO ausgerechnet während Elmsleys großer Verkündung abzuservieren, ist ein wenig plump, aber das Ergebnis ist unbestreitbar. Aber wenn das Ziel darin besteht, Raums Börsengang durch etwas scheitern zu lassen, das wie ein Selbstmord aussieht, warum dann eine Journalistin und einen in Ungnade gefallenen Praktikantinnen-Ficker dazuholen? Und warum das Ganze auf eine Art, die nach ›kostspieliger Verschwörung‹ schreit?« Sie wartete Lous Antwort nicht ab. »Dann kommen wir zum zweiten Problem: Wer war's? Unser Täter muss beinahe uneingeschränkten Zugang zum Raum One haben. Nur ...«

»Jeder Einzelne im Raum One kann damit rechnen, beim Börsengang Kasse zu machen.« Lou beugte sich nach hinten, um den Kühlakku zu nehmen, und drückte ihn sich in den Nacken. »Sie behaupten, alles über Alex Wu zu wissen. Also sagen Sie es mir: Wer wollte ihn tot sehen?«

»Ich habe absolut keine Ahnung.« Der Blick auf Tylers Gesicht war die reine Verzweiflung, als hätte sie Lou überhaupt nicht zugehört. »Ich weiß nur, dass er tot ist. Und bis wir wissen, warum und was das eigentliche Ziel des Mörders ist, können wir nicht sicher sein, dass nicht noch mehr Arschlöcher über Brüstungen stürzen. Deshalb sucht Landon gerade überall nach Joe Christian. Er wurde nicht ohne Grund in diese Sache mit reingezogen.«

»Sie glauben, dieselbe Person bereitet gerade auch Joe Christians Tod vor?« Lou spürte, wie die Übelkeit zurückkehrte.

Tyler tippte ein weiteres Mal mit dem Nagel auf den Stapel Fotos. »Ich gebe zu, ich bin nicht sonderlich optimistisch, was seine langfristige Gesundheitsprognose angeht.«

Tyler hatte recht. Der Joe Christian auf dem Foto war ein Schatten jenes Mannes, über den Lou zwei Jahre zuvor geschrieben hatte. Abgemagert, gebeugt, fast kahl und das Gesicht voller Krusten oder Narben. Doch er war nicht der einzige Mensch, den man ins Raum One gezerrt hatte. »Joe Christian zu sein, ist schlimm.

Aber jetzt gerade mach ich mir mehr Sorgen, dass Pétains Psychos das Ganze auf meine Berichte schieben werden. Die bedrohen meine Familie.«

Tyler scrollte bereits durch ihr Telefon. »Lassen Sie mich sehen, was ich tun kann. Mob-Management ist eines meiner Spezialgebiete.« Kurz darauf hatte Tyler Anabelle Slate am Telefon, die Leiterin von Raums Kommunikationsabteilung, und diktierte ihr Wort für Wort eine Pressemitteilung:

»Der plötzliche Tod unseres Kollegen Alex Wu hat mich schockiert und traurig gemacht. Genauso besorgt habe ich Berichte über Alex' Privatleben gelesen, die leider der Wahrheit zu entsprechen scheinen. Ich möchte mich persönlich bei Lou McCarthy vom *Bay Area Herald* für ihre sorgfältige und furchtlose Berichterstattung bedanken …«

Nachdem sie noch ein paar weitere Absätze diktiert hatte, legte Tyler auf. »So«, sagte sie und drehte sich zu Lou um. »Das wird in wenigen Minuten auf der Homepage zu lesen sein und geht an jede Redaktion von hier bis Timbuktu.«

»Das war alles?« Lou knallte den Kühlakku neben sich auf die Couch. »Die waren vor dem Haus meiner Mom. Die haben ekelhaften Scheißdreck an ihr Garagentor gesprüht. Glauben Sie, eine Pressemitteilung von Anabelle Slate wird diese Psychopathen aufhalten?«

»Nein. Ich glaube, eine persönlich von Elmsley Chase unterzeichnete Pressemitteilung wird diese Psychopathen aufhalten. Pétains Freaks verehren Elmsley. Wenn sie hören, dass Sie und er im selben Team sind, lassen sie Sie und Ihre Familie in Frieden. Da bin ich mir sicher. Wenn Sie mögen, kann ich auch …«

Doch bevor Tyler den Satz zu Ende bringen konnte, löste ein schrilles Piepen die Spannung zwischen ihnen auf. Sie griff nach ihrem Telefon, und Lou sah, wie sich ihre Kiefermuskeln beim Lesen der Textnachricht anspannten.

»Scheint, als wären unsere Sorgen um Mr Christian berechtigt gewesen.« Tyler beugte sich über den Tisch und hielt Lou das Display hin. »Das kommt von einem Freund von der Polizei. Vor einer halben Stunde ist Joe Christian ins Tenderloin-Krankenhaus des Pacific Medical Center spaziert und hat sich ein Fünfzehn-Zentimeter-Küchenmesser in den Hals gerammt. Mein Freund sagt, er wird die Nacht vermutlich nicht überleben.«

23 %

DER SCHWARZE SUV raste die Market Street entlang, bog dann rechts auf die Taylor ab und wich nur ganz knapp einem alten Mann aus, der einen Einkaufswagen voller Mülltüten vor sich herschob.

Die Tenderloin-Niederlassung des CPMC – vor nicht einmal zwölf Monaten eröffnet und komplett von Tech-Milliardären finanziert, um ihre Schuldgefühle für die Zerstörung des Universums zu lindern – war keine acht Blocks vom Raum One entfernt. Sie hätten vom Four Seasons dorthin laufen können, doch Landon bestand darauf, es sei sicherer, zu fahren.

Auf der Rückbank fühlte sich Lou alles andere als sicher, während sie sich an den Plastikgriff über dem Fenster klammerte, überzeugt, dass die Autotür jederzeit aufspringen und sie auf die Straße geschleudert werden könnte. Auf dem Beifahrersitz starrte Tyler bloß mit regungsloser Miene aus dem Fenster – vor Konzentration oder Fassungslosigkeit.

Das Auto kam mit quietschenden Reifen vor dem Klinikeingang zum Stehen, und Tyler, die sich nicht angeschnallt hatte, sprang vor einen eintreffenden Krankenwagen, der sie nur um Zentimeter verfehlte. Sie schien es gar nicht zu bemerken. Lou kämpfte mit ihrem Anschnallgurt und folgte Tyler dann zu der doppelten Glastür mit der Aufschrift NOTAUFNAHME. Zwei sehr jung aussehende SFPD-Polizisten standen Wache, und der Jüngere der beiden machte den Mund auf, als wolle er etwas sagen, doch er klappte ihn gleich wieder zu, als Tyler an ihm vorbeirauschte. Als Lou ihr folgte, hatte Tyler bereits ihren Kontaktmann gefunden: einen stiernackigen Riesen in einem Oakland-Athletics-T-Shirt, der eine Messingmarke um den Hals trug. Er sprach gerade mit einer Krankenpflegerin, die geweint zu haben schien.

»Stanley!« Tylers Stimme hallte von den Wänden des ansonsten leeren Wartezimmers wider.

»O Scheiße.« Der Detective wurde bleich, als er Tyler auf sich zustürmen sah. »Der Satz ›Halt dich da raus‹ hat keine Bedeutung für dich, oder?«

»Alles, was du sagst, bedeutet mir die Welt, Stanley«, sagte Tyler gut gelaunt. »Also, was wissen wir?«

Lou beobachtete überrascht, wie sich das Gesicht des Detectives zu einem Lächeln entspannte. »Danke, Ma'am«, sagte er zu der verstört aussehenden Krankenpflegerin, »wir machen so schnell, wie wir können.« Dann führte er Tyler – noch immer gefolgt von Lou – in die hintere Ecke des Raums.

»Es ist so, wie ich geschrieben habe«, sagte der Polizist, nur an Tyler gewandt, als sei Lou komplett unsichtbar. »Du hast mich gebeten, nach diesem Joe Christian zu suchen, und zehn Minuten später taucht der Typ hier auf, macht Stress, schreit rum und fuchtelt mit 'nem beschissenen Messer herum.« Erstmals schien er Lous Anwesenheit wahrzunehmen – »Verzeihung« –, dann wandte er sich wieder an Tyler: »Ein Dutzend Zeugen, und eine Frau hat es gefilmt.« Er holte einen Spurensicherungsbeutel aus der Gesäßtasche seiner Jeans und hielt Tyler und Lou den Inhalt hin – ein roségoldenes iPhone. Er versuchte, es durch den Beutel hindurch zu aktivieren, doch als das nicht funktionierte, riss er die Versiegelung auf und holte das Gerät heraus. Auf dem gesprungenen Display fuchtelte Joe Christian mit etwas herum, das wie ein Tranchiermesser aussah. »Ich bin Joe Christian«, schrie er, so laut, dass der Ton verzerrt klang. »Ich bin immer noch Joe Christian. Ich bin immer noch Joe Christian.« *Immer noch?*

Die Stimme im Video wurde lauter und lauter und verzweifelter.

Jetzt brüllte er einen anderen Namen. »Amelia. Amelia. Hör mir zu. Sie war das.«

»Amelia ist die Ex-Frau, glauben wir.« Mit der freien Hand zog der Polizist einen zweiten Beutel aus der Tasche und drehte ihn so, dass sie ein verknittertes, blutiges und passfotogroßes Bild vor sich hatten, auf dem Joe Christian und eine junge, extrem attraktive blonde Frau zu sehen waren, die Gesichter aneinandergeschmiegt und in die Kamera strahlend. »Vielleicht Scheidungsstress?«

Lou nickte nur ganz leicht, als wäre sie nicht mit jedem noch so hässlichen Detail von Joe und Amelia Christians Trennung vertraut.

»Warte, warte …« Tyler hob einen Finger, die Augen noch immer auf das Telefon gerichtet. »Was hat er gesagt? Da.«

Der Polizist steckte das Foto wieder ein und fuhr mit dem Finger über das Display des iPhones, um das Video einige Sekunden zurückzuspulen. Joe Christian fing wieder an zu brüllen. Noch mal zurück. Und wieder.

»Es klingt, als würde er ›Die … Cherry‹ sagen?

›Esst … Cherries‹?« Tyler schürzte die Lippen. Für Lou klang es eher nach »Jerry Lee«, doch sie zwang sich, den Mund zu halten.

Der Polizist zuckte mit den Schultern und ließ das Video noch einmal laufen. Lou drehte sich weg – sie hatte in diesem Leben schon genug Blut gesehen –, doch es gab kein Entkommen: Die Ecke des Wartezimmers war eine einzige tiefrote Lache, mit leuchtenden Ranken, die sich in sämtliche Richtungen ausstreckten. Eine Reinigungskraft stand gelangweilt daneben, mit Wischmopp und gelbem Putzeimer bewaffnet, und wartete auf die Erlaubnis, die Sauerei wegzumachen. Lou hörte blecherne Schreie aus dem Lautsprecher des Telefons, und dann Stille.

»Irgendwelche Theorien, warum er hierhergekommen ist?« Jetzt sprach wieder Tyler.

»Hast du gesehen, in welchem Zustand der war? Wenn ich so

im Ar- … Eimer wäre, würde ich wahrscheinlich auch in die Notaufnahme gehen.«

Tyler schnaubte abschätzig durch die Nase. »Um sich dann ein Messer in den Hals zu rammen? Ziemlich kontraproduktiv, oder?«

Der Polizist seufzte. »Scheißverrückte Leute machen scheißverrückte Sachen. News aus San Francisco! Apropos, was ist deine Verbindung zu diesem Typen? Hat das was mit dem zu tun, der heute Abend im Raum One gesprungen ist?«

»Wir sind uns nicht sicher«, hörte Lou Tyler lügen. »Die Gesichtserkennung hat ihn entdeckt, wie er sich hinter dem Gebäude herumgedrückt hat. Wahrscheinlich war er zufällig da, aber heute ist ein wichtiger Abend für Raum. Wir wollten sichergehen, dass ihr ihn auf dem Schirm habt.«

Der Detective grunzte zustimmend, als sei es für ihn ein völlig übliches Nebengeschäft, Raum zuzuarbeiten.

Es war erschütternd, wie gelassen Tyler ihre Fragen stellte. Als hätte sie die Aufnahmen von Joe Christian im Raum One nie gesehen. Als hätte sie nicht damit gerechnet, dass er als Nächstes sterben würde. War dies bloß ein ganz normaler Mittwochabend für sie? Oder war es einfach leichter, so verdammt gelassen zu sein, wenn man nicht persönlich eingeladen worden war, einen Suizid mitanzusehen?

Lou holte tief Luft. Sie musste aufmerksam bleiben, musste wie eine Reporterin denken. Irgendetwas an der Position von Joe Christians Blutlache störte sie. Es war, als habe er den absolut idealen, zentralsten Ort für seinen äußerst öffentlichen Freitod gewählt: aus dem Wartezimmer beobachtbar, aber auch in perfekter Sicht für mindestens zwei Überwachungskameras. Jetzt entdeckte sie das Messer, das noch in der Lache lag. Sogar mit den Blutflecken wirkte es glänzend und neu, als sei es speziell für diese grausige Vorstellung gekauft worden. Tatsächlich wirkte alles an dieser Szene wie für ein imaginäres Publikum inszeniert.

Jetzt fielen ihre Augen auf die Wand hinter der Blutlache, oder genauer gesagt, auf eine Reihe von Richtungspfeilen, die auf die verschiedenen Bereiche des Krankenhauses verwiesen: das Zuckerberg-Pneumologie-Zentrum, den Musk-Trichologie-Flügel, die Chase-Kinderkrebs-Abteilung … Doch als Lou den obersten Pfeil sah, der fast genau auf Joe Christians Augenhöhe gewesen sein musste, als er unter den Kameras stand, musste sie die Zähne fest zusammenbeißen, um nicht hörbar nach Luft zu schnappen. Das Schild wies Besuchern den Weg zum Amelia-Christian-Traumazentrum für Frauen.

Lou erinnerte sich an die Presseerklärung, die an Tommy, aber nicht an sie geschickt worden war: Joe Christians Ex-Frau hatte mit dem Geld aus ihrer Scheidung eine gemeinnützige Stiftung für Vergewaltigungsopfer gegründet, mit einem besonderen Fokus auf junge Frauen, die sexuelle Gewalt erfahren hatten. Weil Joe Christians Praktikantin noch keine zwanzig gewesen war, ging man weithin davon aus, seine Ex-Frau wolle sich damit vom Verhalten ihres Mannes distanzieren. Konnte es sein, dass er das in dem Video sagte? »Es ist die *Charity*?« *Amelias Charity?* Verdammt, das musste es sein.

Lou wandte sich wieder Tyler und dem Polizisten zu. Ihr Instinkt riet ihr, die Vermutung für sich zu behalten, bis sie mehr Zeit hatte, darüber nachzudenken. Doch was brachte es, etwas zu verbergen, das der Polizist bald selbst ausfindig machen würde? Vielleicht wusste er schon jetzt mehr, als er ihnen verraten hatte.

Doch dann sah Tyler sie an und schüttelte kaum wahrnehmbar mit dem Kopf. *Hab's auch gesehen. Sagen Sie kein Wort.*

Lou wusste nicht, ob der Detective die Geste bemerkt hatte, doch er hörte plötzlich auf zu sprechen und wandte sich an Lou. »Entschuldigung, und Sie sind?«

»Ach, wo sind denn meine Manieren geblieben?« Tyler benutzte wieder ihre Judi-Dench-Stimme. »Detective Stanley Martinez, darf ich vorstellen: meine neue Mitarbeiterin, Louise. Heute ist ihr erster Tag, aber ich verspreche mir einiges von ihr.«

Martinez musterte sie von Kopf bis Fuß, und Lou fiel auf, dass ihr Hemd voller Staub und Blut war. Doch bevor der Polizist etwas sagen konnte, legte Tyler ihre Hand auf Lous Schulter. »Übrigens, meine Liebe, ich könnte jetzt wirklich einen Kaffee vertragen. Würde es dir etwas ausmachen, mir einen zu holen?«

»Überhaupt nicht.« Lou lächelte. »Ich glaube, es gibt da einen Automaten ...« Sie zögerte, suchte nach der richtigen Antwort. »Da hinten.« Sie nickte in Richtung der Fahrstühle.

»Du bist ein Schatz«, strahlte Tyler.

»Ein schöner erster Tag«, rief der Polizist Lou nach.

»Das können Sie laut sagen«, sagte Lou, ohne sich umzudrehen.

Lou trat aus dem Fahrstuhl im zehnten Stock, auf dem, der Plakette neben dem Knopf zufolge, die »Eric-Schmidt-Intensivstation« untergebracht war. Sie hatte bereits einen kurzen Umweg durch das Amelia-Christian-Traumazentrum unternommen, doch hatte sie dort nur eine verschlossene Tür mit einem Zettel vorgefunden, mit einem Datum versehen, das drei Monate zurücklag, und auf dem stand, das Zentrum sei vorübergehend geschlossen. Hoffentlich würde ihre nächste Station weniger frustrierend sein.

Sie erwartete, dass es in der Intensivstation vor Uniformen wimmeln würde, doch stattdessen sah sie nur eine gelangweilt aussehende Rezeptionistin und einen einzelnen Wachmann. Für sie war Joe Christian bloß ein weiterer psychisch kranker Obdachloser, der am Ende seiner Reise angelangt war.

Lou trat auf den riesigen, geschwungenen Schalter zu und versuchte, wie jemand auszusehen, der genau wusste, was er tat und wohin er wollte. »Joseph Christian?«, fragte sie wie selbstverständlich.

Die Rezeptionistin, die kaum von ihrem Bildschirm aufblickte, tippte etwas in ihre Tastatur. Einen Augenblick lang glaubte Lou, sie könne damit durchkommen.

»Sind Sie eine Angehörige?«

Sofort änderte Lou ihren Gesichtsausdruck von gelassen zu besorgt. »Mein Bruder.« Sie wusste, dass Helen den Polizisten nicht ewig ablenken konnte. Es half, dass Lous schmutziges Hemd und ihr blutverkrustetes Haar sie aussehen ließen wie die Schwester eines Junkies. Auf einer riesengroßen Tafel standen, für jeden sichtbar, der Name »Christian, J.« und die Zimmernummer, »8«. Die Rezeptionistin hob eine ihrer aufgemalten Augenbrauen, tat so, als tippte sie etwas ein, und schüttelte dann den Kopf. »Keine Besucher. Versuchen Sie es morgen noch mal.«

Lou erwog eine schauspielerische Einlage – Heulen, Flehen, *Sie herzloses Monster, mein armer Joseph* … diesen ganzen Quatsch –, doch dann wurde ihr klar, dass sie damit bloß die Aufmerksamkeit des Wachmanns erregen würde, der gemächlich den Empfangsbereich abschritt. Sie murmelte leise »Okay« und ging dann enttäuscht Richtung Fahrstuhl.

Nach ein paar Schritten wandte sie sich um und fragte die Rezeptionistin, eine unsichtbare Träne wegwischend: »Wo ist Ihre Toilette?«

Die Frau blickte nicht auf. »Dritte Tür rechts. Der Code ist drei acht drei acht.«

Lou dankte ihr und machte sich auf den Weg durch den Gang.

Die Intensivstation war still, bis auf das *Quietsch-quietsch-quietsch* der etwas zu kleinen Prada-Tennisschuhe, die sie sich von Helen Tyler ausgeliehen hatte. Zimmer siebzehn, neunzehn, zwanzig … verdammt, die Zahlen fingen zweistellig an und wurden immer größer – doch schließlich kam sie um eine Ecke und fand Zimmer drei, vier …

Die Tür zu Zimmer acht war verschlossen, aber durch ein schmales Fenster sah Lou Joe Christian in seinem Bett und ein

Gewirr aus Schläuchen und Kabeln. Eine Krankenpflegerin in einem hellblauen Kittel betrachtete den Monitor eines Herzfrequenzmessgeräts und schrieb sich etwas auf einem durchsichtigen Plastikklemmbrett auf.

Lou ging noch ein wenig weiter, dann bückte sie sich, um einen ihrer Schnürsenkel zu öffnen und neu zu binden. Diese Vorstellung wiederholte sie noch ein paarmal, bis sie das Klicken der Tür hörte, gefolgt vom *Schlapp-schlapp-schlapp* der Gummi-Clogs der sich entfernenden Pflegerin.

Lou huschte zu Zimmer acht zurück und umfasste den Türgriff, aufmerksam lauschend, ob sich weiteres Personal näherte. Kurz danach trat sie ein und ließ die Tür sachte ins Schloss fallen.

Joe Christian lag regungslos da, eine Wachsfigur des Mannes, den Lou im Video schreien und schimpfen gehört hatte. Die einzigen Geräusche im Zimmer waren das langsame *Biip, biip* eines elektrischen Herzschrittmachers sowie das leise Röcheln eines Beatmungsgeräts. Es roch nach Desinfektionsmittel, gemischt mit dem floralen Parfum, das die Krankenschwester hinterlassen hatte.

Lou trat ein wenig näher an das Bett heran und versuchte, das Wenige, was sie von Joe Christians Gesicht erkennen konnte, in sich aufzunehmen. Um den Hals hatte er einen dicken Verband, und sein Mund verbarg eine durchscheinend grüne Sauerstoffmaske. Ignorierte man die medizinischen Gerätschaften, sah Christian dennoch schlechter aus, als er es auf den schwarz-weißen Überwachungsbildern aus dem Raum One getan hatte. Seine Haut war unglaublich gelb, und seine Stirn, seine Kopfhaut und seine schwach flatternden Augenlider waren mit entzündeten roten Flecken überzogen. Mit seinen Augenbrauen war irgendetwas Merkwürdiges geschehen. Auch sein Körper wirkte seltsam – er hatte die Arme gespreizt, die Handflächen nach unten, als würde er sich gegen die Matratze stemmen.

Es war unmöglich, diese sterbende Person mit dem Joe Christian übereinzubringen, der einmal über die Bühnen von Davos und TED-Konferenzen stolziert war und Grintechs Pläne erläutert hatte, Milliarden von Dollar in Form von Mikrokrediten an arme Menschen in Entwicklungsländern zu verteilen. Oder mit dem, der sechs Monate später auf CNN auftrat, um sich dafür zu entschuldigen, dass viele dieser Kreditnehmer in den Freitod getrieben worden waren, weil sie Grintechs astronomische Zinszahlungen nicht aufbringen konnten. Die Liste von Menschen, die Joe Christian tot sehen wollten, erstreckte sich sicher von San Francisco bis Bangladesch. Genauso war es mit den Leuten, die genug Grund hatten, Alex Wu zu hassen. Beide waren der sexuellen Gewalt angeklagt, beide hatten zahllose Leben zerstört, um persönlichen Profit zu erzielen – beide hatten beschlossen, ihr Leben am selben Abend zu beenden …

Lou fixierte ihn noch einen Moment lang und dachte über die Nachricht von Helens handzahmem Detective nach. *Er wird die Nacht vermutlich nicht überleben.* Dem Röcheln des Beatmungsgeräts nach, war sich Lou nicht sicher, ob er die nächste Stunde überleben würde.

Sie trat näher an das Bett heran und begann zu würgen, weil der Gestank sogar das Desinfektionsmittel überlagerte: faulig und tot, wie verwesendes Fleisch, nur süßlicher. Sie hielt sich Mund und Nase zu, als sie begriff, dass der Gestank von den roten und violetten Pusteln ausging, die Joe Christians Körper bedeckten. Sie presste sich ihre Hand noch fester auf die Nase und beugte sich weiter vor. Trotz des Gestanks wollte Lou ihn schütteln. Ihm die Sauerstoffmaske vom Gesicht reißen und Antworten von ihm verlangen. *Warum waren Sie im Raum One? Woher wussten Sie, dass Alex Wu springen würde? Und warum musste ich mir das ansehen?*

Doch sie wusste, dass Joe Christian ihr diese Antworten nicht liefern konnte, dass er sie wahrscheinlich nie würde liefern können. Denn sie hatte das alles schon einmal gesehen – vor einer ganzen Ewigkeit, in einem anderen Bundesstaat, aber mit den gleichen Schläuchen und Masken und Gerüchen, derselben Erkenntnis, dass alles viel zu spät war. Damals war der Mann ihr Vater gewesen, der mit einer alkoholischen Kardiomyopathie, einer spezifischen Herzmuskelerkrankung, und Leberzirrhose im Koma lag. Die Haut war gelb und sein Körper so ausgelaugt, dass es aussah, als wären seine Knochen geschrumpft. Lou erinnerte sich, wie sich die weiche Gummimaske anfühlte, die sie von seinem dünnen Bart gezogen hatte, und wie sie ihm die einzige Frage stellte, auf die sie eine Antwort hören wollte: *Tut es dir leid? Tut es dir jetzt verdammt noch mal leid?* Bis eine Pflegerin sie fortzog, schreiend und den Namen dieses Arschlochs verfluchend. Ihr war klar, dass sie es bei Joe Christian gar nicht erst zu versuchen brauchte.

Lou trat vom Bett zurück. Auf der anderen Seite des Zimmers stand ein kleiner Tisch mit einem Krug voll Wasser, einem Pappbecher und einer Schale, die Joe Christians weltlichen Besitz zu enthalten schien. Sie betrachtete den Inhalt: ein orangefarbener Kugelschreiber, vielleicht fünfzig Cent in Münzen, ein kleines Glasfläschchen mit wohl chinesischen Schriftzeichen. Über der Rückenlehne eines Stuhls hing eine Jacke. Sie war aus einem dünnen Baumwollstoff und einmal grün gewesen. Jetzt war sie braun vor Dreck und stank nach Ausdünstungen, die sich mit dem Gestank vermischten, der vom Besitzer der Jacke ausging.

Lou blickte hoch. Der Flur war noch immer leer, die Welt ahnungslos. Sie klopfte die Jacke ab, den Kopf vor dem Gestank wegdrehend. Wo genau verlief die Grenze zwischen cleverer Notlüge und Verbrechen, zwischen unerlaubtem Eindringen und Diebstahl? Jetzt wurde es ihr bewusst. Sie hatte sich unerlaubt Zutritt zu einer Intensivstation verschafft, nachdem sie sich als die

Schwester eines fast toten Mannes ausgegeben und einen Polizisten belogen hatte, der gerade einen Tatort untersuchte. Die gesetzlichen Grenzen, die ihr Sorgen bereiten mussten, hatte sie schon längst hinter sich gelassen.

Die Taschen schienen nichts zu enthalten – nichts, was einen Hinweis liefern könnte, warum Joe Christian entschieden hatte, sein Leben genau in diesem Krankenhaus zu beenden, oder worin die Verbindung zwischen seinem abstoßenden Erscheinungsbild und der Stiftung seiner Ex-Frau bestehen könnte.

Wieder fiel ihr Blick auf den kaum noch lebendigen Körper. Vor allem betrachtete sie Joe Christians Hände, und die merkwürdige, unnatürliche Art, in der sie dalagen. Als sie das Zimmer betreten hatte, waren ihr die hervorstehenden blauen Venen auf der Rückseite seiner rechten Hand aufgefallen. Doch nun, da sie auf der anderen Seite des Betts stand, sah sie, dass es keine Venen waren, sondern es handelte sich um blaue Tinte.

Sie ging zur genaueren Betrachtung in die Hocke. Zwischen den Pusteln konnte sie vage eine Reihe von Ziffern erkennen: 65021035. Die letzten beiden Zahlen standen auf einer Pustel, und Lou musste die Augen zusammenkneifen, um sie zu entziffern. Eine Telefonnummer mit der Vorwahl von Palo Alto, vielleicht als Erinnerung aufgeschrieben. Aber warum war sie auf die Handrückseite geschrieben, nicht auf die Handinnenfläche?

Instinktiv langte Lou nach ihrem Telefon, um ein Foto davon zu machen, doch dann stieß sie ein leises *Fuck* aus, weil sie sich erinnerte, dass sie es noch immer nicht geladen hatte. Stattdessen holte sie den Kugelschreiber aus Christians Besitz und kopierte die Nummer auf ihre eigene Handfläche, imitierte sogar die Schrägstriche, die er durch die Nullen gezogen hatte: das Erkennungszeichen eines Softwareentwicklers. Vielleicht war es nichts Wichtiges, aber es war besser als nichts.

Lou hatte gerade die letzte Ziffer abgeschrieben, als sie von

Stimmen aufgeschreckt wurde – ein Mann und eine Frau, draußen auf dem Flur, näher kommend. Lou ließ sich flach zu Boden fallen, die Wange gegen den kalten Fußbodenbelag gedrückt. Der Geruch nach Desinfektionsmittel war hier noch stärker, doch im Vergleich zu Joe Christians Gestank beinahe erfrischend. Sie beobachtete unter dem Bett hindurch die Tür, darauf wartend, dass sie aufgestoßen wurde und der Sicherheitsdienst oder die Polizei hereinstürmten. Ihr Herz pochte hektisch, in einem völlig anderen Rhythmus als Joe Christians Elektropuls. Die Stimmen waren jetzt ganz nah, und Lou schloss die Augen und flehte das Universum an, dass sie zu einem anderen Notfall wollten.

Aber nein. Die Tür öffnete sich, und zwei Füße waren zu sehen, in den Gummi-Crocs einer Pflegerin. Die Füße blieben stehen – gerade so lange, dass Lou die beiden dünnen Knöchel erkennen konnte, die aus einer etwas zu kurzen OP-Hose ragten. Dann trat ein zweites Paar Schuhe zu den Crocs – schwarz und glänzend. »Na ja, hier ist sie nicht«, sagte eine Frauenstimme.

»Bist du sicher, dass sie nicht von der Gastro ist?«, fragte ein schnaufender Mann.

Nach einer kurzen Pause fragte die Pflegerin ungläubig: »Meinst du, der Typ hat sich Pizza bestellt?«

Dann lachten beide, obwohl vor ihnen ein Mann im Sterben lag. Das Rascheln von Papier, das Klicken eines Kugelschreibers, und dann waren die beiden Paar Schuhe wieder verschwunden.

Lou öffnete die Augen und atmete durch. Jetzt, da sich ihre Panik gelegt hatte, fokussierten ihre Augen einen Gegenstand, der unter dem Bett lag. Er war schwarz und rechteckig, und zunächst dachte Lou, es sei irgendein medizinisches Gerät, das in den Boden eingelassen war. Sie streckte den Arm aus und erreichte mit den Fingerspitzen ein schmales schwarzes Notizbuch, eines von der unnötig teuren Sorte, die bei Journalisten und Silicon-Valley-Unternehmern beliebt war.

Vielleicht hatte ein Arzt es verloren, oder jemand, der zuvor in diesem Zimmer gelegen hatte. Doch als sie das Buch unter dem Bett hervorholte, sah Lou das gelbe Post-it auf der Vorderseite. Darauf stand ein einzelnes Wort geschrieben, in derselben blauen Tinte wie die Nummer auf Joe Christians Hand. Das Wort war »Amelia«.

27 %

EINE HALBE STUNDE später waren Lou McCarthy und Helen Tyler zurück im Four Seasons. Sie saßen sich in Helens Küche gegenüber, auf hohen weißen Lederhockern an einem Tresen aus dünnem Marmor, und sahen sich auf einem iPad die Aufnahmen von Joe Christians Selbstmord an.

Helen stellte eine gemusterte Porzellantasse vor Lou ab und tippte auf den Bildschirm. Joe Christian erstarrte, sein Gesicht pure Panik und Verzweiflung, das Messer in seiner rechten Hand kam gerade ins Bild. »Ich habe Stanley versprochen, dass wir das Video vor dem Morgen löschen. Es ist jetzt ein Beweismittel für die Gerichtsmedizin.«

Dieses Update hatte sie nach dem Verlassen der Klinik erreicht. Joe Christian war gestorben, ohne noch einmal aufgewacht zu sein. Die Nachricht war ein Schock, doch nach allem, was Lou auf der Intensivstation gesehen hatte, keine große Überraschung.

Sie blickte auf den Block, auf dem sie sich Notizen gemacht hatte. Eigentlich hatte sie eher darauf herumgekritzelt, noch immer zu aufgewühlt, um klar zu denken – *Es ist die. Es ist die Charity? Es ist die Charity* –, über der Telefonnummer, die sie von Joe Christians Hand abgeschrieben hatte. Auf der Rückfahrt zum Four Seasons hatten sie versucht, die Nummer zu erreichen, doch hatten sie nur ein »Die von Ihnen gewählte Nummer ist nicht vergeben« gehört. Helen hatte die Nummer ihrem »Recherche-Typen« weitergeleitet, der, wie sie Lou versicherte, eine besondere Gabe hätte, wenn es um das Nachverfolgen von Nummern und anderen schwer zu ermittelnden persönlichen Informationen ging. Sie sagte nicht, ob dieser Typ bei Raum angestellt oder ebenfalls wie Helen Freiberufler war. Vielleicht ein weiterer Polizist auf Abwegen?

»Das kann kein Zufall sein, oder? Dass er irgendwas von der Stiftung seiner Frau herumbrüllt?«

»Während er vor einem Riesenschild steht, das auf genau diese Stiftung verweist?«, brachte Helen Lous Gedanken zu Ende. »Ich würde sagen, das überschreitet die Grenzen des rein Zufälligen. Vor allem, wenn man das hier betrachtet ...« Helen griff nach dem schwarzen Notizbuch mit dem »Amelia«-Post-it und begann, darin zu blättern. Lou hatte das Buch bereits im Fahrstuhl durchgesehen, nachdem sie aus Joe Christians Krankenzimmer geflohen war. Es war ein handschriftliches Tagebuch, das mit Datum versehen (inklusive Christians typischer Null mit Querstrich) die vielen Tragödien auflistete, die ihn seit seinem unfreiwilligen Abschied von Grintech ereilt hatten. Manche Seiten zu Beginn konzentrierten sich auf seine Scheidung, dann kam ein langer Abschnitt, der eine Reihe gescheiterter Investitionen dokumentierte – er hatte es mit Kryptowährungen versucht, aber auch mit Marihuana-Startups –, die seine Grintech-Abfindung erst dezimierten und schließlich ganz zunichtemachten. Auf jeder weiteren Seite wurden neue Dramen beschrieben: Jedes Gesundheitsproblem, jede persönliche Enttäuschung, jeder Rauswurf, jedes Drogenexperiment, jeder sexuelle Fehlgriff und jede daraus resultierende Geschlechtskrankheit wurden bis ins letzte qualvolle Detail ausgebreitet. Der letzte Eintrag war der kryptischste von allen. Eine Frage, die nur aus einem Wort bestand – »Augenbrauen?« –, das mit einer zittrigen Linie durchgestrichen worden war.

Helen hörte auf zu blättern, legte das Buch zurück auf den Tresen und drehte es so, dass Lou es sehen konnte. Auf der mittleren Doppelseite war ein sorgsam und detailliert gezeichnetes Flussdiagramm zu sehen: eine Reihe von Kästchen, Kreisen und Dreiecken, jeweils mit einem offenbar bedeutsamen Wort versehen –

»Tabletten«, »Abendessen«, »Tahoe«, »Arzt«. Manche der Formen enthielten bloß Abkürzungen, »BA« oder »EC«, und jede von ihnen war mit anderen Formen durch ein Netz aus geraden Linien verbunden. Außerdem waren dort Wohnadressen, E-Mail-Adressen und Telefonnummern zu finden, von denen keine mit der auf Joe Christians Hand übereinstimmte. In der Mitte des Diagramms befand sich ein rechteckiger Kasten, größer als alle anderen, mit einem einzigen Wort in Großbuchstaben darin.

»SCHICKSAL«, las Helen laut vor und tippte mit dem Fingernagel auf das Wort. »Hat er dem Schicksal die Schuld für das gegeben, was mit ihm passiert ist? Wie beim Karma? Eine Form von kosmischer Gerechtigkeit?«

»Oder es ist ein Name«, sagte Lou. »Ein Name für denjenigen, von dem er glaubte, dass er ihm das alles angetan hat. Aber wenn er seine Frau dafür verantwortlich machen wollte, hätte er doch einfach nur Amelia geschrieben.«

»Und hätte das Heft vermutlich nicht unter seinem Bett liegen gelassen, an sie adressiert«, fügte Helen hinzu.

Lou trank einen Schluck Tee. Ihr war nicht wohl dabei, wie schnell sie und Helen in dieses kollegiale Sich-die-Bälle-Zuspielen verfallen waren. Das war zum Teil reiner Überlebensinstinkt: Das Apartment war sicher und warm, und Lou hatte nicht die Absicht, die Nacht in einem Türeingang in Tenderloin zu verbringen. Vor allem aber fühlte sich die Bestätigung durch jemanden gut an, der die verzerrte Verderbtheit des Silicon Valley ganz genauso verstand wie sie, wenn auch von anderer Seite aus. Lou musste Helen Tyler ja nicht mögen. »Vielleicht ist Schicksal jemand, der mit der Stiftung zu tun hat? Oder eines seiner Opfer. Ist das nicht genau das, was Amelia Christians Stiftung macht? Beim Erstellen von Anzeigen gegen Missbrauchstäter Unterstützung zu bieten?«

Helen schien diese Möglichkeit abzuwägen und quittierte es

mit einem lang gezogenen »Vielleeeeeicht«. Dann fuhr sie fort: »Aber wenn die Stiftung auf Alex losgegangen wäre, wüsste ich das. Ich würde definitiv wissen, wäre die Polizei eingeschaltet worden.«

Natürlich würde sie das. Lou dachte an den Polizisten in der Notaufnahme und daran, wie vertraut er und Helen gewesen waren. »Es erklärt auch nicht die Verbindung zwischen ihm und Alex Wu.«

Helen tippte unbeholfen auf ihrem iPad herum, und an die Stelle des Videos von Joe Christian trat nun die Homepage der Stiftung – eine simple HTML-Seite, auf der die Rede davon war, Missbrauchsopfern zu helfen, mit den Logos verschiedener Polizeikommissariate aus der Region und einem Schwarz-Weiß-Foto einer lächelnden Amelia Christian – das blonde Haar zu einem seriösen Bob geschnitten. Die Frisur ließ sie mindestens zehn Jahre älter wirken. Es gab eine E-Mail-Adresse für Anfragen und eine Telefonnummer. Lou beugte sich vor und tippte auf einen Link am unteren Rand der Seite, der mit »Finanzbericht« betitelt war.

Kurz darauf hatten sie ein einseitiges PDF-Dokument vor sich, das sämtliche Einnahmen und Ausgaben der Stiftung der letzten achtzehn Monate auflistete. Lou hatte unzählige solcher Dokumente gelesen, als sie bei ihrer Recherche hinsichtlich von Raum vergeblich nach geheimen Fonds gesucht hatte. Die einzige größere Summe in der Einnahmenspalte war eine Zahlung über zehn Millionen Dollar – die berühmte Scheidungszahlung –, gefolgt von einer Reihe kleinerer Summen von anderen örtlichen Stiftungen, die Lou vage bekannt vorkamen. In jüngerer Zeit jedoch war das Geld versiegt – die Einnahmen genauso wie die Ausgaben. Im aktuellen Finanzjahr hatte die Stiftung weniger als 20 000 Dollar eingesammelt und eine identische Summe ausgegeben.

»Das ist merkwürdig«, sagte Lou. »Meinen Sie, 20 000 sind

genug, um ein Zentrum für Vergewaltigungsopfer zu finanzieren?« Sie erinnerte sich an die verschlossene Tür, vor der sie im Krankenhaus gestanden hatte.

Helen sah sie mit einem Blick an, der fast als anerkennend durchgehen konnte. »In *diesem* Land? Ich weiß nicht, ob 20 000 Dollar genug sind, um sich überhaupt eine Packung Aspirin zu kaufen.«

»Vielleicht ist die Stiftung in einen Finanzskandal verwickelt?« Lou versuchte, sich an einen Strohhalm zu klammern.

Helen schaute wieder aufs iPad. »Oder sie sind ganz einfach pleite. Beides erklärt aber nicht, warum Joe Christian oder Alex Wu sterben mussten.«

Lou nahm noch einen Schluck aus ihrer Teetasse. Sie betrachtete die Telefonnummer auf ihrer Handfläche. In ihrem Hinterkopf blitzte ein Bild auf.

»Können Sie das Video noch mal abspielen?«

Helen wischte zurück, und schon füllte Joe Christians gequältes Gesicht beinahe den gesamten Bildschirm, das Messer fest in der Hand, kurz davor, zuzustechen …

Lou berührte den Bildschirm, um das Video anzuhalten, ließ es noch einige wenige Sekunden zurückzuspringen. Das Messer in Bewegung. Noch ein paar Sekunden zurück. Lou musterte das Video hoch konzentriert.

Pause. Zurück. Schwingendes Messer.

Pause. Zurück. Schwingendes Messer. Pause.

Da. Lou erschauderte, als sie ihren Verdacht bestätigt sah. Die Aufnahme war verschwommen – Lou hatte es in genau der Sekunde angehalten, als Joe Christians rechte Hand ins Bild kam, das Messer fest umklammert – doch es bestand kein Zweifel.

»Was haben Sie entdeckt?« Helen starrte mit zusammengekniffenen Augen auf das iPad.

»Nichts«, erwiderte Lou. Sie drückte wieder auf »Play«. »Auf der Rückseite seiner Hand ist nichts geschrieben. Da ist nichts. Keine Telefonnummer.«

Helen ging noch näher heran, berührte fast mit der Nase den Touchscreen. »Sie haben recht. Und die Nummer stand definitiv auf seiner rechten Hand, als Sie ihn gesehen haben? Es könnte nicht die linke gewesen sein?«

Lou versuchte, sich Joe Christian in seinem Krankenhausbett vorzustellen. »Es war seine rechte Hand.«

»Und das hieße dann ... was genau? Dass jemand anderes die Telefonnummer auf seine Hand geschrieben hat, nachdem er schon bewusstlos war?«

Lou knallte den Stift hin. »Vielleicht liege ich falsch. Es würde helfen, wenn wir wüssten, wem die verdammte Nummer gehört.« Sie war zu erschöpft, um sich noch in irgendetwas sicher zu sein.

Helen hob beruhigend die Hand. »Keine Sorge. Mein Rechercheur findet das heraus. Er ist gut darin.«

Lou griff nach der Beule an ihrem Hinterkopf, sie schien größer und größer zu werden. »Sie glauben nicht, dass das alles mit Raum oder dem IPO zusammenhängt? Ich meine, wenn man mal Joe Christian beiseitelässt, hat Alex Wus Tod Elmsley Chases Pläne gewaltig zerschossen.« Das war die einfachste Erklärung. Dass jemand Raums Börsengang durchkreuzen wollte. Und dass Joe Christian irgendwie in diesen Plan verwickelt worden war.

Helen blickte über Lous Schulter hinweg zum Fenster. Dann, nach einigen Sekunden, sah sie Lou plötzlich in die Augen. »Darf ich ehrlich sein?«

»Klar«, erwiderte Lou amüsiert.

»Ich würde mir nichts mehr wünschen, als dass das hier etwas mit Raums beschissenem Börsengang zu tun hat.«

Helen stellte ihre Teetasse ab und wanderte umher. »Ich gehe sogar noch weiter. Sie und ich sollten auf Knien dafür beten, dass das hier etwas mit Raums IPO zu tun hat. Denn dann hätten wir wenigstens die Option, einfach zu verschwinden. Wir könnten unseren Kamillentee austrinken und uns schlafen legen und Raum gleich morgen so weit wie möglich hinter uns lassen.«

Lou irritierte es, dass Helen auf einmal ihre britische Zurückhaltung vergaß. »Was meinen Sie damit?«

»Ich meine, Alex Wu zu töten, ergibt Sinn, wenn man den Börsengang aufhalten will. Sprung. Platsch. Mission erfüllt. Aber auch noch Joe Christian umzubringen und sich die Mühe zu machen, dafür zu sorgen, dass wir als Zeugen dabei sind, dazu dieses Notizbuch und das Geschrei über die Stiftung ... das ist alles zu schräg und zu chaotisch. Zu öffentlich. Zu laut.«

Lou griff wieder nach dem Stift und unterstrich die Worte *Es ist Charity*. »Diese Stiftungssache kommt mir wie eine falsche Fährte vor. Nichts von dem, was heute Abend passiert ist, fühlt sich nach einem Ehestreit oder so an. Es fühlt sich an wie ...«

»... im Mittelalter.« Helen fand die perfekte Formulierung. »Ein Mafiaspitzel, der von einer Brücke baumelt. Ein aufgespießter Schädel.«

»Genau. Es ist, als wolle jemand eine Botschaft senden. Aber eine Botschaft an wen?« Noch während sie das fragte, spürte Lou, wie sich ihr die Kehle zuschnürte. Der Gedanke hatte sich über Stunden aufgebaut, trotz ihrer Bemühungen, ihn zu unterdrücken. Zwei Drecksäcke, deren Taten Lou aufgedeckt hatte, hatten sich allem Anschein nach in derselben Nacht umgebracht. Wer auch immer dafür verantwortlich war, hatte dafür gesorgt, dass Lou dort war, um dies mitanzusehen. Die Miene von Helen Tyler war teilnahmslos, doch sicher hatte auch sie die Verknüpfung hergestellt: Welche Botschaft der Mörder auch aussenden wollte, die Empfängerin war Lou.

Schließlich brach Helen ihr Schweigen. »Es gibt eine Verbindung zwischen den beiden Toten, außer dem Umstand, dass die Welt ohne sie ein besserer Ort ist.«

Lou brauchte es nicht zu hören. »Ich weiß. Die offensichtliche Verbindung zwischen allem, was heute Abend passiert ist … bin ich.«

Helen antwortete nicht. Sie nahm Lous leere Tasse und stellte sie neben ihre in die Spüle. Dann drehte sie das Wasser auf und drückte ein wenig Spülmittel auf einen kleinen gelben Schwamm. Lou musste an Stephen Camps Tirade denken, wonach niemand in der Redaktion des *Herald* wisse, wie man eine gottverdammte Tasse zu spülen habe. »Ich meine«, fuhr Lou fort, »es denkt eh schon jeder, dass Alex Wu meinetwegen gesprungen ist. Wenn sie von Joe Christian erfahren, werden sie denken, das war auch meine Schuld.«

Helen drehte sich zu ihr um, die Augenbrauen gehoben. »Und warum sollte ihr Mörder wollen, dass die Leute das denken?«

»Womöglich versucht er, mir die Konsequenzen meiner Berichte aufzuzeigen. Vielleicht ist er eine Art Anti-Medien-Psychopath. Oder das Gegenteil. Jemand, der wütend auf Big Tech ist und meine Artikel als Abschussliste benutzt. Den Job zu Ende bringt, den ich angefangen habe.«

Helen hielt ihren Kopf schräg, als würde sie die Stichhaltigkeit von Lous Argumentation abwägen. »Nur waren es nicht Sie, die diese Leben zerstört hat.« Sie sagte es ohne Emotion, wie eine Tatsache, dann drehte sie sich wieder zum Spülbecken.

»Nein, es …« Lou zögerte, während sie Helens Worte verarbeitete. Es war nicht ihre Schuld, dass Joe Christian eine Affäre mit einer Praktikantin eingegangen war oder dass Alex Wu ein Serien-Sextäter war. Sie hatte sich die Skandale nicht ausgedacht, die zum Sturz der Männer geführt hatten, bloß über sie berichtet. Doch irgendetwas an Helens Tonfall deutete darauf hin, dass sie etwas anderes meinte. »Wer dann?«

Helen öffnete eine Schublade und holte etwas heraus, das wie ein Stapel Spielkarten aussah. Erst als sie sie auf den Tresen warf, erkannte Lou, was es wirklich war: ein halbes Dutzend RFID-Karten, wie sie Angestellte bekommen, um in ein Bürogebäude zu gelangen. Jede war mit einem anderen Logo bedruckt: Raum, Sleapster, Uber, Twiddle, Dunk.ly … und Grintech. Es war wie ein Who-is-Who vormals angesagter Silicon-Valley-Unternehmen.

Lou starrte auf die Logos, und ganz langsam dämmerte ihr, was sie zu bedeuten hatten. »Sie haben für Grintech gearbeitet? Und diese ganzen anderen Firmen?«

»Und trotzdem haben Sie noch nie von mir gehört?« Helen grinste. »Das ist ja der Sinn des Ganzen. Wie gesagt, ich bin eine Auftragskillerin. Meine Spezialität ist es, die schwarzen Schafe in höchst wertvollen Unternehmen loszuwerden, in der Hoffnung, dass diese für den Markt noch attraktiver werden. Wenn ich meine Arbeit gut mache, weiß niemand, dass ich überhaupt da war.«

»Und haben Sie Ihre Arbeit bei Dunk.ly oder Uber gut gemacht?« Lou hatte nicht so gehässig klingen wollen, doch es stimmte, dass von sämtlichen Unternehmen, die in Helen Tylers Schublade voller Schlüsselkarten vertreten waren, einzig Raum noch oben war. Die anderen waren entweder am Boden, zerschlagen worden oder wurden zu einem Bruchteil ihres Ausgabepreises gehandelt. Da hatten sie all die Risikokapital-Dollars dafür ausgegeben, Kritiker zum Schweigen zu bringen, Skandale zu vertuschen, sich mit Gesetzgebern zu streiten … und wofür? Die Gründer und ein paar frühe Investoren waren vielleicht durch ihre Vor-IPO-Anteile reich geworden, doch ein kaputtes Unternehmen bleibt ein kaputtes Unternehmen.

Falls Helen sich darüber ärgerte, dass Lou ihre beruflichen Fähigkeiten in Zweifel zog, so zeigte sie es nicht. »Mein Job war es, sie bis zum IPO zu bringen. Was dann passiert, liegt nicht in meiner Verantwortung. Der Punkt ist, Raum war nicht mein erstes – wie ihr Amerikaner so gerne sagt – Rodeo. Ich habe mehr CEOs rausgedrängt, als Sie warme Abendessen hatten.«

»Auch Joe Christian?«

Helen zuckte mit den Schultern. »Nachdem der Skandal rauskam, hoffte der Vorstand von Grintech, Mr Christian würde das Richtige tun und zurücktreten. Unglücklicherweise war er besessen von der Vorstellung, dass man ihm eine Falle gestellt hatte, und weigerte sich zu gehen. Ihnen brauche ich nicht zu erzählen, wie wahnhaft und paranoid diese *Masters of the Cyber-Universe* sein können. Jedenfalls wurde ich gebeten, einen Bericht für den Vorstand zu verfassen, aus dem hervorging, wie katastrophal sein Verbleiben als CEO für Grintechs Zukunftsaussichten sein würde. Ihr Artikel war ein kleiner Teil dieses Berichts, doch wenn man irgendwen wirklich als Joe Christians Henker beschreiben könnte, dann mich. Genauso wie ich es letzten Endes mit Alex Wu getan hätte, sobald sein Nachfolger ernannt worden wäre.«

»Sie vermuten, jemand hat Alex Wu und Joe Christian umgebracht, um *Ihnen* eine Botschaft zu senden?« Einen kurzen Augenblick lang spürte Lou, wie eine Last von ihr abfiel.

Helen nahm die Tassen aus der Spüle und stellte sie verkehrt herum auf ein metallenes Abtropfgitter. »Eine makabre Aussicht, oder? Aber eher unwahrscheinlich. Zum einen ist es keine sehr gute Botschaft, wenn nicht einmal wir beide uns einig sind, an wen sie sich richtet und was sie bedeuten könnte.«

Lou quittierte Helens Argument mit einem schwachen Grinsen.

Helen fuhr fort: »So gerne ich glauben würde, dass Sie oder ich so wichtig sind, dass jemand einen solchen Aufwand betreiben würde, um uns zusammenzubringen, bin ich mir doch sicher, dass wir nicht mehr als Schachfiguren sind.« Sie zögerte, offenbar ihre Aussage überdenkend. »Vielleicht ein Bauer und ein Läufer … oder ein Läufer und ein Turm.« Sie schüttelte den Kopf. »Ist auch nicht wichtig. Wichtig ist, dass wir weder der König noch die Dame sind.«

Lou fand das nicht sehr beruhigend. »Ist schon lange her, dass ich Schach gespielt habe, aber werden Läufer und Türme nicht meist vor dem Ende ausgeschaltet?«

Helen nickte. »Oft, ja. Es sei denn, sie halten zusammen.«

»Und Sie meinen, das sollten wir tun? Zusammenarbeiten, um herauszufinden, wer es war?« Das war der Grund, warum Helen sie nicht gehen lassen wollte.

»Zusammen ist man weniger allein. Zwei Köpfe sind besser als einer. Suchen Sie sich ein Klischee aus. Aber ja, ich denke schon, dass es in unser beider Interesse wäre, zu kollaborieren, mit absoluter Offenheit, trotz des berufsbedingten Misstrauens füreinander. Nennen Sie es eine vorübergehende Einstellung der Feindseligkeiten, wenn Ihnen das besser gefällt.«

»Offenheit?« Die Frau, die zugegeben hatte, eine Klageschrift gefakt zu haben, um Lous Karriere zu zerstören, bat *sie* um mehr Ehrlichkeit. Das war … interessant. Doch Lou hatte keine Lust auf einen Streit, und in einem hatte Helen recht – sie hatten bessere Chancen, herauszufinden, was zur Hölle hier vor sich ging, wenn sie zusammenarbeiteten. »Okay, Sie zuerst. Sie haben gesagt, Ihre Spezialität sei es, CEOs rauszukegeln. Heißt das, Raums Vorstand hat Sie engagiert, um Elmsley Chase loszuwerden?« Sie wusste, dass die Frage lachhaft war – niemals würde es Raums Vorstand riskieren, einen so beliebten CEO direkt vor dem Börsengang auszutauschen. Doch wenn sie Helen vertrauen sollte, musste sie ganz genau wissen, worin ihre Rolle bei Raum bestand.

Helen schien diese Frage jedoch nicht zu überraschen. Sie hockte sich auf den Hocker gegenüber Lous und sprach sehr leise, als könnte sie in ihrer eigenen Küche abgehört werden. »Offiziell lautet mein Auftrag so, wie ich es beschrieben habe: Raum zu helfen, den Laden aufzuräumen, bevor sie an die Börse gehen.«

»Und inoffiziell?«

»Inoffiziell …« Helen zögerte. »Es gibt an der Wall Street mächtige Akteure, die auf einen Wechsel an der Spitze von Raum hinwirken, noch vor dem IPO.«

Lou wollte sie unterbrechen – *Ach, jetzt kommen Sie!* –, doch Helen brachte sie mit einer bloßen Handbewegung zum Schweigen. »Sie haben um Offenheit gebeten.« Helen senkte ihre Stimme noch weiter. »Bei allem offensichtlichen Erfolg, den Raum hat, wissen die Banker – genau wie Sie –, dass in diesem extrem unprofitablen und überbewerteten Unternehmen einfach zu viele Skandale unter der Oberfläche vor sich hin gären, dass dort zu viele schwarze Schafe ihr Unwesen treiben. Elmsleys Fanboys entschuldigen die Skandale bei Raum vielleicht, aber die Märkte sind da weniger nachsichtig. Die Banker haben große Angst, dass alles platzen und der Kurs direkt nach dem Börsengang abstürzen könnte. Diese *Sorgen* haben sie dem Vorstand mitgeteilt.« Helens Betonung ließ erkennen, dass die »Sorgen« in Wahrheit geheiligte Beschlüsse der Bankengötter waren.

»Also wollen sie Elmsley zum Sündenbock für alle Verfehlungen des Unternehmens machen.« Lou war beinahe beeindruckt. Sie hatte Tim Palgrave und die übrigen Raum-Vorstände immer als eine Schar rückgratloser Jasager betrachtet, nicht bereit, sich Elmsley Chase in den Weg zu stellen. Sie verspürte sogar ein wenig Mitleid mit Chase: Er war ein Arsch, aber im Gegensatz zu anderen Führungskräften im Unternehmen war er selbst nicht in Skandale verwickelt gewesen.

Helen deutete auf einen Papierkalender, der an der Küchenwand hing, mit einem Foto von London bei Nacht. »Am kommenden Montag kommt der Vorstand zu seinem Quartalsmeeting zusammen, und ich soll meine Ergebnisse präsentieren – einen Bericht, der empfiehlt, dass Elmsley durch jemand weniger *Problematisches* ersetzt wird. Einen Neustart.«

Lou schüttelte den Kopf. »Und Chase weiß nichts davon, dass der Vorstand ihn loswerden will?«

»Er glaubt, er selbst *ist* Raum. Er kann sich nicht vorstellen, dass jemand ihn abschießen will. Zumindest dachte ich, er könne es sich nicht vorstellen, bis er vor vierundzwanzig Stunden uns alle überrascht hat, indem er Gott und die Welt ins Raum One eingeladen hat, um den Börsengang einen Monat früher als geplant zu verkünden. Ich vermute, jemand hat ihn gewarnt, und er dachte sich, es würde schwieriger werden, ihn abzuservieren, wenn die Nachricht bereits in der Welt wäre.«

»Ihn gewarnt? Aber wer?«

Helen zuckte mit den Schultern. »Das ist die 500-Millionen-Dollar-Frage. Wie Sie wissen, gibt es nur noch zwei weitere Personen in Raums Vorstand, außer Elmsley selbst. Die wahrscheinlichste Erklärung wäre, dass einer der beiden – Tim Palgrave – dumm genug war, Elmsley gegenüber etwas zu sagen. Aber als ich ihn auf der Party in die Mangel genommen habe, hat er geschworen, nicht ein Wort darüber verloren zu haben. Womit nur noch eine unwahrscheinlichere Möglichkeit übrig bliebe …«

»Charlie Brusk?« Lou war sich sicher, dass Brusk Elmsley Chase unmöglich gewarnt haben konnte. Als Chef von XXCubator, dem größten Start-up-Inkubator im Silicon Valley, hielt Brusk Anteile an so gut wie jedem erfolgreichen Tech-Start-up der letzten zehn Jahre. Sein Pitch war simpel: XXCubator stellte eine Seed-Finanzierung zur Verfügung, kostenlose Büroräume, juristische Beratung, Bier und alles, was junge Gründer sonst noch brauchten, um loszulegen. Als Gegenleistung bekam Brusk – aka der *Bro-Whisperer* – einen beträchtlichen Teil der ersten Aktien und einen Sitz im Aufsichtsrat. XXCubator hatte später als üblich in Raum investiert – als das Unternehmen bereits lief –, aber noch früh genug, um sich einen kräftigen Anteil für nur wenige hunderttausend Dollar zu sichern. Charlie Brusk konnte bei einem erfolgreichen Börsengang einiges gewinnen, und er würde mehr als alle anderen verlieren, wenn Elmsley Chase es versaute. Lou war sich sogar ziemlich sicher, dass Helen, als sie sagte, »der Vorstand« wolle Chase loswerden, eigentlich nur von Charlie Brusk gesprochen hatte, der Palgrave bedrängt hatte, ihm zuzustimmen. Im Gegensatz zum tumb-loyalen Palgrave drängte Brusk regelmäßig Gründer vor dem Börsengang heraus, wenn er befand, dass sie ihren Job nicht gut machten.

Es gab noch einen Grund anzunehmen, dass Brusk in den Vorstands-Coup verwickelt war: seine engen Verbindungen zu Raums saudischen Investoren, allen voran zu Prinz Bansar, dem ältesten Sohn von König Faisal al-Saud. Noch vor sechs Monaten war der Kronprinz Raums viertes Vorstandsmitglied gewesen, bis der letzte Menschenrechtsskandal seines Vaters – die öffentliche Hinrichtung zweier amerikanischer Journalisten, die ein kritisches Buch über das Königreich verfasst hatten – Raum gezwungen hatte, ihn öffentlichkeitswirksam zu entlassen. Trotzdem war der Königliche Fonds des Prinzen weiterhin Raums viertgrößter Anteilseigner, und Brusk, selbst ehemaliger Öl-Lobbyist, vertrat im Vorstand die Interessen des Prinzen genauso wie seine eigenen. (Ein weiteres hartnäckiges Gerücht besagte, dass die saudische Königsfamilie den Großteil des Kapitals zur Verfügung gestellt hatte, mit dem Brusk XXCubator aufgebaut hatte und mit denen sie ihre Investitionen getätigt hatten.) Wenn Brusk Elmsley loswerden wollte, dann wollten das auch die Saudis, und andersherum genauso.

»Der verdammte Charlie Brusk«, bestätigte Helen. »Mein persönlicher Fluch seit jeher, und, wie Sie sicher geahnt haben, der Rädelsführer dieses kleinen Coups. Natürlich mit Unterstützung seiner arabischen Freunde.«

Natürlich, dachte Lou und fragte sich, ob Helens Kommentar nicht unglaublich rassistisch war. »Was meinen Sie mit *seit jeher*?«

»Noch mehr Offenheit.« Helen grinste sie verlegen an. »Charlie und ich haben gleichzeitig die Business School in London besucht, das ist eine Million Jahre her. Wir ... kannten uns recht gut. Enge Verknüpfungen.« Helens Blick ließ keinen Zweifel daran, von welcher Art Beziehung sie sprach.

Während Lou noch gegen ihren Würgereflex ankämpfte, spulte Helen Tyler ihre eigene Charlie-Brusk-Geschichte ab. »Er war damals mies, und er ist definitiv immer noch mies, also können Sie sich vorstellen, wie sehr es mich gefreut hat, als er mich aus heiterem Himmel im Namen des Raum-Vorstands anrief und fragte, ob ich Kapazitäten für einen Auftrag hätte. Mein Ruf hatte sich offenbar herumgesprochen.« Sie nickte in Richtung der Schlüsselkarten, die noch immer auf dem Tresen lagen.

»Moment.« Lou trat vor lauter Frust, so schwer von Begriff gewesen zu sein, gegen die Kücheninsel. »XXCubator hat auch in Grintech investiert. Alex Wu und Joe Christian waren beide bei Unternehmen, die sich von Charlie Brusk haben finanzieren lassen.«

Helen tat es mit einem Schulterzucken ab. »XXCubator investiert wortwörtlich in alles. Außerdem ist nichts von dem, was heute Abend passiert ist, gut für Charlie. Er hat mich engagiert, um Elmsley loszuwerden, weil er den IPO retten will. Wus Tod macht alles kaputt.«

Lou trat noch einmal gegen die Kücheninsel, diesmal fester. Es musste irgendeine Verbindung zwischen Wu und Christian geben, irgendetwas, das so schlimm war, um das Timing und die Brutalität ihres jeweiligen Ablebens zu erklären. Es war irgendwo da draußen, wenn sie nur wüssten, wo sie suchen sollten ...

Ein Gedanke schleppte sich langsam in Lous müdes Gehirn. »Sie haben gesagt, Brusk und der Rest des Vorstands erwarten, dass Sie Ihren Bericht über Elmsley am Montag abgeben, richtig?«

Helen nickte.

»Also haben Sie Zugang zum Raum One für mindestens die nächsten fünf ...« Lou blickte auf die Digitaluhr am Herd, die gerade auf Mitternacht umgesprungen war. »... vier Tage?« Es hieß oft, dass die Masse an Daten, die auf Raums Server über die Bewegungen und Gewohnheiten ihrer Benutzer gespeichert waren, umfassender war als alles, was von anderen Unternehmen und Regierungen seit Beginn der Geschichtsschreibung aufgezeichnet worden war. Das war der Grund, warum der Algorithmus des Unternehmens mit fast hundertprozentiger Genauigkeit voraussagen konnte, wann man Hunger bekommen würde und auf welche Sorte Pizza. Stephen Camp hatte einmal im Scherz gesagt, Raum wisse nicht nur, wen man einmal heiraten werde, sondern auch, mit wem die zukünftige Frau später durchbrennen werde. (Camp war zum dritten Mal verheiratet.) Wenn Helen Tyler Zugang zu Raums Datenbanken hatte, würden sie ganz sicher herausfinden können, mit wem Joe Christian und Alex Wu in den Wochen vor ihrem Tod zu tun gehabt hatten. Irgendwo in all diesen Daten musste die Identität des mysteriösen »Schicksal« verborgen sein und die Verbindung, falls es eine gab, zu Amelia Christians Stiftung.

Helen lächelte gequält. »Ich habe freien Zugang. Sogar Administratorrechte für Raums Nutzerdatenbank, die – vermutlich – nützlich sein könnte, wenn wir verstehen wollen, was an diesem Abend passiert ist, und ich versuchen will, den IPO und meinen Job zu retten.«

»Klingt gut.« Lou waren der IPO und Helen Tylers Job ganz egal, doch sie war mit jeder Rechtfertigung einverstanden, die Helen brauchte, um ihnen beiden Zugang zu Raums Datenbestand zu verschaffen. Beim *Herald* hatten die meisten ihrer Quellen recht selbstsüchtige Motive, ihr zu helfen. »Und dann geh ich zu Amelia Christian und versuche, die Stiftungs-Verbindung rauszubekommen.«

»Gut«, sagte Helen. »Es könnte sich lohnen, sich auch ihre Raum-Daten mal anzusehen.«

»Und wenn wir keine Verbindung finden?«

Helen beugte sich konspirativ zu Lou vor und antwortete beinahe flüsternd: »Dann sind wir beide am Arsch, nicht wahr?« Sie warf den Kopf in den Nacken und lachte schallend los. Zu Lous Überraschung fiel sie in das Lachen ein, aus Erleichterung, dass sie nicht mehr allein mit diesem Wahnsinn war.

Der Augenblick aufgedrehter Kameradschaft hielt nur kurz, und Helen nickte in Richtung des iPads. »Apropos unangenehme Dinge. Ich hoffe, die Durchgeknallten haben sich beruhigt?«

»Scheint so.« Lou wusste, dass sie ihre E-Mails nicht auf einem Raum-iPad checken durfte, doch sie hatte einen Blick auf ihre Social-Media-Feeds gewagt, als Helen den Tee zubereitet hatte. Es gab noch ein paar beängstigende Tweets, die eine oder andere Morddrohung. Doch der Kontrast zur Lage nur wenige Stunden zuvor war dramatisch. Sobald die Pressemitteilung rausgegangen war, in der Elmsley Chase Lou verteidigte, war Pétains rote Kennzeichnung zurückgezogen worden. Genau wie Helen es vorhergesagt hatte.

Ein zufriedenes Nicken. »Herrchen hat gerufen. Und Ihre Mutter?«

Lou wurde sofort ernst. Nur weil der Lärm bei Twitter sich gelegt hatte, hieß das nicht, dass ihre Mutter in Sicherheit war: Es reichte ein einziger Verrückter …

»Wollen Sie sie nicht noch mal anrufen? Nur zur Sicherheit?« Helen hielt Lou ihr Telefon hin, als wäre sie eine Hellseherin.

Lou schüttelte den Kopf. »Sie wird jetzt schlafen. Ich rufe sie morgen an.«

Helen steckte das Telefon ein. »Natürlich. Wir sollten versuchen, uns ein bisschen zu erholen.« Sie deutete auf die offene Tür, die zum Wohnzimmer führte, wo sie auf der Couch ein Lager aus Decken und Kissen eingerichtet hatte. »Ich bin am Ende des Flurs, wenn Sie etwas brauchen.« Und dann war sie verschwunden, ohne ihr eine gute Nacht zu wünschen.

Lou saß am Küchentresen und starrte auf ihre Notizen. Sie war viel zu aufgedreht, um an Schlaf zu denken. Wie sollte sie schlafen, wenn ein unbekannter Killer frei herumlief – und die ganze Welt sie für die Morde verantwortlich machte? Sie musste die Verbindung zwischen Wu und Christian herausfinden und beweisen, dass nichts davon ihre Schuld war. Doch was konnte sie heute Nacht schon ausrichten, blutverschmiert, ramponiert und so erschöpft, dass ihre Schrift auf dem Papier zu tanzen schien?

Sie ging ins Wohnzimmer, zog die Schiebetür hinter sich zu und kroch unter die Decken. Sie hielt sich eines der Kissen an die Wange. Verglichen mit dem Stapel T-Shirts unter dem Schreibtisch beim *Herald* war ein Chesterfield-Sofa ein »Prinzessin auf der Erbse«-Luxus. Durch den Flur konnte sie Helen Tyler telefonieren hören, doch dank der dicken Eichentüren konnte Lou keines der Worte verstehen.

Sie zwang sich, die Tischlampe auszuschalten. Doch als sie gerade die Augen geschlossen hatte, war der Raum plötzlich hell erleuchtet, und sie richtete sich ruckartig auf.

»Tja.«

Lou drehte sich um und sah Helen Tyler in der Tür stehen, in einem Four-Seasons-Morgenmantel und mit einer limettengrünen Gesichtsmaske. Sie hielt ihr Telefon hoch, als sei seine bloße Existenz eine Offenbarung.

»Das war mein Computer-Spezi«, sagte sie und klang dabei eher wie eine technophobe britische Großmutter als eine Mitarbeiterin des fortschrittlichsten Start-ups der Welt.

Lou nickte, noch immer benommen von der Lichtexplosion. »Und?«

»Er hat es geschafft, die Nummer auf Joe Christians Hand zu finden – wir lagen richtig, es war wirklich eine Burner-Nummer.«

Lou stemmte sich hoch. »Weiß er, von wem?«

Helen trat in den Raum hinein und setzte sich in ihren Sessel.

»Der Besitzer hat sie in einer Drogerie in East Palo Alto gekauft, bar bezahlt, aber mein Spezi konnte sie zurückverfolgen, anhand von … keine Ahnung, wie er das gemacht hat. Durch IMEI-Nummern oder Ähnliches.«

Sie schob einen Block über den Couchtisch, und Lou sah, mit Bleistift geschrieben, die gleichen Zahlen, die sie auf Joe Christians Hand gefunden hatte. Darunter ein Name, doppelt unterstrichen und mit einem Ausrufezeichen versehen.

Lous Augen weiteten sich. »Im Ernst?«

»Offenbar. Die Nummer gehört unserem gemeinsamen Freund: Charlie. *Fucking*. Brusk.«

Tja traf es ganz genau.

Helen fuhr fort: »Mein Helfer versucht noch, eine Liste von Anrufen zu bekommen, aber er sagt, es besteht kein Zweifel, dass die Nummer Charlie gehört. Oder Charlie gehörte. Sie wurde heute Abend gelöscht.«

Lou nahm den Notizblock und hielt ihn neben die Nummer, die noch immer auf ihrer Handfläche stand. »Also geht Joe Christian in die Notaufnahme, sticht sich selbst ab, und bevor er stirbt, schreibt er – oder jemand anderes – Charlie Brusks Burner-Telefonnummer auf die Rückseite seiner Hand?« Während sie sprach, kam ihr ein Gedanke. »Meinen Sie, er könnte auf dem Video das gesagt haben? Charlie? Nicht Charity?«

Helen verzog das Gesicht, dann wiederholte sie die Worte. »Charity. Charlie. Charity. Charlie. Nicht wirklich ein Homonym. Außerdem hat er so was wie ›Es ist die Charity‹ gesagt. Und nicht ›Sie war's, Charlie‹.«

Helen holte das iPad aus der Küche, und sie spielten das Video noch einige Male ab. Was auch immer Joe Christian da sagte, es klang nicht nach »Charlie«, doch Lou war nun auch nicht mehr überzeugt, dass es »Charity« war.

»Können wir Brusk anrufen und ihn danach fragen?« Es war

weit nach Mitternacht, doch Lou würde nichts ungenutzt lassen, was eine Spur sein könnte.

»Da gibt es einen besseren Weg«, sagte Helen und stand aus ihrem Sessel auf. »Bevor wir morgen zu Amelia Christian fahren, besuchen wir XXCubator und fragen Charlie persönlich. Es ist viel einfacher, zu erkennen, ob jemand lügt, wenn man ihm gegenübersteht, finden Sie nicht?«

Lou starrte sie an. Sie hatte Helen gar nicht eingeladen, mit ihr zu Amelia Christian zu fahren. Doch sie war so müde und überwältigt, dass es durchaus denkbar war, dass sie bereits fest schlief und das alles nur träumte. »Klar«, brachte sie nur noch heraus.

»Gut.«

Helen lächelte sie auf eine Weise an, von der Lou hätte schwören können, dass eine gewisse Vorfreude darin auszumachen war. »Wir sehen uns morgen früh«, sagte sie und schlurfte zurück ins Bett.

32 %

DER PRIUS PARKTE seit mehr als einer Stunde vor dem Four Seasons, seitdem er Lou und Helen vom Pacific Medical Center gefolgt war. In dieser Zeit hatte niemand das Auto beachtet. Warum auch? Es war bloß ein Prius unter Zigtausenden, die in dieser Nacht mit einem vRaum-Aufkleber an der Frontscheibe durch San Francisco rollten. Nicht ohne Grund wurden die vRaum-Plaketten unter Drogenhändlern und Einbrechern wie Crack gehandelt – man brauchte sich so eine nur ans Auto zu kleben, und schon konnte man überall parken, in jedem Viertel der Stadt, ohne Verdacht zu erregen.

Dieser Fahrer jedoch war kein Drogenhändler und auch kein Einbrecher. Mit hoher Sicherheit würde eine Kennzeichenüberprüfung in örtlichen oder landesweiten Polizeidatenbanken ohne Ergebnis bleiben.

Schicksal.

Der Fahrer hatte sich über den Spitznamen amüsiert, den Joe Christian der Person gegeben hatte, die ihn folterte und Schritt für Schritt ins Grab brachte. *Schicksal!* Das war gut. Vielleicht ein bisschen zu Dan-Brown-mäßig – die Art von Name, die ein Autor von Paperback-Thrillern einem sich von Energydrinks ernährenden Super-Nerd geben würde, den es in solchen Geschichten immer gab. Ein verzogenes weißes, wohlstandsverwahrlostes Balg, das gekränkt war, weil es kein Mädchen abbekam, und wütend, dass seine Eltern ihm das Taschengeld gekürzt hatten. Das es seinem Papa heimzahlte, indem es das Pentagon hackte und den Dritten Weltkrieg auslöste.

Schicksal blickte in den Rückspiegel und lachte bei dem Gedanken laut auf. *Ja, aber nicht ganz richtig.*

Oben in Helen Tylers Apartment wurden die drei letzten Fenster – die Wohnzimmerfenster, wie Schicksal aus der Grundrisszeichnung erfahren hatte – ein zweites Mal in dieser Nacht dunkel. Einige Sekunden später ging auch in Helens Schlafzimmer das Licht aus. Schicksal würde noch ein paar Minuten warten und die Eingangstür des Gebäudes im Auge behalten, um sicherzugehen, dass Lou McCarthy sich nicht hinausschlich, um Charlie Brusk einen nächtlichen Besuch abzustatten. Doch selbst wenn sie das tun sollte, wusste Schicksal, dass sie sich nicht weit vom Four Seasons entfernen würde. Nicht jetzt, da sie Helen Tyler getroffen hatte.

Zum ersten Mal seit fast vierundzwanzig Stunden hatte Schicksal das Gefühl, alles unter Kontrolle zu haben. Das Drama im Raum One, die Konfrontation mit Claude Pétains Vollidioten auf der Straße, die nervenaufreibende Rettung – all das war ganz genau nach Plan verlaufen. Joe Christian hatte seine Rolle in diesem Schauspiel zunächst souverän gespielt. Er hatte Lou McCarthy und Helen Tyler zum Pacific Medical Center gelockt, wo Schicksal den Hinweis für sie hinterlassen hatte. Zu sehen, wie Lou am Krankenhaus eintraf und sich Zugang zu Christians Krankenzimmer verschaffte, hatte tiefe Befriedigung geschenkt, doch es war frustrierend, nicht zu wissen, was danach geschah. Das Wichtige war jedoch, dass Lou die Nummer auf Joe Christians Hand gefunden hatte und dass sie jetzt, mit ein wenig Unterstützung, wusste, wem diese Nummer gehörte.

Morgen würden sie und Helen losziehen, um den armen Charlie Brusk zu löchern, warum seine geheime Burner-Nummer auf der Hand eines Toten stand – und dann würde die nächste Phase beginnen.

Schicksals Gedanken kreisten für einen Moment um den ungeplanten Glitch, der eine solche Hektik ausgelöst hatte, bis alles wieder auf Kurs war: Joe Christians Auftritt vor der Überwachungskamera. Ein Selbstdarsteller bis zum bitteren Ende.

Es brachte nichts, sich länger damit zu beschäftigen. Selbst wenn Lou McCarthy verstanden haben sollte, was er da brüllte, konnte sie unmöglich wissen, was es bedeutete, jedenfalls nicht, bis es schon viel zu spät war. Vor allem nicht, wenn sie die Sorge um ihre Mutter so sehr ablenkte. Schicksal gefiel es nicht, Lous Familie mit hineinzuziehen, doch manchmal musste man das Emotionale zum Nutzen anderer einsetzen.

Schicksal betrachtete noch einmal die schwarzen Fenster. Auf den Straßen regte sich nichts, nicht einmal eine Maus. Was bedeutete, dass auch Schicksal sich ausruhen sollte. Morgen wartete ein arbeitsreicher und gefährlicher Tag.

Der Gedanke an ein gemütliches Bett wurde durch das Läuten eines Handys unterbrochen. Schicksal holte das billige Burner-Telefon aus dem Handschuhfach des Prius und las die neue Nachricht. *Hallo.*

Schicksal nahm zur Kenntnis, dass das übliche Ausrufezeichen oder Smiley-Emoji fehlte, und fühlte sich gleich schlecht. Manche Täuschungen waren schwieriger als andere, und diese war ganz besonders quälend. Ein Opfer, das es nicht verdiente, ein Opfer zu sein. Dessen gesamtes Leben schon einmal in Stücke zerbrochen war und es bald noch einmal tun würde.

Hallo, tippte Schicksal ein. *Wie läuft die Nacht?*

Nicht gut. Ziemlich traumatisch sogar.

Scheiße, Babe, das tut mir leid. Schicksal tippte die Worte wie automatisch ein, die falsche Persönlichkeit annehmend wie ein erfahrener Schauspieler. *Willst du darüber reden?*

Ein paar Punkte blinkten auf, was hieß, dass das Opfer sich für die Antwort Zeit nahm. Schicksal blickte aus dem Autofenster in den dunklen Himmel und in die noch dunkleren Wolken, die um das Raum One aufgezogen waren. Noch immer blinkten die Punkte, bis endlich …

Vielleicht später.

Später, dachte Schicksal, die Lippen traurig zusammengepresst. *Wenn du wüsstest, wie wenig Zeit uns bleibt.*

Schicksal legte das Gerät zurück ins Handschuhfach, schaltete den Prius auf Drive und spürte einen Ruck, als der Motor lautlos zum Leben erwachte.

37 %

Niemals lass die Waffe dein
Auf jemanden gerichtet sein
Bleibe ruhig und stets gefasst
Schieße nie in blinder Hast

EIN SONNENSTRAHL, DER durch eines von Helen Tylers bodentiefen Fenstern fiel, riss Lou unsanft aus ihrem Albtraum. In diesem hockten sie und Carol, die Freundin ihrer Mutter, im Flur ihres Elternhauses, während Claude Pétains Mob gegen Fenster und Wände hämmerte. Carol schoss mit ihrem Sturmgewehr auf gut Glück durch eines der verbarrikadierten Fenster. Lou hielt eine ungeladene Schrotflinte in der Hand, während sie verzweifelt versuchte, ihre Mutter zu erreichen. Doch jedes Mal, wenn eine Verbindung hergestellt war, war die Stimme ihres Vaters zu hören, nicht die ihrer Mutter, und er sagte ihr, sie solle stark sein und dass alles gut werden würde. Lou flehte ihn um Hilfe an, doch er wiederholte nur die gleichen Worte – Zeilen aus einem Gedicht, das seit ihrer Kindheit durch ihre Träume geisterte.

Niemals lass die Waffe dein / Auf jemanden gerichtet sein …

Hörst du mich, Loubär? Sprich mir nach …

In den ersten wachen Sekunden wusste Lou nicht, wo sie war oder auf wessen Couch sie da lag, unter Wolldecken und bis auf die Schuhe komplett angekleidet. Nach und nach kehrte die Erinnerung zurück – sie sah die beiden toten Männer vor sich, entsann sich des Angriffs im Tenderloin District, des Krankenhausbesuchs, ihr fiel Joe Christians Tagebuch ein und dann der Anruf von

Helens Technikexperten, der ihnen verraten hatte, dass Christian mit Charlie Brusks Telefonnummer auf der Hand gestorben war.

Lou schloss die Augen, als könne sie so vermeiden, diese Furcht einflößende neue Welt zu betreten und die Couch zu verlassen. Zu ihrer Verwirrung und Angst gesellte sich bald ein noch bedrückenderes Gefühl: eine niederschmetternde Traurigkeit, weil sie wusste, dass das Leben, wie sie es kannte, zu Ende war. Sie würde nie wieder den schrecklichen Kaffee in der Redaktion des *Herald* trinken oder die Augen verdrehen, wenn Tommy ihnen einen seiner vor Wortspielen wimmelnden Schlagzeilenvorschläge unterbreitete. Für sie würde es keine von Stephen Camps BART-Pendlergeschichten mehr geben oder Sportsocken, die in der Spüle gewaschen wurden. Die Packung Waschmittel, die sie ihrer Beinahe-Freundin Darya geklaut hatte, so gereizt war sie am Morgen nach ihrem dritten – und letzten – Date gewesen. *Ich brauche einen Job, Lou, und Mushu braucht Designer. Ich dachte, du freust dich für mich.*

Eine weitere Erkenntnis. Sie war wohnungslos. Sie hatte sich immer gefragt, wie es zu so etwas kommen konnte, und jetzt wusste sie es. Ihr gesamter Besitz war in einer Schublade ihres Schreibtischs weggesperrt.

Lou horchte, ob sich in dem Apartment schon Leben regte. Sie hörte nichts, bloß das ferne Brummen einer Klimaanlage und das Klappern und Scheppern der Cable Cars, die die Powell Street Richtung Union Square hinaufrollten.

Die Sonne setzte ihren Angriff auf sie fort. Lou war sich sicher, die Vorhänge vor dem Schlafen zugezogen zu haben, was bedeutete, dass Helen Tyler sie bereits geöffnet haben musste. Sie richtete sich auf und sah sich im Zimmer um. Helens Umschlag mit den Ausdrucken der Überwachungsaufnahmen war vom Couchtisch verschwunden, ersetzt durch einen Stapel Sportklamotten und eine Nachricht, die auf einem blauen Zettel stand.

Muss ins Raum One. Elmsley hat eine Krisensitzung für alle einberufen. Bin vor dem Mittagessen zurück, dann können wir zu AC und CB. Tut mir leid! – HT

Und an den unteren Rand des Zettels quetschte sich ein eilig hingekritzeltes PS, neben Helens Telefonnummer:

Hoffe, die Sachen passen. Falls nicht, schauen Sie in meinen Kleiderschrank. Habe Geld auf den Tisch im Flur gelegt. Kaufen Sie Schuhe.

Lou spürte, wie sie den Zettel zwischen den Fingern zerknüllte. Helen hatte versprochen, sie zu wecken, damit sie gemeinsam Amelia Christian und Charlie Brusk besuchen konnten. War diese »Krisensitzung« in Wirklichkeit eine Verzögerungstaktik, bevor sie ihrem alten Freund gegenübertrat? Oder noch schlimmer, hatte sie sich bereits ohne sie zu Amelia Christian auf den Weg gemacht?

Beim Einschlafen waren Lou die Dinge durch den Kopf gegangen, die ihr an Helen aufgefallen waren und nicht zusammenpassten, angefangen bei ihrer angeblichen Job-Beschreibung. Wenn Helen wirklich eine so große Skandalbekämpferin war, mit einer Schublade voller Trophäen beziehungsweise Schlüsselkarten zu Unternehmen, denen sie geholfen hatte, warum waren dann all diese Firmen – mit Ausnahme von Raum – entweder zerschlagen oder lagen im Sterben? Unternehmen gingen im Silicon Valley andauernd zugrunde, doch das war eine beeindruckend hohe Sterblichkeitsrate. Und warum hatte Lou, obwohl sie seit Jahren über Skandale im Silicon Valley berichtete, den Namen Helen Tyler vor gestern Abend noch nie gehört?

Gegen zwei Uhr nachts hatte sie sich in die Küche geschlichen, um Helens iPad zu holen und sie über die Personensuche von Hopsearch zu stalken. Trotz der Unmengen von Datenquellen, auf die Hopsearch zugreifen konnte, hatte die Suche so gut wie nichts ergeben. Keine Social-Media-Erwähnungen, keine Profile bei Business-Netzwerken, keine neueren Artikel oder Grundbucheinträge. Die einzigen Treffer stammten aus einem Archiv britischer Zeitungsartikel aus der Zeit vor Hopsearch – vor Google sogar! Eine Reihe politischer Artikel aus den mittleren bis späten Neunzigern, die von einer jungen Reporterin und späteren Politikredakteurin namens Helen Tyler stammten. Ein Porträt des neuen britischen Verkehrsministers; ein Skandal um einen Parlamentsmitarbeiter; zahllose Berichte über Premierminister Tony Blair und sein Verhältnis zu George W. Bush. Zu jeder dieser längst vergessenen Geschichten gab es ein Foto von einem oder mehreren älteren weißen Männern in schlecht sitzenden Anzügen. Frustrierenderweise gab es nirgendwo ein Foto der Journalistin selbst. Es passte, dass Helen einmal Reporterin in London gewesen war, doch fast zwei Jahrzehnte lang komplett unterzutauchen, war auf verdächtige Weise beeindruckend. War das überhaupt möglich?

Der stechende Kopfschmerz setzte erneut ein. Sie musste Helen nicht vertrauen oder ihren Background kennen. Und sie brauchte keine Erlaubnis von Raums Krisenmanagerin, um Amelia Christian oder Charlie Brusk aufzusuchen.

Lou zog ihre blutverschmierten Kleider aus und legte sie grob gefaltet neben die Couch. Dann zog sie die Jogginghose und das Sweatshirt an, die Helen auf dem Tisch deponiert hatte. Sie passten fast perfekt, was sie überraschte, denn Helen war einen halben Kopf kleiner als Lou. Schließlich schob sie ihre Füße in Helens Prada-Tennisschuhe, nahm das Bündel frisch gedruckter Zwanzigdollarscheine vom Tisch im Flur und verließ das Apartment.

Eine gute Stunde später kam Lou in Palo Alto an und fand sich vor einem bescheidenen zweigeschossigen Haus mit abblätternder gelber Farbe und einem mit Terracotta-Ziegeln gedeckten Dach wieder. An den Füßen trug sie brandneue Sandalen, im Shoebasement-Outlet gegenüber der Caltrain-Station gekauft. Sie hatte Helen Tylers 300-Dollar-Turnschuhe in eine Einkaufstasche in einem leuchtenden Orange gestopft, die dank der städtischen Plastiktütensteuer nur geringfügig billiger gewesen war als die leuchtend orangefarbenen Sandalen selbst.

Amelia Christians Adresse herauszufinden, war nicht sehr schwer gewesen. Zwei Jahre zuvor, etwa zu der Zeit, als Lou ihren Artikel über Joe Christians Affäre schrieb, hatte Amelia Christian der Zeitschrift *Palo Alto* ein Interview gegeben und das charmante neue Zuhause ihrer Familie präsentiert. Lou und Tommy Paphitis hatten eine Mittagspause damit verbracht, sich über die atemlose Prosa lustig zu machen, die genau die Art von Hofberichterstattung war, die keiner von ihnen jemals machen wollte. Lou erinnerte sich noch an jedes Wort:

Im schicken Viertel Crescent Park in Palo Alto gelegen, stellt das Anwesen ein Meisterwerk geschmackvoller Zurückhaltung dar – die Außenwände in einem sanften Gelb, dazu neokoloniale Verzierungen, ein klappriges Eisentor und eine geschotterte Einfahrt, die zu einer Eingangstür führt, deren Farbe abblättert. Das Haus steht in deutlichem Kontrast zu allen anderen in dieser kleinen Stichstraße, allesamt ausgesprochen modernistisch: Wände aus Glas, viel Metall und Sicherheitstore aus Buche, alle eng zusammenstehend, als handele es sich um eine einzige Einheit. »Kommen Sie«, lädt Amelia Christian mich strahlend in das Gebäude ein, das sie gemeinsam mit ihrem Ehemann bewohnt, dem berühmten Tech-Gründer Joe Christian, sowie ihren beiden Kindern.

Und dann lüftet sich das Geheimnis – als Amelia Christian mit mir durch den großen, offenen Eingangsbereich schlendert und ich die langen Flure sehe, die sich in alle Richtungen erstrecken. Das von außen bescheidene, ein wenig heruntergekommene Haus ist reine Fassade. »Uns gehört die ganze Straße«, lacht Amelia. Und es ist wahr. Die Christians haben die gesamte Stichstraße gekauft; ein halbes Dutzend Häuser, entkernt und miteinander verbunden zu einem prunkvollen Ganzen. »Das war Joes Idee«, sagt Amelia Christian, noch immer strahlend …

Und so weiter, zehntausend strahlende, schlendernde, widerliche Worte mehr.

Auf der fünfundvierzigminütigen Fahrt die Halbinsel hinunter hatte Lou ihr neues Prepaid-Smartphone aktiviert, das sie mit einem Großteil von Helens Schuhgeld erstanden hatte. Sie hatte versucht, ihre Mutter zu erreichen, doch sofort schaltete sich die Voicemail ein. Das war nicht gut. *Bitte, Gott, lass sie bei der Arbeit sein und nicht in einem Flugzeug nach San Francisco.*

Als der Zug in Palo Alto hielt, hatte sie Helen Tyler ihre neue Nummer getextet, mit einer kurzen Nachricht:

Fahre gerade zu Amelia C., wie besprochen, rufen Sie mich an, wenn die Sitzung um ist, dann treffen wir uns bei XXCubator!

Wenn Helen sich meldete, würde sie behaupten, die Notiz auf dem Couchtisch falsch verstanden zu haben, würde ihr alle relevanten Neuigkeiten von Amelia Christian berichten, und dann würden sie gemeinsam Charlie Brusk einen Besuch abstatten. Alles gut!

Als Nächstes hatte Lou über Hopsearch Maps die einzige Stichstraße in Crescent Park gefunden, auf die die Beschreibung von Amelia Christians Haus in dem Artikel passte. Ein Immobilienportal bestätigte ihr, dass das Anwesen in den vergangenen sechs Jahren von niemandem gekauft oder verkauft worden war. Wenn

Amelia Christian vor zwei Jahren Besitzerin dieses Hauses gewesen war, dann gehört es ihr jetzt immer noch.

Und doch.

Als Lou vor dem Eingangstor stand, fiel ihr auf, dass die Straße nicht ganz zu der Beschreibung passte, die sie sich aus dem Artikel eingeprägt hatte. Das heruntergekommene Haus war noch da, mit dem kleinen Eisentor und seinem *Ach Gottchen*-Charme. In jeder anderen Stadt Amerikas hätte man es tatsächlich als »bescheiden« bezeichnen können – in Palo Alto fängt diese Art von Bescheidenheit bei zehn Millionen Dollar an, vorausgesetzt, man findet jemanden, der bereit ist zu verkaufen. Die angrenzenden modernen Häuser waren ebenfalls noch da – die, die Joe und Amelia Christian gekauft und entkernt hatten, um ihre erworbenen Kunstgegenstände darin zu lagern und als Garagen für Joes Sammlung von Sportwagen zu nutzen. Doch während der Artikel diese Häuser als nahezu identisch beschrieben hatte, sah Lou nun, dass jedes von ihnen ein wenig anders war: Manche hatten sehr gepflegte Rasenflächen, einige gepflasterte Einfahrten mit verschiedenen BMW-Modellen und Teslas davor. Jedes Haus hatte einen eigenen Briefkasten.

Während Lou all das wahrnahm, kam eine junge Frau aus einem dieser Häuser, ein weinendes Kind auf dem Arm. Sie lächelte Lou höflich an, schnallte das Mädchen im Kindersitz ihres weißen Tesla an und fuhr davon. Das bestätigte es. All diese Grundstücke, die einmal zu Joe und Amelia Christians Anwesen gehört hatten, waren einzeln verkauft worden.

Lou freute sich nicht darauf, Amelia Christian zu treffen. Sie musste an das letzte (und einzige) Mal denken, als sie sie gesehen hatte, vor dem Gericht in San Francisco, an dem ihr Scheidungsantrag verlesen wurde. Amelia Christian hatte ein leises »Schlampe« in Lous Richtung gezischt, bevor sie in einem schwarzen vRaum verschwand.

Hakuna Matata. Lou holte Joe Christians schwarzes Notizbuch aus der Tasche. Ihre Strategie bestand in einem simplen Tauschgeschäft: Sie würde Amelia Christian das Buch geben und hoffen, dass sie ihr als Gegenleistung ein paar Fragen über ihren Ehemann und ihre Stiftung beantwortete. *Hi, Amelia, erinnern Sie sich an mich? Irgendeine Idee, warum Ihr Ehemann sich umgebracht hat und dabei den Namen Ihrer Stiftung gebrüllt hat? Ach ja, hier ist ein schräges Notizbuch.* Was konnte da schon schiefgehen?

Lou verpasste dem Eingangstor einen Stoß, und es reagierte mit einem durchdringenden Quietschen. Dann folgte lautes Knirschen, als sie in ihren neuen Plastikschuhen über den geschotterten Weg stapfte. Dies war kein Haus, an das man sich heranschleichen konnte. Die Türglocke war ein altmodisches schmiedeeisernes Modell, das wesentlich schwergängiger war, als Lou erwartet hatte. Also zog sie zweimal am Seil; einmal mit einem kraftlosen *Ping*, und beim zweiten Mal mit einem durchdringenden Dröhnen, das laut genug war, um Mönche zum Gebet zu rufen. Dann wartete sie, auf Schritte horchend, und fragte sich, ob Amelia Christian sie schon über die Überwachungskameras hatte kommen sehen, die Lou jetzt über der Tür entdeckte.

Es folgten keine Schritte. Stattdessen hörte Lou das plötzliche Klicken eines Türriegels, anschließend schwang die Holztür auf und gab den Blick auf Amelia Christian frei, die mit einer Spandex-Trainingshose und einem weit geschnittenen blauen Sweatshirt bekleidet war. Lou war sich ziemlich sicher, dass es von derselben Marke war wie das, welches Helen ihr geliehen hatte. Ihr blondes Haar – länger als auf der Webseite ihrer Stiftung – wurde über ihrem (deutlich faltigeren) Gesicht durch ein Blümchenhaarband in Pink und Gelb zurückgehalten.

»Sie haben dreißig Sekunden, um mein Grundstück zu verlassen.« Lou wartete auf das »oder«, doch Amelia Christian schaute sie jetzt bloß schweigend an, aus ihren durchdringenden grünen Augen strömte purer Hass. Augen, die vor Kurzem geweint hatten.

Was nun? Sollte sie sich für die Begegnung vor dem Gericht entschuldigen (aber nicht dafür, dass sie den Ehemann dieser Frau als Raubtier entlarvt hatte)? War Amelia nicht genauso sehr Opfer wie jede andere Frau, die mit der Scheiße ihres Ehemanns zu tun hatte? Vielleicht, doch es gab nichts, wofür Lou sich hätte entschuldigen müssen. Sie streckte die Hand aus, die Joe Christians Notizbuch hielt. »Ich bin gekommen, um Ihnen das hier zu geben.«

Sie sah, dass Amelia Christian auf das Post-it mit ihrem Namen blickte, und wartete auf eine Reaktion – vielleicht einen Anflug des Wiedererkennens, der darauf hindeuten könnte, dass sie das Buch schon einmal gesehen hatte. Doch alles, was Lou in ihren grünen Augen entdeckte, war pures Unverständnis – ein Eindruck, der noch stärker wurde, als Amelia anfing, in dem Notizheft zu blättern. Als sie die letzte Seite erreicht hatte, knallte sie die Tür zu.

Reife Leistung, Lou.

Einige Sekunden später schwang die Tür erneut auf. »Woher haben Sie das?«

»Es tut mir leid«, sagte Lou, noch immer nicht wissend, wofür sie sich eigentlich entschuldigte. »Ihr Ex-Mann hat es zurückgelassen, im Krankenhaus ...«

Amelia Christian ließ sie nicht zu Ende reden. »Sie waren gestern Nacht bei Joe?«

Lou entschuldigte sich noch einmal. Das wurde langsam zu einem Tick. »Ich hatte einen Hinweis erhalten, dass jemand in der Notaufnahme mit einem Messer herumfuchtelte.« Das stimmte größtenteils, auch wenn Lou bewusst war, wie herzlos die Worte klangen, als sie sie sagte.

Zum Glück schien sich Amelia mehr für das Buch zu interessieren als dafür, wie es zu Lou gekommen war. »Und jetzt bringen Sie es mir. Warum?«

Weil Ihr Name auf dem Post-it vorne draufsteht?

Nein.

Weil Sie mich ins Haus lassen sollen, damit ich Sie nach Ihrer gemeinnützigen Stiftung fragen kann oder nach Ihrem toten Ehemann?

Nein.

Weil ich den Inhalt schon mit meinem beschissenen neuen Telefon abfotografiert habe und ich das Notizbuch nicht mehr brauche?

Ganz sicher nicht.

Weil mir jemand sagen soll, dass ich nicht völlig verrückt bin. Weil Sie mir erklären sollen, warum Ihr widerlicher Ex-Mann mich in dieses Chaos reingezogen hat?

»Ich bin nicht …«

»Ich weiß, warum«, unterbrach Amelia sie erneut. »Weil Sie hinter einer Geschichte her sind. Denn das ist alles, was meine Familie je für Sie war. Eine Geschichte. Eine Schlagzeile. Ein Tipp. Es geht nur um die Klicks, und es ist egal, wen Sie damit verletzen oder wer am Ende tot ist oder ruiniert. Sie glauben, wenn Sie mir Joes Notizbuch bringen, liefere ich Ihnen ein Zitat zu seinem Selbstmord. Es reicht nicht, dass der Vater meiner Söhne tot ist – Sie müssen uns immer und immer weiter hetzen, bis wir nichts mehr haben.«

Nichts mehr? Lou schielte über Amelia Christians Schulter hinweg auf die schwebende Decke und die unbezahlbaren Kunstobjekte, die an den Wänden im Eingangsbereich hingen. Nur ein ganz kurzer Blick, aber nicht kurz genug …

»Wagen Sie es nicht, über mich zu urteilen«, fauchte Amelia Christian sie an. »Ja, die Kinder und ich dürfen einen Teil unseres Zuhauses behalten, und einen kleinen Teil ihres Treuhandfonds. Das ist unser Glück, denn damit können wir gerade mal die Hälfte dessen begleichen, was ihre Privatlehrerin kostet. Und bevor Sie sie auch dafür verurteilen, wollen Sie sicher wissen, warum sie eine Privatlehrerin haben, oder?«

Lou entschied, es sei das Beste, zu schweigen.

»Weil«, fuhr Amelia Christian fort, »nach Ihrem *Artikel* und Joes Rauswurf das Mobbing so schlimm wurde, dass unser siebenjähriger Sohn angefangen hat, sich einzunässen.« Die letzten zwei Worte sagte sie ganz leise, und Lou fragte sich, ob der Sohn vielleicht zu Hause war. »Sieben Jahre«, wiederholte Amelia.

»Ich …« Lou wollte sich abermals entschuldigen, doch sie verkniff es sich. Es tat ihr nicht leid, ihren Job gemacht zu haben, es gelang ihr aber auch nicht, den richtigen Ton zu finden, um ihr aufrichtiges Mitgefühl für ein siebenjähriges Kind zum Ausdruck zu bringen, das die Nachricht, dass sein Vater ein fremdgehender Drecksack war, so traumatisiert hatte, dass es die Kontrolle über seine Blase verlor. *Das* tat ihr wirklich leid. Es tat ihr auch leid, dass Amelia Christian die Last tragen musste, alleinerziehend zu sein, während Joe Christian – bis zum Schluss ein selbstsüchtiges Arschloch – einfach alle Verantwortung abgegeben hatte, während er einem schleichenden Tod entgegentrudelte. Ah, da waren sie. Die Worte, nach denen sie gesucht hatte:

»Es tut mir aufrichtig leid, was Sie durchgemacht haben«, sagte sie. »Mein Dad ist abgehauen, als ich noch ein Kind war. Er ist mit meiner Grundschullehrerin nach South Carolina gegangen. Die ganze Stadt hat trotzdem meiner Mom die Schuld an der Scheidung gegeben.«

»Wo ist er jetzt?«

»Mein Dad? Auf dem Westview-Friedhof in Atlanta.«

»Das tut mir leid. Das muss für Ihre Mutter hart gewesen sein.«

Lou zuckte mit den Schultern. »Ohne ihn geht's ihr besser.« Die Worte blieben ihr fast im Hals stecken. Sie wollte gegenüber jemandem, dessen beschissener Ehemann sich gerade umgebracht hatte, nicht so kaltherzig klingen. Sie erinnerte sich, dass ihre

Mutter trotzdem um ihren Vater getrauert hatte, sogar nach all den Jahren.

Amelia, die ihr zugehört zu haben schien, drehte sich um in Richtung des offenen Wohnbereichs. War das ihre Art, Lou zu zeigen, dass das Gespräch beendet war? Sie kam ihr nicht wie eine Frau vor, die indirekt oder passiv-aggressiv handelte. Also ging Lou das Risiko ein, das Haus zu betreten. Nachdem sie den Eingangsbereich durchquert hatte, stieg sie die beiden kleinen Stufen hinab, die ins Wohnzimmer führten. Das Zimmer war leer, keine Amelia Christian, und einen Moment lang war Lou verwirrt, doch dann sah sie die Terrassentüren, die in den Garten führten.

Lou fand Amelia auf einer L-förmigen Gartencouch vor, die nach Plastik aussah, aber vermutlich aus einem speziellen Kunststoff bestand, maßgefertigt von einem dieser sündhaft teuren Geschäfte, die Namen wie *Design Within Reach* oder *Luxury for the People* trugen. Der Garten war riesig und größtenteils verwildert. In der Mitte befand sich ein leerer Pool, der zum Teil mit einer blauen Plane abgedeckt war. Amelia blätterte weiter in dem Notizbuch. Als Lou zu ihr trat, blickte sie auf und schützte ihre Augen vor der Sonne. »Wissen Sie, was das ist?«

Lou versicherte ihr, sie wisse es nicht.

»Er hat mich angerufen – also Joe –, noch monatelang nach unserer Scheidung. Jeden Abend, manchmal mehr als fünfzigmal. Wenn ich ranging, fing er mit diesen irren Tiraden an. Verrückte Sachen über Schicksal und Gerechtigkeit und dass er das Opfer einer großen Verschwörung sei. Die Affäre. Die Therapie, bei der er nie aufgetaucht ist. Die Drogen. Der Verlust seiner anderen Häuser und der Autos. Monatelang war er fest davon überzeugt, dass ich das Ganze gemeinsam mit Bella geplant hätte – das war das Mädchen, mit dem er …« Sie senkte die Stimme. »Sie wissen ja, wer Bella ist.«

»Geplant? Sie meinen, zusammen mit Ihrer Stiftung?« Lou

nutzte die Gelegenheit, um nach der Stiftung zu fragen und ihre Theorie zu überprüfen, dass »Schicksal« jemand sein könnte, den Joe bedrängt hatte – oder noch schlimmer.

Doch Amelia schien mit der Frage nichts anfangen zu können. »Wir haben die Opfer sexueller Gewalt unterstützt und beraten. Bella brauchte eine solche Hilfe nicht.« Sie blickte wieder auf das Notizbuch. »Joe glaubte, Grintechs Investoren hätten sie bezahlt, damit sie alle Schuld an der Affäre ihm zuschob und sie ihn feuern konnten.«

»Hat er gesagt, welcher Investor?« Der Garten war von der Vormittagssonne erwärmt, doch Lou spürte, wie sie trotzdem Gänsehaut bekam. Wenn Joe Charlie Brusk die Schuld für seinen Absturz gegeben hatte, erklärte das vielleicht die Telefonnummer. Die Verbindung zur Stiftung erklärte es nicht – aber es war wenigstens etwas.

Amelia Christian schüttelte den Kopf. »Joe hat viel verrücktes Zeug geredet. Ich musste meine Handynummer ändern, meine Voicemail abschalten, den Kindern sagen, dass sie keine Pakete öffnen dürften, aber er hat es trotzdem geschafft, mich zu finden. Meine Therapeutin ist der Meinung, er hätte eine narzisstische Persönlichkeitsstörung. Sie sagte, ich könne ihm am meisten helfen, indem ich allen Kontakt abbreche.«

Sie blätterte weiter. Jetzt liefen ihr Tränen über das Gesicht. »Die letzten paar Male, die er anrief, klang er noch verstörter als sonst. Er gab vor, er wisse jetzt endlich, dass ich mit seinem Niedergang nichts zu tun hätte. Er verfolgte nun eine andere Theorie, nämlich dass jemand – oder etwas – sein gesamtes Leben sabotieren würde, um ihn zu zerstören. Manchmal war es Karma oder das Universum …«

Schicksal.

»… aber manchmal war es auch eine bestimmte Person oder eine Gruppe von Leuten. Er sagte, sie wüssten Bescheid über alles, was er tat, und wie sie ihm wehtun und es so aussehen lassen konnten, als sei es ein Unfall gewesen. Er flehte mich an, ihm zu helfen. Ich sagte ihm, wenn er uns weiter belästigt, würde ich die Polizei einschalten. Irgendwann habe ich dann mein Telefon in den Müll geworfen.«

Sie klappte das Notizbuch zu und packte es mit beiden Händen. »Aber das steht alles hier drin, oder? Alles, was er mir erzählt hat und was ich nicht geglaubt habe. Dieses Tagebuch ist seine Art, zu beweisen, dass er die Wahrheit gesagt hat, über diese ganze Verschwörung.«

»Wie beweisen?« Dass Joe Christian seine verrückten Fantasien in ein Tagebuch geschrieben hatte, machte sie noch lange nicht wahr. Wollte Amelia Christian so verzweifelt glauben, dass ihr beschissener Ehemann das eigentliche Opfer war?

»Das war Joes Spezialität – seine Gabe.« Amelia hielt das Buch hoch und schlug wahllos eine Seite auf, die ihr Mann mit seiner Handschrift gefüllt hatte. »Ich habe oft gesehen, wie er solche Listen angelegt hat – Listen von Ursache und Wirkung. Er konnte *bad actors* identifizieren, ganz egal, wie gut sie versteckt waren. Er erkannte Muster, wo es niemand sonst konnte. Deshalb war Grintechs Bezahlplattform so gut darin, Betrug zu entdecken.« Sie hielt inne, offenbar in Erinnerung an den Mann versunken, in den sie sich einst verliebt hatte. »Das ist genau das … Das ist sein Beweis … Aber ich hab ihm nicht geglaubt, und jetzt …« Sie brach in ein herzzerreißendes Schluchzen aus.

Lou hatte sich noch immer vor Amelia aufgebaut, so fühlte es sich jedenfalls an: Ihr Schatten fiel auf die Couch, und sie ließ sich an ihrem anderen Ende nieder.

»Es tut mir so leid«, sagte Lou noch ein weiteres Mal, und das meinte sie auch erneut so. Joe Christian war ein fremdgehender Soziopath, doch aus irgendeinem Grund hatte diese Frau ihn geliebt, genau wie Lous Mutter ihren Vater geliebt hatte, ganz egal, wie grausam er sie behandelt hatte. Doch Amelia schien sie nicht zu hören, sie schluchzte einfach immer weiter.

Dann, plötzlich, sagte sie etwas. »Wie alt waren Sie?«

Lou brauchte einen Moment, um die Frage mit der Geschichte zu verknüpfen, die sie von ihrer Mutter erzählt hatte.

»Zehn.«

»Haben Sie sich gewünscht, sie wären zusammengeblieben?«

»Sie meinen, ob ich mir wünschte, meine Mutter hätte es nie herausgefunden, oder dass sie mit jemandem zusammengeblieben wäre, von dem sie wusste, dass er sie betrogen hat?«

»Beides, denke ich«, sagte Amelia.

»Ich war's, die es ihr erzählt hat.«

»Gott«, sagte Amelia kopfschüttelnd und fast lächelnd. »Die geborene Journalistin. Die Wahrheit, um jeden Preis.«

»Die geborene Irgendwas«, sagte Lou. Und für einen Sekundenbruchteil überlegte sie, Amelia die ganze Geschichte zu erzählen. Wie ihre zehnjährigen Hände kaum die Schrotflinte ihres Vaters halten konnten, wie sie ihn anschrie, er solle abhauen, und ihre Mutter sie anflehte, damit aufzuhören. Und all die Lügen, die sie später erzählte: dass sie es nur getan habe, um ihre Mutter zu schützen, weil sie Angst hatte, was er ihnen antun könnte, dass sie nicht einmal wisse, wie man ein Gewehr abfeuere. Die geborene Journalistin? Die geborene Lügnerin, verdammt.

In diesem Augenblick hörte sie den Schrei eines Kindes – ein gequältes »Mommmm!« –, und Lou sah einen kleinen Jungen durch die Terrassentür springen, gefolgt von einer gestresst wirkenden asiatischen Frau in T-Shirt und Jeans.

»Linus!«, rief die Frau dem fliehenden Kind hinterher.

Amelia war bereits aufgestanden. Sie rannte über das Gras auf ihren Sohn zu und schloss ihn in die Arme. Er war groß und mindestens halb so schwer wie seine Mutter, doch Amelia hob ihn mühelos hoch, und er schlang die Arme um sie und drückte sie, so fest er nur konnte. »Alles gut«, sagte sie, erst zu ihrem Sohn und dann, über seine Schulter hinweg, zu der jungen Frau, die hinter ihm hergelaufen kam. »Alles gut.«

»Ich hab dich nicht gefunden«, schluchzte Linus, das Gesicht tief in das blonde Haar seiner Mutter vergraben. »Du warst nicht da, wo du gesagt hast.«

»Ich bin doch hier«, sagte Amelia. »Ich unterhalte mich gerade mit einer Freundin, bis du mit der Schule fertig bist.« Sie küsste ihn auf die Schläfe. »Ich geh nicht weg, versprochen. Ich bin immer hier.« Sie sagte es so aufrichtig, dass Linus aufhörte zu weinen und sich wieder auf den Boden absetzen ließ.

Die andere Frau – vermutlich die Privatlehrerin – hatte inzwischen den Rasen überquert und nahm jetzt seine Hand. »Ich komme, wenn wir hier fertig sind«, sagte Amelia, als Linus, noch immer schniefend, zum Haus zurückgeführt wurde.

Amelia Christian sah ihnen nach, dann wandte sie sich wieder Lou zu. »Es ist nicht einfach«, sagte sie.

Lou nickte. »Zum Glück hat er Sie.«

Amelia antwortete nicht darauf, und ein paar Sekunden lang saßen sie in kompletter Stille da, abgesehen vom Bellen eines Hundes in der Nachbarschaft. Es war nicht offensichtlich, wie sie den Faden ihrer Unterhaltung wieder aufnehmen könnten.

»Wie läuft es denn mit Ihrer Stiftung?« Lou versuchte, die Frage wie Small Talk klingen zu lassen. »Sie haben vorhin in der Vergangenheitsform über sie gesprochen.«

»Warum fragen Sie ständig danach?« Amelia kniff abermals die Augen zusammen, diesmal nicht, weil die Sonne sie blendete. Lou hatte jetzt wieder die Rolle der bösen Journalistin inne, die bei einer Stiftung für Vergewaltigungsopfer nach Skandalen suchte.

Lou tat erschrocken. »Im Krankenhaus hat Joe herumgeschrien, wobei wohl der Name der Stiftung fiel. Ich dachte, das hätte Ihnen jemand erzählt.« Eine weitere Lüge – soweit Lou wusste, hatten nur sie und Helen Joe Christians allerletzten Wutanfall mit Amelia Christians Stiftung in Verbindung gebracht.

Amelia senkte den Kopf, und Lou glaubte, gleich würde der nächste Zusammenbruch erfolgen. Stattdessen lachte sie laut und verbittert auf. »Er hat getobt, als er hörte, dass ich das Geld aus der Scheidung dafür eingesetzt hatte. Als hätte ich es nur getan, um ihn zu ärgern. Wie konnte ich es wagen, das Geld eines reichen Mannes dafür einzusetzen, wehrlosen Frauen zu helfen? Er und seine Freunde haben dafür gesorgt, dass wir keinen einzigen Dollar mehr einsammeln konnten.«

Lou spürte, wie sie wieder Gänsehaut bekam. »Seine Freunde bei Grintech? Sie meinen die Investoren? Den Vorstand?« Lou verkniff sich, den Namen Brusk auszusprechen.

Doch Amelia Christian biss nicht an. »Ich meine keine bestimmte Person. Das ist ein einziger großer Männerverein. Sie haben mich zum Schweigen gebracht, wie sie auch Bella zum Schweigen gebracht haben, genau wie sie jeden zum Schweigen bringen, der sich ihnen entgegenstellt. Ihnen muss ich ja nicht erzählen, wie …«

Lou errötete. Wie der Rest der Welt musste auch Amelia Christian im Fernsehen verfolgt haben, wie Lou am Vorabend im Raum One erniedrigt wurde.

»Wenn Sie sagen, dass sie Bella zum Schweigen gebracht haben, meinen Sie damit, dass man sie bestochen hat?« Lou musste an ihre lang gehegte Theorie denken, dass es bei Raum eine schwarze Kasse geben musste, um Opfer auszuzahlen. Vielleicht hatte Grintech so etwas auch.

Amelia tat den Gedanken ab. »Niemand hat dem Mädchen auch nur einen Penny bezahlt. Das weiß ich, weil ich es war, die den Vorstand gebeten hat, ihr etwas zu geben. Sie war neunzehn und Joe zweiundvierzig. Er hat ihr Leben kaputtgemacht. Aber sie haben sich geweigert. Ich sage Ihnen: Die hassen Frauen.«

Lou wusste nicht, was sie darüber denken sollte. Wenn Brusk und der Rest des Grintech-Vorstands nicht für Bellas Schweigen bezahlt hatten, warum redete sie dann nicht mit der Presse? Oder klagte? Sie hätte ein Vermögen machen können. Lou war so verwirrt, dass sie beinahe nicht mitbekommen hätte, was Amelia als Nächstes sagte.

»Ich sollte wahrscheinlich dankbar sein, dass sie zumindest die Hälfte von Nikolas und Linus' Schulkosten übernehmen.« Sie nickte in Richtung des Hauses.

Lou hob die Hand. »Moment. Grintech bezahlt für die Privatlehrerin Ihrer Söhne?« Dieselben Leute, die Amelias gemeinnützige Stiftung sabotierten und sich weigerten, dem Opfer ihres Ehemanns Schadenersatz zu zahlen, halfen trotzdem, ihre Rechnungen zu begleichen?

»Das dürfen Sie niemandem erzählen, okay?« Amelia sah sie erschrocken an, bis Lou ihr zustimmend zunickte. Gab es in dieser Stadt irgendjemanden, der *keine* Verschwiegenheitserklärung unterzeichnet hatte? »Die Zahlungen wurden, nachdem Joe gefeuert wurde, jeden Monat von einem Offshore-Konto überwiesen.«

»Eine Schweizer Bank?«

Amelia zuckte mit den Schultern. »Mauritius, glaube ich. Ehrlich gesagt ist es mir egal, ob Joe das organisiert hat – solange es nur regelmäßig kommt. Ich arbeite in einem Brautmodengeschäft in Redwood City. Die bezahlen mir achtzehn Dollar die Stunde, was fast fürs Essen reicht. Nur durch die monatlichen Zahlungen und den Treuhandfonds der Kinder können wir alles andere finanzieren.« Sie nahm Lous nächste Frage vorweg. »Joe hat sich seine Lebensversicherung schon vor langer Zeit auszahlen lassen. Da kommt nichts mehr.«

Wieder hörte Lou Geschrei aus Richtung des Hauses, schwer zu sagen, ob es ein Juchzen oder ein Schmerzensschrei war. Es war Zeit, Amelia mit ihrer Trauer, ihren Söhnen und dem Notizbuch ihres Mannes allein zu lassen. Sie hatte mehr als genug andere Spuren, die sie verfolgen konnte, nicht zuletzt dieses mysteriöse Offshore-Konto. Doch als sie aufstand, fiel ihr auf, dass sie Joe Christians merkwürdiges Auftauchen auf Raums Party kurz vor seinem Tod noch gar nicht erwähnt hatte.

»Darf ich Sie noch eine Sache fragen? Bevor Joe ins Krankenhaus ging, war er im Raum One. Ich glaube, um Alex Wu zu treffen …«

Amelia schnappte nach Luft. »Alex Wu hat sich umgebracht, oder? Sie glauben aber nicht, dass Joe etwas damit zu tun hatte?«

Lou bereute die ungeschickte Art, auf die sie diese Bombe überbracht hatte. »Nein, nein, ich habe die Überwachungsaufnahmen gesehen. Es war niemand in der Nähe, als Wu gesprungen ist … Aber nach dem, was Sie mir über das Notizbuch erzählt haben, könnte er vielleicht von derselben Person ins Visier genommen worden sein, die Ihren Ex-Mann schikaniert hat. Vielleicht wollte Joe ihn warnen?«

»Ihn warnen?« Amelia sah sie mit großen Augen an. »Gott, wenn Joe herausgefunden hätte, dass jemand Alex Wu töten wollte, hätte er wahrscheinlich angeboten, dabei zu helfen.« Sie schlug sich die Hand vor den Mund. »Herrje, das klingt ja schrecklich, oder? Ich meine bloß … die Wahrheit ist, dass mein Ex-Mann Alex Wu gehasst hat. Ihn verachtet hat.« Sie hielt inne. »Haben Sie mal das *Wired*-Cover mit Wu gesehen?«

Lou nickte und verdrehte die Augen. Das Titelbild war ikonisch gestaltet – Alex Wu ausgestreckt wie da Vincis »Vitruvianischer Mensch«, umgeben von sinnlosem Computercode und der Schlagzeile »Dem Wu-tigen gehört die Welt«.

»Genau. Als Joe das sah, hat er das Cover von der Zeitschrift abgerissen und ins Feuer geworfen.« Sie zeigte mit dem Daumen auf eine umgedrehte Metallschüssel am anderen Ende des Gartens, halb versteckt von einer Hecke.

»Wow. Warum hat er ihn so gehasst?« Es gab unzählige Gründe, einen Mann wie Alex Wu zu verabscheuen, doch bei der Sorte verzogener weißer Tech-Bros, die *Wired* lasen und Feuerstellen besaßen, in die man die Hefte werfen konnte, genoss er eigentlich ungeteilte Anerkennung.

»Keine Ahnung. Ich weiß nur, dass der Anstoß dazu viele Jahre zurückliegt. Das war in der Zeit, als sie beide aufs College gingen.«

Das kam Lou seltsam vor. »Ihr Ex-Mann und Alex Wu waren gemeinsam auf dem College?«

Das war definitiv nicht richtig. Lou achtete sehr darauf, zu wissen, wo die Tech-Gründer studiert hatten – es gibt keine bessere Methode, das Silicon Valley zu verstehen, als ihren Weg von den einschlägigen Unis wie Stanford über Inkubatoren wie XXCubator bis hin zum Nasdaq zu verfolgen. Alex Wus Zeit in Stanford war im Silicon Valley legendär: Wie Alex und sein Mitbewohner Tenrick Wheeler den späteren Raum-Algorithmus im Rahmen eines studentischen Hackathons programmiert hatten, dessen Juror zufällig ein drittklassiger Start-up-Gründer namens Elmsley Chase war. Dessen erfolgloses »Lebens-Sharing«-Unternehmen, das damals noch Lebensraum hieß, war nur für seinen unfassbar unsensiblen Namen und die erschütternde Selbstverliebtheit seines Gründers bekannt. Zwei Monate später kaufte Chase Wus und Wheelers Algorithmus für fünf Millionen Dollar, mehr hatte seine Firma auch nicht mehr gehabt, und ernannte Wu zum CTO seines neuen Unternehmens, das nun Raum hieß. Der Rest war … na ja, das größte und erfolgreichste Privatunternehmen in der Geschichte des Silicon Valley. Ohne Alex Wu, Ten Wheeler und den Hackathon gäbe es kein Raum.

Joe Christian dagegen hatte am MIT studiert, in Boston. Er war ein guter Student, aber eher unauffällig, bis ihn Charlie Brusk irgendwann dazu einlud, an XXCubators einjährigem Unternehmer-Bootcamp teilzunehmen. In diesem Jahr kam Christian die Idee einer Firma, die armen Menschen auf der anderen Seite der Welt »finanzielle Unabhängigkeit« versprach. Alex Wu und Joe Christian könnten sich bei XXCubator über den Weg gelaufen sein, doch sie waren kaum gemeinsam aufs College gegangen.

»Ich kann mich auch irren.« Amelia schien sich plötzlich nicht mehr sicher zu sein. »Ich weiß nur, dass Joe Alex Wu schon sehr lange gehasst hat.«

»Sie haben also keine Idee, warum er gestern im Raum One gewesen sein könnte?«

Amelia zuckte mit den Schultern. »Vielleicht wollte er den Streit beenden, den er mit Alex Wu hatte. Manche Leute machen das ja, oder? Vor dem Ende?«

Bevor Lou reagieren konnte, erfüllte ein schrilles Fiepen die Luft. Beide zuckten zusammen, und Lou entschuldigte sich, während sie ihr neues Prepaid-Handy herauszog, um es auf stumm zu schalten. Sie blickte auf das Display und erstarrte, als sie die Nummer über dem Hinweis las, dass eine neue Textnachricht angekommen sei. Dieselbe Nummer, die sie auf der Rückseite von Joe Christians Hand gesehen hatte. Die angeblich stillgelegte Nummer, die Charlie Brusk gehörte.

Sie tippte auf den Hinweis, und die komplette Nachricht war zu sehen: fünf Worte, alle gleichermaßen bedrohlich und gleichermaßen arrogant.

Kommen Sie ins XXCubator HQ asap – CB

Lou steckte das Telefon zurück in ihre Tasche und wandte sich Amelia zu. »Tut mir leid – das ist meine Mom. Sie macht sich Sorgen um mich.«

Amelia lächelte sie verständnisvoll an. »Ich würde mir auch Sorgen machen. Elmsley Chase ist so ein Arschloch.«

Lou stand auf. »Noch mal, mein herzliches Beileid.«

Auch Amelia stand auf. Sie streckte die Hand aus, in der sie das Tagebuch ihres Ex-Mannes hielt. »Hier, nehmen Sie das.«

Lou schüttelte den Kopf. »Er wollte, dass Sie es haben.«

Amelia Christian nahm ihre Hand nicht fort. »Joe wollte vieles. Sie haben es schon einmal geschafft, seine Geheimnisse aufzudecken – jetzt müssen Sie es ein weiteres Mal tun, für mich. Meine Kinder verdienen es, die ganze Wahrheit über ihren Vater zu erfahren.«

Lou musste an das Video denken, in dem Joe Christian den Namen der Stiftung seiner Frau laut ausstieß, bevor er sich ein Messer in den Hals rammte. Es gab viele Dinge, die Kinder nicht über ihre Väter zu wissen brauchten.

Als Lou in Richtung Hauptstraße ging, ließ sie das Tagebuch in die Plastiktüte mit Helens Schuhen fallen. Dann sah sie sich noch einmal diese bizarre Textnachricht von Charlie Brusk an. Es war ganz eindeutig seine Nummer, auch wenn sie keine Ahnung hatte, warum Brusk diese Nummer verwenden sollte, um sie zu XXCubator zu zitieren.

Es sei denn … Der einzige Mensch, der Lous neue Nummer kannte, war Helen. Sie musste Brusk angerufen und ihm erzählt haben, was sie auf Joe Christians Hand gefunden hatte. Sie musste ihn vorgewarnt haben, dass er Besuch bekommen würde. Das war Brusks – und Helens – Art, die Kontrolle über die Situation zu übernehmen.

Lou öffnete das Adressbuch ihres Telefons und tippte auf den einzigen Eintrag, den sie »Helen T« genannt hatte. Sie hielt sich das Handy ans Ohr und wartete auf den Klingelton.

Stille.

Sie wiederholte den umständlichen Wählprozess ein zweites Mal, erstaunt, wie schrecklich die User Experience eines 60-Dollar-Telefons sein konnte. Erneut brach der Anruf ab, ohne dass es einmal geklingelt hatte.

Sie fluchte laut und warf das Gerät in die Tüte zu dem Notizbuch und den Schuhen. XXCubator war nur zwanzig Minuten Fußweg entfernt, und hoffentlich würde Helen schon auf sie warten, wenn sie dort ankam.

Lous Kampf mit der Technik hatte ihre Aufmerksamkeit so sehr in Beschlag genommen, dass sie das dunkle Auto nicht beachtete, das direkt gegenüber von Amelia Christians Haus stand. Es war eine halbe Stunde vor Lou angekommen, parkte also schon seit fast zwei Stunden dort. Doch nicht ein einziger Nachbar hatte es bemerkt oder gar als verdächtig eingeschätzt. Lou nahm seine Existenz kaum wahr, und sie erkannte auch nicht das vertraute Gesicht am Steuer, das ihr nachsah.

Schicksal beobachtete, wie Lou das Ende der Stichstraße erreichte und für einen Moment stehen blieb; einen Moment, der sich zu einer Ewigkeit zog, während sie zu überlegen schien, ob sie nach links zum Caltrain oder nach rechts zur Innenstadt von Palo Alto abbiegen sollte.

Das, was der einfachste Teil des Plans hätte sein sollen – Lou McCarthy, Helen Tyler und Charlie Brusk gemeinsam in einem Raum zu versammeln –, wurde langsam zu einer echten Herausforderung. Die Burner-Nummer auf Joe Christians Hand hätte Lou und Helen auf direktem Weg zu XXCubator führen sollen. Das war alles, was Schicksal brauchte, um die nächste Phase in Gang zu setzen, ohne dass eine der beiden auch nur in die Nähe der verdammten Amelia Christian kam.

Stattdessen hatte Schicksal frustriert verfolgt, wie Helen am Morgen zu einem Meeting mit Elmsley Chase im Raum One aufbrach und Lou in eine noch viel gefährlichere Richtung. Was wusste Amelia Christian über jene Nacht vor so langer Zeit, als ihr

Ex-Mann die unverzeihliche Entscheidung traf, die ein Jahrzehnt später zu seinem Suizid führen sollte? Schicksal hatte schnell handeln müssen, unter Berücksichtigung zweier Alternativen: Entweder würde Amelia Christian Lou gar nichts Nützliches verraten, oder sie würde ihr alles verraten. Schicksal würde nicht erfahren, welche dieser Optionen zutraf, bis Lou bei XXCubator auftauchte.

Und jetzt gab es da noch eine weitere Entwicklung. Das kleine schwarze Notizbuch, das Lou Amelia Christian gezeigt hatte und das ihr sofort Zugang zum Haus verschafft zu haben schien. Was zur Hölle war das bloß?

Es gab nur eine logische Antwort: Das Buch hatte Joe Christian gehört, und Lou hatte es in seinem Krankenzimmer gefunden, als sie dort herumschnüffelte. Das war schlimmer als ein Worst-Case-Szenario. Angesichts von Joes Vorliebe für Daten, Tabellen und Diagramme hatte Schicksal bereits befürchtet, dass es irgendwo Aufzeichnungen geben könnte, und hatte das Krankenhauszimmer und Christians Apartment gründlich durchsucht. Da war nirgendwo ein Notizbuch gewesen. Und doch war es da: eine Atombombe, die möglicherweise imstande war, die Arbeit vieler Jahre zu zerstören, wie beiläufig in eine Plastiktasche geworfen.

Ich muss diese Tasche haben.

Schicksal starrte in den Rückspiegel, durch den sie Lou noch immer am Eingang der Straße verharren sah. Die Textnachricht von Charlie Brusk war ein Risiko gewesen, doch ganz sicher eines, das sich einzugehen lohnte. Frauen, überlegte Schicksal mit einer gewissen Genugtuung, waren unendlich schwerer zu durchschauen und zu manipulieren als Männer. Und genau darum ging es ja.

40 %

EINEM NICHTS AHNENDEN Touristen hätte man nachgesehen, wenn er das imposante Art-déco-Gebäude am südlichen Ende der University Avenue für ein zerfallendes altes Hotel gehalten hätte. Nicht zuletzt, weil die University Avenue 102 ein zerfallendes Art-déco-Hotel war: das vormals prächtige Royale Court Hotel, erbaut 1924 und früher einmal das Juwel der South Bay.

Doch wenn dieser Tourist scharfe Augen hätte, würde ihm vielleicht auffallen, dass das große, am Haus befestigte Neonschild nicht mehr das Royale Court bewarb, sondern so umgebaut war, dass vorne die Buchstaben XX blinkten und dahinter CUBATOR in einem grellen Neonrot. Dann wiederum hätte man diesem Touristen nachsehen müssen, wenn er den größten Start-up-Inkubator im Silicon Valley für einen mehrgeschossigen Stripclub gehalten hätte.

Lou betrachtete das Schild und ließ ihren Blick dann zu den Fenstern im Obergeschoss wandern: über die dort trocknenden T-Shirts und Hoodies und die ausgeblichenen »Feel the Bern«- und »Musk/Rogan 2024«-Wahlkampfaufkleber, die etwa hundert Jungunternehmer und frühe Angestellte an den Fenstern platziert hatten. Sie lebten in dem Haus mietfrei, zu zehnt in einem Raum. Sie hasste dieses Gebäude und alles, wofür es stand: ein Zuchtbetrieb für privilegierte weiße Heranwachsende, der »revolutionäre« Start-ups am Fließband produzierte, darunter auch Freestreem und Mailpile, Free-Speech-Plattformen, über die Claude Pétain seinen Hass verbreitete.

Lou war um das Gebäude gegangen und hatte Helen Tyler

nicht gefunden, was sie vor die Frage stellte, ob sie warten oder vermuten sollte, dass Helen bereits hineingegangen war. Sie entschied, noch fünf Minuten abzuwarten, während sie im Kopf probte, was sie Brusk sagen würde. Zunächst würde sie ihn nach dem Burner-Telefon fragen und klarstellen, dass ihr seine privaten Geschäftsaffären völlig egal seien, oder überhaupt irgendwelche Affären. Sie interessierte nur die Nummer auf Joe Christians Hand, und warum sie dort stand, als er starb. Je nachdem, wie er reagierte, würde sie versuchen, das Gespräch auf Amelia Christian zu lenken, auf ihre Stiftung und die geheimen Zahlungen, die sie jeden Monat von einem Offshore-Konto erhielt. Wenn Lou eine Verbindung zwischen Brusk, den Überweisungen und Amelia Christian herstellen konnte, würde sie das sicher zur Identität dieser mysteriösen Person namens Schicksal führen.

Als sie sich dem Eingang des Gebäudes näherte, musste Lou an Stephen Camps Lieblingsregel für den Umgang mit feindlich gesinnten Gesprächspartnern denken: Niemals eine Frage stellen, auf die du nicht bereits die Antwort kennst. Und was tat sie? Sie würde gleich Charlie Brusk gegenübertreten – einem Mann, der regelmäßig Journalisten verklagte, die ihm querkamen, und der sich damit brüstete, dass er in Mailpile und Freestreem investiert hatte, um gegen die »unehrlichen Medien« vorzugehen –, und sie kannte nicht nur die Antworten auf ihre Fragen nicht, sie wusste kaum, was sie ihn fragen würde. Was würde Camp sagen, wenn er jetzt hier wäre? »Du bist gefeuert«, vermutlich.

Pech gehabt, Stephen, du kannst mich nicht zweimal feuern.

Mit plötzlich klammen Handflächen trat Lou durch eine Drehtür in die mit einer Zinndecke und einem Marmorfußboden ausgestattete Lobby.

»Ist kein Hotel!« Hinter dem Empfangstresen aus poliertem Mahagoni in der ansonsten leeren Lobby musterte ein Teenager in einem grauen XXCubator-T-Shirt Lou mit offener Geringschätzung. Obwohl sämtliche Daten bewiesen, dass weibliche Gründer besser (und erfolgreicher) waren als ihre männlichen Konkurrenten, begegnete man Frauen in solchen Start-up-Inkubatoren weiterhin mit Misstrauen, vor allem Frauen, die keine Reinigungskräfte, Anwältinnen, RaumService-Lieferantinnen oder Trophy-Ehefrauen oder -Freundinnen waren. Lou hatte weder einen Wischmopp dabei noch einen Aktenkoffer noch einen Pizzakarton oder ein winziges Schoßhündchen.

»Zwei Straßen weiter gibt es ein Hostel«, legte der Teenager nach, womit er bestätigte, dass er Lou für eine Backpackerin hielt, obwohl sie keinen Rucksack trug. Gleichzeitig kam Lou die Art, wie er das sagte, ein wenig wie einstudiert vor.

Lou sah ihn mit einem knappen, geduldigen Lächeln an – einem Lächeln, mit dem Helen Tyler vielleicht in dieser Situation reagiert hätte. »Lou McCarthy. Hier, um Charlie Brusk zu treffen.«

»Charlie hat keine Zeit.« Der Teenager schüttelte den Kopf, ohne ihr in die Augen zu sehen.

Noch immer lächelnd marschierte Lou auf den Tresen zu und wedelte dabei mit ihrem Telefon. »Ich glaube, Helen Tyler kommt auch noch dazu?«

Der Teenager schaute auf. »Sie müssen das Kontaktformular auf unserer Webseite ausfüllen.« Er schob eine weiße Postkarte über den Tresen, auf der die URL XXCubator.ly geschrieben stand.

Lou hielt seinem Blick stand und schob die Karte zurück. »Bitte sagen Sie Charlie, dass ich seine Nachricht erhalten habe und hier bin, um mit ihm über den Tod von Joe Christian zu sprechen.« *Der Tod von Joe Christian.* Laut ausgesprochen klangen diese Worte seltsam förmlich, wie der Titel eines russischen Theaterstücks oder eine Netflix-Original-Serie.

Der Teenager gab nicht zu erkennen, ob ihm der Name Joe Christian bekannt vorkam, doch Lous Selbstsicherheit schien ihn alarmiert zu haben, denn er griff mürrisch nach seinem iPhone und tippte eine Nachricht. Einige Sekunden später erhielt er eine Antwort, die ihn, den nach oben gezogenen Augenbrauen nach zu urteilen, genauso überraschte wie Lou.

»Fahrstuhl zwei, fünfter Stock, Ende des Gangs, Glastür«, stotterte er. »Sie können direkt reingehen.«

Als Lou zum Fahrstuhl ging, hörte sie ihn leise »Scheiße« sagen.

»Ich weiß nicht, was ich Ihnen noch sagen soll. Ich habe keine Ahnung, warum Sie hier sind und wovon Sie reden.«

Welche Reaktion auch immer Lou von Charlie Brusk erwartet hatte, mit dieser hatte sie nicht gerechnet.

Brusk hatte seine klobigen weißen Sneakers auf den großen Schreibtisch gelegt, der aus einem dicken, auf zwei groben Sägeböcken ruhenden Eichentürblatt bestand.

Sein blondes Haar hing ihm verwegen in die gebräunte Stirn. Als er die Hand hob, um es sich aus den Augen zu wischen, sah Lou die Uhr aus Massivgold, die vermutlich mehr kostete als ein Sportwagen. Am selben Handgelenk trug er eine Reihe farbiger Armbänder. Obwohl er Anfang fünfzig war, hatte sich Brusk etwas Jungenhaftes bewahrt, das ihn – hätte es das winzige Medusa-Logo auf seinem ansonsten unscheinbaren schwarzen T-Shirt, die Uhr und die 1000-Dollar-Schuhe an seinen Füßen nicht gegeben – beinahe als einen der Gründer aus seinem Portfolio hätte durchgehen lassen. Abgesehen von den Sneakers waren die einzigen Gegenstände auf dem Schreibtisch ein iPhone und zwei Flaschen Desinfektionsmittel in Industriegröße. Brusk war berühmt für seine Mysophobie, schon lange, bevor es in Mode kam.

Lou saß zwei Meter entfernt von ihm auf einem Sitzsack, in ihren geliehenen Kleidern und den Plastiksandalen. Eine Studie in Sachen Einkommensungleichheit. Sie hielt ihr neues Telefon hoch, das Display zu Brusk zeigend. »Sie behaupten, Sie haben mir nicht geschrieben? Das hier ist nicht Ihre Nummer?«

Brusk stöhnte übertrieben und nahm die Hände hoch, als müsse er ob Lous unendlicher Blödheit kapitulieren. »Soll ich's noch mal in einer anderen Sprache versuchen?«

Lou wusste, dass ihr keine andere Wahl blieb, als das Gespräch mutig und frech anzugehen. »Und Sie wissen auch nicht, warum diese Nummer auf Joe Christians Hand stand, als er gestern Abend starb?« Sie las die Ziffern direkt von dem Fetzen Four-Seasons-Notizpapier, das sie in ihrer Tasche transportiert hatte. »Sie streiten nicht ab, dass Sie Joe Christian kannten?«

Das löste eine Reaktion aus, wenn auch nicht die, die sich Lou erhofft hatte. Brusks Augen weiteten sich vor Verwirrung, wie bei einer Karikatur. »Warum sollte ich das abstreiten? Er war einer der Gründer aus unserem Portfolio! Hören Sie. Ich kann Ihnen wirklich nicht weiterhelfen. Ich war bereit, Sie zu empfangen, weil mein Empfangsmitarbeiter sagte, Sie hätten Neuigkeiten über Joes tragischen Tod. Bei all seinen Problemen war Joe noch immer ein Mitglied der XXCubator-Familie. Ich würde wirklich gerne helfen, aber ...« Brusk veränderte seine Sitzposition, als wolle er sich erheben, doch er stand nicht auf.

Lou merkte, dass sie mit den Backenzähnen knirschte. Nicht weil Brusk sie anlog, sondern weil er es so schlecht tat. Selbst wenn die Telefonnummer tatsächlich nicht seine war und die Textnachricht – mit CB unterschrieben – von jemand anderem kam, war es trotzdem unmöglich, dass er sie nach oben gelassen hatte, nur weil sie in die Lobby spaziert war und den Namen Joe Christian erwähnt hatte. Warum also dieser ganze Psychoscheiß? Es war, als wolle er sie anstacheln – als warte er auf das geheime Passwort, das freischalten würde, was er ihr sagen wollte.

Sie beugte sich auf ihrem Sitzsack vor und tat ihrerseits so, als sei sie kurz davor, zu gehen. »Es tut mir leid, dass ich Ihre Zeit vergeudet habe. Es ist bloß so ... Joe Christian hat angedeutet, dass Sie wissen könnten, warum jemand ihn tot sehen wollte. Deshalb habe ich mir gedacht, ich sollte zuerst Sie fragen, bevor ich die Info an die Polizei weitergebe. Heute Nachmittag werde ich als Zeugin vernommen.« So *erzählt man eine Lüge, du selbstgefälliger Arsch.*

»Moment, langsam, Augenblick!« Brusk nahm die Füße vom Tisch und stellte sie auf den Boden. Dann beugte er sich über den Tisch vor und sah Lou direkt an. »Joe hat Ihnen erzählt, *ich* wüsste, dass jemand ihn tot sehen wollte? Ich dachte, er hat sich selbst umgebracht?« Sein Gesicht zuckte, als ihm die naheliegende nächste Frage einfiel. »Außerdem, warum sind Sie Zeugin?«

Lou hatte sich zu weit vorgewagt, doch wenigstens redete Brusk. »Joe hat am Ende ziemlich wirres Zeug von sich gegeben. Ich kam erst, nachdem schon alles passiert war. Ich weiß nur, dass er sich Ihre Telefonnummer so auf die Hand geschrieben hat, dass man sie sehen musste.« Sie hielt inne, doch Brusk starrte sie bloß schweigend an. »Und er war im Raum One – hat er Sie da gesucht?«

Brusks Gesicht verfinsterte sich. »Im Raum One? Sie meinen, als Alex …« Er massierte sich mit den Fingerspitzen die Stirn.

»Sie haben ihn nicht gesehen?« Lou hatte Brusk nicht auf der Party entdeckt – was nicht überraschend war, denn der Mann mied solche Veranstaltungen.

»Nein«, sagte Brusk entschieden. »Ich war nicht auf der Party. Ich versuche, Elmsley und Raum immer zu unterstützen, aber als im Raum One die Hölle losbrach, stand ich auf der 280 im Stau, dank des beschissenen Navis in meinem Tesla.«

»Im Ernst?« Lou hatte es nicht laut sagen wollen – doch das war ein merkwürdig konkretes Detail, das Brusk ihr da verraten hatte. Er schuldete ihr keine Erklärung, warum er nicht auf der Party war, und doch schien er erpicht darauf zu sein, sich zu erklären. Das war noch etwas, das sie beim *Herald* gelernt hatte: Je mehr konkrete, irrelevante Details die Geschichte einer Quelle enthielt, desto wahrscheinlicher war sie erfunden.

»Hören Sie.« Brusk legte die Handflächen auf den Tisch und signalisierte so erneut, dass er das Treffen gleich beenden werde. »Es tut mir leid, dass ich nicht weiterhelfen kann. Ich verstehe, dass Sie als Journalistin gerne einen Skandal hätten. Dass zwei von uns in derselben Nacht gestorben sind, ist sicher ein Fressen für die großen Weltverschwörer. Aber Fakt ist, dass mehr als 11 000 Gründer durch diese Türen gegangen sind, und aus diesem Grund sind zwei Selbstmorde statistisch gesehen irrelevant. Sie können die Zahlen selbst nachprüfen.« Er hielt inne. »Sie finden sicher, dass das kaltherzig klingt. Ich ziehe es aber vor, Emotionen zu fühlen, jedoch in Fakten zu sprechen.«

Lou spürte, wie sich ihr Puls beschleunigte. »Emotionen fühlen, jedoch in Fakten sprechen« war ein fast wörtliches Zitat aus einem von Claude Pétains schrecklichen, im Selbstverlag erschienenen Wie-werde-ich-zum-Soziopathen-eBooks. Einem Buch, das sich Lou zu lesen gezwungen hatte, als sie für eine Geschichte über Online-Hass recherchierte.

»Das ist alles sehr betrüblich, für jeden von uns – Alex hatte viele Freunde bei XXCubator. Joe … nicht so viele, am Ende«, fuhr Brusk fort.

»Er hatte Kinder und eine Ex-Frau.« Lou beobachtete genau Charlie Brusks Miene, als sie »Amelia« hinzufügte. Bevor sie gleich aus Brusks Büro geworfen wurde, musste sie wissen, ob er auf den Namen reagierte.

Das tat er nicht.

Brusk seufzte, und sein Gesicht verwandelte sich in eine perfekte Nachbildung echter Trauer. »Das ist so betrüblich. Emotional gesehen.«

Lou hatte genug davon, sich mit diesem Arschloch abzugeben. Joe Christian hatte vor seinem Tod den Namen der Stiftung seiner Frau geschrien, und auf seiner Hand hatte sich Brusks Burner-Nummer befunden – und das nicht ohne Grund. Fast sicher war es derselbe, aus dem sie selbst auf der Straße angegriffen worden und ihre Mutter gezwungen war, sich zu verstecken. »Wissen Sie etwas über Amelia Christians Stiftung und ihre Arbeit mit den Opfern von sexueller Gewalt?«

Brusk erstarrte. »Warum fragen Sie danach?«

Volltreffer!

»Joe Christian hat noch was gesagt, bevor er gestorben ist. Direkt bevor er Ihre Nummer auf seine Hand geschrieben hat, hat er irgendwas über die Amelia-Christian-Stiftung von sich gegeben.«

Brusk war bemüht, seine Fassung zurückzuerlangen, scheiterte aber kläglich. Seine rechte Hand zuckte unkontrolliert in Richtung Stirn, während er mit den Fingerspitzen der linken auf dem Schreibtisch trommelte. »Haben Sie seine Frau danach gefragt?«

Lou hielt seinem Blick stand. »Ex-Frau. Ich frage Sie.«

Brusk sagte unangenehm lange Zeit nichts, doch dann tat er etwas, mit dem Lou nicht gerechnet hätte. Er schlug so hart auf den Tisch, dass der gesamte Raum erbebte, und brach anschließend in ein dröhnendes, wütendes Gelächter aus. »Wollen Sie hören, was ich denke? Meine verdammte Sicht auf das Ganze? Ich denke, dass Joe Christian hundertprozentig irre ist – Verzeihung –, war. Ein Irrer, der mich in den letzten zwei Wochen nonstop angerufen hat. Auf meinem Handy – meinem richtigen *Handy* –, im Büro, sogar in meinen Häusern. BIANCA!«

Dieses letzte Wort brüllte er über Lous Schulter hinweg. Fast sofort ging mit einem Klick die Tür auf, und eine groß gewachsene Assistentin mit goldbraunem Haar erschien, von Kopf bis Fuß in Pastelllila gekleidet und mit einem dazu passenden violetten iPhone in der Hand. Es war ein Look, den man sich trauen musste, doch sie konnte ihn tragen.

»Bianca«, fuhr Brusk fort, »wie viele Nachrichten hat Joe Christian mir in dieser Woche geschickt?«

Bianca tippte auf den Screen ihres Telefons. »Vierundachtzig. Dreiundsechzig Voicemails und einundzwanzig E-Mails, bevor Sie mich gebeten haben, seine Nummer zu blockieren.«

»Und was hat er in all diesen Nachrichten gesagt?«

Dafür brauchte Bianca ihr Telefon offensichtlich nicht. »Er sagte, jemand versuche, Sie zu zerstören. Aber dass er helfen könne, wenn Sie bereit wären, ihn zu treffen. Er hat Kalendereinladungen geschickt.«

»Sonst noch was?«

Bianca dachte einen Moment lang nach. »Er sagte, XXCubator sei Teil eines Silicon-Valley-Todeskults, und dass Sie mit der NSA unter einer Decke stecken, der Digital Openness Group, Amnesty International und ... an die anderen erinnere ich mich nicht, aber ich habe sie aufgeschrieben, als er anrief.«

»Hat er die Amelia-Christian-Stiftung genannt?« Lou stellte die Frage eher der Vollständigkeit halber, als in der Hoffnung, eine nützliche Antwort zu erhalten.

»Ich bin mir ziemlich sicher. Ich könnte die Liste holen?« Bianca richtete die Frage an ihren Chef, doch Brusk winkte ab.

»Nein, vielen Dank, Bianca.« Also ließ Bianca sie wieder allein.

Brusk marschierte ebenfalls zur Tür, die er aufhielt, um klarzustellen, dass dieses Treffen hiermit definitiv beendet war. »Noch mal, es tut mir leid, dass ich nicht mehr helfen konnte, Ihnen oder Joe. Bitte lassen Sie es Bianca wissen, wenn Sie noch irgendetwas brauchen.« Er nahm Lous Hand mit beiden Händen und zog sie so nah an sich, dass sie sein ekelhaftes Eau de Cologne riechen konnte. Er schwafelte irgendetwas darüber, wie traurig er über Alex Wus Tod sei, und wie tragisch er es finde, dass es für Menschen wie Joe Christian keine psychologische Hilfe gebe.

Doch Lou konnte sich nicht auf die Worte konzentrieren, die aus Brusks Mund kamen. Stattdessen starrte sie gebannt auf seine Stirn, die sie jetzt zum ersten Mal aus der Nähe sah. *O Gott.* Sie riss ihre Hand aus Brusks Griff, als sie die blassen roten Flecken sah, die seinen Haaransatz säumten. Der Ausschlag war nicht annähernd so schlimm wie der, den sie auf Joe Christians Körper gesehen hatte, doch es bestand kein Zweifel, dass es die gleichen gefleckten Pusteln waren, die Brusk durch sein Haar zu verstecken versuchte. Lou brachte ein Dankeschön heraus und floh in Richtung Fahrstuhl. So lautstark Brusk alles bestritten hatte, der Ausschlag erzählte die wahre Geschichte: Wer auch immer es auf Alex Wu und Joe Christian abgesehen hatte, hatte auch Charlie Brusk ins Visier genommen. *Das* war die Verbindung zwischen den drei Männern. Sie alle waren Schicksals Opfer.

»Hey!« Sie drehte sich um und sah Brusk noch immer im Eingang zu seinem Büro stehen. »Sie glauben aber nicht, dass Joe diese Sache mit dem Schicksal ernst meinte?« Brusk hatte die Stimme gesenkt, und vielleicht zum ersten Mal in seinem Leben klang er aufrichtig nervös.

Lou holte tief Luft und überlegte, was sie antworten sollte. Sollte sie Brusk offen nach dem Ausschlag fragen? Oder so tun, als habe sie nichts bemerkt, zumindest bis sie weitere Antworten hatte? In diesem Bruchteil einer Sekunde probierte sie mindestens zehn mögliche Antworten aus, doch bevor sie sich für eine richtige entscheiden konnte, war Bianca wieder da und wedelte mit ihrem iPhone. »Ihr Zwei-Uhr-Termin wartet noch im Konferenzraum.«

Brusk winkte Lou übertrieben fröhlich zu. »Lassen Sie mich wissen, wenn ich helfen kann!«, sagte er noch und ließ sich zu seinem Meeting abführen.

Erst als sie im Fahrstuhl nach unten fuhr, bemerkte Lou das Alarmierendste an ihrer Begegnung mit Charlie Brusk. Den Grund, warum sie die Flecken und Pusteln an seinem Kopf überhaupt hatte sehen können. Charlie Brusk, der berühmteste Mysophobier und Journalistenhasser im Silicon Valley, hatte darauf bestanden, ihr die Hand zu schütteln.

42 %

DIE FAHRSTUHLTÜREN ÖFFNETEN sich zur Lobby, doch Lou schaffte nur ein paar eilige Schritte Richtung Ausgang, bis sie ein weiteres Mal zurückgerufen wurde. Diesmal von dem Teenager am Empfang, der sie für eine Backpackerin gehalten hatte.

»Miss McCarthy?« Jetzt klang er höflich, fast unterwürfig.

Lou fuhr herum und sah noch, wie er den Hörer eines Festnetztelefons auflegte. »Was?«

Die Frage wurde durch ein weiteres *Pling* eines Fahrstuhls beantwortet, aus dem Brusks Assistentin Bianca trat, außer Atem und ganz aufgeregt. »Ach, gut«, keuchte sie. »Ich hatte gehofft, ich erwische Sie noch. Danke, Danny.« Der Teenager errötete.

Bianca wedelte mit einem Blatt Papier, blieb aber in der Tür des Fahrstuhls stehen, sodass diese sich nicht schließen konnte.

»Ich wollte nur sichergehen, dass Sie die Liste von Organisationen bekommen, nach denen Sie gefragt haben«, trällerte sie, als Lou auf sie zutrat. Biancas Lächeln und ihr Tonfall waren der einer hilfsbereiten Assistentin, die tat, was ihr Chef von ihr wollte. Lou nahm den Zettel und sah ihn sich an. Zunächst schien es genau das zu sein, als das Bianca es beschrieb: eine ausführliche Notiz, die sie für Charlie Brusk verfasst hatte und in der sie jeden einzelnen von Joe Christians bizarren Anrufen bei XXCubator aufgezeichnet hatte. Darunter war eine Liste der Organisationen, von denen Amelias Ex-Mann offenbar gedacht hatte, sie hätten es auf ihn abgesehen. Die CIA, die NSA, der Mossad, dann eine Reihe von Stiftungen, die sich für Frauenrechte und für Vergewaltigungsopfer einsetzten. Tatsächlich war auch die von Amelia

Christian in dem Verzeichnis enthalten, zwischen dem Vatikan und der örtlichen Lutheraner-Gemeinde, die obdachlosen Teenagern Zuflucht bot.

Lou lächelte kurz und bedankte sich. Sie wusste Biancas Gewissenhaftigkeit zu schätzen, doch zugleich war sie deprimiert – die Notiz war ihr egal, sie wollte nur noch zurück in die Stadt, um Helen Tyler zu finden und ihr von dem Ausschlag auf Brusks Stirn zu berichten.

Bianca erwiderte das Lächeln und senkte ihre Stimme. »Ich hoffe, es stört Sie nicht, dass ich für die Notiz die Rückseite eines alten Ausdrucks verwendet habe. Charlie ist sehr dafür, Bäume am Leben zu lassen.« Dieses letzte Statement begleitete sie mit einem Blick, der Beton hätte durchbohren können. Lou verstand ihren Hinweis, drehte das Papier um und sofort wieder zurück, als sie eine eng bedruckte Liste mit Zeiten, Namen und Nummern erkannte: eine Art Anrufliste. Biancas Augen verrieten Lou alles, was sie über die Bedeutung der Tabelle wissen musste, und dass ihr Chef nie erfahren durfte, dass Lou sie besaß.

»Vielen Dank«, sagte Lou und nickte verschwörerisch.

Bianca wechselte zu ihrer normalen Lautstärke zurück. »Wenn Sie noch irgendetwas brauchen, melden Sie sich einfach.« Dann trat sie einen Schritt zurück in den Fahrstuhl, ließ die Tür vor sich zugehen, und Lou stand allein in der Lobby.

Sie wartete, bis sie zwei Straßenblocks zwischen sich und XXCubator gebracht hatte, bevor sie im Eingang eines Starbucks stehen blieb und den Ausdruck in allen Einzelheiten prüfte, den Bianca ihr gegeben hatte. Es war so, wie sie vermutet hatte: eine detaillierte Anrufliste des Burner-Handys, von dem Brusk geschworen hatte, es sei nicht seines. Insbesondere wies sie etwa ein Dutzend Telefonate zwischen »Brusk, C (mobil)« und »Wu, A (mobil)« aus – in den Stunden, bevor Wu sich selbst umbrachte. Einige dieser Anrufe dauerten nur wenige Sekunden, während andere sich über drei oder vier Minuten hinzogen. Lous Hand begann zu zittern, als sie den Zeitstempel des letzten an Wu ausgehenden Anrufs sah, der gerade einmal dreißig Sekunden dauerte: 20:20. Wenige Minuten, bevor er in den Tod sprang. Wu musste das Gespräch mit Brusk beendet haben und direkt an die Brüstung des Lichthofs getreten sein.

Das war der Beweis, dass Brusk nicht nur mit Wu Kontakt hatte, kurz bevor dieser starb, sondern auch, dass sie die geheime Burner-Nummer für ihre Gespräche benutzt hatten. Die Nummer, die sie auf Joe Christians Hand gefunden hatte.

Jetzt zitterte Lous ganzer Arm, und sie musste die Tüte abstellen, um den Zettel mit beiden Händen festzuhalten. In ihrem Kopf nahm ein Bild Gestalt an – von Charlie Brusk, der XXCubators Investitionsfonds dafür verwendete, unter der Hand Dutzende Frauen auszuzahlen, die von mächtigen Männern wie Wu und Christian aus seinen Portfolio-Unternehmen vergewaltigt oder sonst wie bedrängt worden waren. Und jetzt hatte es diese mysteriöse Person – Schicksal – auf sie alle abgesehen. Aus Rache? Erpressung? Zerstörte sie ihr Leben, so wie sie das Leben der anderen zerstört hatten? Endlich hatte sie eine Theorie gefunden, die Hand und Fuß hatte. Sie erklärte jedoch nicht, warum diese »Schicksal«-Person sie in das Ganze mit hereingezogen hatte oder wie er – oder sie – die beiden Männer in den Suizid getrieben hatte … Aber es war ein Anfang. Wenn sie nur zurück zum Raum One gehen und dort Helens Zugang zur Nutzerdatenbank des Unternehmens bekam, wenn sie sämtliche Verbindungen zwischen Wu und Christian und Brusk nachvollziehen konnte und wenn sie herausfinden konnte, ob es jemanden gab, mit dem sie alle Kontakt gehabt hatten, dann …

Oh. Scheiße. Lous Blick landete auf zwei weiteren Anrufen, die Brusk getätigt hatte. Einen nur wenige Minuten vor seinem letzten Anruf bei Wu und den anderen kurz danach. Beide gingen an dieselbe Person.

Tyler, H (mobil).

Lou starrte auf Helen Tylers Namen. Sie dachte daran, wie sie Helen das erste Mal gesehen hatte – auf der Raum-One-Party, als sie in den Schatten verschwand, um einen Anruf entgegenzunehmen. Helen, die geschworen hatte, sie habe keine Ahnung, warum Lou auf der Party war, die Brusks Burner-Nummer nicht erkannt hatte …

Und dann passierte es. Lou war noch abgelenkt von der Anrufliste und den Überlegungen, was Helens Nummer auf dieser Liste bedeuten könnte, und so bemerkte sie nicht, dass etwas an ihrem Bein entlangstreifte. Als sie aufblickte, sah sie, wie jemand in einem blauen Kapuzenpullover hinten in einen dunkelgrauen vRaum sprang. Erst als die Tür zugeschlagen wurde und das Auto davonraste, wurde ihr mit Schrecken klar, was der Kapuzenträger in der Hand gehalten hatte: Lous orangefarbene Tüte mit Helen Tylers Schuhen und Joe Christians Tagebuch.

43 %

EINE STUNDE SPÄTER war Lou wieder in San Francisco, noch immer benommen vom Verlust des Notizbuchs. Sie war gezielt beraubt worden, das wusste sie. Kein Gelegenheitsdieb hätte all die Leute ignoriert, die mit ihren teuren Laptops vor dem Starbucks von Palo Alto saßen, um eine Plastiktüte von einem Schuh-Discounter zu stehlen. Außerdem, welcher gewöhnliche Kriminelle nutzte schon einen vRaum als Fluchtfahrzeug? Das war ein Hoffnungsschimmer: Sobald Lou Helen traf, konnten sie problemlos in Raums Datenbank nach dem Namen des Fahrgasts suchen und wo er oder sie ausgestiegen war.

Lou verließ die Station Caltrain und begann den langen Marsch die Fourth Street hinauf Richtung Raum One. Sie war kaum einen Block gegangen, als ihr Telefon eine Voicemail anzeigte, die man ihr zwanzig Minuten zuvor hinterlassen hatte.

»*Lou? Tut mir schrecklich leid – kurzfristige Planänderung. Könnten Sie … bitte komm nicht zum Raum One. Ich warte vor dem Ferry Building an der Embarcadero. Ich … Sorry … Ich erklär's, wenn du hier bist. Tut mir leid.*«

Lou beendete frustriert die Voicemail. Sie wollte ins Raum One, doch stattdessen bestellte Helen Tyler sie zu einer Touristenfalle, die eine Meile von allem entfernt war, was Nutzen bringen konnte. Außerdem hatte sie sie geduzt. Na gut. Lou schob das Telefon zurück in ihre Tasche und erhöhte ihr Tempo.

Sie brauchte fast eine Stunde, um das gottverdammte Ferry Building zu erreichen, wo sie Helen auf einer grünen Metallbank sitzen sah, den Blick auf die Bay und die ein- und auslaufenden

Fähren gerichtet. Sie saß allein da, ungerührt vom Chaos um sie herum. Sie musste Lous Ankunft gespürt haben, denn jetzt drehte sie sich um und winkte ihr zu.

Als Lou die Bank erreichte, sah sie, dass Helens Wangen vom rauen Wind gerötet waren, der vom Wasser kam. »Ich dachte, wir wären uns einig gewesen, dass du Charlie nicht ohne mich besuchst.« Helens Begrüßung klang eher verwundert als ärgerlich.

Lou war nicht in der Stimmung, sich kritisieren zu lassen. »Ich dachte, wir treffen uns bei XXCubator. Brusk hat mir eine Textnachricht mit dem Inhalt geschickt, ich solle sofort kommen.«

Jetzt schien Helen noch verwirrter. »Charlie sagt was anderes. Er hat mich gerade angerufen, er kochte vor Wut. Hat geleugnet, dir eine Nachricht geschickt zu haben oder überhaupt zu wissen, wer du bist, zumindest, bis du – ich zitiere – in sein Büro geplatzt bist.«

Lou lenkte nicht ein. »Ich bin nirgendwo reingeplatzt. Er hat mich gebeten, nach oben zu kommen. Außerdem, woher hat er meine Nummer, wenn du sie ihm nicht gegeben hast?«

Das war eine verdammt gute Frage, doch Helen gab keine Antwort darauf. Stattdessen rutschte sie ein Stück zur Seite und gab Lou zu verstehen, sich zu ihr zu setzen. »Tut mir leid. Das waren … ein paar ereignisreiche Stunden.« Helen griff in ihre Handtasche und holte ein Bio-Lachs-Sandwich hervor. Langsam und mit Bedacht entfernte sie die Plastikverpackung und legte eine Hälfte vom Sandwich auf ihr Knie, die andere hielt sie Lou hin.

Lou schüttelte den Kopf. Sie war hungrig, aber sie hatte keine Lust auf eine Friedenspfeife. »Vermutlich nicht so ereignisreich wie meine«, sagte Lou. Sie erzählte Helen, was vor dem Starbucks passiert war.

»Du lieber Himmel. Geht es dir gut? Hast du den Dieb sehen können?« Helen schien ernstlich besorgt zu sein. Oder war auch das bloß gespielt?

Lou tat alles mit einem Achselzucken ab. »Ich wurde ja nicht körperlich ausgeraubt. Ich habe nur von hinten jemanden in einem Hoodie gesehen.«

»Mann oder Frau?«

»Konnte ich nicht erkennen. Die Person hat auch deine Schuhe … tut mir leid.«

Helen winkte ab. »Ich habe mehr als ein Paar, und deine Sicherheit ist deutlich wichtiger.« Jetzt holte sie ihr Telefon hervor und tippte auf eine Nummer in ihrem Adressbuch. Der kurzen Unterhaltung, die folgte, entnahm Lou, dass Helen mit jemandem sprach, der einen hohen Rang in Raums Kundenbetreuung innehatte. Helen gab ihm die Details des vRaum-Fahrzeugs, mit dem der Langfinger geflüchtet war.

»Ah, hm«, sagte sie. »Wären Sie so nett, das noch einmal zu prüfen?«

»Keine Chance«, sagte Helen, als sie aufgelegt hatte. »Oder vielmehr, kein vRaum. In der Datenbank gibt es nichts. Entweder hat der Dieb sein eigenes vRaum-Fahrzeug gefakt, oder er hat die Datenbank gehackt. So oder so glaube ich nicht, dass wir das Notizbuch wiedersehen werden.«

»Ich habe Fotos gemacht«, sagte Lou. »Von den Tagebucheinträgen.«

Helen kicherte leise. »Witzig. Ich habe mir erlaubt, heute Morgen dasselbe zu tun, als du noch geschlafen hast. Nur für den Fall, dass du dich verpflichtet fühlen könntest, das Original der ehemaligen Mrs Christian zu überlassen.«

Lou war es leid, dass ihr Verhalten vorausgesehen wurde. »Also, warum hast du mich hierher zitiert?«

Helen schnüffelte vorsichtig an ihrem halben Sandwich und biss hinein. »Entschuldige das Versteckspiel. Ich nehme an, du hast Orte, wo du dich ungestört mit Informanten triffst, oder?«

Lou nickte. Sie war mit ihren Kontakten immer ins Pinecrest Diner in der Gary Street gegangen.

»Diese Bank hier ist mein Ort«, sagte Helen. »Die Lage im Raum One ist ein bisschen … kompliziert geworden.«

»Inwiefern kompliziert?« Was konnte komplizierter sein als ein toter CTO und ein potenzieller Massenmörder, der sich im Gebäude herumtrieb?

Helen blickte sich um, doch die einzigen Menschen, die ihnen Beachtung schenkten, waren zwei japanische Kinder und eine obdachlose Frau in einem dreckigen Hasenkostüm. »Sag lieber, was hast du von Amelia Christian erfahren?«

»So gut wie nichts.« Lou war noch nicht bereit, ihre Theorie von einer schwarzen Kasse für Schweigegeldzahlungen mit ihr zu teilen. »Sie hat bestätigt, dass ihre Stiftung im Grunde pleite ist. Sie besteht darauf, dass niemand Nachforschungen zu ihrem Ehemann angestellt hat, jedenfalls von ihrer Seite aus. Und sie hat jede Verantwortung, was seinen Tod betrifft, von sich gewiesen.«

»Du glaubst ihr?«

»Ja, schon. Ich denke, dass er ihr am Ende leidtat. Sie ist überzeugt davon, dass das Notizbuch beweisen könnte, dass man ihm eine Falle gestellt hat – aber sie weiß nicht, warum oder von wem.« Lou fiel noch ein wichtiges Detail ein. »Sie sagte auch, Christian habe Alex Wu gehasst, seit die beiden im College waren. Nur weiß ich genau, dass sie nie gemeinsam auf dem College waren.«

»Interessant«, sagte Helen. »Und Charlie?«

Der Moment der Wahrheit. Lou holte die gefaltete Anrufliste aus der Tasche und reichte sie Helen, wobei sie ihr Gesicht genau beobachtete. Sie musste nicht lange auf eine Reaktion warten. Helen erreichte das Ende des Zettels, und ihre Augenbrauen hoben sich.

»Na«, sagte sie. »Das erklärt es.«

»Erklärt was?«

»Warum Charlie so verzweifelt klang, als er mich anrief. Ich konnte ihn über den Lärm der Party hinweg kaum verstehen – er heulte herum, weil er in seinem Auto auf dem Freeway feststeckte, und wollte wissen, ob ich schon im Raum One sei und wer alles da sei.«

»Er hat dich von seinem Burner-Telefon angerufen?«

»Keine Ahnung«, sagte Helen. »Der Anruf kam von einer unterdrückten Nummer. Ich wäre fast nicht rangegangen, aber ich hatte Sorge, es könnte irgendein VIP sein, der Schwierigkeiten mit der Sicherheitskontrolle hatte.« Wieder klang Helen absolut überzeugend.

»Hat er Alex Wu erwähnt?«

Helen kniff die Augen zusammen und spähte auf die Bay hinaus, als müsse sie eine schmerzhafte Erinnerung heraufbeschwören. »Ich glaube nicht – aber ich habe auch nur jedes zweite Wort verstanden. Ich habe ihm gesagt, dass ich ihm nicht am Telefon die Gästeliste vorlesen würde, anschließend habe ich aufgelegt. Ich nahm an, er wollte wissen, ob jemand so Wichtiges auf der Party war, dass es sich für ihn zu kommen lohnte. Aber das« – sie deutete auf die Anrufe an Wu – »würde darauf hinweisen, dass er konkret wegen Alex gefragt hat.« Eine Pause. »Charlie hat dir das gegeben?«

Lou schüttelte den Kopf. »Eine Quelle.« Bevor Helen Gelegenheit hatte, nach einem Namen zu fragen, schob sie hinterher: »Und der zweite Anruf?«

Helen sah wieder auf die Liste. »Wenn er versucht hat, mich noch einmal anzurufen, hat mich der Anruf nicht erreicht. Aber da ging es auch schon ein wenig chaotisch zu.«

Lou blickte auf den Zettel, den Helen in der Hand hielt. Tatsächlich. Für den zweiten Anruf – getätigt kurz nach Wus tödlichem Sprung – war keine Gesprächsdauer vermerkt.

Helen Tyler gab Lou die Liste zurück, schlug sorgfältig die zweite Sandwichhälfte ein und steckte sie in ihre Handtasche. »Hat Charlie etwas zu seinen Unterhaltungen mit Joe Christian gesagt?«

Lou spürte ihren Magen knurren und wünschte, sie hätte das

halbe Sandwich genommen. »Er hat so getan, als hätte er seit Monaten nicht mit Joe gesprochen. Wenn du da gewesen wärst, hätten wir ihn vielleicht mehr unter Druck setzen können.«

»Keine Sorge«, sagte Helen, Lous nicht sehr subtilen Tadel übergehend. »Den schnappen wir uns noch.«

»Da war noch was«, fuhr Lou fort. »Als ich Brusks Büro verließ, hat er darauf bestanden, mir die Hand zu geben, und ...«

Helen unterbrach sie. »Wie bitte? Charlie Brusk, für den jeder Fremde nur aus Bazillen besteht, hat dir die Hand gegeben?« Sie schrie es fast, und mindestens eine Touristin drehte sich zu ihnen um und starrte die lärmende Britin an.

»Genau«, sagte Lou, die ihre eigene Stimme wie zum Ausgleich senkte. »Und als ich näher kam, hatte er den gleichen Ausschlag auf der Stirn, den Joe Christian am ganzen Körper hatte. Nicht so schlimm, aber doch erkennbar. Es war fast, als wollte er, dass ich es sehe.«

Helen blickte erneut auf die Bay hinaus. »Ich erzähle dir jetzt etwas sehr Widerliches, Lou, und ich erwarte, dass du es keinem Menschen weitererzählst.«

Lou stimmte zu, ihr blieb auch nichts anderes übrig.

»Ich sagte ja schon, ich kenne Charlie, seit wir gemeinsam die London School of Economics besucht haben. Das war in den Neunzigern, und er war damals ein ganz anderer Mann. Jünger, klar, aber auch lebendiger, mit einem Kinn so kantig, dass man damit die Krümel vom Restauranttisch schieben konnte.« Helen seufzte wehmütig. »Natürlich war er schon damals ein komplettes Arschloch. Egal. Das erste Mal, als Charlie und ich Sex hatten, bestand er darauf, dass wir es in der Dusche des Wohnheims taten. Das zweite Mal genauso. Und jedes andere Mal.«

Lous Gesicht verzog sich amüsiert. »Das ist nicht dein Ernst.«

»Es wird noch schlimmer. Er hatte immer eine spezielle medizinische Waschlotion an seinem Rucksack, für den Fall eines Angriffs mit biologischen oder chemischen Waffen. Die hat er so oft benutzt, wie die Leute heute Handgel benutzen – und das nicht nur für die Hände.« Sie hielt inne, um dem Bild Zeit zu geben, sich in Lous Gehirn einzubrennen. Das tat es auch, für alle Zeiten.

Lou blickte auf ihre eigene Hand. Bildete sie es sich ein, oder waren ihre Fingerknöchel mehr rot als sonst, ihre Haut sichtlich trockener?

Helen bemerkte es. »Ach, meine Liebe, jetzt hast du nicht etwa Angst vor einem tödlichen Ausschlag?« Sie tat den Gedanken mit einem Wink ihrer manikürten Hand ab. »Ich bin mir ziemlich sicher, dass das, was Alex Wu und Joe Christian geplagt hat und sie hat aussehen lassen, als hätten sie die Pest, schlimmstenfalls ein fieses Symptom war, nicht die Ursache. Ich meinte bloß, dass Charlie, der offenbar nun auch darunter leidet, dir den Ausschlag so dringend zeigen wollte, dass dies stärker war als seine jahrzehntelange Angst vor Ansteckung.«

»Du meinst, es war ein Hilfeschrei?«

»Kann sein.«

Lou dachte darüber nach. »Seid ihr noch befreundet? Würde er es dir erzählen, wenn er in Schwierigkeiten steckte?« Bisher hatte sie angenommen, dass Helen Tylers und Charlie Brusks heutige Beziehung rein geschäftlicher Natur war.

Helen biss sich auf die Lippe, als wolle sie verhindern, Gefühle preiszugeben. »Es ist lange her, aber man hofft ja immer …« Dann wechselte sie abrupt das Thema. »Warum fragst du mich nicht, wie die Krisensitzung verlief?«

Lou wären wichtigere Dinge als gerade das Meeting eingefallen, doch sie tat, wie ihr geheißen. »Wie war die Krisensitzung?«

Helen seufzte aus ganzem Herzen, dann lächelte sie. »Ich dachte, du würdest nie mehr fragen.« Sie stand auf und wandte sich Richtung Waterfront, weg vom Raum One. »Wollen wir uns beim Spazierengehen unterhalten?«

45 %

ALSO SCHLÄNGELTEN SIE sich durch Scharen von Touristen, von denen einige sie durchließen, die meisten jedoch nicht. »Das Meeting selbst war genau so, wie man es sich vorstellt«, sagte Helen. »Jede Menge Blabla von Elmsley, darüber, wie in einer Familie alle zusammenhalten, wenn es zu einem solchen Verlust kommt ... ausgebildete Berater stünden bereit für jeden, der sich einen dauerhaften psychologischen Warnvermerk in seiner Personalakte einhandeln will ...«

»Aber?« Es gab definitiv ein *Aber*.

Helen ging dichter an Lou heran, sodass sie Schulter an Schulter liefen. »Aber nach dem Meeting hat Elmsley mich zur Seite genommen und mir gesagt – mich *informiert* –, dass er bereits einen Ersatz für Alex Wu gefunden habe.«

»Jetzt schon? Wen denn?« Lou war verblüfft. Wen konnte Elmsley Chase bloß so schnell aufgetrieben haben, der zugleich in der Lage war, Raum innerhalb von wenigen Wochen auf den Börsengang vorzubereiten, und keine Probleme damit hatte, in die Fußstapfen eines toten Vergewaltigers zu treten? Wer auch immer es war, er musste verzweifelt sein und null moralische Skrupel haben. Jack the Ripper vielleicht? Der Unabomber?

Helen Tyler zog den Kopf ein und flüsterte Lou den Namen ins Ohr.

Lou war so schockiert, dass sie abrupt stehen blieb, ein Tourist wäre beinahe in sie hineingelaufen. Helen jedoch spazierte weiter, und Lou musste sich beeilen, um zu ihr aufzuschließen. »Martina Allen? Von Hopsearch? Das kann nicht sein.«

Martina Allen war, egal wie man es betrachtete, die beste Entwicklerin im Silicon Valley. Nicht die beste *weibliche* Entwicklerin, wie die meisten Männer hinzufügten, sondern die beste Entwicklerin überhaupt. Allen hatte Hopsearch von Grund auf aufgebaut, und dabei war dem Unternehmen das Unmögliche gelungen: Es hatte Google als weltweit beliebteste Suchmaschine abgelöst. Dafür erhielt sie Millionen Dollar pro Jahr in Form von einem Gehalt und Boni, dazu vielleicht noch die eine oder andere Milliarde in Aktien, von denen sie die Hälfte spenden wollte, um den Welthunger zu beenden. Ach ja, und sie war zufällig mit Thomas Milton Calder verheiratet, dem legendären Hedgefonds-Manager, der in die Politik gegangen war und schon bald – ziemlich sicher – der nächste Gouverneur von Kalifornien sein würde.

»Ist es aber, fürchte ich. Elmsley sagte, er habe ihr das Angebot gestern Abend unterbreitet, und sie habe zugesagt – sechs Milliarden cash und in Aktien, der IPO läuft wie erwartet.«

»Sechs *Milliarden*?«

»Eine Sechs mit neun Nullen, ja. Wie sich zeigt, hat jeder seinen Preis.«

»Unglaublich.« Lou fühlte sich persönlich hintergangen. Sie hatte Martina Allen nie getroffen, doch sie hatte sich erlaubt, dem Hype zu glauben. Martina Allen, der Anti-Bro. Martina Allen, das Vorbild aller Frauen, die davon träumten, es an die Spitze des Silicon Valley zu schaffen, ohne ihre Werte aufzugeben … In ihrem Kopf verschob Lou Allen in den Papierkorb der Enttäuschungen. »Also ist der Börsengang gesichert. Elmsley muss begeistert sein.«

»Er ist so selbstzufrieden, wie er es nur sein kann. Elmsley hat endlich seine Sheryl. Die Wall Street wird sich kaum einkriegen können.«

Lou wusste, worauf sie anspielte. Seit Sheryl Sandberg Jahre zuvor von Facebook angestellt worden war, um Mark Zuckerbergs leichtsinnige Launen abzufedern, hatte jeder Silicon-Valley-Investor von den Unternehmen in seinem Portfolio verlangt, »eine Sheryl« zu finden. Das heißt, eine erwachsene Frau anzustellen, die ihre unreifen männlichen Gründer im Zaum halten sollte. Und den Investoren sollte dies zeigen, dass eine Erwachsene im Raum war (um letztlich den Kopf hinzuhalten, wenn das Babysitten nicht funktionierte). Elmsley Chase hatte den Forderungen, sich eine Sheryl zu suchen, immer widerstanden – angeblich, weil er die Idee »offen sexistisch« fand, aber eigentlich, weil er sich von niemandem vorschreiben lassen wollte, was er zu tun habe. Schon gar nicht von einer Frau.

Doch jetzt war Alex Wu tot, und Elmsley Chase wusste genau, wie er der Geschichte mit Martina Allen eine neue Richtung geben konnte. Kein Wunder, dass Helen sich weitab von neugierigen Ohren treffen wollte. Das war eine Riesensache. Für Raum. Für den Börsengang. Für das Silicon Valley. Für alle außer den Aktionären von Hopsearch, die bald damit konfrontiert würden, wie der Wert des Unternehmens fiel, und für … ah … jetzt begriff Lou, warum Helen Tyler ihr die Nachricht überbrachte, als wäre ihr Hundebaby gerade von einem Auto überfahren worden.

»Scheiße«, sagte Lou. »Das war's dann wohl mit deinem Job als Auftragskillerin. Elmsley geht jetzt nirgendwo hin.«

Helen hatte es selbst gesagt: Raums Vorstand hatte ihr einen fetten Scheck versprochen, wenn es ihr gelang, Elmsley Chase abzuschießen. Durch seinen unglaublichen Coup hatte er jedoch auf einen Schlag den Börsengang gesichert, seine eigene Haut gerettet und Helens Aufgabe zunichtegemacht. Er hatte wieder einmal gewonnen, und das auf Kosten der Würde der einen und des Lohns einer anderen Frau. »Tut mir leid«, sagte Lou. Und zu ihrer eigenen Überraschung meinte sie es ernst.

Helen schwieg lange, sie hatten schon die halbe Strecke zum Fisherman's Wharf zurückgelegt, bis sie ihr Schweigen brach. »Es ist genau andersherum«, sagte sie schließlich. »Sobald Martina Allen zur CTO ernannt wird, gibt es eigentlich keinen Grund mehr, an Elmsley festzuhalten. Sie können immer noch alles, was ich ihnen am Montag präsentiere, dafür verwenden, ihn zu feuern. Sie können Martina bitten, als CEO zu übernehmen, sich zurücklehnen, während der Markt in Begeisterung ausbricht über das brandneue, skandalfreie Raum. Job erledigt, gute Arbeit, Helen.«

Jetzt war Lou wirklich verwirrt. »Und doch scheinst du nicht sehr glücklich zu sein.«

Helen duckte sich, als sie den Torbogen von Pier 19 erreichte, und Lou folgte ihr.

»Meinst du glücklich in dem Sinne, dass Elmsley zum Sündenbock gemacht wird, während Raum einen institutionellen Neustart bekommt, obwohl die ganze Institution so verdorben bleibt wie zuvor? Oder meinst du glücklich über die Aussicht, dass alle Arbeiter weiterhin ausgebeutet werden, die Frauen belästigt, die Fußgänger von selbstfahrenden Autos niedergemäht? Oder findest du vielleicht, ich sollte froh darüber sein, dass nicht einmal Martina Allen dem Lockruf des dreckigen Geldes widerstehen kann?«

»Wie bitte?« Lou hatte plötzlich das Gefühl, sie und Helen Tyler hätten ihre Rollen getauscht. »Ich bin mir ziemlich sicher, dass ich diejenige bin, die sich über Raums Ausnutzung der Nutzer Sorgen machen sollte und darüber, dass sie sich alles erlauben können. Du bist diejenige, die dafür bezahlt wird, sicherzustellen, dass sie das können. Um ihnen ihren Sündenbock zu liefern.«

Doch als sie das sagte und diese neue Wut in Helen Tylers Augen sah, nahm eine weitere Möglichkeit Gestalt an. Eine Möglichkeit, die sie bereits beschäftigt hatte – zumindest unterbewusst –, seit sie die Schublade mit den Schlüsselkarten von Helens ehemaligen Klienten gesehen hatte. Sleapster, Uber, Twiddle, Dunk.ly – die Vorstände all dieser Firmen hatten ihr, Helen selbst zufolge, obszöne Summen dafür bezahlt, die Gründer oder CEOs aus dem Unternehmen zu vertreiben, um ihre toxische Kultur loszuwerden. Helen war, ihrer eigenen Darstellung nach, sehr gut in ihrem Job, und doch war jedes Unternehmen, das sie zu »retten« geholfen hatte, entweder niedergeschlagen, in der Bedeutungslosigkeit versunken, oder seine Aktien wurden verschleudert. »Oh, Gott«, flüsterte Lou. »Willst du vielleicht, dass Raums IPO scheitert?«

Helen lächelte sie an und neigte den Kopf, als habe sie gewusst, dass Lou früher oder später darauf kommen würde. »Überhaupt nicht. Ich versichere dir, ich will, dass Raums Börsengang erfolgreich ist. Ein riesiger Erfolg sogar. Der größte aller Zeiten.« Sie hielt inne, um die Wirkung ihrer Worte zu erhöhen. »Und *dann* will ich dabei zusehen, wie alles verdammt noch mal in Flammen aufgeht.«

46 %

SCHICKSAL LAS DIE letzte Seite des schwarzen Notizbuchs und erlaubte sich einen tiefen Seufzer der Erleichterung. Das musste sie Joe Christian lassen. Für eine so jämmerliche und kaputte Hülle von einem Mann war es ihm ziemlich gut gelungen, allen Spuren nachzugehen, bis zum Ende. Es stand alles da, in blauer und schwarzer Tinte: von der ersten Stellenanzeige, die die damals achtzehnjährige Praktikantin Bella Marcos zu Grintech geführt hatte, über die sorgfältig arrangierten spätabendlichen Meetings, bis hin zu Amelia Christians vorzeitiger Rückkehr aus Tahoe, bei der sie die beiden auf dem Wohnzimmerboden erwischt hatte. Die gefährlichen Arzneimittel, die Abwärtsspirale in die Sucht und die sexuelle Verzweiflung hinein, und schließlich der körperliche und psychische Zusammenbruch. Jede gefährliche und zerstörerische Entscheidung, die er getroffen hatte, aus freien Stücken, alles präzise dokumentiert und in Diagrammen erfasst. Ziel, Methode, Ergebnisse.

Alles, was fehlte, war die Schlussfolgerung. Die Identität des Peinigers.

Schicksal hatte es nicht als Rätsel gemeint. Eher angenommen, dass Joe Christian und die anderen süchtigen Männer sehr schnell eine *moralische Inventur* machten, indem sie an die Leute dachten, denen sie Leid angetan hatten (viele), und an die, die sie vielleicht leiden sehen wollten. Auf dieser eher kurzen Liste würden vielleicht zwei oder drei Namen herausstechen. Für jemanden, der imstande war, Scham oder Schuldgefühle zu empfinden, wäre dies ein Anfangspunkt gewesen, um Buße zu tun und Wiedergutmachung zu leisten. Doch Joe Christians Buch enthielt keine solche moralische Inventur, nur eine Aufzählung seiner Erniedrigungen und Kränkungen, jede einzelne so formuliert, dass er selbst das unschuldige Opfer war.

War sein Opferkomplex wirklich so umfassend gewesen, dass er sich gar nicht vorstellen konnte, *verdient* zu haben, was da geschah? Dass dies eine Form von Gerechtigkeit sein könnte?

Hatte er wirklich eine Schlagzeile über Alex Wu gebraucht – ein Foto des Mannes mit dem gleichen Ausschlag und von nahezu identischen Narben übersät –, um die vage Erinnerung an diese Nacht vor zehn Jahren zu wecken? Die Nacht, in der Schicksal aktiv wurde.

Selbst als er es endlich begriffen hatte, hatte sein erster Reflex – noch bevor er sein trauriges kleines Elendsmemoir aktualisiert hatte – darin bestanden, zum Raum One zu eilen, um Wu zu treffen. Um ihn zu warnen? Ihn zu bemitleiden? Schicksal versuchte, sich Joe Christians Gedanken in den letzten Augenblicken seines Lebens vorzustellen. Hatte er das Schild mit dem Namen seiner Ex-Frau gesehen und nicht widerstehen können, eine letzte selbstverliebte Performance für die Kameras abzuliefern? Ein allerletztes Ich-hab's-euch-doch-Gesagt?

Nicht zum ersten, aber definitiv zum letzten Mal hatte Schicksal Joe Christian zwei Wege angeboten, und er hatte sich für den falschen entschieden.

Verdammter Idiot.

Schicksal wollte sich nicht als Genie bezeichnen – ihre Opfer, die Versuchskaninchen, konnten von den Gefahren einer solchen Hybris ein Lied singen. Doch sie war recht zufrieden, wie sie auf Joe Christians kleine Kamera-Showeinlage reagiert hatte, denn selbst seine Ex-Frau hatte alles ohne nachzufragen akzeptiert. Und dieser Curveball mit Charlie Brusk und dem Burner-Telefon – großartig!

Der selbstgefällige Moment wurde durch das Surren eines Mobiltelefons unterbrochen: eines der vier Telefone, die in einer ordentlichen Reihe auf Schicksals Schreibtisch lagen. Nach einem Blick aufs Display, wurde die eingehende Nachricht mit einem Lächeln begrüßt. *Ich hasse es, dass du ein Teil davon bist. Ich liebe es, dass du ein Teil davon bist.*

Schicksal griff nach dem Telefon, entsperrte es und scrollte durch das lange und beunruhigende Update ihres Insiders bei Raum.

Martina Allen?

»Herrje!«

Schicksal sprang vom Stuhl auf und lief ins Bad, um sich anzuziehen. Sie würde schnell handeln müssen.

47 %

»ERZÄHLST DU MIR gerade, dass du eine Art Schwarze Witwe bist? Du tust so, als würdest du Unternehmen helfen, aber in Wirklichkeit bringst du sie von innen um?«

Lou und Helen hatten es inzwischen bis zur Marina geschafft und gingen jetzt auf der anderen Seite der Embarcadero zurück, Richtung Raum One.

»So würde ich es nicht nennen«, sagte Helen. »Sagen wir mal, ich weiß, wo viele Silicon-Valley-Leichen begraben sind, weil sie mich dafür bezahlt haben, sie zu beerdigen. Nach dem IPO setze ich einfach einen anonymen Tipp an eine freundliche Journalistin ab oder an einen SEC-Investor, mit dem Hinweis, wo sie suchen sollen.«

»Aber warum?« Lou wusste immer noch nicht, ob man sie auf den Arm nahm, ob sie auf eine List hereinzufallen drohte oder ob Helen Tyler gerade das unglaublichste Geständnis ablegte, das Lou in einem Jahrzehnt als Journalistin gehört hatte.

Helen ließ einen Mann in einem blauen Nadelstreifenanzug vorbei. »Warum tut überhaupt jemand irgendwas? Geld spielt da eine Rolle. Bevor ich meinen anonymen Tipp rausschicke, tätige ich Leerverkäufe. Und zwar jede Menge über verschiedene Vertreter und ausländische Konten. Verlieren die Unternehmen, ist das mein Gewinn.«

Lou blieb stehen. »Schwachsinn.« Sie kannte Helen Tyler noch keine vierundzwanzig Stunden, doch sie hatte genug erfahren, um zu wissen, dass sie – mit ihrem Verstand, ihren Verbindungen, ihrem Akzent – keinen Wertpapierbetrug zu begehen brauchte, um im Silicon Valley reich zu werden. »Ich dachte, wir wollten ehrlich zueinander sein.«

Helen ging noch ein paar Schritte, bevor sie sich umdrehte und wartete, dass Lou zu ihr aufschloss. »Ehrlich? Ich habe dir gerade erzählt, dass ich …«, sie senkte die Stimme zu einem Flüstern, »seit fast zehn Jahren Insiderhandel betreibe.«

Lou nickte. »Und ich habe dich gefragt, warum.«

»Warum sollte ich nicht die Unternehmen zu Fall bringen, die die Welt zerstören?« Helen lachte traurig. »Nur in einer Stadt, die so kaputt ist wie diese, kannst du mich das fragen. Vielleicht solltest du die Frage so stellen: Warum entscheidet jemand, der sein gesamtes Arbeitsleben in der Umgebung von den mächtigsten Soziopathen verbracht hat – der mitangesehen hat, wie inkompetente Männer die Jobs bekommen, für die ich qualifizierter gewesen wäre, während ich dafür angestellt werde, ihre Verbrechen zu vertuschen –, warum entscheidet dieser Jemand, dass es vielleicht Zeit für Rache sein könnte? Warum bin ich wohl so wütend, dass Arschlöcher wie Charlie Brusk darüber entscheiden dürfen, welche Apps entwickelt werden, oder wer finanziert wird – obwohl diese Apps zum Großteil von Frauen benutzt werden?« Sie fuhr sich mit der Hand durch das rote Haar. »Oder warum sollte ein Mädchen, das mit kaum sieben Jahren adoptiert wurde – verkauft vielmehr, von ihren verarmten biologischen Eltern an zwei Börsenhändler, denen die Vorstellung, Eltern zu sein, gefiel, aber die Mühen von Geburt und kleinen Babys nicht so sehr –, warum sollte dieses Mädchen einmal die Industrie verabscheuen, die uns die Sharing Economy gebracht hat – den effizientesten Marktplatz für Menschenleben seit dem osmanischen Sklavenmarkt in Konstantinopel?« Helen holte Luft, und Lou hörte, wie ihre Stimme brach: das erste aufrichtige Anzeichen von Schwäche bei dieser Frau. »Das ist doch die größte Ironie. Nur in dieser Stadt konnte ich damit durchkommen. Keinem dieser Monster kam der

Gedanke, dass eine Frau klüger sein könnte als sie, dass diese Frau sie so betrügt, wie sie den Rest der Welt betrügen? Das ist unser Vorteil, Lou. Sie unterschätzen uns, jedes Mal.«

Lous moralischer Kompass rotierte wie ein Kreisel. Helen musste Millionen damit verdient haben, schmutzige Geheimnisse der Firmen durchsickern zu lassen, nachdem sie Leerverkäufe ihrer Aktien getätigt hatte. Den Reichen stehlen, um … sich selbst zu geben. Das Endresultat jedoch war etwas, das Lou nie erreicht hatte. Sie dachte nochmals über die toten Firmen in der Küchenschublade nach und über all die Männer, die sie, Lou, unterschätzt hatten. Die CEOs, die ihr zu viel verraten hatten, weil sie einen begeisterten Artikel erwarteten, Mr Brady in der Highschool, der lachte, als sie »Journalistin« auf das Berufsberatungsformular geschrieben hatte, das dümmliche Grinsen ihres Vaters im Eingang der Küche, kurz bevor er die Waffe sah. »Scheiße.«

Helen führte sie zum Eingang einer geschlossenen Walgreens-Filiale, während die Touristen an ihnen vorbeiströmten. »Der Zusammenbruch von Raum sollte meine letzte und größte Leistung sein. Das schlimmste Beispiel menschlicher Kommerzialisierung, ein Glashaus voller Vergewaltiger und Soziopathen.« Sie stieß ihren Finger in Richtung Raum One. »Danach wollte ich mich zur Ruhe setzen, auf einer Insel im Indischen Ozean. Ich hatte mir sogar schon ein kleines Stück Land ausgesucht, ein Häuschen direkt am Strand.«

»Wenn das stimmt, was hat sich geändert?« Sicher hatte Helen genug gefunden, was sie Elmsley und seiner Mannschaft anhängen konnte. »Du könntest sie nach dem IPO immer noch zu Fall bringen.«

Helen schüttelte langsam den Kopf. »Könnte ich, ja. Aber jetzt hieße das, dass ich Martina Allen zu Fall bringe. Ob du's glaubst oder nicht, Lou, ich *weigere* mich, das einer Frau anzutun, deren einziges Vergehen darin besteht, den CEO-Titel anzunehmen, der ihr bei Hopsearch oder anderswo zu Unrecht verweigert wurde, zugunsten von …«

»Inkompetenten, jämmerlichen Männern.«

»Ganz genau.«

»Charlie Brusk muss doch gemerkt haben, dass seine Unternehmen regelmäßig scheitern, wenn du mit ihnen fertig warst.«

Helen lachte laut auf. »Apropos inkompetente, jämmerliche Männer – die gleiche Frage habe ich mir auch gestellt. Vielleicht ist es ihm egal. Der IPO ist das, wo er sein Geld macht. Solange der Preis stimmt, kassiert er ab, und weiter geht's zum nächsten Start-up.«

»Was, wenn er es genauso macht wie du? Wenn er einen Leerverkauf eingeht? Das wäre ein ziemlich guter Grund, dich anzuheuern.«

Helen schüttelte den Kopf. »Ich komme damit durch, weil kaum jemand weiß, dass es mich gibt, und die, die es wissen, denken, ich bin auf ihrer Seite. Sehr viele Leute achten genau darauf, was Charlie mit seinem Geld anstellt, und keiner von ihnen vertraut ihm. König Faisal würde ihm die Eier abschneiden, wenn er ein doppeltes Spiel spielen würde.«

Das war ein gutes Argument. Angenommen, die saudische Königsfamilie war tatsächlich der geheime Geldgeber hinter XXCubator, sie würde ein solches Gebaren von Brusk kaum gut aufnehmen. »Hast du keine Angst, dass der König dasselbe mit dir macht?«

»Ich habe keine Eier.«

Das sah Lou anders. »Und warum erzählst du mir das alles? Wir sind einander nichts schuldig.«

Helen antwortete nicht. Stattdessen griff sie in ihre Tasche und holte ein flaches Rechteck aus Karton hervor, das sie Lou übergab. Es war die Einladung zur Raum-One-Party, die Lou bekommen hatte. Auf der Rückseite klebte noch das gelbe Post-it mit der in roter Schrift geschriebenen Nachricht: *Ihre Story war gut. Kommen Sie heute Abend vorbei. Werde alles erklären.* »Der Wachdienst hat deinen Rucksack unter einem der Buffettische gefunden.«

»Und du hast ihn durchsucht?«

Helen verdrehte die Augen. »Mea culpa.« Und dann: »Denkst du, die Notiz kommt von Schicksal?«

»Wenn du sie nicht geschrieben hast, ja.«

»Habe ich nicht. Und auch das hier habe ich nicht geschickt.« Helen griff wieder in ihre Tasche und holte ein Blatt cremefarbenes Papier hervor, das sie entfaltete und Lou reichte.

Das Papier wirkte teuer. Oben standen der Name und das in Gold geprägte Logo des Redwood Hotels in der Sand Hill Road. Darunter hatte jemand mit dickem schwarzem Filzstift eine Reihe von Zahlen geschrieben. Die Zahlen – Himmel, Lou hatte Zahlen so satt – sagten ihr nichts, doch die Handschrift erkannte sie sofort: die gleichen schwungvollen Striche wie auf dem Post-it.

»Das habe ich vor acht Wochen bekommen«, sagte Helen. »Per Kurier.«

»Vor acht Wochen?«

Helen nickte. »An meinem allerersten Tag bei Raum.«

Lou betrachtete das Papier noch einmal. »Was sind das für Zahlen?«

»Ich habe eine Weile gebraucht, um das herauszufinden. Es sind Koordinaten. Längen- und Breitengrad. Ein ganz bestimmter Strand auf einer ganz bestimmten Insel mitten im Indischen Ozean.«

»Dein geheimer Plan für den Ruhestand.«

»Ich dachte, jemand will mich erpressen – vielleicht irgendein verbitterter CEO, der herausgefunden hat, welche Rolle ich bei seinem Niedergang gespielt habe.« Sie hielt den Brief neben die Einladungskarte mit dem Post-it. »Jetzt wissen wir es natürlich besser.«

»Du bist nicht ins Redwood gefahren?« Lou zeigte auf den Briefkopf.

»Ich habe darüber nachgedacht, mich dann aber dagegen entschieden. Außerdem wäre das nur Zeitverschwendung gewesen. Ich versichere dir, mein Kontostand würde einen Erpresser, der etwas auf sich hält, schrecklich enttäuschen.«

Diese Bemerkung verwirrte Lou. »Du betreibst seit zehn Jahren Insiderhandel. Du musst Millionen verdient haben.« Lou stellte sich einen Tresor bei einer Schweizer Bank vor, prall gefüllt mit Geldscheinen und Goldbarren.

Helen drehte sich um. »Das ist weg.«

»Weg? Alles?« Die Berge von Bargeld lösten sich in Luft auf.

»Jeder Penny.«

Das war unmöglich. Ein Ruhesitz am Strand konnte nicht *so* teuer sein, Helens kostspieliger Geschmack hin oder her. Doch jetzt gesellte sich zum Bild des Banktresors ein weiterer Gedanke. *Die Reichen berauben, um …* »Welche Insel?«, fragte Lou

Helen neigte den Kopf. »Was?«

»Dein Ruhestandsplan. Du hast gesagt, du hättest dir eine Insel im Indischen Ozean ausgesucht. Welche?«

»Ach«, sagte Helen. »Mauritius.«

Lous gesamter Körper stand unter Strom. Dasselbe Kribbeln, das sie immer fühlte, wenn sie eine große Story aufdeckte, nur tausendmal intensiver. »Diese Zahlungen an Wus Opfer – das war *dein* Geld, nicht das von Raum oder Grintech oder Charlie Brusk.« Sie brachte die Worte kaum heraus, so sehr hatte es ihr den Atem verschlagen. Amelia Christians Schulgeld, bezahlt von einem geheimen Konto auf Mauritius … »Du bist die schwarze Kasse.«

Helen schaute Lou direkt an. »Als du mich nach Sophie Aker und ihrer Eigentumswohnung fragtest, sagte ich, dass ich kein Monster bin. Das meinte ich auch so. Ich werde für meinen Job großzügig bezahlt – ich werde bei Raum so viel verdienen, dass es bis zu meinem Lebensende reicht, alles andere verteile ich an die, die es verdienen. Nenne es meinen bescheidenen Versuch, die Dinge richtigzustellen, auch wenn ich natürlich nicht alle Probleme lösen kann.«

Lou war vor Ehrfurcht erstarrt. Diese Frau, die noch vierundzwanzig Stunden zuvor für alles gestanden hatte, was an Raum abscheulich war, behauptete jetzt, ein Jahrzehnt hindurch Finanzbetrug von gewaltigem Ausmaß begangen und die Gewinne dafür verwendet zu haben, die Opfer der Unternehmen auszuzahlen, die sie selbst engagiert hatten. »Das ist …« Lou suchte nach dem richtigen Wort, um Helen Tylers Geständnis einzuordnen. »Das ist ja 'ne schöne Scheiße.«

Und das war es auch.

»Du bist der Grund, warum keine dieser Frauen auspacken wollte? Du bist diejenige, die sie Verschwiegenheitserklärungen hat unterzeichnen lassen?«

Helen trat einen Schritt zurück. Hatte sie ernsthaft erwartet, dass Lou beeindruckt sein würde? Sie verstehen würde? Offenbar, denn die nächsten Worte stotterte sie fast: »Schöne Scheiße? Ich habe Entschädigung an Hunderte von Opfern gezahlt.«

»Ach, verstehe. Du hast ihr Schweigen gekauft, hast verhindert, dass sie reden, sodass die, die sie angegriffen und missbraucht haben, immer neue Opfer finden konnten. Du hättest es beenden können, aber stattdessen …« Ein kleiner Tropfen Spucke landete auf Helens Hemd. »Oder soll ich etwa glauben, dass du sie keine Verschwiegenheitserklärungen hast unterzeichnen lassen?«

Helen stand mit offenem Mund da. »Sie mussten doch glauben, dass das Geld von den Firmen kam. Ich durfte nicht zulassen, dass sie herumliefen und mit Zahlungen prahlten, von denen die Unternehmen genau wussten, dass sie sie nicht getätigt hatten.« Sie holte Luft, und in diesem Moment ging sie von der

Defensive in die Offensive. Sie trat einen halben Schritt auf Lou zu, hob die Schultern an und reckte den Hals. »Machen wir uns mal die moralische Rechnung klar: Die Frage ist nicht, ob sie mit oder ohne Verschwiegenheitserklärung entschädigt werden.« Sie hielt inne, um nicht zu schreien, so schien es Lou. »Die Frage ist, ob sie mit Verschwiegenheitserklärung entschädigt werden oder ob der Vorstand dieser Firmen alles dafür tut, um sie zu verleumden, zu beschmutzen und ihr Leben zu zerstören.« Ein weiterer halber Schritt. »Es ist sehr wichtig, dass du das verstehst.«

Lou öffnete die Lippen, um zu antworten, doch dann presste sie sie wieder zusammen. Auch wenn sie Helens Version verabscheute, so wusste sie doch, dass es die Wirklichkeit war. Sie hatte es selbst gesehen, unzählige Male. So oder so wurden die Opfer des Silicon Valley zum Schweigen gebracht. Helen versuchte bloß, die bittere Pille ein wenig süßer zu machen.

»Glaubst du, Schicksal hat deshalb Kontakt mit uns aufgenommen?« Lou suchte nach etwas Verbindendem, um das Gespräch zu retten. Was auch immer sie von ihr hielt, Helen war ihre einzige Hoffnung, Schicksal zu finden und zu verstehen, warum das alles geschah. »Diese Person bringt Tech-Arschlöcher um, ich stelle sie in der Zeitung bloß, und du klaust ihr Geld und bezahlst damit ihre Opfer – will sie, dass wir drei zusammenarbeiten?« Lou spürte, wie sich ihr der Magen zusammenzog, als sie es aussprach. Einen Killer zu finden, war das Eine – sich mit diesem Killer zu verbünden, war um ein Vielfaches Furcht einflößender.

Helen hob eine Augenbraue. »Das wäre bei Weitem nicht die seltsamste Partnerschaft im Silicon Valley.«

Lou rieb sich mit beiden Händen die Wangen und spürte, wie sie in der kalten Luft brannten. »Schicksal muss eine Frau sein, oder?«

Helen lächelte. Der Streit war vergessen. »Angesichts der Methoden würde ich sagen, dass es so ist. Und wenn deine Theorie stimmt, dass sie uns anwerben will … man muss sich nur überlegen, wie viele Männer es in dieser Stadt gibt, die versuchen würden, zwei Frauen auf einmal einzustellen …«

Lou konnte nicht anders, als über Helens Logik zu lachen. »Bislang ist sie ganz gut ohne unsere Hilfe zurechtgekommen.«

Helen setzte sich in Bewegung, als hätten sie sich geeinigt, dass es Zeit sei, zum Raum One zurückzuspazieren. »Das ist schon beängstigend: Wenn sie in der Lage ist, ohne unsere Hilfe zwei Männer in den Selbstmord zu treiben – oder drei, falls sie es auch auf Charlie abgesehen hat –, was könnte sie dann als Nächstes geplant haben, das Verstärkung erfordert?« Helen nahm das Papier aus dem Hotel wieder an sich und steckte es in ihre Tasche, sodass Lou nur noch die Einladung in Händen hielt. »Und was macht sie so sicher, dass wir es machen?«

Das zumindest war eine Frage, die Lou beantworten konnte. »Sie weiß, dass wir diese Leute genauso hassen wie sie.«

50 %

EINES VON SCHICKSALS Telefonen zeigte mit einem Piepen eine neue Bildnachricht an. Sie holte das Gerät aus ihrer Handtasche und wartete, bis es ihr Gesicht erkannte – ein Prozess, der immer eine halbe Sekunde länger dauerte, wenn sie sich für die Arbeit geschminkt hatte.

Es war ein Foto, das einer ihrer Kontakte von der anderen Seite einer belebten Straße aus aufgenommen hatte. Es zeigte Lou McCarthy und Helen Tyler, die im Eingang eines verriegelten Geschäfts standen – Walgreens oder vielleicht CVS.

Schicksal vergrößerte den Ausschnitt so, dass Lous Gesicht und Oberkörper das gesamte Display ausfüllten. In der linken Hand hielt Lou eine Karte und in der rechten ein Blatt Papier. Sie betrachtete beides konzentriert.

Schicksal warf das Telefon zurück in ihre Tasche, dann klatschte sie zufrieden in die Hände. Sie freute sich darauf, Lou McCarthy wiederzusehen.

51 %

LOU UND HELEN hatten es noch immer nicht zum Raum One geschafft. Stattdessen hatte Helen Landon gebeten, Lous Rucksack ins Four Seasons zu bringen, zusammen mit einer Reihe von Büroartikeln und einigen Zutaten, die Helen benötigte, um ein köstliches Pad Thai zuzubereiten.

Während Helen kochte, saß Lou auf der Couch und ging die Fotos durch, die sie von Joe Christians Tagebuch angefertigt hatte. Jede Person und jeden Ort, die ihr bedeutsam vorkamen, schrieb sie auf neonblaue Post-it-Zettel, die sie am Ende an Helens Wohnzimmerfenster klebte, in der Hoffnung, es könnte zu einer Offenbarung führen. Sie wollte nicht einfach dasitzen und darauf warten, dass Schicksal erneut Kontakt aufnahm – sie war entschlossen, sie vorher zu finden.

Gegen zwanzig Uhr ging Lous Mutter endlich an ihr Telefon, entschuldigte sich für ihre Abwesenheit und erklärte, dass sie und Carol den Morgen damit verbracht hätten, die Sauerei vom Garagentor zu entfernen, bevor sie zur Arbeit aufbrachen. Das passte – Lou wusste, dass ihre Mutter in dem Frauenhaus, in dem sie jobbte, keinen Empfang hatte –, doch irgendetwas an ihrer seltsam gut gelaunten Stimme gab ihr zu verstehen, dass mehr dahintersteckte, als sie zu erkennen gab. Das war meistens der Fall, wenn Carol im Spiel war. Wenigstens wusste sie jetzt, dass es ihr gut ging, dass der Mob nicht wiedergekommen war und dass ihr Garagentor nicht mehr beschmiert war.

Zwei Stunden später hatten Lou und Helen ihre dritte Flasche Wein geöffnet, aber mit der Identifizierung Schicksals waren sie nicht weitergekommen. Trotz aller Post-its waren die einzigen Dinge, die alle drei Männer – Wu, Christian und Brusk – miteinander verbanden, XXCubator und das Redwood Hotel. Wu und Christian hatten mit Firmen zu tun, die von Brusk finanziert worden waren. Joe Christian hatte das Redwood in seinem Notizbuch dreimal erwähnt (nach seinem dritten Besuch hatte er dort offenbar Hausverbot erhalten), aus dem Hotel stammte der Brief, den Helen bekommen hatte, und im Redwood hatte – einem von Tommys Artikeln im *Herald* zufolge – die Gründungsparty der Amelia-Christian-Stiftung stattgefunden. Nichts davon half ihnen weiter. Das Redwood war *das* gesellschaftliche Zentrum der Sand Hill Road, was bedeutete, dass jeder, der im Valley etwas auf sich hielt, früher oder später dort aufkreuzte. Genauso gut hätten Lou und Helen versuchen können, eine Verbindung zwischen all jenen zu finden, die am Union Square und am San Francisco Airport gewesen waren.

»Also, was machen wir morgen?« Helen nahm aus ihrem fischglasgroßen Glas einen kräftigen Schluck von ihrem Pinot Noir. »Einen Abstecher ins Redwood? Oder noch einmal ins Krankenhaus, um zu prüfen, ob jemand gesehen hat, wie Schicksal eine Telefonnummer auf Joe Christians Hand geschrieben hat?«

Frustriert knallte Lou ihren Laptop zu. »Wenn sie unsere Hilfe will, warum fragt sie dann nicht einfach? Warum diese Einladungen und Briefe und Burner-Nummern und die gefälschten Textnachrichten, als wär das alles ein großes Spiel?«

Helen seufzte. »Das ist das Schlimmste daran, oder? Wenn man weiß, dass sich dahinter eine Riesengeschichte verbirgt. Man hat alle Puzzleteile zusammen, aber man findet die verdammten Ränder nicht, und die Zeit drängt, die Deadline steht an.« Sie trank noch einen Schluck Wein. »Nur haben wir diesmal keine Angst, dass uns jemand mit der Geschichte zuvorkommt. Es kann uns nur passieren, dass irgendein Arschloch über eine Brüstung springt und die Welt zu einem besseren Ort macht. Vielleicht ist es zur Abwechslung sogar mal besser, wenn wir gar nichts tun und Schicksal das machen lassen, was sie da versucht?«

Lou bemerkte die Nostalgie in Helens Stimme. »Wie lange warst du Journalistin?«

Helen lächelte wehmütig, nicht im Geringsten überrascht, dass Lou mit ihrer Biografie vertraut war. »Fünfzehn Jahre. Ich habe geholfen, Regierungen zu stürzen, Kinderschänder zu entlarven – einmal habe ich sogar einen Genozid verhindert, von einem Münztelefon in einem Pub in der Fleet Street aus.«

»Beeindruckend«, sagte Lou und meinte es auch so.

»Ja, ich bin der Grund, warum es keine Genozide mehr gibt«, erwiderte Helen, ohne eine Miene zu verziehen.

»Wie bist du dann im Silicon Valley gelandet?« Lou legte die Füße auf die Lehne von Helens teurem Sofa und griff nach ihrem Weinglas. Eine deprimierende Anzahl von PR-Leuten und Krisenmanagern waren ehemalige Journalisten, die die fehlende Wertschätzung nicht mehr ertragen hatten. Doch die meisten wollten einfach nur mehr Geld und eine Krankenversicherung, sie waren nicht von Wahrheitsliebe getrieben oder davon, das Patriarchat der Milliardäre von innen zu zerstören.

Helen hing ihren eigenen Gedanken nach, statt auf Lous Frage zu antworten. »Über die Downing Street.« Sie seufzte. »Noch so ein naiver Versuch, etwas zu verändern. Ich war Beraterin von Tony Blair, als das noch ein Job für Idealisten war. Ich habe mich fast drei Jahre dort gehalten, bis Tony Gott und George W. Bush für sich entdeckt hat und ich achtkantig rausgeflogen bin.«

»Du wurdest wegen George W. Bush gefeuert?«

»Ja, streng genommen, weil ich Rupert Murdoch mit einem Gartenschlauch angegriffen habe.« Helen hielt inne. »Lange Geschichte. Er hat's verdient.«

Lou lachte, und Helen fuhrt fort: »Dann kam eine Beziehung mit einem Kollegen, gefolgt von einer Fehlgeburt und einer sehr hässlichen Trennung. Ich hatte London satt und das Leben. Das nächste halbe Jahrzehnt verbrachte ich mit den verschiedensten Jobs, schrieb Reden für pensionierte Politiker und ehemalige Kricketspieler, beriet manchmal Firmen, wie sie Skandale vermeiden können, und suhlte mich im Selbstmitleid. Dann, eines Tages – das war Ende 2008 – bekomme ich einen Anruf eines Freundes aus Palo Alto. Er benötigte ein bisschen Krisen-PR für zwei der Unternehmen aus seinem Portfolio. Ich kannte das Silicon Valley, natürlich, und mir war bewusst, dass es von infantilen Soziopathen regiert wird.«

»Also hast du beschlossen, sie zu Fall zu bringen?«

»Im Gegenteil. Ich wollte ihnen helfen! Ich war immer noch Idealistin, mehr oder weniger, und ich dachte, dass sie einfach nur eine Lektion in guter alter Ethik brauchten. Die meisten der wirklich wohlhabenden und erfolgreichen Menschen, die ich in meiner Heimat getroffen habe, waren besessen davon, dass man sie für anständig hielt. Es dauerte vielleicht drei Meetings, bis ich begriff, dass die neuen Tech-Herrscher nicht in den Kategorien von Gut und Schlecht, Anständig oder Unanständig denken. Alles, was zählt, sind …«

»Gewinne«, ergänzte Lou.

»Daten«, korrigierte Helen. »Das steht hinter jeder Entscheidung. Das Geld überlassen sie den Risikokapitalgebern.«

Lou atmete tief aus. »Du hast drei Treffen bei Tech-Unternehmen gebraucht, um zu merken, dass die alle unmoralisch sind?«

»Na ja, bei den ersten beiden Meetings ging es eher um Personaldinge. Das dritte war mit dem Gründer einer Dating-App, der wollte, dass ich die Mutter einer Vierzehnjährigen zum Schweigen brachte, die von einem verurteilten Kinderschänder ermordet worden war, den sie über die Plattform kennengelernt hatte.«

»Wie furchtbar.«

Helen schenkte sich Wein nach und stellte die leere Flasche auf den Couchtisch. »Das hat mich fertiggemacht. Die haben nicht mal so getan, als wollten sie das Richtige tun. Das Mädchen war bloß eine Zeile in einer Tabelle, die gelöscht werden sollte. Also bin ich rausgefahren, um die Mutter zu treffen. Sie wohnte illegal zur Untermiete in Victorville, in schrecklichster Armut. Aber man konnte sehen, dass ihre Tochter – Maria hieß sie, das vergesse ich nie – alles für sie war. Überall waren Schulfotos, Auszeichnungen vom Tanzen, vom Schultheater und von der Schule selbst, ein wahrer Schrein war ihr Zimmer. Die Mutter schluchzte nur. Die Firma konnte sie nicht verklagen, sie hätte sich gar keinen Anwalt leisten können. Sie kannte auch keinen Journalisten, der sich für ihre Tochter interessiert hätte – nicht einmal die Lokalzeitung scherte sich einen Dreck um das Mädchen. Ich hätte die Mutter in den Arm nehmen und davonfahren können, und alles wäre gut gewesen. Doch das konnte ich nicht. Entweder brachte ich ihnen im Namen der Firma eine unterzeichnete Verschwiegenheitserklärung – in der im Grunde ihrer Tochter die Schuld daran gegeben wurde, dass sie angegriffen wurde –, oder die Firma würde einen Privatdetektiv anheuern, um das Leben dieser Frau in Flammen aufgehen zu lassen, um auf Nummer sicher zu gehen. Genau so hat der CEO es mir gegenüber ausgedrückt.«

Lou wusste, dass sie sich darüber empören sollte. Doch die Wahrheit war, dass sie Tech-Gründer viel schlimmere Dinge hatte sagen hören, öffentlich, ohne jede Scham. Helen ganz sicher auch. »Wer war dieser CEO?«

Helen schüttelte den Kopf. »Spielt keine Rolle, er ist inzwischen tot.«

Lou sah sie fragend an, doch Helen stellte klar, dass dieser Tod nicht Schicksal angelastet werden konnte. »Snowboardunfall. Jede Menge Zeugen. Die Sache ist, wir wissen beide, dass es jeder CEO im Valley hätte sein können. Und das war 2008, lange bevor es richtig schlimm wurde.«

Lou nickte. 2008 ging sie noch zur Highschool – und war eine der Letzten aus ihrem Freundeskreis, die sich einen Facebook-Account zulegte. Wenn sie sich damals das Silicon Valley vorstellte, dann als Utopie neunzehnjähriger Nerds, die die Dinosaurierindustrien zu Fall brachten und Musik für alle frei verfügbar machten. War es jemals so gewesen? »Und was hast du getan?«

»Meinen Job. Ich habe mir die Unterschrift der Mutter unter der Verschwiegenheitserklärung besorgt. Und dann, am nächsten Morgen, habe ich mein gesamtes Honorar für diesen Auftrag in einer Reisetasche vor ihre Tür gestellt, mit einem Zettel, auf dem stand, das Geld sei von einem Freund aus ihrer Kirchengemeinde. Keine Ahnung, ob sie es behalten hat. Ich weiß nur, dass ich zwei Monate später noch einmal nach Victorville gefahren bin und sie nicht mehr da war.«

»Du hast nicht versucht, sie zu finden?«

Helen zuckte mit den Achseln. »Ich hatte ja schon entschieden, was ich mit meiner weiteren Karriere machen wollte. Das ist das Gute daran, wenn man von Bankern adoptiert wird: Man schnappt auf, wie Leerverkäufe und Geldwäsche funktionieren. Die wären so stolz auf mich.«

»Das ist verrückt.«

»Du hättest das Gleiche getan.«

Lou nahm einen Schluck Wein und dachte darüber nach. Hätte sie das Gleiche getan? Ihre Mutter erzählte den Leuten gern, dass ihre Tochter ins Silicon Valley gezogen sei, um »die Leidenden satt zu machen und die Satten leiden zu lassen« – etwas, das sie mal jemanden im Fernsehen hatte sagen hören. Vielleicht war da etwas Wahres dran. Lou liebte es, die satten Arschlöcher sich winden zu sehen, doch wie viele Leidende waren wirklich besser dran, nachdem sie auf »Veröffentlichen« gedrückt hatte? Warum traf es sie aber, wenn jemand wie Brusk ihr vorwarf, einen persönlichen Rachefeldzug gegen den Erfolg zu führen, oder wenn ein anonymer Troll sie wegen ihres Vaterkomplexes, ihrer *daddy issues,* verhöhnte?

Lou schwirrte vom Wein der Kopf, und sie hörte sich Worte sagen, bevor sie ihr bewusst waren. »Du solltest auf dich stolz sein.«

Helen knallte ihr großes Glas auf den Tisch, so fest, dass Lou meinte, das Glas oder der Tisch müssten zerspringen. »Ich will nicht wie eine Revolutionärin klingen, Lou, aber wir müssen die Strukturen niederreißen. Deshalb sollte Raums Niedergang nach dem IPO mein Paradestück sein. Millionen von Dollar für die Opfer, ja, aber noch wichtiger wäre, Tim Palgrave, Charlie Brusk und seinen saudischen Freunden eine Lektion zu erteilen. Damit andere Investoren sehen, dass man ein Kartenhaus nicht ohne ethisches Fundament errichten kann.« Eine Pause. »Ein kompletter, unumkehrbarer Richtungswechsel.«

Lou betrachtete noch einmal die Post-its. Sie musste plötzlich an Carols Lieblingswitz denken: *Wie nennt man einhundert Anwälte am Meeresboden? Einen guten Anfang.* »Glaubst du, dass Schicksal *das* erreichen will? Alles in sich zusammenbrechen lassen?«

Helen stand auf und fing an, die leeren Flaschen und Gläser einzusammeln. »Ich denke, ich bin ein wenig betrunken und sehr müde, und wir haben für heute jede Spur verfolgt. Nicht vergessen, wir müssen früh aufstehen, um Elmsley zu sehen, wie er triumphierend seine Anstellung von Martina Allen verkündet. Ich nehme an, du möchtest mich begleiten, um persönlich dabei zu sein?«

Lou nickte. Das wollte sie sich nicht entgehen lassen. »Es sei denn, Schicksal hat andere Pläne.«

Helen antwortete nicht. Sie brachte die leeren Flaschen und Gläser in die Küche und kehrte zurück, um ihre Unterlagen und ihr Telefon zu holen. »Jetzt schlafen wir, und dann schauen wir, welche neue Hölle uns morgen erwartet.«

52 %

UM PUNKT SIEBEN klingelte Lous Handywecker. Zum ersten Mal seit Monaten lag sie in einem richtigen Bett, unter einer richtigen Decke, den Kopf auf zwei Kopfkissen gebettet. Der Komfort von Helens Gästezimmer, das sie, nicht mehr blutverschmiert, hatte benutzen dürfen, ließ sie den leichten Kater fast vergessen.

Das Wohlgefühl hielt fünfundzwanzig Sekunden an, in denen sie sich streckte, ihren Telefonwecker ausschaltete und sich schließlich daran erinnerte, dass sie und Helen in einer Stunde im Raum One sein mussten, um dabei zu sein, wie Elmsley Chase Raums neue CTO krönte.

Als Lou unter der Dusche in Helens Marmorbad stand, fragte sie sich, wie Martina Allen sich selbst gegenüber rechtfertigte, diesen Job anzunehmen. Wenn sie für Elmsley Chase arbeitete – als seine »Sheryl« –, würde das irgendwie die toxische Kultur bei Raum verändern? Und spielte das astronomische Gehalt wirklich keine Rolle? Ging es ihr darum, die Welt zu verändern? Allens Ehemann war ganz ähnliche Kompromisse eingegangen – er hatte als Vertreter der Demokraten kandidiert, doch fast alle Wahlkampfgelder stammten von seinen alten Wall-Street-Kumpels, den Reichsten der Reichen. Das übergeordnete Wohl war eine Rechtfertigung dafür, sich mit schrecklichen Leuten einzulassen. Martina Allen konnte es verpacken, wie sie wollte, doch in nicht einmal einer Stunde würde sie neben Elmsley Chase stehen und – solange Schicksal nicht wieder eine ihrer Nummern abzog – der Welt verkünden, dass sie die Stelle als neue CTO bei Raum angenommen habe. Und Chase würde selbstgefällig grinsen.

Lou musste ständig darüber nachdenken, wie jeglicher Idealismus, was das Silicon Valley betraf, bei ihr verloren gegangen war. Nicht anders war es bei Helen gewesen. Sie beide hatten als Journalistinnen angefangen, die etwas verändern wollten, und am Ende waren sie nur noch wütend und desillusioniert. Helen hatte darauf reagiert, indem sie versuchte, das System von innen heraus zu zerstören. Doch sie selbst hatte noch immer nicht den Glauben verloren, dass eine gute Schlagzeile oder ein geleaktes Dokument die Welt verändern konnten.

Wenigstens hatte sie sich das bislang eingeredet. Jetzt aber war sie bereit, die Wahrheit zu akzeptieren. Sie *hatte* den Glauben verloren, schon vor langer Zeit. Der einzige Grund, warum sie noch regelmäßig versuchte, jemanden – egal wen – dazu zu bringen, sich für ihre Geschichten zu interessieren, war, dass ihr bisher keine bessere Möglichkeit eingefallen war, diese Arschlöcher unschädlich zu machen. Und jetzt waren da diese zwei Frauen – Helen und wer auch immer Schicksal war –, die bessere Methoden gefunden hatten und die sie, Lou, dabeihaben wollten.

Lou trat aus der Dusche und wickelte sich in ein dickes, warmes Handtuch. Am Waschbecken putzte sie sich die Zähne mit der Zahnbürste, die Helen ihr hingelegt hatte.

Wenigstens würde Martina Allens Wechsel zu Raum Alex Wus Tod von den Titelseiten verdrängen. Für einen Egoisten wie ihn musste das die ultimative Erniedrigung sein: so öffentlich zu sterben und trotzdem nicht die Berichterstattung zu erhalten, die normalerweise darauf folgen würde. Joe Christian war Ähnliches widerfahren, oder nicht? Sein Selbstmord hatte es nicht in die Nachrichten geschafft, weil Wu gestorben war.

Lou spuckte die Zahnpasta ins Becken und sah zu, wie sie in einer schaumigen Spirale Richtung Abfluss lief. Wenn Schicksal wirklich so gut darin war, menschliches Verhalten zu manipulieren, war es dann zu weit hergeholt, dass sie Elmsley Chase dazu gebracht hatte, Martina Allen anzuheuern, um beide Suizide von den Titelseiten zu verdrängen? Damit die Journalisten nicht zu tief buddelten?

Lou schaltete den Föhn ein und richtete ihn auf ihr zu langes Haar. Dabei untersuchte sie mit ihrer freien Hand ihre Kopfhaut und war erleichtert, keine Flecken zu finden oder sonst irgendetwas, das darauf hindeutete, dass Charlie Brusks Ausschlag ansteckend war. Sie zog ihr Hemd an, frisch gebügelt von einer Four-Seasons-Mitarbeiterin, und ging in die Küche, wo Helen an einem Toast knabberte. »In einem der Schränke stehen Cornflakes«, begrüßte sie sie und wedelte mit den Händen, um zu demonstrieren, dass sie für ein so infantiles Frühstück zu alt war.

Lou lehnte ab und goss sich schwarzen Kaffee in eine Tasse ein.

»Also, was ist dein Plan B?«

»Plan B?«

»Angenommen, Schicksal sabotiert Martina Allens neuen Job nicht? Du wirst nicht einfach im Publikum sitzen und höflich applaudieren, während sie Raums langfristige Zukunft rettet und deine Inselpläne zerschießt.«

Helen tupfte sich die Lippen vorsichtig mit einer gestärkten Serviette ab. »Wie gesagt, Martina Allen ist tabu, für mich jedenfalls. Ich werde ihr nicht die Beförderung verwehren, die sie verdient.«

Lou nahm ebenfalls eine Scheibe Toast und biss hinein, vor allem, um nicht auszusprechen, was ihr an Helen keine Ruhe ließ. Helen hatte eine Grenze gezogen, was Martina Allen betraf, doch in ihrem Job deckte sie ständig Männer, die weit weniger privilegierte Frauen zum Opfer gemacht hatten – und rechtfertigte das, indem sie den Frauen heimlich eine Entschädigung zahlte, ihnen Häuser kaufte oder deren Arztrechnungen übernahm.

»Also lehnen wir uns einfach zurück und lassen Elmsley seinen IPO retten. Und schon ist der Quatsch von wegen ›die Strukturen zerstören‹ vergessen. Wir wollen ja auf keinen Fall die reiche weiße Dame verärgern.«

Ein Anflug von Zorn huschte über Helens Gesicht, und einen Moment lang vermutete Lou, sie würden sich gleich wieder streiten. Stattdessen senkte Helen ihre Stimme. »Ohne das Eingreifen unserer mysteriösen Freundin gibt es nichts, was wir beide tun könnten, um die heutige Verkündung aufzuhalten. Aber vielleicht könnte sich Martina Allen überzeugen lassen, ihren Einstieg um ein paar Wochen zu verschieben, wenn es zu einer Art familiärer Krise kommen sollte. Das würde ihr mehr Zeit verschaffen, sich zu überlegen, ob Raum wirklich der beste nächste Schritt für sie ist.«

»Eine familiäre Krise?« Lou war bekannt, dass Martina Allen keine Kinder hatte. »Du meinst ihren Ehemann?« Thomas Milton Calder hatte vermutlich jede Menge Leichen im Keller. Lou erinnerte sich, was Helen über Alex Wu gesagt hatte – dass es ihr Job sei, zu wissen, auf welchen Scheiß mächtige Männer standen.

Helen schluckte ein Stückchen Toast hinunter. »Ja. Ich müsste nur ein paar Details klären, um seine Frau nicht zu beschämen. Wenn du nach der Pressekonferenz in Raums Datenbank nach Hinweisen auf Schicksal suchst, könnte ich ein wenig bei dem zukünftigen Gouverneur Calder graben. Was hältst du davon?«

Lou hielt das für eine hervorragende Idee.

»Wunderbar.« Helen blickte auf ihre Uhr. »Wollen wir?«

Sie legten die kurze Strecke zum Raum One zu Fuß zurück, und Helens Hausausweis brachte sie problemlos in die Lobby, in der nur zwei Abende zuvor Lous Karriere implodiert war. Die Cocktailtische und Neonlichter waren weggeräumt, ebenso die bunten Plastiktiere und die Tribüne, auf der Elmsley Chase stand und seine IPO-Hoffnungen in sich zusammenfallen sah. Der einzige Nachhall der Party war der Rest der größtenteils geschmolzenen

Eisskulptur. Der Bereich war mit einem blau-weißen SFPD-Band abgesperrt und wurde von einem uniformierten Polizisten bewacht.

Ansonsten schien alles normal zu verlaufen. Raum-Angestellte in schwarzen T-Shirts und Jeans liefen umher. Einige schauten sie im Vorbeigehen flüchtig an: Lou McCarthy, die alles an Raum hasste, war zurück am Schauplatz ihrer letzten beruflichen Erniedrigung.

»Alles okay?« Helen schien aufrichtig besorgt zu sein – war Lous Unbehagen so offensichtlich? »Vielleicht hätten wir den Nebeneingang nehmen sollen.«

»Mir geht's gut«, murmelte Lou.

Sie fuhren mit dem Fahrstuhl in den ersten Stock, wo ein gläserner Konferenzraum, größer als die gesamte *Herald*-Redaktion, bereits halb besetzt mit Reportern sämtlicher nationaler und lokaler Medien war, dazu gut ein Dutzend wohlgesinnter Tech-Blogger, die auf identischen MacBooks vor sich hin tippten.

»Scheiße.« Lou hatte Tommy Paphitis zwischen den Bloggern entdeckt. Genau in diesem Moment schaute er auf, und ihre Blicke begegneten sich. Er runzelte verwirrt die Stirn, doch dann schien er sich darüber zu freuen, seine ehemalige Kollegin zu sehen. Er winkte ihr und begann, zu Lous Schrecken, auf sie zuzugehen.

Scheiße, Scheiße, Scheiße. Wie sollte Lou bloß erklären, warum sie hier war und auf gute Freundin mit einer Krisenmanagerin des Unternehmens machte? Das Letzte, was sie gebrauchen konnte, war, dass Tommy jedem beim *Herald* erzählte, dass sie jetzt für Raum arbeitete.

Dann Erleichterung – Tommy war nur zwei Schritte weit gekommen, als sich ihm ein Wachmann in den Weg stellte. Lou beobachtete, wie Tommy in ihre Richtung deutete, der Wachmann aber entschieden den Kopf schüttelte. Enttäuscht kehrte Tommy an seinen Platz zurück.

»Sichere uns da hinten einen Platz.« Helen zeigte auf eine Gruppe getrennt stehender Plastikstühle. »Ich muss Elmsley finden und dafür sorgen, dass seine Rede im Prompter ist. Und ihm die Schuhe binden.«

Lou nickte und begab sich zu den Plastikstühlen, während sie den Raum scannte. Ob Schicksal unter diesen Menschen war? Die einzigen Frauen, die sie entdeckte, waren Miquela Rio vom *Wall Street Journal*, eine Tech-Bloggerin von *Forbes* und ein paar von Raums PR-Mitarbeiterinnen, die Lou von der Party bekannt vorkamen. Eine von ihnen sah sie mit einem verdutzten Lächeln an, was Lou sarkastischer erwiderte, als sie es wollte. Wusste Elmsley Chase, dass sie im Gebäude war? Eine erfundene Pressemitteilung zu verschicken, in der sie für ihre Berichterstattung über Alex Wu gelobt wurde, war das Eine, doch wie würde er reagieren, wenn er sie neben der Frau sitzen sah, die er dafür bezahlte, seinen wichtigen Börsengang zu retten? Lou fand einen leeren Stuhl und legte ihr Mobiltelefon auf den Nachbarplatz, um ihn für Helen zu reservieren. Das stellte sich als vorausschauend heraus, denn als Helen zwanzig Minuten später zurückkam, war der Konferenzraum brechend voll. Zu den Journalisten hatten sich ein paar Dutzend Raum-Mitarbeiter gesellt sowie ein paar auf ihren Telefonen herumtippende Anzugträger. Als Letzter erschien Tim Palgrave, der sich in die erste Reihe setzte und auf einem Bagel herumkaute. Lou fragte sich, wo es die gab.

Auffallend war, dass Charlie Brusk nicht anwesend war. Offenbar war nicht einmal die Rekrutierung der berühmtesten Frau im Silicon Valley Grund genug für ihn, seinen Elfenbeinturm in Palo Alto zu verlassen.

Helens Rückkehr signalisierte dem Publikum irgendwie, dass die Hauptveranstaltung gleich beginnen würde. Die Journalisten verstummten, und nur das leise Tippen auf MacBooks störte die Stille. Sekunden später ging eine Glastür auf, und Elmsley Chase betrat strahlend die Bildfläche. Er trug einen dunklen Anzug mit roter Krawatte, und Lou hätte schwören können, dass sein Haar an den Schläfen grau gefärbt war. Zwei Tage zuvor hatte Chase jugendlich gewirkt, sorglos, arrogant – heute war er auf kunstvolle Weise in einen reifen CEO verwandelt worden. Die Raum-Angestellten applaudierten unterwürfig. Die Presse stimmte mit ein – was für eine Schande –, während Chase sich wappnete, die große Verkündigung zu tätigen. Lou scannte noch einmal den Raum. Was hatte sie erwartet? Dass Schicksal mit einem Maschinengewehr hereinstürmte? Dass ein plötzlicher Stromausfall die Pressekonferenz beendete? Nichts davon geschah.

Chase betrat allein die Bühne. Allen war weit und breit nicht zu sehen. Offenbar sollte ihr Auftritt dramatisch vorbereitet werden.

»Immer noch alles gut?« Helen beugte sich zu ihr und flüsterte ihr ins Ohr.

»Alles perfekt«, sagte Lou. »Freue mich, einen solchen Logenplatz bei diesem moralischen Ausverkauf zu haben.« Sie versuchte vergeblich, es wie einen Witz klingen zu lassen.

»Dann harren wir der Dinge, die da kommen«, sagte Helen.

Elmsley Chase nahm seinen Platz am Podest ein und bedankte sich mit einem Nicken für den Applaus. Sein Blick fiel auf die letzte Reihe, und als er Lou entdeckte, sah er noch einmal hin. Dann wandte er den Blick schnell ab, die Spur eines selbstzufriedenen Lächelns auf den Lippen. Helen hatte ihn vorgewarnt.

»Ladies and Gentlemen«, las er vom Teleprompter ab, sein Gesicht jetzt eine Maske der Ernsthaftigkeit. »Danke, dass Sie alle gekommen sind.« Er hielt inne und holte, kunstvoll choreografiert, tief Luft. »Die letzten Tage und Stunden waren für uns alle bei Raum sehr schwer, und ich möchte, dass wir uns einen Moment Zeit nehmen, um meines Freundes Alex Wu zu gedenken, der – wie Sie wissen – vor zwei Tagen verschieden ist.«

Verschieden. War dieser Euphemismus schon jemals so überdehnt worden? *Friedlich verschieden, mit Pusteln übersät und gepfählt von einem zehn Meter großen Phallus aus Eis.*

Lärm brach aus, die Raum-Angestellten und Journalisten klatschten im Gedenken an Alex Wu. Applaus für einen Serienvergewaltiger. Wo blieb bloß Schicksal mit dem Maschinengewehr?

Chase wartete, bis wieder Ruhe eingekehrt war, bevor er seine rührende Rede fortsetzte. »In Augenblicken wie diesen müssen wir innehalten. Als Menschen, als Freunde, und – ja – auch als Anführer. Es sind Augenblicke wie diese, die uns zwingen, über unsere Verantwortung für das Universum nachzudenken.« Chase führte einen Finger an sein Auge und wischte sich eine nicht existente Träne weg. »Dadurch ist mir klar geworden, dass es Zeit für Raum ist, in eine neue Phase einzutreten. Ein Unternehmen wie dieses braucht ein Führungsteam, das die Diversität unserer Nutzer und unserer Angestellten widerspiegelt. Und deshalb habe ich …«

Abermals legte er eine Pause ein, um noch mehr Spannung für seinen Martina-Allen-Coup aufzubauen. Der Saal gehorchte willig – selbst die Journalisten hörten auf zu tippen, alle warteten darauf, zu erfahren, wie er Raums IPO retten wollte. Fünf Sekunden vergingen, zehn. Je länger die Stille andauerte, desto mehr fröstelte Lou. Elmsley Chases Gesicht, vormals rosig, wurde plötzlich weiß. Vor Schreck? Vor Angst? Dies war keine Kunstpause, es war … etwas anderes. Und verhieß nichts Gutes.

Lou schaute instinktiv nach oben, doch dort sah sie nur die abgehängte Decke des Konferenzraums. Sie blickte zu Helen, die ebenso hochgeguckt hatte, als rechnete sie damit, dass ein weiterer Raum-Manager herabstürzen könnte. Fast synchron drehten sie sich anschließend nach hinten, doch dort entdeckten sie nur einen Wall aus Kameras, die alle auf Chase gerichtet waren, der ins Leere starrte.

Nein, nicht ins Leere. Jetzt bemerkte Lou, dass er den Teleprompter im Visier hatte und seine Augen über den Bildschirm huschten.

»Ähhhh.« Chase wandte sich wieder dem Publikum und den Kameras zu. »Es tut mir leid, ich entschuldige mich.« Er schüttelte den Kopf, als würde er in Gedanken seine Rede zurückspulen. »Und deshalb habe ich …« Doch auch diesen Satz beendete er nicht. Leises Murmeln erhob sich im Raum. *Und deshalb haben Sie was?* Hatte Elmsley Chase gerade einen Schlaganfall erlitten?

Mit großer Mühe schien Chase schließlich die Kontrolle über sich zurückzugewinnen. »Und deshalb werde ich in den nächsten Tagen verkünden, wer Alex Wu ersetzen wird … sehr bald. Vielen Dank.« Und mit dieser Tautologie und einem letzten verwirrten Blick auf den Teleprompter trat er eilig von der Bühne ab.

»Was zur Hölle war das?«, raunte Lou Helen zu.

»Keine Ahnung«, flüsterte Helen. Dann griff sie mit der einen Hand nach ihrer Handtasche, packte mit der anderen Lous Unterarm und lief dem sich zurückziehenden CEO hinterher.

55 %

»DREI ARMENISCHE CALLGIRLS und eine Riesenpackung Toblerone? Das kann nicht Ihr Ernst sein!«

In einem unterirdischen Besprechungsraum, zwei Stockwerke unterhalb der Lobby des Raum One, marschierte Helen Tyler um einen großen Tisch herum und wedelte mit den Armen, eine Pantomime der Verzweiflung.

Doch Elmsley Chase, so versicherte er ihnen, war es absolut ernst, so ernst wie Hodenkrebs. »*Politico* hat Fotos. Und Videos. Die haben eine verdammte Slideshow gebracht.« Chase knallte seine Handflächen auf den Tisch, dass die Milchglaswände nur so wackelten. »Ich dachte, Sie hätten sie überprüft.«

Helen blieb stehen und fuhr zu ihm herum. »O nein, das dachten Sie ganz sicher nicht. Was passiert ist, *Elmsley*, ist, dass ich vorgeschlagen habe, es wäre vielleicht eine gute Idee, Ihre spektakuläre neue Führungskraft zu durchleuchten, bevor Sie ihr sechs Milliarden Dollar zahlen, damit sie Ihren IPO rettet.« Pause. »Und Sie sagten … ich zitiere … ›Martina *fucking* Allen muss man nicht überprüfen‹.«

Chase wollte etwas erwidern, doch Helen war noch nicht fertig. »Und was habe ich daraufhin gesagt?« Es war eine rhetorische Frage. »Ich sagte: ›Sie mag vielleicht Miss Blütenweißes Feministisches Wunderkind sein, aber ihr Ehemann ist ein verdammter Politiker. Was wir nicht brauchen, ist …‹, und ich zitiere erneut« – sie schrie ihn jetzt regelrecht an –, »›DASS IRGENDEINE EDELNUTTE UM DIE ECKE KOMMT UND WIR DEN NÄCHSTEN SEXSKANDAL AN DER BACKE HABEN!‹«

Wieder versuchte Chase zu reagieren, und wieder hielt sie mit einer Attacke dagegen. »DREI ARMENISCHE CALLGIRLS UND EINE BESCHISSENE RIESEN-TOBLERONE!«

Lou saß am anderen Ende des Tischs und hörte gebannt und sprachlos zu. Natürlich hatte Helen die Zeit vor Chases Rede dafür genutzt, Zweifel an Allens weißer Weste zu säen. Auf diese Weise konnte sie Elmsley, wurde Calder etwas Schmutziges nachgewiesen, darauf verweisen, dass Helen ihn ja vorgewarnt hätte. Sie hatte nicht damit gerechnet, dass diese Warnung so schnell relevant sein würde.

Schicksal musste dahinterstecken. Sie hatte Martina Allens neuen Job sabotiert, indem sie ihren untreuen Ehemann ins Visier nahm – ziemlich exakt so, wie Lou und Helen es im Four Seasons vorausgesagt hatten. *Hatte Schicksal ihre Unterhaltung mit angehört und entschieden, es selbst in die Hand zu nehmen?*

Lou merkte plötzlich, dass Elmsley Chase mit dem Finger auf sie zeigte. »Erklären Sie mir noch mal, warum zur Hölle eine Journalistin bei uns im Raum sitzt?«

Helen holte tief Luft und zwang ihre Lippen zu einem Lächeln, dann sagte sie wie zu einem Kind: »Elmsley. Das hatte ich schon erklärt. Lou arbeitet nicht mehr für den *Herald.* Sie hat sich freundlicherweise bereit erklärt, uns zu helfen – das heißt, Ihnen zu helfen –, um herauszufinden, was Alex Wu dazu verleitet hat, vor zwei Tagen über diese Brüstung zu springen. Ich dachte, Sie würden sich über ihre Hilfe freuen?«

»Hat sie eine Verschwiegenheitserklärung unterzeichnet?«

»Wäre sie sonst hier?«

Chase verzog mürrisch das Gesicht und wandte sich an Lou. »Also, können *Sie* mir sagen, wie eine Kopie von *Politicos* Titelseite – komplett mit Fotos von Thomas Milton Calder und drei armenischen Huren – auf meinem Teleprompter-Bildschirm gelandet ist?«

Lou blieb es erspart, diese durchgeknallte Frage beantworten zu müssen, weil plötzlich lautstark die Tür aufgestoßen wurde und ein riesiger Mann – der Körpergröße und dem Leibesumfang nach – in den Raum stürmte. Er war kahlköpfig mit einem schwarzen Kinnbart und trug ein weites T-Shirt und eine tief sitzende Jeans. In der einen Hand hielt er einen schwarzen Laptop, in der anderen eine gewaltige Dose Rockstar Energy Drink, und er schnaufte und schwitzte, als hätte er gerade einen Marathon hinter sich gebracht.

»Die sind nicht auf *Politico*, Boss.«

Damit meinte er nicht Chase, sondern Helen. Lou verkniff sich, nach Luft zu schnappen, denn sie kannte den Mann, der gerade hereingeplatzt war: Es war der legendäre Tenrick Wheeler. Alex Wus Mitbewohner und späterer Geschäftspartner – und der Mit-Erschaffer von Raums Algorithmus. Helen Tylers »Recherche-Typ« war niemand Geringeres als *Ten Wheeler*? Lou wusste, dass Wheeler nach der Übernahme einen Job bei Raum angenommen hatte, doch sie hatte gedacht, dass er entweder längst wieder weg war oder sich in irgendein Labor gesperrt hatte, wo er neue und innovative Möglichkeiten erfand, die Raum-User zu tracken und ihnen den letzten Rest ihrer Privatsphäre zu nehmen. Einer der fähigsten Softwareentwickler der Welt arbeitete jetzt für Helen Tylers Verleumdungsmaschine? Gab es überhaupt etwas, das dieses Unternehmen nicht kaputtmachen konnte?

»Schön, dass du da bist, Ten.« Helen sprach mit Wheeler in einem Tonfall, der vertraut wirkte, fast schon mütterlich. »Und jetzt sag doch mal, wovon du verdammt noch mal redest.«

»Die schmutzigen Fotos. Das Sex-Tape. Die sind nicht auf *Politico*. Die Seite, die auf Elmsleys Prompter war – die war nicht echt. Also, sie war schon echt, ich meine, es gibt sie irgendwo – aber sie kam nicht von *Politico*.«

Chase hielt sein Telefon hoch, auf dem im Hochformat ein verpixelter Thomas-Milton-Calder-Porno zu sehen war. Lou zuckte zusammen, als sie bemerkte, was sogar in Thumbnail-Größe unverkennbar ein halb ausgepackter Riegel Schweizer Schokolade war. »Ich habe ihn hier vor mir.«

»Du schon, aber niemand sonst«, sagte Ten entschieden. »Die Seite ist nur vorgetäuscht, nur sichtbar auf Geräten mit einer Raum-One-IP-Adresse. Als ich Politico.com über ein VPN aufgerufen habe, hat es mir das hier gezeigt.« Wheeler klappte seinen Laptop auf und drehte ihn so, dass eine ganz andere Startseite zu sehen war, mit einer Hauptschlagzeile über subventionierten Mais. »Jemand hat unseren DNS-Server gehackt und die Domain auf eine Fake-Seite umgeleitet, die irgendwo in der Ukraine gehostet wird. Ich nehme an, das war dieselbe Person, die deinen Prompter gehackt hat, und, der IP-Adresse nach, auch dieselbe Person, die die Gästeliste für die Party vor zwei Tagen verändert hat.«

»Ja, verdammt«, sagte Elmsley und ließ ungläubig den Kopf in den Nacken kippen. »Es gibt gar kein Sex-Tape?«

»Oh, das Sex-Tape existiert definitiv«, sagte Wheeler, sichtlich erfreut. »Das ist Calder mit den Callgirls, kein Zweifel. Ich habe die Metadaten der Fotos mit Calders Raum-Band-Daten abgeglichen. Er war ganz klar gestern Nacht in Zimmer 681 des Redwood Hotels in Palo Alto, und bei ihm waren ...« Er unterbrach sich und wechselte zu einem anderen Tab auf seinem Laptop. »... Martika, Milena und Becky.«

»Becky?«, fragte Elmsley.

Ten zuckte mit den Achseln. »Beckys gibt es auch in Armenien.«

Lou war Becky völlig egal. Sie interessierte sich viel mehr für etwas anderes, was Ten gesagt hatte. »Das war im Redwood?« Sie sah Helen an, und diese fand die Enthüllung offenbar genauso aufregend wie sie. Keine Frage, wohin sie beide gehen würden, sobald das Meeting beendet war.

Ten hielt inne und schaute Helen an, sichtlich verwirrt.

»Das ist Lou McCarthy«, sagte Helen. »Sie arbeitet mit mir zusammen.«

Jetzt hellte sich Wheelers Miene auf. »Lou McCarthy! Ich wusste nicht … also … der Kontext. *Shit.* Ich bin ein riesiger Fan.« Im harten Licht des Besprechungsraums sah es aus, als würde er erröten. »Wie Sie Tyrus Weber fertiggemacht haben, das war irre … Was für ein Penner.« Wie sollte sie darauf antworten? *Danke schön! Tut mir echt leid, dass meine letzte Geschichte Ihren Kumpel Alex Wu dazu gebracht hat, über ein Geländer zu springen?*

Wheelers Begeisterung trug nur wenig dazu bei, Elmsleys Laune zu verbessern. »Also hat niemand diese Story. Das ist bloß ein weiterer Versuch, meinen Scheiß-IPO zu sabotieren?«

Es war beeindruckend, wie schnell Elmsley sich selbst – nicht Calder oder Allen – als Hauptopfer des Ganzen hingestellt hatte. Er hatte Lou nicht nach ihrer Meinung gefragt, doch sie trug sie trotzdem vor. »Wenn jemand Sie bloßstellen wollte, hätte er Sie die Verkündung durchziehen und Sie dann auf einer leeren Bühne stehen lassen können. Oder ein paar Stunden warten und dann die Fotos wirklich der Presse zuspielen. Dann hätte Martina Allen zurücktreten müssen – niemals hätte sie einen so exponierten Job übernehmen können, wenn gleichzeitig ihre Ehe in der Presse zerpflückt wird. Wer auch immer das getan hat, will nicht, dass es an die Öffentlichkeit kommt.« Lou wandte sich an Tenrick. »Ich nehme an, Martina Allen wurde die gefälschte Webseite ebenfalls zugeschickt?«

Er nickte. »So schnell, wie sie das Gebäude verlassen hat, ja.« Dann wurde ihm klar, was das bedeutete: »*Shit*, stellt euch vor, sie macht ihrem Göttergatten eine Szene, und dann können sie den Artikel nicht finden!«

Jetzt mischte sich Helen ein. »Es spielt keine Rolle. Sie wissen beide, dass es echt ist. Die Frau weiß das immer.«

»Unmöglich, dass er jetzt noch als Gouverneur kandidiert«,

fügte Lou hinzu. »Und niemand wird wissen, wie und warum Calder vom *Master of the Universe* über Nacht zum größten Loser der Welt geworden ist.«

Wieder knallte Chase seine Handflächen auf den gläsernen Tisch. »Super, also schleicht Calder sich davon, seine Frau bleibt bei Hopsearch, und ich habe immer noch keinen beschissenen CTO, was bedeutet, dass wir immer noch am Arsch sind.« Jetzt richtete sich sein Zorn gegen Tenrick Wheeler. »Ich will wissen, wer dahintersteckt. Und ich will es *gestern* wissen.«

Wheeler nickte und schnaufte Richtung Tür, wobei er Lou anlächelte. »Hat mich sehr gefreut, Sie kennenzulernen«, sagte er. Dann drehte er sich noch einmal um und schob die Worte hinterher, die Lous Woche nicht mehr nur bizarr, sondern vollkommen wahnwitzig sein ließen: »Ach, und sagen Sie Ihrer Mutter, dass sie auch richtig krass ist. Diese Dreckschweine haben's verdient.«

Dann war er verschwunden, noch bevor Lou ihn fragen konnte, wovon zur Hölle er da geredet hatte.

Lou raste hinter Tenrick Wheeler her, gerade noch rechtzeitig, um ihn durch eine Tür am Ende des Flurs verschwinden zu sehen. Sie folgte ihm und hatte augenblicklich das Gefühl, eine andere Dimension betreten zu haben, oder zumindest den Lagerraum eines kleineren Elektronikgeschäfts. Computer belegten jede verfügbare Oberfläche, jeder einzelne in einem anderen Stadium der Autopsie. Auf dem Fußboden bildeten Stapel von Büchern und Zeitschriften ein kniehohes Labyrinth, an dessen Ende die Nachbildung der Telefonzelle aus den *Bill & Ted*-Filmen stand. An der Wand hing schief ein gerahmtes Foto von Wheeler, Arm in Arm mit Steve Wozniak. Lou war beeindruckt, wie viel gelebtes Chaos er in diesem Gebäude zustande gebracht hatte, das erst einen Monat zuvor fertiggestellt worden war.

»Hey? Tenrick ...«

Wheeler drehte sich zu ihr um, sichtlich erschrocken, dass jemand seinen heiligen Rückzugsort betreten hatte.

»Ah, äh … hallo.«

»Wieso haben Sie gerade gesagt, dass meine Mutter *richtig krass* sei?«

Wheeler legte die Stirn in Falten. »Oh, Scheiße, Sie haben das Video noch nicht gesehen?«

Fünfundvierzig Sekunden später hatte Lou das Video gesehen. Tenrick hatte seinen Laptop an einen der drei Monitore auf seinem Schreibtisch angeschlossen (nachdem er zunächst eine Sammlung leerer Rockstar-Dosen und ein Plüschkänguru zur Seite geräumt hatte) und das verwackelte Handyvideo geöffnet: ein blasser junger Mann – eigentlich noch ein Junge –, der schluchzend eine Wurzelbürste in den Händen hält und verzweifelt ein rotes Graffiti von einem staubig-weißen Garagentor entfernt. Lou drehte sich der Magen um, als sie das Tor erkannte und unter den Borsten und dem Bleichmittel die Buchstaben OTZE las. Die Kamera zoomte heraus und zeigte zwei weitere Gestalten: Die erste war zweifelsfrei Lous Mutter, die dem nahezu versteinerten Halbwüchsigen Befehle zurief, und die zweite deren beste Freundin, Carol, die ein paar Meter entfernt stand und eine Schrotflinte hielt. Das durfte nicht wahr sein.

Die Schlagzeile über dem Video – das ursprünglich auf Reddit gepostet worden war, aber inzwischen die Runde auf Social Media gemacht hatte – lautete: *Krasse Bürgerwehr-Lesben entführen Graffiti-Kid, zwingen es, ihr Tor zu putzen.*

Noch schlimmer wurde alles, als Ten zu den Kommentaren scrollte. Als Lou sie las, löste sich jeder Gedanke an Martina Allen und Schicksal so vollständig in Luft auf, als hätte es sie nie gegeben. Übrig blieb ein Gefühl blanker Panik und die absolute Gewissheit, dass sie, was auch immer die Kosten und die Konsequenzen sein mochten, auf der Stelle nach Atlanta fliegen musste.

56 %

DIE KOMMENTARE WAREN böse. Jedes Mal, wenn Schicksal weiterscrollte, erschienen fünfzig neue, ein endloser Feed aus blutrünstigen Racheschwüren gegen zwei Frauen, die es einem von Pétains Trollen mit gleicher Münze heimgezahlt hatten. Hässlich, brutal, bedrohlich, aber vor allem eines: öde.

Mal sehen, wie tapfer die beiden Lesben sind, wenn die echten Männer kommen.
Ihre Schrotflinte vs meine AK = keine Chance.
Die Schlampen müssen sterben.
Fuck yeah, bro. Ich bin dabei, wenn's Action gibt.

Was ihnen an Kreativität fehlte, machten sie durch Effizienz wieder wett. Pétain hatte seine erneute rote Kennzeichnung erst eine Stunde zuvor verhängt, und seine Unterstützer hatten keine zehn Minuten gebraucht, um das Frauenhaus ausfindig zu machen, in dem Kerri-Ann McCarthy arbeitete. Kurz darauf hatte ein russischer Jugendlicher eine Abbildung von Carol Brooks offiziellem Gefängnis-Dienstausweis gefunden und sie als Justizvollzugsbeamte der Strafanstalt Atlanta identifiziert.

Schicksal scrollte weiter. Zwanzig neue Kommentare. Fünfzig. Sie waren bereits in Kerri-Anns Bankkonten eingestiegen, in ihre Steuerbescheide, ihre Krankenakte – sie durchwühlten ihr Leben, legten ihre Vergangenheit frei. Es würde nicht mehr lange dauern, bis sie ihren Scheidungsantrag finden würden, der noch immer unter Verschluss war und lauter Lügen ihres Ex-Mannes enthielt. Dann würde der Mob wieder vor Kerri-Anns Haus auftauchen, diesmal mit Waffen, die deutlich tödlicher waren als Sprühdosen.

Schicksal flüsterte leise *Scheiße*. Das war nicht ihr Plan gewesen. Lous Mutter hatte bloß eine kleine Nebenrolle in diesem Stück übernehmen sollen.

Helens Presseerklärung hatte genau die erwartete Wirkung gezeigt; der Mob hatte Lou und ihre Familie in Ruhe gelassen, und das einzige Opfer war ein verwüstetes Garagentor. Alles, was Kerri-Ann McCarthy hätte tun müssen, war, ihre eigene verdammte Tür selbst zu reinigen, zur Arbeit zu fahren, ihr Leben weiterzuleben. Alles, was Lou McCarthy tun musste, war, in San Francisco zu bleiben, und dann wäre alles gut gewesen.

Doch Carol Brook war eine tickende Zeitbombe. Sie hatte ihren Zugang zu Polizeidatenbanken – brillant, das musste Schicksal zugeben – dazu eingesetzt, um einen dieser Hohlköpfe zu finden, der die einzige Tochter ihrer Freundin eine »Schlampefotze« genannt hatte. Die beiden Frauen waren bei seiner Arbeitsstelle aufgekreuzt – einem Best Buy in Decatur –, hatten ihn in ihr Auto beordert und ihn mit vorgehaltener Waffe gezwungen, öffentlich Buße zu tun. *Natürlich* hatte Carol das getan. Rückblickend hätte alles, was Schicksal über sie und ihre Beziehung zu Kerri-Ann und Lou wusste, sie auf dieses Ergebnis vorbereiten müssen.

Am anderen Ende des Schreibtischs verkündete eines von Schicksals Telefonen mit einem vertrauten, personalisierten Ton das Eintreffen einer Chat-Nachricht: *Hast du das gesehen?* Sie wusste, was mit »das« gemeint war, ohne den Link zu öffnen. Die ganze Welt leitete ihr gerade dieses verdammte Video von Kerri-Ann und Carol weiter.

Sie fing an, eine Antwort zu tippen, doch dann unterbrach sie sich. Sie musste jetzt durchatmen. Sich anders aufstellen. Alles neu durchrechnen. Sie hatte zu schnell zu viele spontane Entscheidungen getroffen, und jetzt drohte die Lage ernstlich aus den Fugen zu geraten.

Lou McCarthy zur Party im Raum One einzuladen, war ein wenig kopflos gewesen, doch das Wagnis hatte sich ausgezahlt. Martina Allens neuen Job bei Raum zu sabotieren, war mit enormen persönlichen Risiken verbunden gewesen, war viel zu nah an sie herangekommen – doch auch das hatte funktioniert, und Schicksal hatte sich eingeredet, dass sie noch immer die Kontrolle hatte. Aber sie hatte das Wesentliche aus den Augen verloren – und diese Unkonzentriertheit hatte das Leben zweier unschuldiger Frauen in Gefahr gebracht. Wahrscheinlich sogar mehr als zwei Leben, es sei denn, sie machte den Schaden schnell wieder gut.

Schicksal lehnte sich auf ihrem Aeron-Bürostuhl zurück, holte tief Luft und schloss die Augen. Als sie sie wieder aufmachte, blickte sie auf die Reihe von Fotos, die über ihrem Monitor an die Wand geheftet waren und von denen drei bereits in der oberen rechten Ecke eine kleine Kerbe aufwiesen.

Sie hatte Jahre darauf verwandt, diese Arschlöcher genauestens zu studieren, hatte ihre Karrieren verfolgt, sich ihre Angewohnheiten eingeprägt, sie kannte nicht nur ihre Achillesfersen, sondern auch ihre Achillesknie und -ellbogen und -ohren und, vor allem, ihre Achillesschwänze. Jeder ekelhafte Dominostein war perfekt positioniert worden, um dann zu fallen, wenn sie es wollte. Und sie waren gefallen.

Die Ironie des Ganzen war so simpel wie bitter. Die Männer hatten sich genau so verhalten wie vorhergesagt, doch es waren die Frauen – die Akteurinnen im Hintergrund, über die Schicksal kaum nachgedacht hatte –, die sich als unendlich komplex herausgestellt hatten und als grenzenlos frustrierend.

Schicksal konzentrierte sich wieder auf ihren Computerbildschirm. Daran war sie ganz allein schuld.

Sie war es, die Kerri-Ann McCarthys und Carol Brooks Verhalten als selbstverständlich vorausgesetzt hatte, die ihnen selbstbestimmtes Handeln abgesprochen hatte und sie – das war die größte Ironie von allen – unterschätzt hatte, genau wie Schicksal selbst von jedem Mann unterschätzt worden war, der ihr je begegnet war.

Wie zur Bestätigung blinkte eine Meldung auf Schicksals Bildschirm auf. Eine Benachrichtigung von Helen Tylers Kreditkartenunternehmen, dass ihre Amex-Karte gerade benutzt worden war, um für Louise Bryce McCarthy einen Platz im 15:45-Uhr-Flug von SFO nach Atlanta zu buchen. Schicksal atmete langsam aus – wieder so eine Nachricht mit weiteren ungewollten Konsequenzen. Nach einem Klick mit der Maus öffnete sich eine Stadtkarte mit einem blinkenden Punkt, der es ihr bestätigte: Lou saß bereits in einem Taxi Richtung Flughafen. Geschätzte Ankunftszeit: in fünfunddreißig Minuten.

Fuck.

Was sollte sie jetzt tun? Den Abflug verhindern? Eine Bombenwarnung ausrufen? Das Ticket stornieren und Helens Kreditkarte sperren? Sie bemühte sich, diese und ein Dutzend weitere mögliche Reaktionen im Kopf durchzuspielen. Al Capone war wegen banalen Steuerbetrugs in den Knast gewandert – Schicksal hatte ganz sicher nicht vor, alles, was sie sich erarbeitet hatte, mit einer falschen Bombenwarnung am Flughafen aufs Spiel zu setzen.

Sie trommelte mit den Fingerspitzen auf der Maus. Hatte sie nicht genau das schon getan? Hatte sie nicht die Arbeit von zehn Jahren riskiert und ihre Chance, ein Loch ins Universum zu reißen, weil sie eine Gang wütender kleiner Jungs dazu gebracht hatte, ein beschissenes Garagentor anzusprühen, ohne alle denkbaren Konsequenzen durchzuspielen?

Schicksal sah zu, wie der Punkt sich blinkend durch Potrero Richtung I-280 bewegte. Wie zur Hölle hält man eine Tochter davon ab, quer durchs Land zu fliegen, um ihre Mutter zu beschützen und die Frau, die sie mit großgezogen hat?

Als ihr die allzu offensichtliche Antwort darauf kam – ganze zwei Minuten später, als Lous blinkender Punkt bereits über den Freeway düste –, lachte sie laut auf. Wenn man so klug ist wie Schicksal, tut es manchmal ganz gut, daran erinnert zu werden, was für ein Vollidiot man doch ist.

57 %

»LOU, HÖRST DU mich?«

Die Stimme ihrer Mutter am anderen Ende der Leitung klang atemlos, was angesichts ihrer Lage wenig überraschte.

»Verdammt, ich versuch schon die ganze Zeit, dich zu erreichen. Was zur Hölle habt ihr beiden euch gedacht?« Sie hatte nicht schreien wollen. Dies war ziemlich sicher Carols Schuld, nicht die ihrer Mutter. Außerdem musste ihre Mutter die Ruhe bewahren, damit sie nicht noch was Verrücktes anstellte.

Am anderen Ende der Leitung herrschte Schweigen, auch wenn Lou sie noch immer atmen hörte, und etwas, das wie Motorengeräusch klang. Dann: »Du gibst jetzt nicht wirklich uns die Schuld daran?«

Lou sah durch das Fenster des Taxis, wie die Namen der Airlines über den Terminaleingängen langsam vorbeizogen. Es ging nur schleppend voran, weil alle paar Meter ein vRaum-Wagen illegal in zweiter Reihe parkte. Es war besser, ein Bußgeld von der Flughafenpolizei zu riskieren, als eine katastrophale 4,5-Sterne-Bewertung, weil die Fahrgäste ein paar Schritte weiter zum Terminal laufen mussten.

»Das ist alles nicht deine Schuld, Mom …« *Wer ist so blöd, mit einer Schrotflinte in einen Best Buy zu spazieren und einen Teenager zu entführen?* »Ich bin einfach froh, deine Stimme zu hören. Wo bist du?« Streiten konnten sie sich in Atlanta.

»Wir sind auf dem Weg zum Flughafen.«

Die Verbindung war schlecht, wie immer in der Nähe des SFO, dank der Anti-Drohnen-Störsender, und Lou nahm an, sie habe sich verhört. Sie selbst war doch diejenige, die auf dem Weg zum Flughafen war. »Sag's noch mal, Mom! Wo seid ihr gerade?«

»Ich habe Carol zu verstehen gegeben, dass wir nicht fahren sollten, aber sie meinte, dass man ja nicht jeden Tag von einem Milliardär First Class irgendwohin geflogen wird. Wir hatten nicht mal Zeit, zu packen.«

Lous Taxi hatte endlich einen Platz zum Halten gefunden, und der Fahrer fing an, am Taxameter zu hantieren. Lou beugte sich zwischen den Sitzen vor. »Moment … lassen Sie es noch laufen, bitte.« Sie ignorierte das Seufzen des Fahrers. »Mom, ich habe nicht verstanden, was du gesagt hast. Wofür packen? Wer fliegt euch wohin?«

»Wir wollten dich überraschen, aber ich dachte mir, du hast erst mal die Nase voll von Überraschungen. Dein Kumpel Elmsley hat uns zwei Tickets nach San Francisco geschickt, wir landen heute Abend. Eine ziemlich bescheuerte Art, sich zu entschuldigen, aber ich denke, er wollte nicht schuld sein, wenn wir umgebracht werden.«

Lou überging das anhaltende Grummeln des Taxifahrers. »Elmsley hat euch Flugtickets nach San Francisco geschickt? Wann denn? Woher wisst ihr, dass sie von ihm sind?« Lou hatte schon gesehen, wie Pétains Follower solche Tricks anwendeten – wie sie ihre Opfer zu Flughäfen oder Bundesministerien lotsten, um dann in ihrem Namen eine Terrordrohung auszusprechen. Es waren schon Leute festgenommen worden und noch schlimmer.

»Ich bin nicht bescheuert, Lou. Er hat seine Assistentin per Video bei uns anrufen lassen – Helga …« Sie sprach nicht weiter, und Lou hörte Carol im Hintergrund rufen. »Helen. Richtig. Australierin, rote Haare, seltsam glatte Stirn. Sie hat uns Zimmer im Four Seasons gebucht und uns ihre persönliche Nummer gegeben, falls wir noch irgendwas brauchen.«

»Helen hat euch per Video angerufen?« Sie hatte Helen übereilt im Raum One zurückgelassen, aber hatte sie sich wirklich so unklar ausgedrückt? Ihre Mutter steckte in Schwierigkeiten, und sie musste unbedingt nach Atlanta. Hatte Helen sie falsch verstanden? War das Ganze eine List, um sie in der Stadt festzuhalten, damit sie weiter nach Schicksal suchen konnten? Beide Möglichkeiten waren besser als die Alternative: dass Pétain ein Deepfake-Video von Helen produziert hatte, um Lous Mutter und Carol dazu zu bringen, sich in den Flieger zu setzen.

Ihre Mutter sprach immer noch – sie redete irgendwas von Abflugzeiten und Anweisungen, die Helen ihr und Carol angeblich gegeben hatte. »Sie hat uns gesagt, ein Typ namens Landon würde uns am Flughafen abholen.«

Lou wägte ihre Optionen ab. Sie hatte sich so sehr bemüht, ihre Mutter von dem gewaltigen Haufen Mist zu bewahren, zu dem ihr Leben und ihre Karriere geworden waren, und das hatte es alles nur noch schlimmer gemacht. Hätte sie ihr ehrlich gesagt, wie gefährlich diese Monster sein konnten, hätten sie sich niemals diesen kleinen Chaoten aus dem Best Buy geschnappt. Noch mehr Lügen, noch mehr Konsequenzen. Wenn sie in San Francisco waren, konnte wenigstens Landon sie beschützen. Und Lou konnte weiter nach Schicksal suchen.

»Klingt gut, Mom. Schreib mir, wenn ihr an Bord geht, okay?« Sie beendete das Telefonat, beugte sich nach vorne und bat den entnervten Fahrer, umzudrehen und sie zurück in die Stadt zu bringen.

Schicksal sah zu, wie Lous Punkt vor dem Eingang des Terminals blinkte. Dann überkam sie eine Welle der Erleichterung, als der Punkt sich in Bewegung setzte und zum Freeway zurückfuhr. Ihre Panikaktion hatte funktioniert. Wenn sie Mohammed daran hindern wollte, zum Berg zu fliegen, musste sie den Berg zu Mohammed fliegen lassen. *Quod erat demonstrandum.*

Auch so würde es Konsequenzen geben – Tausende neuer Variablen, angefangen damit, wenn Lou ins Raum One zurückkehrte und Helen Tyler ihr bestätigte, dass der Videoanruf nicht echt gewesen war. Doch das war gar nichts im Vergleich zu dem Klotz, den Lou fortan am Bein haben würde: Sie würde zwei Frauen mittleren Alters babysitten müssen, von denen eine im Gesetzesvollzug arbeitete und ohne eine Schusswaffe und einen metallenen Baseballschläger nirgendwo hinging. Eine radikal neue Realität, und das ganze vier Tage vor der Stunde null.

Vier Tage, die plötzlich sehr viel länger geworden waren.

Schicksal versuchte, das Positive daran zu sehen. Martina Allen war nicht mehr Teil der Rechnung, zumindest fürs Erste. Und jetzt, da ihre Mutter in der Stadt war und noch immer in Gefahr, würde Lou McCarthy noch motivierter sein, Helen Tyler dabei zu helfen, die Person zu identifizieren, die sich so sehr dafür einsetzte, ihre Bewegungen zu kontrollieren. Sie würde verzweifelt dafür kämpfen. Vielleicht sogar leichtsinnig.

Schicksal erlaubte sich ein Lächeln, als ihr Bildschirm die erste der Neuberechnungen anzeigte. Und Lous Taxi war schon fast wieder am Raum One angekommen.

Das ist gut. Alles ist gut.

Schicksal hatte wieder das Steuer übernommen. Jetzt war es an der Zeit, Geschwindigkeit aufzunehmen, um ins Ziel zu gelangen.

58 %

»LOU! HELEN HAT mir erzählt, Sie fliegen nach Atlanta!« Lou hatte gerade erst das Raum One betreten, als sie im Flur von einem sehr aufgeregten Ten Wheeler abgefangen wurde, der wieder seinen Laptop bei sich trug.

Lou überlegte, ihm alles zu erzählen, was sie auf ihrer Taxifahrt erlebt hatte, doch dann fiel ihr auf, dass sie es nicht konnte. »Meine Mom und ihre Freundin kommen stattdessen hierher«, fasste sie zusammen.

Ten stellte keine weiteren Fragen. »Das hier müssen Sie sich anschauen«, verkündete er und drehte seinen Laptop so, dass sie die verschwommene Aufnahme erkennen konnte, die den gesamten Bildschirm ausfüllte.

Es war eine Videoaufnahme eines auffallend straffen, auffallend gebräunten Hinterns.

»Mein Gott, Ten.« *Das* musste Lou ganz sicher nicht sehen.

Ten drehte den Laptop wieder zu sich und klickte zweimal auf das Trackpad. »Entschuldigung, ich meinte das hier. Im Spiegel.« Er zeigte ihr den Bildschirm erneut, diesmal mit einem nur halb so großen Hintern, sodass ein anderer Teil der Aufnahme zu sehen war: ein Flachbildfernseher, der im verspiegelten Kopfende eines Betts zu sehen war. Lou erkannte vage ein gespiegeltes Redwood-Hotel-Logo und ein wenig Text in Großbuchstaben – die Standardnachricht, mit der neue Gäste im Hotel begrüßt wurden.

»Worauf soll ich hier achten?« Sie hatte keine Zeit für Ratespielchen.

»Okay«, sagte Ten, der nicht imstande war, sich kurzzufassen.

»Wir wissen, dass Calder die Callgirls in der Bar des Redwood getroffen hat, richtig? Dann ist er mit ihnen hoch.«

Lou nickte. »Davon gehe ich aus.«

»Seine Raum-Band-Daten zeigen, dass er nicht die Nacht dort verbracht hat, was Sinn ergibt, weil ja seine Frau in der Stadt ist. Aber eine Sache habe ich nicht verstanden. Wenn er nicht im Hotel übernachtet hat, warum war er dann überhaupt da? Ein Mann wie Calder sucht sich doch nicht so einen öffentlichen Ort aus, nur um da irgendwelche Mädels aufzugabeln?«

Tens Begeisterung für dieses Rätsel war offensichtlich, und jetzt war Lous Interesse geweckt. »Jemand muss ihn dorthin eingeladen haben – zu einem Business-Meeting oder so – und ihm dann die Mädchen vorgestellt haben?«

»Das ist auch Helens Theorie.« Ten hob einen Finger. »Also habe ich die Überwachungsaufnahmen aus der Bar, dem Fahrstuhl und den Fluren überprüft, aber alles war gelöscht.« Er hielt inne, um die Wirkung des jetzt Folgenden zu steigern. »Und das Sex-Video ist aus verschiedenen Perspektiven aufgenommen. Wer immer das getan hat, muss sich richtig Zeit genommen haben, das Ganze vorzubereiten. Die wussten, dass er kommt.«

Die. Schicksal.

»Wissen Sie, wer für die Suite gezahlt hat?«

Jetzt strahlte Ten, und Lou wurde klar, dass das die Pointe war, auf die er hinauswollte. Er drehte den Laptop wieder zu sich und vollführte einen weiteren Zaubertrick auf der Tastatur. »Bereit?«

Lou hatte den Punkt, an dem sie »bereit« war, schon vor Tagen hinter sich gelassen. »Verdammt, Ten, sagen Sie's einfach. Wessen Zimmer war das?«

Noch breiter grinsend als zuvor schob Ten ganz langsam den Bildschirm zu ihr. Das Fernsehbild war jetzt perfekt scharf, und Lou verstand sofort, warum Ten so aufgeregt war.

»Verdammte Scheiße.«

Da stand, in Spiegelschrift, aber überdeutlich, der Name der Person, die Thomas Calder in die Falle gelockt zu haben schien:

Willkommen im Redwood, Palo Alto, Miss Louise McCarthy.

Lou war sprachlos. »Das habe ich nicht … ich war das nicht.«

Ten verdrehte die Augen. »Eine Suite im Redwood kostet zweitausend die Nacht, und Sie haben sich gerade Helens Kreditkarte geliehen, um bei Frontier ein Touristenticket zu buchen. *Offensichtlich* haben Sie das Zimmer nicht gebucht. Das macht es ja so cool.«

»Cool? Mein Name ist in Thomas Calders Sex-Tape zu sehen.« Das war die Definition von *nicht cool.*

»Dann eben technisch beeindruckend«, sagte Ten. »Wer auch immer Calder reingelegt hat, wusste, dass Raum Martina Allen einstellen wollte, und hat es geschafft, ihren Mann ins Redwood zu locken und ihn da drei Callgirls vögeln zu lassen, vor laufender Kamera. Das allein ist schon *Social Engineering* auf allerhöchstem Niveau. Und dann haben sie Bilder aus dem Video genommen und diese komplett gefälschte *Politico*-Seite aufgesetzt und sie auf den durch Air Gap geschützten Teleprompter geladen, um Elmsleys PK zu zerschießen. Das ist schon irre, müssen Sie zugeben. Und dann weiß diese Person auch noch, dass Sie und Helen versuchen würden herauszubekommen, wer für dieses Zimmer bezahlt hat … Also lässt sie Ihren Namen auf dem Fernseher laufen, nur um Sie zu ärgern. Kommen Sie. Das ist schon olympiareifes Trollen.«

Lou fand es nicht olympiareif; sie fand es Furcht einflößend. Die Einladung ins Raum One, der Schubser in Richtung Notaufnahme und Amelia Christians Haus, die gefälschte Textnachricht von Brusk, das Flugticket für ihre Mutter – und jetzt das. Das war kein Trollen. Schicksal prahlte damit, zu was sie in der Lage war – wollte Lou zeigen, dass sie nicht mehr war als eine Schachfigur, die sie nach Belieben verschieben konnte.

Also gut. Es war an der Zeit, die Sache ein für alle Mal zu klären. Diese Schicksal zu treffen und sich anzuhören, was sie zu sagen hatte. Danach würde Lou sich bereit erklären, ihr zu helfen, oder ihr zu verstehen geben, dass sie Lou und ihre Mutter verdammt noch mal in Ruhe lassen sollte.

»Wo ist Helen?«, rief sie, bereits auf halbem Weg zum Fahrstuhl.

»Trifft sich oben mit Elmsley«, rief Ten ihr nach. »Ziemlich deutliche ›Bitte nicht stören‹-Vibes.«

Auch das war kein Problem.

Trotz Helens Theorie, dass Schicksal ihnen beiden eine Botschaft senden wollte, hatte nur ein einziger Name auf diesem Fernseher gestanden. Schicksal hatte allein Lou diese Einladung geschickt – und jetzt würde Lou sie annehmen. Allein.

59 %

ETWAS MEHR ALS eine Stunde später, nach einem Boxenstopp im Four Seasons, um zu duschen und sich umzuziehen, traf Lou im Redwood Hotel ein. Durch den aufwendig verzierten Bogeneingang betrat sie die verschwenderisch weitläufige Lobby. Sofort traf sie ein Schwall mit künstlichem Rosenduft aromatisierter Luft.

Das Redwood lag im Zentrum der Sand Hill Road, doch architektonisch hätte es besser auf den Las Vegas Strip gepasst: pseudogriechische Säulen, schillernde Golddecken und geschwungene Marmortreppen mit dickem rotem Teppichbesatz, der die Ränder der Stufen frei ließ. Das Herzstück der Lobby war ein gewaltiger Kristallkronleuchter, der über einem Brunnen hing, welcher leise sprudelnd in eine flache Bronzeschüssel lief. Die Gesamtwirkung war die von abstoßender Opulenz, als sei all das überflüssige Geld, das von den Risikokapitalgesellschaften am Sand Hill ausströmte, den Hang hinabgelaufen und habe sich hier in diesem Hotel gesammelt, wo es nirgendwo hinfließen konnte außer in die Einrichtung.

Lou lief entschlossen über den Fußboden aus Carrara-Marmor, auch wenn es eher ein Taumeln als ein Laufen war, dank der Zehn-Zentimeter-Absätze an ihren Füßen, die nur durch einen schmalen Streifen Samt und eine winzige goldene Brosche gehalten wurden.

Sie kam an der verspiegelten Rezeption vorbei und sah dort ihr eigenes Spiegelbild. Die Schuhe, das Make-up und das smaragdgrüne Diane-von-Fürstenberg-Wickelkleid – das einzige Kleidungsstück in Helens Schrank, das ihr auch nur ansatzweise passte – ließen sie aussehen wie ein Kind, das sich verkleidet hatte.

Dies war die Ironie des Redwood Hotels. Nur indem sie sich anzog, um herauszustechen, konnte Lou darauf hoffen, nicht groß aufzufallen. Ihr einziger Plan bestand darin, direkt zur Bar in der Lobby zu marschieren und ein Getränk zu bestellen. Schicksal hatte alles dafür getan, um einen großen Neonpfeil auf das Hotel zu richten, also würde es vermutlich nicht lange dauern, bis sie sich zeigte.

Lous Herz pochte in ihrer Brust, als sie noch einen letzten prüfenden Blick in einen Spiegel warf, diesmal im glitzernden Eingang zur Bar. Selbst ihre eigene Mutter hätte sie nicht erkannt.

Der Gedanke an ihre Mutter ließ sie ihr Tempo verschärfen. Ihr lief die Zeit davon. Gott allein wusste, wie sie all das Kerri-Ann oder Carol erklären sollte. Nach einigem guten Zureden hatte der Mitarbeiter an der Rezeption des Four Seasons ihr bestätigt, dass jemand ein Zimmer für die beiden Frauen in der Etage direkt unterhalb von Helens Apartment gebucht hatte. Noch so ein Beispiel von olympiareifem Trollen durch Schicksal.

Lou hatte die Reservierung storniert und Landon gebeten, eine Alternative zu buchen, bar bezahlt, und Kerri-Ann und Carol sicher vom Flughafen dorthin zu bringen.

Lou öffnete die samtene Clutch, die sie in Helens Kommode gefunden hatte, und faltete die Bilder von Beckys und Milenas Gesichtern auf, die sie Ten aus dem Video hatte ausdrucken lassen. Sie hatte auch ein Foto von Martika mitnehmen wollen, doch die einzige Einstellung, in der ihr Gesicht zu sehen war, war … nun ja … nicht dafür geeignet, in einer so stilvollen Handtasche herumgetragen zu werden. Als sie die Clutch zuklappen wollte, fiel ihr auf, dass sie nicht leer war. Ganz unten steckten, neben einem Lippenpflegestift und einem Taschentuch, der Mitgliedsausweis eines Fitnessstudios und eine Platin-American-Express-

Karte, beides zusammengebunden durch ein Haargummi. Wie viele Kreditkarten besaß diese Frau denn noch? Und wer nimmt eine solche Tasche mit ins Fitnessstudio? Hinter einer Säule zog Lou geschickt ihre eigene Chase-Debitkarte und ihren Führerschein aus ihrem BH und ließ beides in die Tasche fallen.

Danach setzte sie sich ans hintere Ende der Bar, und zwar so, dass sie den gesamten Menschenzoo überblicken konnte, der sich im Redwood an einem Freitagabend versammelt hatte: in Khaki gekleidete Risikokapitalisten, Firmengründer in Kapuzenpullovern und der eine oder andere teure Anzug mit neonfarbenen Sneakers – die Standarduniform des dreißigjährigen CEO eines börsennotierten Unternehmens. Es war auffällig, dass die wirklich gut gekleideten Menschen in dieser Bar diejenigen waren, die es sich nicht leisten konnten, schlampig gekleidet herumzulaufen: die Kellner, die Ehefrauen und die dort arbeitenden Mädchen.

Es war gerade einmal halb sieben, doch schon jetzt versammelten sich die Callgirls, suchten diskreten Blickkontakt zu möglichen Kunden, gaben klar zu erkennen, was sie an diesem Abend vorhatten. Lou hatte einmal ein erstaunliches Gerücht darüber gehört, wie die Prostitution im Redwood ablief. Einer ehemaligen Rezeptionistin nach scheuten sich sogar die milliardenschweren *Masters of the Universe*, offen Sex auf ihre Kreditkarten zu buchen, und so hatte sich ein ausgeklügeltes System entwickelt, bei dem die Mädchen mit teurem Schmuck aus der hoteleigenen Geschenkboutique bezahlt wurden. Am nächsten Tag brachten die Frauen den Schmuck zurück und bekamen das Geld, abzüglich des Hotelanteils. Angeblich gab es dort ein ganz bestimmtes 10 000 Dollar teures Tennisarmband, das schon auf jeder Amex-Centurion-Karte zwischen Woodside und Menlo Park verbucht worden war. Lou wusste nicht, ob die Geschichte der Wahrheit entsprach, doch sie hoffte sehr, dass es so war.

Der Barkeeper goss Lous stilles Wasser in ein Highball-Glas mit

Zitrone und lächelte mit einstudierter Höflichkeit, als Lou ihre abgewetzte Chase-Debitkarte herauskramte und den Sechs-Dollar-Rechnungsbetrag um zwei Dollar Trinkgeld aufstockte. Sie hatte überlegt, Helens Amex zu benutzen, wollte es aber nicht riskieren, wegen Kreditkartenbetrugs aus dem Hotel geworfen zu werden. Die Zahlung wurde akzeptiert, Gott sei Dank.

»Wie läuft's denn so?« Der Barkeeper war in Plauderlaune. Hielt er sie für ein Callgirl? Und wenn schon. Lou nahm einen großen Schluck von ihrem Wasser, ihr Mund zog sich von der Säure der Zitrone zusammen, während sie versuchte, eine *desperate housewife* aus dem Silicon Valley zu imitieren, die schon drei Wodka Tonic intus hatte. Sie konnte nicht wissen, ob jemand sie beobachtete.

»Alles gut«, erwiderte Lou. »Ich soll hier jemanden treffen.« Weil sie kein Foto von Schicksal hatte, legte sie das von Becky vor den Barkeeper, der kaum einen Blick darauf warf, während er einen Untersetzer unter Lous Glas schob.

»Blind Date?«

»Eine Freundin.«

»Na, Ihre Freundin ist sehr attraktiv.«

Lou lächelte. Sie hatte ihn nicht nach seiner Meinung gefragt. »Sie haben sie nicht gesehen?«

Der Barkeeper zuckte mit den Achseln, wieder, ohne sich das Foto richtig angesehen zu haben. »Hier gibt's so viele schöne Frauen.«

Eine Lüge? Professionelle Höflichkeit? Lou fragte sich, wie viele Ehefrauen ins Redwood kamen, weil sie sich an den Gespielinnen ihrer Männer rächen wollten? Wie viele verdeckte Ermittler, die hofften, einen Prostitutionsring auszuheben? Was sollte er schon sagen? *Klar! Becky kennt hier jeder! Sie arbeitet immer montags, mittwochs und freitags! Ist eines unserer Stamm-Callgirls!*

Lou warf einen Blick zum anderen Ende der Bar, wo ein zweiter Barkeeper die Zeit vor dem großen Ansturm nutzte, um eine Reihe von Martini-Gläsern fein säuberlich aufzustellen. Vielleicht würde sie bei ihm mehr Glück haben. Doch bevor sie den Platz wechseln konnte, erschreckte sie eine weiche, ihr bekannt vorkommende Stimme, die ihr verschwörerisch ins Ohr flüsterte.

»Erwischt!«

Lou drehte sich um und sah sich einem Engel in einem braunen Seidenkleid gegenüber. Einem Engel mit dunklen, stechenden Augen und schwarzem Haar, das sie in einem aufwendig gedrehten Knoten trug. »Oh, hey …«

»Mindy«, sagte die Frau, Lous Gedanken zu Ende führend. »Wir haben uns im Raum One getroffen. Ich bin Ihr Fan!«

Als hätte Lou das vergessen. »Natürlich. Tim Palgraves …« Sie verschluckte das nächste Wort. *Verdammt, was ist denn los mit dir?*

Mindy lächelte, ein breites, warmes Lächeln. »Er ist mein Freund mit gewissen Gesundheitsversorgungsvorzügen.«

Lou lachte. »Echt? Wie großzügig von ihm!« Jetzt konnte sie Mindys Parfum riechen – derselbe blumige Duft, den sie im Raum One getragen hatte.

»Sogar die Zähne.« Sie tippte mit ihren dunkelgrünen Fingernägeln gegen ihre Zähne. Mindy musterte Lou von Kopf bis Fuß. »Ich liebe das Kleid! Warten Sie auf Ihr Date?«

»Gott, nein«, antwortete Lou viel zu schnell. »Nur auf eine Freundin.«

»Vertrauen Sie mir, Süße, Sie lassen sich da sehr viel Geld entgehen, so wie Sie aussehen. Hier gibt es einige Typen, die Ihnen Schmuck kaufen würden, wenn Sie verstehen, was ich meine.«

Lou lächelte über das … war das überhaupt ein Kompliment? »Die Sache mit dem Tennisarmband? Das ist wirklich wahr?«

Mindy fasste ihren Arm und zog sie eng an sich heran, als wären sie alte Freundinnen. Gott, roch sie gut. »Das müssen Sie sich auf dem Weg nach draußen anschauen. In der Geschenkboutique in der Lobby. So ein hässliches Stück Schrott haben Sie noch nicht gesehen.« Sie lachte laut auf, bis der Barkeeper sie anstarrte und sie sich wieder fing.

»Ich seh's mir definitiv an«, sagte Lou. »Ich muss tatsächlich bald los. Ich glaube, meine Freundin kommt nicht mehr.« Sie hätte sich liebend gern noch stundenlang mit Mindy unterhalten, doch sie wusste auch, dass Schicksal sich ihr niemals nähern würde, wenn sie nicht allein war.

Lou bemerkte, dass Mindy die Fotos betrachtete, die sie auf der Theke hatte liegen lassen. »Ihre Freundin?«

Lou nickte.

Mindy nahm eine der Aufnahmen in die Hand und studierte sie sorgfältig. »Osteuropäerin?«

»Armenierin«, sagte Lou.

»Verdammt, bin ich gut. Für einen Artikel?«

»Ich weiß es noch nicht«, erwiderte Lou und fragte sich, ob es Mindys Bereitschaft, ihr zu helfen, eher erhöhen oder verringern würde, wenn sie sagte, dass es so war. »Sie war vorgestern Abend hier. Ich glaube, mit dem Mann einer Tech-Managerin.« Lou entschied, weder Calders noch Allens Namen zu erwähnen.

Mindy schüttelte den Kopf und gab Lou das Foto zurück. »Aber nicht zum Arbeiten. Das wüsste ich. Alle, die hier arbeiten, sind Stammgäste – die Freien werden rausgeworfen. Hier gelten gewisse Standards.« Sie blickte über Lous Schulter und fluchte leise. »Verdammt … zehn Uhr.«

Lou sah auf ihre Uhr, doch Mindy schüttelte erneut den Kopf. »Zehn Uhr von *Ihnen* aus gesehen, der schlabbrige Sack, der gerade reingekommen ist. Khakihose und Hemd. Wissen Sie, wer das ist?«

Lou sah sich den Mann in der verspiegelten Rückwand der Bar an. »Ich glaube nicht.«

»Brett Palgrave. Der bescheuerte Sohn seines bescheuerten

Vaters. Tipp vom Profi: Wenn er Ihnen ein Getränk ausgibt, rühren Sie es nicht an.«

»Ernsthaft?«

»Über manche Dinge mache ich keine Witze. Jedes Mädchen in dieser Bar kennt Brett Palgrave. *Das* ist mal eine Geschichte, über die Sie schreiben sollten.« Sie stand von ihrem Barhocker auf und drückte Lou zum Abschied fest an sich. »So schön, dass ich Sie hier traf. Viel Glück bei der Suche nach der Osteuropäerin. Und denken Sie daran, in der Geschenkboutique vorbeizuschauen. Sagen Sie, Mindy hat Sie geschickt!« Und dann huschte sie, so schnell sie konnte, in die entgegengesetzte Richtung davon, aus der sich Brett Palgrave näherte.

Eine halbe Stunde später saß Lou noch immer an der Bar und nippte an ihrem dritten Wasser on the rocks. Mindy hatte recht, was Tim Palgraves Sohn betraf: Inzwischen waren mindestens zwanzig Callgirls im Einsatz, doch jede Einzelne von ihnen machte einen auffallend großen Bogen um Brett Palgrave. Wieso hatte Lou nie von diesen Gerüchten gehört? Sie war sich vage bewusst gewesen, dass Palgrave einen Sohn aus erster Ehe hatte und dass er irgendetwas im Banking- oder Bitcoin-Sektor machte. Seinem Kleidungsstil nach vermutlich eher Bitcoin. Aber dass dieser schlampige Typ noch dazu ein Sexualstraftäter war? Diese Geschichte musste jemand aufschreiben. Vielleicht sollte sie Miquela Rio vom *Journal* einen Tipp geben. Später. Das Flugzeug ihrer Mutter landete in einer halben Stunde, und sie war mit ihrer Suche nach Schicksal immer noch nicht weitergekommen.

Sie beschloss, Helen anzurufen, um sicherzugehen, dass Landon sie am Flughafen in Empfang nehmen würde. Sie holte ihr klobiges Drogerie-Handy aus der Clutch und spazierte Richtung Lobby.

Vor dem berühmt-berüchtigten Redwood-Geschenkeladen –

oder »Gäste-Boutique«, wie es in Kalligrafie über der Tür geschrieben stand – blieb sie stehen. Im Schaufenster lag, genau wie Mindy es beschrieben hatte, das hässlichste Tennisarmband, das sie jemals gesehen hatte. Das Armband selbst war nicht verkehrt – es war aus Silber gefertigt und mit kleinen Diamanten besetzt, die im Licht des Schaufensters funkelten. Das Problem war bloß, dass der Designer der Meinung gewesen war, dieses Schmuckstück brauche dringend ein halbes Dutzend silberner Anhänger, die daran baumelten – einen kleinen silbernen Tennisschläger, einen Ball, etwas, das wie ein Frosch mit einer Krone aussah, eine Eule auf einem Tukan. Diese Anhängsel verwandelten ein 10 000 Dollar teures Schmuckstück in etwas, das in einen Müllcontainer hinter der Westfield Mall gehörte.

Lou sah sich den Frosch genauer an. Vielleicht hatten diese Anhänger eine Bedeutung – vielleicht war es eine Art Code zwischen den Freiern und den Callgirls. Stand jeder der Anhänger für eine widerliche Sexpraktik? Wenn es so war, wofür zur Hölle stand dann eine Eule, die auf einem Tukan ritt? Sie nahm sich vor, Mindy danach zu fragen, falls sie sie je wiedersehen sollte. Mindy wäre als Quelle eine wahre Goldgrube. Lou konnte nur erahnen, was für irre Geschichten sie über die Großen und die Abstoßenden des Silicon Valley erzählen konnte. Vom Raum One bis zum Redwood – in dieser Stadt konnte es nicht viele andere geben, die über solche Informationen verfügten. Und ihren Unterhaltungen hier und im Raum One nach zu urteilen, teilten sie und Mindy offenbar die Abneigung gegenüber toxischen Tech-Bros. Es war erstaunlich, wie ähnlich sie sich waren.

Lou schnappte nach Luft, als ihr der Gedanke kam. Sie starrte auf ihre eigene Dummheit, reflektiert im Glasfenster des Geschenkeladens. Mit offenem Mund rieb sie sich die Stirn, während die Erkenntnis ganz langsam in ihr Bewusstsein sickerte.

Nein.

Das war nicht möglich.

Mindy?

Die verdammte *Mindy.*

Sekunden später war Lou zurück in der Bar, Helens nervige Riemenschuhe hielt sie jetzt in der Hand. Sie hatte diesen Gedanken selbst gehabt, oder nicht? *Wenn ich mich so anziehe, bin ich unsichtbar.* Auch Lou hatte Mindy nicht bemerkt, bis sie kam und ihr direkt ins Ohr flüsterte. Genau wie im Raum One an dem Abend, als Alex Wu starb, war Mindy bloß eine weitere Begleitdame, die an Tim Palgraves Arm hing. Dieser ganze Quatsch darüber, dass sie ein Fan von Lous Texten über schreckliche Männer im Silicon Valley sei – da hätte sie es auch gleich laut brüllen können.

Und ihr Parfum. Der süße, florale Duft, den Mindy an der Bar getragen hatte. Jetzt wusste Lou, wo sie ihn schon einmal gerochen hatte – nicht im Raum One, sondern später am selben Abend. Lou hatte ihn bemerkt, als sie Joe Christians Krankenzimmer betreten hatte. Seit wann trugen Intensivkrankenschwestern bei der Arbeit Parfum auf?

Jesus Christus auf dem Tukan, verdammte Scheiße.

Lou stand in der Mitte der Bar, frustriert, die Schuhe in der Hand, und sah für alle Welt aus wie eine betrunkene Brautjungfer, die von der Hochzeitsfeier getürmt war. Brett Palgrave hing immer noch krumm in seinem Sessel und stritt mit einem Mann in einem schwarzen Anzug, der ihn informiert hatte, er dürfe im Hotel nicht vapen. Doch Mindy war nirgends zu sehen.

Lou scannte die Bar erneut. Es war, wie eine Hure im Heuhaufen zu suchen. Der Flieger ihrer Mutter musste jede Minute landen. *Komm schon, Lou. Denk nach!*

Diesmal kam die Antwort schneller, und sofort sprintete sie zurück in die Lobby. Mindy hatte ihr die Anweisungen auf dem goldenen Tablett serviert: *Sagen Sie, Mindy hat Sie geschickt!*

»*Bonsoir*, guten Abend« Der blasse, dünne Mann hinter dem Glastresen der Boutique strahlte sie an. Mit demselben antrainierten Akzent fuhr er fort: »Bitte lassen Sie mich wissen, wenn ich Ihnen etwas zeigen kann.«

Lou lächelte und versuchte, die Kontrolle über ihre Atmung zurückzuerlangen, während sie mit großem Gewese die Preziosen in der im Tresen eingelassenen Vitrine betrachte. Dann endlich …

»Ich suche nach einem Schmuckstück. Für eine neue Freundin.«

War das richtig so? Hatte sie das Wort »neue« so verwendet, dass ihre wirkliche Absicht erkennbar war? Sie blickte auf und sah Verwirrung in den Augen des Mannes. Ein gutes Zeichen.

»Ihre Freundin, wohnt sie im Hotel?«, fragte er vorsichtig.

»Ja«, sagte Lou. »Auch wenn ich ihre Zimmernummer nicht kenne. Ich hatte gehofft, Sie könnten mir weiterhelfen.«

»*Bien sur, Mademoiselle.* Wenn Sie mir vielleicht den Namen der Dame nennen könnten?«

»Mindy.«

Das zeigte Wirkung. Die Augenbrauen des falschen Franzosen schossen nach oben und kehrten sogleich an ihre vorherige, professionelle Position zurück. Er deutete auf einen hohen Glasschrank rechts des Tresens: »Ich bin mir sicher, dass eines dieser Stücke zu Ihrer Freundin passen würde.«

Lou steckte in Schwierigkeiten. 9000 verdammte Dollar! Sie stand im Fahrstuhl, das kleine braune Schmuckkästchen an sich gepresst, und dachte über das nach, was sie gerade getan hatte. Sie hatte Helen Tylers Kreditkarte mit fast 10 000 Dollar belastet, für das grässlichste Diamantenarmband, das die Welt je gesehen hatte. Der Verkäufer hatte sie nicht einmal nach einem Ausweis gefragt. Reiche Leute!

Jetzt war Lou auf dem Weg zu Zimmer 521 – die Zahl, die er sorgfältig auf einen Hotelgutschein geschrieben hatte, den er dann mit einem braunen Band an dem Kästchen befestigt hatte. »Ich wünsche Ihnen einen wunderbaren Abend!«

Was würde sie sagen? Was würde Mindy denken? Lou war übel. Im besten Fall hatte sie gerade schweren Kreditkartenbetrug begangen, um einer unschuldigen Frau vorwerfen zu können, zwei Männer in den Suizid getrieben zu haben. Im schlimmsten Fall war sie eine Kreditkartenbetrügerin, die gleich einer Doppelmörderin in einem Hotelzimmer gegenübertreten würde.

Im gewünschten Stockwerk angekommen, versuchte Lou, die Schilder an den Wänden zu entziffern. Zimmer 500 bis 530 nach links. Zimmer 520 und 525 nach rechts. Sie ging nach links. Dreißig Sekunden später war sie wieder zurück und ging diesmal nach rechts.

Als sie die Nummer 521 endlich erreichte, sah sie an der Tür eine Messingplakette, aus der hervorging, dass das Zimmer unter dem Namen »Hopper Suite« lief. Jetzt erinnerte sich Lou. Alle Suiten im Redwood waren nach Tech-Berühmtheiten benannt – die Noyce Suite, die Musk Suite, die Jobs Suite –, doch es erschien ihr passend, dass Mindy sich für die einzige entschieden hatte, die nach einer Frau benannt war. Und außerdem, wer wollte schon in der Musk Suite Sex haben?

Ein Stück Samtkordel war um den Türgriff gewickelt – eine vornehme Interpretation des »Bitte nicht stören«-Schildchens –, das Milliardär-Äquivalent zur Socke über dem Wohnheimtürgriff. Lou blickte sich im Flur um – an keinem der anderen Griffe sah sie eine solche Kordel.

Lou zog das braune Band von dem Schmuckkästchen und klappte den Deckel auf. Ohne das schmeichelhafte Licht der Boutique fiel die Hässlichkeit ihres Kaufs – der Frosch, die Eule und der Tukan – noch mehr auf. Sie spürte das Blut in ihren Daumen gegen das Plastikkästchen pochen; ihr schnürte sich die Kehle zu. Wieder betete sie, dass sie sich irrte, stellte sich vor, wie sie und

Mindy, nach dem ersten Schrecken und dem Moment der Scham, darüber lachen würden. Allein der Gedanke, dass Mindy – das fröhliche, hübsche Fangirl Mindy, Bewahrerin solch verlockender Silicon-Valley-Sexgeheimnisse – der hinterhältige, unsichtbare Killer sein könnte, den Joe Christian Schicksal genannt hatte!

Dann würden sie gemeinsam in die Boutique gehen, um das Armband zurückzugeben, und vielleicht sogar Pierre oder Chad, oder wie auch immer der Typ da hieß, in den großen Witz mit einweihen. Vielleicht würde Helen nicht einmal bemerken, dass ihre Amex vorübergehend belastet worden war.

Diese Fantasievorstellung zerbrach in tausend Teile, als sich hinter ihr eine Tür öffnete. Sie fuhr herum und sah eine vertraute Gestalt im Eingang gegenüber von Zimmer 521 stehen, in einem weißen Baumwollbademantel, mit einem Handtuch um den Kopf gewickelt.

Mindy blickte auf das Kästchen in Lous Hand. Ihr Gesicht ließ klar erkennen, dass Lou sich nicht geirrt hatte.

»Für mich?«

62 %

DAS SCHLAFZIMMER DER Suite sah nicht aus wie ein Schlafzimmer. Zum Beispiel gab es kein Bett. Und auch keine Lampen, keine Polster, keine Minibar. Nicht einmal einen Fernseher; bloß drei Kabel – rot, grün, blau –, die aus einem Loch in der Wand ragten, von der die Tapete abgerissen worden war. Die Vorhänge waren zugezogen, und das einzige Licht ging von zwei billigen Ikea-Stehlampen in den hinteren Ecken des Raums aus.

Das alleinige größere Möbelstück war ein Tapeziertisch, der sich über die gesamte Wand rechts vom Fenster erstreckte.

Der Tisch bog sich unter dem Gewicht der darauf aufgebauten Computerausstattung bedrohlich durch: drei Monitore und zwei vorne offene Flightcases, die mit etwas beladen waren, das wie Festplatten aussah, weiterhin zwei Tastaturen und ein Grafiktablett. Unter dem Tisch sah Lou einen Router grün und rot blinken und Ethernet-Kabel, die sich in alle Richtungen wanden. Ein schwarzer Aeron-Schreibtischstuhl zeigte Richtung Tür, als sei Mindy gerade erst davon aufgestanden. An der Wand neben der Tür lehnte ein zweiter Stuhl: ein Klappstuhl aus Plastik, ebenfalls von Ikea.

»Entschuldigen Sie das Chaos«, sagte Mindy, als Lou ihr ins Schlafzimmer folgte. »Ich habe nicht oft Besuch.«

Lou nahm den Ikea-Stuhl, klappte ihn auf und stellte ihn in die Mitte des Zimmers. Sie wartete nicht, bis man sie zum Hinsetzen aufforderte. Sie war einfach zu verblüfft, um zu stehen.

Mindy hatte unterdessen hinter einen der Flightcases gelangt und zunächst eine Flasche Champagner hervorgeholt, dann zwei

Gläser. Auf der Flasche glitzerte das Kondenswasser. Lou betrachtete weiter den Raum – sie hatte in der Decke ein Loch entdeckt, aus dem weitere Kabel bis zur Rückseite eines der Flightcases verliefen. Führten sie bis zu den versteckten Kameras in dem Zimmer, in dem Thomas Calder in ihre Falle gegangen war? Wie viele andere mächtige Männer hatte sie von diesem geheimen Kontrollzentrum aus auf Video ertappt? Lou dachte an die symbiotische Beziehung zwischen den hier arbeitenden Mädchen und dem Hotel-Management – die Bar, der Geschenkeladen, die Zimmer, die Callgirls, die Abend für Abend die reichsten Männer im Valley anlockten. Das Hotel profitierte auf allen Ebenen. In der Tech-Industrie nannte man so etwas »den *Full Stack*« anbieten können. Interessierte es das Management wirklich, was Mindy hinter diesen teuren Türen trieb? Solange das Geld floss, konnte sie vermutlich tun, was sie wollte, ohne dass Fragen gestellt wurden.

Mindy öffnete mit einem gedämpften Plopp den Champagner und füllte ein Glas, das sie Lou reichte. »Sie haben wahrscheinlich ein paar Fragen«, sagte sie mit einem zaghaften Lächeln. Dann setzte sich Mindy auf ihren Drehstuhl und wandte sich ihr zu.

Lou nahm das Glas und versuchte vergeblich, entspannt und gefasst zu wirken – oder zumindest, ihre Hand davon abzuhalten, so zu zittern. Jetzt sah sie zu, wie Mindy hinter einen der Monitore griff und eine Dose Monster Energy hervorzog, die sie öffnete und sich, neonorange sprudelnd, in ihr Glas goss. Sie kippte die Hand gerade rechtzeitig, sodass die Flüssigkeit nicht über den Rand schwappte. »Ich trinke nie Alkohol, wenn ich arbeite«, erklärte Mindy. »Dieses Zeug hält mich wach.«

Lou nickte – jeder Softwareentwickler, den sie kannte, war süchtig nach Energydrinks, je greller und größer, desto besser. In Ten Wheelers Büro lagen genau solche Dosen überall verteilt. Bedeutete das, dass Mindy – oder Schicksal, oder wie auch immer sie sich nannte – eine Entwicklerin war?

»Also waren Sie es, die …« Lou zögerte, weil sie sich nicht ganz sicher war, wie sie die Frage formulieren sollte. Sie hatte bereits gefährlichen Leuten gegenübergestanden, doch nie jemandem wie ihr. Einer Frau, die töten konnte, ohne Spuren zu hinterlassen. »Sie haben Alex Wu und Joe Christian dazu gebracht, sich umzubringen?«

»Unter anderem«, sagte Mindy und zuckte mit den Achseln. »Aber ich habe sie nicht dazu gebracht, etwas zu tun, was sie nicht tun wollten.«

Unter anderem? Mindy musste bemerkt haben, wie Lou verblüfft die Augen zusammengekniffen hatte: »Einen von denen habe ich doch mehr oder weniger gestanden, als wir uns im Raum One gesehen haben.«

Lou versuchte verzweifelt, sich an ihre erste Unterhaltung mit der Frau zu erinnern, die sie als Palgraves Freundin für gewisse Stunden abgetan hatte. Mindy hatte Lou Komplimente über ihre Berichterstattung zum Stanford-Pipeline-Skandal gemacht, bei dem ein Start-up-Arschloch namens Tyrus Weber sich mit dem Fachbereich Computer Science zusammengetan und jedem einen Job zugesichert hatte, der still und heimlich wegen sexueller Belästigung exmatrikuliert worden war. An dieser Geschichte waren viele miese Typen beteiligt gewesen, doch soweit Lou wusste, war keiner von ihnen tot. Bis auf …

»Tyrus Weber? Der hatte doch Krebs.«

»So hat es seine Frau allen erzählt. So tragisch. So jung. So plötzlich. So ein Glück, dass niemand auf die Idee kam, den Gerichtsmediziner zu fragen, oder die Polizei, oder seine Haushälterin, die ihn zwischen all den leeren Tablettendöschen gefunden hat … Sie waren die einzige Reporterin, die auf den Gedanken gekommen ist, seiner Beziehung zu Stanford nachzugehen, aber nicht mal Sie haben hinterfragt, ob er wirklich an Krebs gestorben ist. Warum auch?«

Lou kniff sich in die Stirn und drückte so fest zu, wie sie nur konnte. Stephen Camp hatte sie gebeten, die Sterbeurkunde zu besorgen, doch sie war so wütend gewesen, dass Weber seiner gerechten Strafe entkommen war, dass sie nichts davon hatte hören wollen. »Wie gelingt Ihnen das? Solche Männer bringen sich ja nicht einfach selbst um.«

»Vielen Dank!« Mindy schlug sich fest mit der Hand auf den Schenkel, der von ihrem Bademantel verborgen war. »Ganz genau. Wenn ein Mann wie Joe Christian seine Ehe zerstört und gefeuert wird, landet der nicht in einem Einzimmerapartment, süchtig nach Tabletten und übersät mit Syphilisgeschwüren. Nein, der kriegt eine Pressekonferenz, eine Entschuldigungstournee und einen TED-Talk.« Mindy drehte sich mit ihrem Stuhl, während sie sprach. »Wenn ein Mann wie Alex Wu der mehrfachen brutalen Vergewaltigung angeklagt wird, endet er nicht in Handschellen oder verliert seinen Job. Nein, er wird beschützt, befördert. Es ist verrückt, dass Weber tatsächlich die Konsequenzen für das tragen musste, was er getan hat. Konsequenzen sind was für Frauen. Für Minderheiten. Für arme Leute. Wenn Sie oder ich morgen vor einen Zug springen, zuckt die Welt nur mit den Achseln.« Sie hielt inne. »Sie können mich ruhig so ungläubig ansehen, aber es stimmt. Für mich gilt das definitiv, und wahrscheinlich auch für Sie. Ein Trucker vögelt eine Teenagerin und liegt dann tot auf der Intensivstation. Ein Mexikaner landet in einem Einzimmerapartment, süchtig nach Schmerzmitteln, und schreibt in sein Notizbuch irgendwelchen verrückten Scheiß über Schicksal. Und wen interessiert das? Eine Reporterin macht sich vor laufenden Fernsehkameras zum Affen und wird gefeuert. Eine schwarze Frau ist gezwungen, ihr Studium in Stanford abzubrechen … Glauben Sie, jemand bezahlt eine investigative Journalistin dafür, *diese* Rätsel zu lösen? Aber Alexander Xavier Wu …« Sie sagte den Namen mit gespielter Ehrfurcht, um dann in die Karikatur eines Südstaatenakzents zu verfallen: »Na, das macht einfach keinen Sinn, dass er sterben wollte. Der hatte doch so viel, für das es sich zu leben lohnt.«

Lou hatte bemerkt, dass Mindy Stanford erwähnt hatte – zum zweiten Mal in zwei Minuten –, und speicherte diese Information ab. Wenn Mindy in Stanford studiert hatte, erklärte das ihre technischen Fähigkeiten, auch wenn dieser Sachverhalt unzählige neue Fragen aufwarf. »Das ist hier alles, was Sie brauchen?« Sie deutete auf den Tisch mit der Computerausrüstung und den Kabeln. »Sie haben herausgefunden, wie man es schafft, dass Männer wie Alex Wu die Konsequenzen ihrer Taten tragen? Sie haben sich in ihr Leben reingehackt?«

Mindy drehte ihren Stuhl nun so, dass sie einen der Monitore auf dem Tapeziertisch vor sich hatte. »Ein Hack bringt einem nur die Rohdaten – was man mit diesen Informationen anstellt, ist das, was Leben verändert.« Sie fuhr mit den Fingern über die Maus, und einer der Bildschirme leuchtete auf. Darauf zu sehen war eine Explosion aus bunten Diagrammen und Tabellen, die in Echtzeit aktualisiert zu werden schienen. »Denken Sie sich irgendeinen Typen. Erfolgreicher Firmengründer mit einer Vorliebe für Praktikantinnen.« Es war offensichtlich, dass sie von Joe Christian sprach. »Wir wissen durch sein Dating-Profil, dass er seine Frau jedes Mal betrügt, wenn sie die Stadt verlässt. Er gibt sich nicht mal sonderlich Mühe, zu verstecken, was er da tut – er weiß, dass er damit durchkommt, weil es immer so ist. Aber dann.« Mindy klickte auf ein Icon, und Lou beobachtete, wie die Diagramme sich an eine veränderte Realität anpassten. »Es braucht nur eine kleine Abweichung der Reisepläne seiner Frau – vielleicht hat ihr Hotel einen Stromausfall, oder die Schule ihrer Kinder ruft an, oder Hopsearch Maps sagt, dass für den nächsten Tag mit Staus zu rechnen sei. Zack. Schon kommt die Frau früher nach Hause, und der Typ hat plötzlich eine 100-Millionen-Dollar-Scheidung vor sich. Dann hören seine Freunde Gerüchte – vielleicht steht er auf noch jüngere Mädchen, oder er hat ein Problem mit Schwarzen –, also entfolgen sie ihm, laden ihn nicht mehr auf ihre Partys ein. Und schließlich« – Mindy klickte ein anderes Icon an, und wieder wandelte sich die Darstellung – »begegnet er einem Typen, der ihm ein paar Tabletten verkaufen kann, damit es nicht so wehtut. Bis er merkt, dass sein Privileg nicht mehr funktioniert und dass tatsächlich alles auf eine Weise in die Hose geht, wie er es noch nie erlebt hat, ist es zu spät. Niemand geht mehr ran, wenn er anruft. Niemand kennt mehr seinen Namen. Er fängt an, überall herumzuschreien, dass jemand ihm das alles angetan haben muss. Er gibt dieser Person sogar einen Namen …«

»Schicksal.«

»Ganz genau.« Mindy schlug mit beiden Händen auf die Lehnen ihres Stuhls. »So eine Hybris für einen Mann, der seine letzten Tage in seiner eigenen Kotze im Tenderloin District verbracht hat. Er kommt gar nicht auf die Idee, dass man, wenn man beschissene Sachen macht, die Konsequenzen dafür tragen muss. Wissen Sie, was man über Leute sagt, die es gewohnt sind, privilegiert zu sein?«

Lou kannte das Zitat: »Für den Privilegierten fühlt sich Chancengleichheit wie Unterdrückung an.« Der Satz war im Netz zu einem Schlachtruf für Feministinnen und Aktivisten für soziale Gerechtigkeit geworden. Was die meisten Leute nicht wussten, war, dass er ursprünglich von einem Mann stammte, der sich über die »Privilegien« von Frauen aufregte.

»Ist es nicht so?«, sagte Mindy. »Für Männer im Silicon Valley fühlt sich Chancengleichheit wie eine existenzielle Bedrohung an. Wie ein Todesurteil. Die technische Herausforderung besteht darin, wie diese Gleichheit umgesetzt werden kann: all diese Daten zu verarbeiten und genau zu wissen, an welchen Schrauben man drehen muss, damit es einem Kerl wie Joe Christian genauso ergeht wie uns anderen. Dafür braucht man einen Algorithmus. Etwas, das die Variablen durchspielt und alle möglichen Ergebnisse betrachtet.«

»Und Sie haben einen Algorithmus entwickelt, der das kann?« Lou ließ den nächsten Teil der Frage unausgesprochen. *Sie – ein Callgirl im Redwood – wollen wirklich einen Algorithmus entwickelt haben, der einige der reichsten Männer des Planeten ausschalten kann?*

Doch Mindy hob bloß eine Augenbraue. »Warum fragen Sie nicht Joe Christian oder Alex Wu, was ich kann?«

Lou hatte in ihrem Leben schon einige verrückte Pitches gehört, doch irgendetwas an der Art, wie Mindy es sagte – die Selbstgewissheit, dieser *Mir scheißegal, ob Sie mir glauben*-Tonfall –, ließ es wahr erscheinen. Nicht nur wahr, sondern offensichtlich. Lou sah sich um, betrachtete die Computerausrüstung, während sie das ganze Ausmaß dessen zu begreifen versuchte, was Mindy erschaffen hatte. Ein Algorithmus, der mächtige Männer die Konsequenzen ihres Verhaltens tragen ließ.

Mindy sah ihren Blick. »Lassen Sie sich nicht von dem ganzen Quatsch beeindrucken.« Sie deutete auf einen blinkenden Kasten auf dem Boden. »Der Algorithmus steckt in der Maschine da, aber eigentlich würde er auch auf einen USB-Stick passen. Plug and Play. Das Schwierige ist, genügend Daten zu sammeln.« Wieder langte sie nach der Maus, und nach ein paar Klicks füllten schwarze Fenster mit scrollendem weißem Text den Bildschirm.

Der Fluss aus Worten und Zahlen war faszinierend. Menschliches Leben reduziert auf einen Strom aus User-IDs; der freie Wille auf mathematische Wahrscheinlichkeiten; Auswirkungen über Leben und Tod auf einen rohen, gefühllosen Code. »Deshalb arbeiten Sie vom Redwood aus. Hier fließt alles zusammen, hier kommt jeder durch.«

Mindy schüttelte den Kopf. »Ich arbeite hier, weil ich die Cheeseburger mag.« Dann richtete sie das Handtuch, das sie noch immer auf dem Kopf trug. »Und damit jeder die gleiche bescheuerte Mutmaßung über mich anstellt wie Sie, und wie Tim Palgrave, als ich als seine angeheuerte Begleitung für die Raum-Party aufgetaucht bin.« Sie ließ Lou noch ein wenig mit ihrem schlechten Gewissen zappeln, bevor sie hinzufügte: »Ich zahle den Damen unten zwanzig Prozent für Investment-Tipps. Die Venture-Capital-Typen geben immer gerne mit ihrem gewaltigen Dealflow an, und weil sie ihren Mund nicht halten können, finanzieren sie mir zwei Rechenzentren in Reykjavík und was ich sonst noch so brauche, um meine Operation am Laufen zu halten.«

»Reykjavík?«

»Feminismus und geothermische Kühlung, Baby.« Mindy zeigte auf den flackernden Datenstrom hinter sich. »Aber ich meine es ernst. So was kann man nicht mit ein paar aufgeschnappten Gerüchten und einem gehackten Handy machen. Man braucht Petabytes an Daten, allein um sagen zu können, welche Pizza ein Typ morgen bestellen wird oder was er seiner Geliebten zu Chanukka kaufen wird.«

Lou stellte ihr Champagnerglas neben sich auf dem Boden ab. »Warum gerade diese Männer? Alex Wu? Joe Christian?« Sie musste daran denken, dass Helen über Wus und Christians Tod gesagt hatte, sie wirkten irgendwie mittelalterlich … *wie ein Mafiaspitzel, der von einer Brücke baumelt. Ein aufgespießter Schädel.* »Was macht sie schlimmer als die Tausenden von anderen Drecksäcken?«

»Nichts«, sagte Mindy. »Sie waren nicht besser oder schlechter als die meisten erfolgreichen Männer dieser Stadt. Irgendwann werde ich genug Rechenpower haben, um jeden Tech-Typen auf der Welt die Konsequenzen seines Verhaltens spüren zu lassen – und nicht nur die Tech-Typen. Aber zunächst brauchte ich Betatester, um den Algorithmus zu trainieren, und Wu und Christian und Weber sind zufällig auf meinem Radar gelandet.« Sie wandte den Blick ab, als sie das sagte, und Lou wusste, dass das nicht ansatzweise die ganze Wahrheit war. Ein Lügner weiß, wenn jemand lügt, wie ihre Mutter gern sagte.

»Und Charlie Brusk?«

»Was soll mit ihm sein? XXCubator steht für alles, was in dieser Industrie falsch läuft – die produzieren längst die nächste Generation weißer, privilegierter, unreifer CEOs.«

Lou rutschte auf die Kante ihres Stuhls vor. »Joe Christian wollte am Abend, als er starb, Alex Wu treffen. Christian hatte Charlie Brusks Telefonnummer auf seiner Hand stehen. Ich weiß, dass Sie mir in Palo Alto Joe Christians Notizbuch geklaut haben.« Sie wartete ab, ob auf Mindys Gesicht die leiseste Spur des Abstreitens zu erkennen war, und da war nichts. »Er hat eindeutig gedacht, dass da eine Verbindung besteht. Irgendwas mit der Charity seiner Frau?«

Diesmal reagierte Mindy. Die leiseste Andeutung eines Lächelns umspielte ihre glänzenden Lippen.

»Genau«, sagte Lou. »Wie wär's also, wenn Sie zur Sache kommen und mir sagen, warum ich hier bin.«

Mindy atmete tief ein und behielt die Luft für eine, wie Lou fand, ungesund lange Zeit ein. Als sie schließlich wieder ausatmete, hatte sich in ihrem Gesicht etwas verändert. Sie war nun nicht mehr Mindy-das-Callgirl, die so tat, als sei sie ein Fan von Lous Arbeit. Auch war sie nicht Schicksal, der Racheengel, der gerade gestanden hatte, einen Algorithmus entwickelt zu haben, der irgendwie männliche Privilegien beseitigen konnte. Sie war jetzt etwas Neues.

»Was wissen Sie über die Entstehung des Raum-Algorithmus?«

Meinte sie das ernst? Lou wusste *alles* darüber. Sie ratterte eine Kurzzusammenfassung herunter: wie die College-Kids Alex Wu und Ten Wheeler ihren magischen Code erschaffen hatten, der in der Lage war, die tiefsten Wünsche der User vorherzusagen, und ihn bei einem Start-up-Contest in Stanford präsentierten, wo

Elmsley Chase zuschlug und ihn – und sie – für fünf Millionen Dollar kaufte, wodurch er zugleich Raum von einem ums Überleben kämpfenden Start-up in ein Powerhouse der Sharing Economy verwandelte.

Mindy hörte nickend zu. »Und nur damit wir uns verstehen, welcher dieser Typen – Ten oder Alex – hat den Algorithmus tatsächlich erfunden? Also, wessen Idee war es?«

Jetzt trieb Mindy definitiv Spielchen mit ihr. »Ich nehme an, Ten.« Diesen Teil kannte im Silicon Valley jeder: Ten war das Tech-Genie, während Alex das Marketing-Ass war. Doch schon als ihr die Formulierung »Ich nehme an« über die Lippen ging, kamen Lou Zweifel.

Wieder nickte Mindy. »Eine nachvollziehbare Annahme. Das liegt an der Mustererkennung. Steve und Woz, Larry und Sergey, Bill und Paul, Alex und Tenrick. Man weiß genau, wie die Geschichte ausgeht, bevor sie überhaupt passiert ist, stimmt's? Was haben Sie noch mal im Raum One gesagt? *Die Geschichte wird von den Siegern geschrieben*?« Dann schob sie noch etwas hinterher, das damit gar nichts zu tun zu haben schien. »Der Start-up-Wettbewerb fand nicht in Stanford statt. Es war der Hackathon zwischen den Unis Stanford und MIT. In dem Jahr, als sie gewannen, wurde er vom MIT ausgetragen.«

Lous erster Impuls war es, sich zu verteidigen. Gut, okay, der Wettbewerb fand am MIT statt, nicht in Stanford. Was machte das für einen Unterschied? Dann sah sie Mindys Gesicht unter dem perfekten Make-up. Ihr Gesichtsausdruck war einer, den sie schon viele Male im Spiegel gesehen hatte. Nicht Wut oder Frust oder Enttäuschung – bloß Müdigkeit.

»Wenn Ten den Algorithmus nicht entwickelt hat, wer dann?« Lou kannte die Antwort bereits, auch wenn sich ihr Gehirn noch abmühte, alles zusammenzusetzen. Sie hatte sich zudem an etwas anderes erinnert: das hartnäckige Gerücht, dass Alex Wu eine

Kommilitonin vergewaltigt hatte, die daraufhin gezwungen war, Stanford zu verlassen und ihre brillante akademische Laufbahn aufzugeben. Und dann das letzte Puzzlestück ... Amelia Christians Beharren darauf, dass Wu und ihr Ehemann sich seit dem College hassten, obwohl der eine in Stanford und der andere am MIT studiert hatte. Und diese letzten Worte, im Wartezimmer eines Krankenhauses geschrien. *Es ist die Charity.*

Es ist Charity.

»Sie sind Charity«, sagte Lou, ihre Stimme leiser als ein Flüstern.

65 %

Boston
Elf Jahre zuvor

CHARITY JONES LANGTE hinter sich, um die Klappen des grünen Papierkittels enger um ihre Wirbelsäule zu ziehen. Sie saß jetzt seit fast zwei Stunden frierend in dieser winzigen Zelle, und ihre Beine hingen jämmerlich über die Seiten des länglichen, mit Plastik bezogenen Untersuchungsstuhls. In der ersten Stunde war noch alle paar Minuten eine Krankenpflegerin aufgetaucht, um ihr zu versichern, dass bald ein Arzt nach ihr sehen werde; freitagabends sei im Massachusetts General Hospital immer wahnsinnig viel los; es tue ihr wirklich leid. Jetzt war die Pflegerin verschwunden – sie hatte seit mindestens einer halben Stunde nicht mehr nach ihr gesehen. Ab und zu spähte ein anderer Klinikmitarbeiter zwischen den Vorhängen hindurch und verzog das Gesicht, was sie als Enttäuschung darüber deutete, dass hier eine weinende, halb nackte schwarze Frau wertvollen Krankenhausplatz belegte.

Charity trocknete sich die Augen, ihr Gesicht fühlte sich von den Tränen wund an. Dann blickte sie noch einmal auf die gebeugte, klägliche Figur im Spiegel gegenüber dem Stuhl. Die roten Fingerabdrücke oberhalb ihrer Ellbogen wurden bereits zu blauen Flecken, und die Platzwunde an ihrer Lippe, die ihr Alex Wus Siegelring verpasst hatte, als er ihr den Mund zudrückte, um sie am Schreien zu hindern, war von einer hässlichen Kruste überzogen.

Die Krankenpflegerin – Amelia, dem Namensschild nach – hatte Charity ein Glas Wasser gegeben und die beiden Polizisten angewiesen, draußen auf dem Flur zu warten. Sie hatten mit irgendeinem Schwachsinn über Beweisketten protestiert, doch Amelia hatte bloß einmal streng den Kopf geschüttelt. Untersuchungen von Opfern sexueller Gewalt wurden vertraulich durchgeführt. Charity konnte in diesem leeren Raum nichts tun, was die Beweise für ihre Vergewaltigung beeinflussen würde. Trotzdem waren die Polizisten stur und aufdringlich vor dem Vorhang stehen geblieben, während der Arzt Charitys zerrissene, blutige Unterwäsche in einen Beweisbeutel aus Plastik stopfte, den er ihnen übergab. Sie waren noch immer im Flur und beschwerten sich mürrisch, dass sie an einem Freitagabend Besseres zu tun hätten, als zu warten, bis eine ... Sie brachten den Satz nicht zu Ende, doch Charity wusste, was sie sagen wollten.

Hofften alle nur darauf, dass sie das Warten irgendwann satthatte und ging? Lief so etwas auf diese Weise ab? Sogar jetzt noch konnte sie – mit großem Abstand die beste Informatikstudentin ihres Jahrgangs – nicht anders, als ihre Situation wie einen Algorithmus zu betrachten. Gab es eine bestimmte Art der Behandlung – Freundlichkeit, gefolgt von Isolation bis zur Verzweiflung –, die Frauen mit größerer Wahrscheinlichkeit dazu brachte, schließlich doch keine Anzeige zu erstatten? Ließen die Polizisten mit Absicht zu, dass sie ihr Gemecker hören konnte? War das alles Teil eines altbewährten Systems? Wie sahen dazu die Daten aus? Wie groß war die Zahl der ursprünglich gemeldeten Vergewaltigungen im Vergleich zur Zahl der Frauen, die das Ganze erfolgreich zur Anzeige brachten? Sie dachte an die anderen Studenten in ihrem Jahrgang. Bei der Immatrikulation waren fünfzig Prozent Frauen gewesen. Jetzt – weniger als ein Jahr später – lag der Anteil nur noch bei vierzig Prozent. Wenn es so blieb, würden es bald keine zwanzig mehr sein. Stanford hatte seinen eigenen Algorithmus perfektioniert – ein ausgereiftes Konstrukt, um Frauen zu vertreiben, durch Tätlichkeiten, Belästigung und das Ignorieren ihrer Beschwerden über Drohungen und Gewalt. Gerade genug, um sie von technischen Berufen abzuhalten und sie in »weichere« Hauptfächer wie Englisch oder Geschichte zu zwingen, aber nicht so viel, um die Zahl weiblicher Absolventen des Computer-Science-Studiums auf null zu reduzieren, was zu viel Aufmerksamkeit auf das Problem gezogen hätte.

Eine weitere Träne brannte ein Loch in Charitys Papierumhang. War *sie* ein Teil des Algorithmus gewesen? Alle ihre Freunde in Stanford waren Männer. Ihre Teampartner beim Hackathon – Ten Wheeler und Alex Wu – waren Männer. Sie hing mit den Jungs im Computerraum ab, lachte über ihre unwitzigen Witze und lehnte die Frauengruppen am Campus als ausschließend oder irrelevant ab. Sie wusste, wenn sie im Silicon Valley Erfolg haben wollte, musste sie einer von den Jungs sein. Würde sich auf genau diese Jungs verlassen müssen, die ihr die Türen öffneten und sie für Vorstellungsgespräche empfahlen. Diese Abhängigkeit war es, die Frauen wie sie davon abhielt, an die Öffentlichkeit zu gehen, selbst wenn sie Kommilitoninnen erzählen hörte, dass sie auf Partys angegriffen wurden oder von Professoren belästigt. *Ich gehe nicht auf Partys, und ich flirte nicht mit Professoren. Mir passiert das nicht. Ich werde keine Zahl in der Statistik sein.*

Und jetzt war sie es doch.

Sie würde nicht die Klinik verlassen. Selbst wenn dieser eiskalte, entmenschlichende Vorgang sich die ganze Nacht hinzog und sie direkt vom Krankenhaus zurück zum Wettkampfort ins Marriott musste – selbst wenn sie ihren Algorithmus in diesem tränendurchnässten Papierkittel präsentieren musste, sie würde nicht gehen, ohne zu Protokoll gegeben zu haben, was Alex Wu ihr angetan hatte. Damit würde er nicht einfach so davonkommen. Sie und Tenrick würden mit ihrem Algorithmus den Start-up-Wettbewerb gewinnen, und Alex würde ins Gefängnis kommen.

Charity sah zur Wand hoch – ihr Telefon lag noch im Hotel,

und so war die analoge Plastikuhr ihre einzige Verbindung zur Realität. Fast drei Uhr nachts. Auch wenn sie jetzt ging, konnte sie von Glück reden, wenn sie zwei Stunden schlief, bevor der Wecker für den zweiten Tag des Hackathons klingelte. Nicht dass sie überhaupt hätte schlafen können. Ihr Körper fühlte sich schwer und geschunden und erschöpft an, doch in ihrem Kopf rasten die Gedanken.

War Alex schon festgenommen worden? Als sie das Hotel verließ, eingerahmt von ihrer persönlichen Polizeieskorte (»Normalerweise schicken wir Kolleginnen, aber heute ist Freitagabend …«), saß er zusammengesackt auf ihrem Bett, mit rotem Gesicht und außer sich, während zwei Polizisten seine Unschuldserklärung in ihre Notizbücher aufnahmen. Wartete er jetzt in einer Zelle der Polizeistation, so wie sie in dieser Krankenhauszelle wartete? Hingen ihrer beider Schicksale von der langsamen Bürokratie dieses Krankenhauses und dem Ergebnis der Vergewaltigungsuntersuchung ab? Hatten die Polizisten bereits die Überwachungsaufnahmen aus dem Hotel sichergestellt? Und was war mit den anderen Männern in der Bar – dem lauten Typen mit dem gegelten Haar und dem sportlichen mit den zu großen Zähnen –, Finalisten von anderen Unis, mit denen Wu und Ten abhingen, als Charity sagte, sie werde auf ihr Zimmer gehen, um sich früh hinzulegen? Joseph Christian, Tyrus Weber – sie zwang sich, sich an die Namen der MIT-Studenten zu erinnern, die auf ihren Teilnehmerausweisen standen. Würden sie als Zeugen vorgeladen werden, um zu bestätigen, was Ten Wheeler den Polizisten bestimmt schon gesagt hatte? Dass Alex damit geprahlt hatte, wie sehr sie ihn wolle? Dass sie alle gesehen hatten, wie er direkt nach ihr die Bar verlassen hatte?

Sie hatte keine Ahnung, wie all das ablaufen würde, doch jetzt wollte sie es wissen. Wollte jedes Detail des Prozesses verstehen, dem sie sich nun unterziehen würde. Wollte die Daten verstehen und welche Faktoren darüber entschieden, ob ein Mann wie Alex Wu Jahrzehnte im Gefängnis verbrachte oder ob man ihn laufen ließ, damit er weitere Frauen vergewaltigen konnte. Ein weiterer Algorithmus. Mit Algorithmen kannte Charity sich wirklich gut aus.

Sie hatte sich monatelang mit ihrer Idee beschäftigt – einem Algorithmus, der vorhersagen konnte, was die User wirklich wollten, noch bevor sie es selbst wussten, um dann die schnellste Vorgehensweise zu ermitteln, wie ihre größten Wünsche in Erfüllung gehen konnten. Es war eine wahnwitzig ehrgeizige Idee, doch selbst wenn sie und Tenrick nur den ersten Teil der Aufgabe bewältigten, waren die Implikationen – für Essenslieferungen, für Dating-Webseiten, für die Wall Street – gewaltig. Ihre Professoren hatten das begriffen – deshalb hatten sie sie, Ten und Alex ausgewählt, um quer durchs Land zu fliegen und an dem Hackathon teilzunehmen. Die Preisrichter würden es ganz sicher genauso sehen.

Doch jetzt fragte sie sich, ob Wus Fehlen ihre Chancen im Finale beeinflussen würde. Sie hasste den Gedanken, doch war das nicht der Grund, warum Alex überhaupt dabei war? Um einen Anzug anzuziehen und ihren Code in irgendwelchen Bro-kompatiblen Schwachsinn über »Disruption« und »joy of use« zu verpacken?

Scheiß auf Alex.

Charity hatte ihn von Anfang an nicht im Team haben wollen, um *ihre* Arbeit zu präsentieren, doch Tenrick war überzeugt, dass Alex eine Art Marketing- und Präsentationsgenie war. Dass sein Talent, ihren Code als magischen *Gott 2.0* (seine Formulierung) zu verkaufen, die Punktrichter beeindrucken und ihnen den Sieg garantieren würde.

Scheiß auf Gott 2.0. Charitys und Tenricks Code würde für sich selbst sprechen. Sogar ohne Schlaf, ohne dass sie geistig voll da war, und vor allem ohne Alex Wu würden sie und Tenrick gewinnen – weil sie ganz einfach die Besten waren.

Charity horchte auf, als sie schwere Schritte hörte und dann eine bekannte Stimme. Die beiden Polizisten waren jetzt wieder im Flur und redeten laut. Über sie.

»Beschissene Zeitverschwendung«, sagte der eine. Der größere der beiden – der Neandertaler mit dem blonden Bürstenschnitt und der um den Oberschenkel geschnallten Waffe, als wäre er bei einer Art SWAT-Rollenspiel. Er war lauter und dümmer als sein Partner und hatte ohne Bedenken vor ihr geflucht, sogar als sie ihm beschreiben sollte, was geschehen war, nachdem Alex sich sturzbetrunken Zugang zu ihrem Zimmer verschafft hatte. *Wenn Sie wollen, dass wir dieses Arschloch drankriegen, müssen Sie uns alles erzählen, was Sie noch wissen.*

Der andere Polizist war kleiner und dünner, er füllte kaum seine blaue Boston-Police-Department-Uniform aus, und sein Gürtel hing lose um seine Taille. Er war geduldiger gewesen, hatte ihre Aussage sorgfältig aufgenommen, und sie hatte ihm geglaubt, als er ihr sagte, sie solle sich Zeit lassen, es bestehe kein Grund zur Eile. Unterdessen war der größere Polizist im Raum hin und her marschiert, ein Tier im Käfig, das auf eine Gelegenheit zur Flucht wartete.

»Stimmt schon, Mann«, sagte die andere Stimme. Leiser, unentschlossener.

»Was hat sie erwartet? Ein Mädchen wie sie hängt rum mit einem Haufen notgeiler Nerds. Echt jetzt …«

Charity hoffte, dass der zweite Polizist widersprechen würde. Vielleicht seinen Partner daran erinnern würde, dass Vergewaltigung nie die Schuld des Opfers war. Doch sie wusste, dass sie enttäuscht werden würde. Weiße Männer in Uniform würden sich nie auf ihre Seite stellen, vor allem nicht gegenüber anderen weißen Männern in Uniform.

»Das passiert ständig bei diesen Geek-Veranstaltungen«, hörte Charity ihn sagen. »Die Jungs denken alle, sie müssen was fürs Auge mitbringen, um die Punktrichter zu beeindrucken, und dann hat sich irgendwer nicht mehr unter Kontrolle.«

Charity erstarrte. *Das passiert ständig?* Meinte er damit, dass bei jedem Hackathon eine Frau vergewaltigt wurde? Das war unmöglich. Und außerdem war es nicht so, dass Alex Wu sich *nicht mehr unter Kontrolle* hatte – er war ja kein Kind, das zu viele Bonbons gegessen und eine Vase umgeworfen hatte. Er hatte sie vergewaltigt. Er war ein vorsätzlich handelnder, brutaler Vergewaltiger. Charity spürte, wie die Muskeln in ihren Armen und Beinen verspannten, was einen stechenden Schmerz durch ihren gesamten Körper jagte.

Ihr Frösteln hatte jetzt Wut Platz gemacht. *Was fürs Auge? Die Jungs?* Am diesjährigen Wettbewerb nahmen dreiunddreißig Frauen teil – sie hatte sie auf der Teilnehmerliste gezählt. Es war *ihr* verdammter Algorithmus – nicht Tenricks blitzsauberer Code und seine Fähigkeit, ihn tagelang ohne Schlaf zu produzieren, und ganz sicher nicht Alex Wus beschissener Brooks-Brothers-Anzug –, der sie nach Boston gebracht hatte. Wenn hier jemand *was fürs Auge* war, dann war das Alex »Gott 2.0« Wu.

Charity holte tief Luft, atmete durch die Nase ein und durch den Mund wieder aus. Dieses Gefühl war zumindest vertrautes Terrain. Schon seit sie mit fünf zum ersten Mal ihre Begeisterung für *Star Trek* geäußert hatte oder in die *Dungeons & Dragons*-Gruppe ihrer Highschool eingetreten war, hatte sie diese schwachsinnigen Vorurteile wegatmen müssen. Um ihre Wut darüber zu unterdrücken, dass man ihr sagte, sie dürfe die Dinge nicht mögen, die sie mochte. Und diese Fragen. *Wie kommst du mit den ganzen Jungs klar? Willst du nicht lieber draußen an der frischen Luft spielen?* Die unausgesprochene Implikation: dass Mädchen gesehen werden sollten, nicht gehört. Dass sie entweder ihr Geschlecht im Stich ließ oder nur mit den Jungs abhing, um ein Date abzubekommen. Klar, wo hätte man auch besser heiße Jungs finden können als bei einer Runde Highschool-*D & D*?

Diese Haltung war sogar in Stanford die gleiche gewesen. Nein, *vor allem* in Stanford, wo jeder aus dem Computer-Science-Fachbereich dasselbe schwachsinnige Vorurteil hegte: dass Männer das Hirn hatten und die Frauen nur toleriert werden mussten – oder belästigt. Sie, die Frauen, waren kaum die Summe ihrer Körperteile wert. Sie hatte es jeden Tag gespürt – jedes Mal, wenn sie den Computerraum betrat. Die plötzliche Stille. Die skeptischen Blicke, die sagten: *Was hast du hier zu suchen?* Mehr als einmal hatte man sie für eine Putzfrau gehalten und ihr einen leeren Becher oder ein Apfelgehäuse in die Hand gedrückt.

Doch sie hatte den Kopf eingezogen, sich noch mehr angestrengt – und war immer klüger geworden. Sie war überzeugt gewesen, dass es einen magischen Punkt gab, irgendwo in der Ferne – irgendeine IQ-Zahl oder eine Anzahl geleisteter Arbeitsstunden –, an dem sie sich den Respekt ihrer dümmeren, fauleren Mitstudenten verdient haben würde. War das nicht das große Versprechen? Dass eine Frau, um genauso erfolgreich zu sein wie ein Mann, doppelt so hart arbeiten und doppelt so klug sein musste? Diesen Punkt hatte sie schon längst hinter sich gelassen, und alles, was es ihr gebracht hatte, waren Belästigungen und Verachtung wie bisher. Und jetzt … Sie sah sich selbst im Spiegel dabei zu, wie sie schluchzte, spürte die frische Prellung an ihrer Wange.

Wie hatte sie nur so blöd sein können? Es spielte keine Rolle, ob sie rechtzeitig wieder im Marriott war oder ob die Vergewaltigungsuntersuchung ausgewertet wurde oder ob sie vor Gericht aussagte. Es war egal, ob sie den Wettbewerb gewann und ganz allein auf der Bühne stand. Die Jungs würden immer einen Weg finden, sie zu schlagen, so wie sie es seit jeher taten. Irgendwie würde man sie aus der Entstehungsgeschichte ihres eigenen Algorithmus herausschreiben; irgendwie würde Alex Wu um eine Gefängnisstrafe herumkommen: *Er ist ein guter Junge, ein vielversprechender Student, wäre doch schade, ihn ins Gefängnis zu stecken! So sind die Jungs halt!*

Die Zeugen – der gegelte Joe Christian, Tyrus Weber mit den Riesenzähnen … und du auch, Tenrick? – würden allesamt einen plötzlichen Gedächtnisverlust erleiden und sich an nichts mehr erinnern.

Die Jungs würden ihren Weg ins Silicon Valley fortsetzen, um dort ihre Milliarden zu machen, während Charity Jones, so wie Tausende weibliche Mitbegründerinnen vor ihr, aus der Geschichte herausgeschrieben wurde, bevor sie überhaupt richtig begann.

»Ich würde gerne mal meine Hardware in ihrer Software installieren.«

Und das war's. Die Polizisten vor dem Vorhang hatten vergessen, dass sie da war, oder es war ihnen egal. In Stanford waren die widerlichen Anspielungen wenigstens technisch korrekt. Und das hier waren die Polizisten – die Beamten, die einen Eid geschworen hatten, zu schützen und zu dienen –, von denen sie erwarten sollte, dass sie Alex Wu ins Gefängnis brachten. So wie es klang, war es wahrscheinlicher, dass sie ihn abklatschten.

»Bro, du kannst sie haben. Ich geh schon mit Carlotta frühstücken.«

»Der Tussi, die besoffen gefahren ist?« Der zweite Polizist lachte. »Sei bloß vorsichtig, Alter.«

»Alles geregelt. Hab meiner Frau gesagt, dass ich auf Doppelschicht muss.«

Die Unterhaltung wurde leiser, weil die beiden sich entfernten. Charity hatte genug gehört. Sie wischte sich die Augen ab und griff nach ihren Kleidern, die ordentlich zusammengelegt auf einem Stuhl in der Ecke lagen, zusammen mit ihren Schuhen. Sie brauchte nur wenige Sekunden, um sich anzuziehen, auch wenn sie beim Hochziehen ihrer Jeans weitere Prellungen entdeckte. Ihr Hemd, sah sie jetzt, war blutverschmiert. Sie zerknüllte den Papierkittel und warf ihn in den Mülleimer.

Noch einmal atmete sie tief und langsam durch. Sie wusste, wenn sie durch den Vorhang trat und das Krankenhaus verließ, würde Alex Wu ganz sicher mit dem davonkommen, was er ihr angetan hatte. Doch sie wusste auch dies: Wenn sie die ganze Nacht und den nächsten Tag in dieser winzigen Kammer blieb, würde das Resultat nicht anders aussehen.

Sie konnte ihre Aufzeichnungen und ihren Code einpacken, in ein Flugzeug zum Haus ihrer Eltern in Burlingame steigen und ihre eigene Version des Algorithmus ganz allein fertigstellen. Das würde ohne Tens rasend schnelles Coding deutlich länger dauern, doch das Ergebnis würde ohne Alex' permanentes Reinreden besser werden. Dann konnte sie vielleicht in der Sand Hill Road ihr Glück versuchen und es dort direkt den Risikokapitalisten präsentieren. Ob es ihnen gefiel oder nicht, sie konnten das Verdienst nicht ihrem männlichen Mitbegründer zuschreiben, wenn es keinen männlichen Mitbegründer gab.

Die Polizisten hatten recht. Der Hackathon war nicht der richtige Ort für jemanden wie sie. Sie würde sich still und leise der unsichtbaren Armee weiblicher Stanford-Computer-Science-Studentinnen anschließen, die das Studium abbrachen, bevor sie ihren Abschluss gemacht hatten. Der zum Schweigen gebrachten Mehrheit jener Studentinnen, die berichtet hatten, auf dem Campus angegriffen oder belästigt worden zu sein.

Niemanden auf dem Campus würde es stören, niemand würde sich an sie erinnern. Und das war gut so. Sie wollte nicht als Opfer in Erinnerung bleiben oder als *was fürs Auge*, das man nur mitgenommen hatte, um Alex Wus und Ten Wheelers Brillanz zu unterstreichen.

Sie schlüpfte in ihre Schuhe und lauschte nach Stimmen im

Flur. Stille. Die Polizisten holten sich vermutlich noch einen Becher Kaffee, auch wenn niemand auf die Idee gekommen war, ihr einen anzubieten. Sie zog ihr Hemd an und trat durch den Vorhang. *Shit!* Der größere, hässlichere der beiden Polizisten lehnte noch immer gegen die Wand und tippte gerade etwas in sein Telefon.

Scheiße. Scheiße. Scheiße.

Sie wollte diesem Arschloch auf keinen Fall gegenübertreten müssen. Sie machte einen Schritt auf den Flur hinaus, versuchte, einen Mittelweg zwischen Schleichen und lässigem Schlendern zu finden. Vielleicht würde er sie gar nicht bemerken. Dann ermahnte sie sich: Was zur Hölle machte sie hier bloß? Warum tat sie so, als hätte sie etwas zu verbergen, etwas zu befürchten? Charity nahm Haltung an, zog die Schultern hoch, richtete sich in ihren Turnschuhen zu voller Größe auf und blickte starr geradeaus. Wenn der Polizist aufsah und sie ansprach, würde sie nicht reagieren. Sie ging voran. Und der Polizist blickte nicht auf. Er tippte nur weiter auf seinem Telefon herum, vermutlich zog er gerade sein heißes Date fest, während seine Frau zu Hause wartete. Unglaublich. Männer wie er verdienten es, dass man ihnen den Schwanz abschnitt und ihnen das Maul damit stopfte. Charity hatte einmal im Fernsehen gesehen, dass die Mafia es mit Ehebrechern so machte. Sie ging weiter, und der Polizist tippte weiter vor sich hin.

»Hey.«

Charity war bereits ein paar Schritte an ihm vorbei, als er ihr nachrief. *Geh einfach geradeaus*, sagte sie sich. *Nicht langsamer werden.*

»HEY«, brüllte er jetzt. Ein Polizist brüllte sie im Flur eines Krankenhauses an.

Sie drehte sich um und blickte ihn schweigend an. Er lehnte immer noch gegen die Wand, sein Telefon zum Texten vor sich haltend.

»Hau'n Sie ab?«

Was sollte das überhaupt bedeuten? *Hau'n Sie ab?* Als würde sie sich von einer Party verdrücken oder zum Rauchen rausgehen.

»Ja.« Sie zwang sich, so knapp wie möglich zu antworten.

»Alles klar«, sagte der Polizist. Er sagte es, als habe er von Anfang an nichts anderes erwartet; als sei es bloß eine Frage der Zeit gewesen, bis Charity sich schließlich doch dagegen entschied, Anzeige gegen Alex Wu zu erstatten. Als würde es immer so laufen. Als sei es das, was Mädchen wie sie jedes Mal taten.

Und dann: »Soll ich Sie fahren?«

»Nein«, sagte sie und ging weiter. Dann hielt sie wieder an. Denn in diesem Augenblick, in diesem Flur, sah sie plötzlich das komplette Bild vor sich. Sah sich selbst, wie der Polizist sie sah: als kaum mehr als eine gewöhnliche Straßenprostituierte – ein Stück Fleisch, das in dieser Welt keinen Wert und keinen Nutzen hatte. Sie drehte sich wieder zu ihm um. »Aber danke schön.« Sie zwang sich zu einem Lächeln.

Er erwiderte das Lächeln. »Kein Problem. Hey, tut mir echt leid, was Ihnen heute Abend passiert ist – wenn's nach mir ginge, würde man alle Typen, die so was machen, an den Eiern aufhängen – Verzeihung –, aber …« Er zuckte mit den Achseln. »Die Gerichte und der Staatsanwalt. Ihren Freund würde man vermutlich trotzdem gehen lassen, und Sie wollen sich so was doch nicht antun – vor Gericht aussagen, meine ich. Ein Mädchen mit Klasse wie Sie, warum sollten Sie … na ja.« Er plapperte bloß noch. Männer machten das manchmal, und jetzt wusste sie, dass sie ihn hatte.

»Also …« Sie zögerte, bemühte sich, eine möglichst realistische Vorstellung von Unschuld und Doppeldeutigkeit zu geben. »Wenn ich mich anders entscheide, soll ich dann … Sie anrufen?«

Arschloch konnte sich kaum das Grinsen verkneifen. Er hatte richtiggelegen, was für ein Mädchen Charity war. »Klar. Ich gebe Ihnen meine Nummer.«

Charity schüttelte den Kopf. »Mein Telefon ist noch im Hotel.« Dann tat sie so, als komme ihr gerade in diesem Augenblick eine Idee: »Ich speichere meine Nummer bei Ihnen ein.« Sie streckte die Hand aus.

»Klar.« Seine Finger huschten über den Sperrbildschirm, wischten und scrollten, vermutlich, um den Chat mit der »Tussi« zu schließen, die »besoffen gefahren« war. Dann drückte er sein Telefon einer Wildfremden in die Hand.

Und mehr war nicht nötig. Zwanzig Sekunden lang tat Charity so, als wisse sie nicht genau, wie ein Telefon und ein Adressbuch funktionierten – tat so, als sei sie nicht die Jahrgangsbeste der besten Computer-Science-Uni der Welt. Mehr Zeit brauchte sie nicht, um sein Adressbuch zu exportieren und sich per Mail zuzuschicken. Die gesendete Mail zu löschen und dann, zur Sicherheit, einen Screenshot seiner Unterhaltung mit Carlotta zu machen. In einer halben Stunde, wenn sie wieder im Hotel war, würde sie der Frau des Polizisten schreiben – die hilfreicherweise als seine Notfallnummer gespeichert war – und ihr sagen, dass er früher Feierabend habe und ob sie ihn zum Frühstück treffen wolle. Wenn sie doch bloß sein Gesicht sehen könnte, wenn die beiden Frauen zur selben Zeit eintrafen und er merkte, was sie getan hatte.

Nur würde er das niemals merken. Sie hatte bereits die Nachrichten gelöscht, und er würde nie auf die Idee kommen, dass eine Frau – ein *Mädchen* wie sie – in der Lage sein könnte, das Leben eines großen, starken Polizisten wie ihm kaputtzumachen. Er würde es vermutlich auf sein persönliches Pech schieben, aufs Karma oder seinen Partner. Wahrscheinlich würde er, wenn seine Ehe zu zerbrechen drohte, nicht einmal den Gedanken haben, nach der Telefonnummer zu suchen, die er in seinem Adressbuch niemals finden würde.

Nicht anders – Charitys Gedanken wirbelten jetzt durch ihren Kopf, als sie in die kalte Morgenluft Bostons hinaustrat – würde es sein, wenn seine E-Mail-Accounts kompromittiert und seine Nachrichten öffentlich zugänglich gemacht wurden … Und was war mit den anderen Polizisten seiner Dienststelle? Eine solche Korruption musste doch institutionell sein, oder nicht? Gott, was für einen Schaden Charity anrichten konnte, nach nur zwanzig Sekunden mit dem Telefon eines beschissenen Polizisten.

Wieder dachte sie an ihren Algorithmus, und mit einem Mal spürte sie die Kälte nicht mehr und auch nicht das Pochen ihrer Verletzungen. Sie hatte ihn entworfen, um den Benutzern zu geben, was sie *wollten*, auch wenn sie es selbst noch gar nicht wussten. Doch jetzt kam ihr ein neuer Gedanke und ließ sie nach Luft schnappen: Was, wenn sie ihn so umwandeln konnte, dass er Männern gab, was sie *verdienten*?

69 %

»DAS TUT MIR LEID.« Lou hörte selbst, wie abgedroschen ihre Worte klangen, doch was sollte sie sonst sagen? Mitansehen zu müssen, wie der Vergewaltiger alles an sich riss, für das man gearbeitet hatte. Die Titelseiten zu sehen, die Listen der reichsten Menschen und die Fanboys, die seine Brillanz priesen. Sie blickte über Charitys Schulter hinweg auf die Computerausrüstung. Und dann *dies* alles zu tun, das eigene Talent – und die eigene Unsichtbarkeit – zu nutzen, um die Täter zu zerlegen und die dahinterstehenden Strukturen, die ihre Taten ermöglichten. Schlagartig relativierte sich jedes Trauma, das Lou in ihrem Leben erlitten hatte – die Sache mit ihrem Vater, der Angriff im Tenderloin District, die Drohungen gegen ihre Mutter. Jeder Artikel, den sie je geschrieben hatte, war bloß ein kläglicher, impotenter Witz im Vergleich zu dem, was Charity in diesem Hotelzimmer aufgebaut hatte.

Charity öffnete eine weitere Dose mit einem Energydrink, aber stellte sie auf dem Schreibtisch ab, ohne davon zu trinken. »Sie müssen mir nicht glauben, aber es war wirklich nicht mein Plan, dass sie sterben. Ich wollte bloß, dass sie wissen, wie eine Welt aussieht, in der man ihnen all ihre unverdienten Privilegien genommen hat.«

»Und Charlie Brusk?« Schon während Charity ihre Geschichte erzählte, hatte Lou darauf gewartet, dass Brusks Rolle erklärt wurde. Wu, Christian und Weber waren allesamt bei Start-ups gewesen, in die XXCubator investiert hatte, doch das galt genauso für Tausende andere MIT- und Stanford-Absolventen. Es musste noch einen anderen Grund geben, warum sie Brusk ins Visier genommen hatte.

Als sie seinen Namen hörte, grub Charity ihre Fingernägel in ihre Handflächen. »Raum war XXCubators erste große Investition.« Sie wippte auf ihrem Stuhl vor und zurück, tippte beim Sprechen mit den Füßen auf den Boden. »Nachdem Elmsley Chase verkündet hatte, dass er Alex' und Tens Algorithmus – *meinen* Algorithmus – kaufen würde, war Brusk ganz besessen von dem Gedanken, einen Anteil an der Firma halten zu wollen. Er hat ein paar Anwälte auf den Deal angesetzt, und die haben nur rund zwei Tage gebraucht, um herauszufinden, was beim Hackathon passiert war. Als Raums neuester Investor und Vorstandsmitglied hatte Brusk die Wahl. Er konnte versuchen, mich zu finden und die Dinge ins Lot zu bringen – finanziell, juristisch, moralisch –, oder das Beweismaterial vergraben, um seine Investition zu schützen.«

»Und er hat sich für das Zweite entschieden.«

»Er hat dafür gesorgt, dass die Polizeiakten aus Boston unter Verschluss bleiben, hat Stanford und das MIT überzeugt, ihre Untersuchungen fallen zu lassen, hat sogar Christian und Weber ausfindig gemacht und ihnen für ihr Schweigen eine Finanzierung durch XXCubator in Aussicht gestellt. Blöd nur, dass ihre Start-up-Ideen so mies waren, dass Brusk Mushu Health und Grintech für sie erschaffen musste. Deshalb hat er zehn Jahre später Ihre Freundin Helen Tyler engagiert, um sie loszuwerden, bevor ihre Unternehmen an die Börse gingen und die Märkte merkten, dass die beiden zwei echte Volldeppen waren.«

Lou war kein bisschen überrascht. »So viel Aufwand und Geld, nur damit Brusk nicht das Richtige tun musste.«

»Das Beste habe ich noch gar nicht erzählt. Nachdem alles vorbei war, schickte Charlie Joe Christian ins Massachusetts General Hospital, um die Spuren zu verwischen: um sicherzugehen, dass ich Alex' Namen nicht erwähnt hatte oder sonst irgendwas, das auf diese Arschlöcher verweisen könnte. Die erste Person, die er dort traf, war meine Krankenpflegerin.«

Ein weiteres Puzzlestück fand seinen Platz. »Schwester Amelia war Amelia Christian.«

»So heißt sie natürlich erst seit ihrer Hochzeit, aber ja. Das erste Date der beiden war bloß ein Vorwand, um herauszufinden, was sie wusste.« Charity schlug mit den Handflächen auf die Lehnen ihres Aeron-Stuhls. »Es gibt buchstäblich nichts, was die nicht tun würden. Niemanden, den sie nicht benutzen würden. Die hören niemals auf. Es sei denn …« Charity deutete mit der Hand auf die blinkenden Lichter und die sich durch den Raum windenden Kabel.

»Es sei denn, wir lassen alles in Flammen aufgehen.« Lou hörte sich selbst die Worte wiederholen, die Helen am Vortag benutzt hatte. Ihre Theorie war richtig gewesen: Schicksal wollte diesen ganzen frauenfeindlichen Saustall zum Einsturz bringen, angefangen mit den Schweinen im Raum One.

Charity griff nach ihrer Dose Monster Energy und hob sie, als wolle sie Lou zuprosten.

»Was kann ich tun? Ich bin keine Journalistin mehr.«

»Scheiß auf Journalismus«, sagte Charity mit einer wegwerfenden Handbewegung, noch immer die Dose haltend. »Das interessiert doch keinen. Wenn man die Welt verändern will, muss man es selbst machen.« Sie senkte ihre Stimme und rollte ihren Drehstuhl näher an Lous Plastikstuhl heran. »Ich frage Sie was: Warum ist Raum so verzweifelt darauf aus, an die Börse zu kommen?«

War das eine Fangfrage? »Die brauchen Kapital. Sie verbrennen etwa eine Milliarde pro Monat.«

Charity nickte. »Sogar eher zwei Milliarden. Aber das ist kein Problem, weil die Wall Street, wie wir alle wissen, glaubt, dass Wachstum wichtiger ist als Profitabilität. Solange Raum weiter wie Unkraut wächst – schneller als jede andere Firma in der Geschichte des Kapitalismus –, ist der große Zahltag am Ende garantiert.« Sie hielt inne. »Aber was, wenn es nicht so ist?«

»Wenn er nicht garantiert ist?«

Charity schüttelte den Kopf. »Wenn sie nicht wachsen. Was, wenn die Zahlen Quatsch sind? Was, wenn Raums aktive Nutzerzahlen, dank all der Skandale und Elmsleys katastrophaler Führung, in Wirklichkeit schrumpfen, und zwar dramatisch? Elmsley Chase und Charlie Brusk haben die Investoren bewusst angelogen, die Wall Street, die ganze Welt, was Raums Wachstum vor dem IPO betrifft.«

Lou rückte ihren eigenen Stuhl näher heran. »Soll das ein Witz sein? Raum verbrennt zwanzig Milliarden Dollar pro Jahr für null Wachstum?«

Charity korrigierte sie. »Für ein *negatives* Wachstum. Und Chase und Brusk lügen schon seit Monaten darüber. Der Kronprinz genauso. Die versuchen alle verzweifelt, den Börsengang durchzubringen, bevor die Wahrheit ans Licht kommt. Raum ist am Arsch.«

»Das ist krass.« Das war es wirklich. Wenn Raum bei seinen SEC Filings gelogen hatte, würden Chase und der Rest des Vorstands in den Knast wandern. Man darf Sexualstraftäter einstellen, Journalistinnen bedrohen und die eigenen Kunden mit selbstfahrenden Autos umbringen, doch das erste Gebot im Amerika der Konzerne lautet: Du sollst dich niemals mit der Wall Street anlegen. »Und Sie haben interne Dokumente, um das alles zu beweisen?« Natürlich hatte sie die. Charity hatte bereits bewiesen, dass sie sich in Raums gesichertes Intranet einhacken konnte.

Charity lächelte, griff in die Tasche ihres Bademantels und holte einen silbernen USB-Stick hervor, den sie in Lous Schoß warf. Lou betrachtete ihn, als könne sie den Inhalt lesen, wenn sie nur lang genug darauf starrte. Ihre Hand zitterte. Wenn das, was auf diesem USB-Stick enthalten war, an die Investoren geleakt wurde, konnte das Raum zerstören. Oder noch Schlimmeres. Lou wurde schlecht, als sie sich König Faisals Reaktion vorstellte, wenn er hörte, dass sein ungeliebter Sohn schon wieder einen Skandal über die Familie gebracht und dabei Milliarden Dollar aus dem Vermögen der Königsfamilie verbrannt hatte. So lautete das zweite Gebot: Du sollst dich nicht mit der saudischen Königsfamilie anlegen, nicht einmal dann, wenn du selbst ein Teil davon bist.

»Niemand weiß, wer ich bin«, fuhr Charity verschwörerisch flüsternd fort. »Aber wenn die ehemalige Journalistin, die beauftragt wurde, den Tod von Raums CTO zu untersuchen« – jetzt deutete sie mit einer theatralischen Geste auf Lou –, »entdecken sollte, dass Alex Wu kurz davorstand, die ganze Verschwörung auffliegen zu lassen, bevor er auf so schockierende wie blutige Weise Selbstmord beging … was würde die Wall Street dann denken? Was würde die Welt denken?«

Jetzt war Lou verwirrt. »Aber das ist nicht das, was passiert ist. Alex Wu hat sich umgebracht, weil …« Sie spürte, wie die Luft aus ihr wich – ihre Aufregung gerann zu Übelkeit. »Das ist gar nicht wahr, oder? Die Sache mit den Nutzerzahlen? Raum geht es nicht wirklich schlecht.«

Charity schüttelte den Kopf. »Was ist schon Wahrheit? Wenn der Inhalt dieses USB-Sticks auf irgendeine Weise auf Raums Server landet, dort die wirklichen Daten überschreibt und ein paar E-Mails platziert, die auf die Verschwörung hindeuten, die ich gerade beschrieben habe … na ja, wäre das dann nicht *wahr genug*? Bis die Leute wissen, was wirklich *wahr* ist, wird Raum das Geld ausgegangen sein, und sie sind pleite. Und die Arschlöcher, die den Laden leiten …«

Lou fühlte sich nur noch leer. »Sie wollen, dass ich Ihnen helfe, sich in Raums Server zu hacken und falsche Daten aufzuspielen, um den Börsengang zu sabotieren?«

Charity hob die Hände. »Nein, nein. Die Dateien spiele ich

allein auf. Sie müssten sie bloß rein zufällig finden und sie an interessierte Kreise weiterleiten: Banken, Investoren, Private-Equity-Journalisten. Sie haben absolute glaubwürdige Bestreitbarkeit.«

In einem vorherigen Leben hätte Lou an diesem Punkt das Hotelzimmer verlassen, ohne sich noch einmal umzudrehen. Doch jetzt blieb sie sitzen, hörte zu, dachte darüber nach. Männer wie Elmsley Chase logen permanent. Sie sagten und taten alles, nur um ihre nächste Milliarde einzuheimsen. War das, was Charity von ihr verlangte, wirklich schlimmer? All den Schwachsinn und die leeren Versprechungen rückgängig zu machen, die Raum so wertvoll machten, trotz der Verluste und des Leids. »Und Sie denken, diese interessierten Kreise werden mir glauben? Dass ich rein zufällig über diesen unglaublichen Betrug gestolpert bin?«

Wieder deutete Charity auf ihren Computer. »Das denke ich, ja. Aber noch wichtiger, mein Algorithmus denkt es. Ich habe Sie nicht zufällig ausgewählt, Lou. Ich habe Sie gewählt, weil Sie, allen verfügbaren Daten nach, der einzige Mensch sind, der dazu in der Lage ist.«

Lou blies die Backen auf und ließ die Luft entweichen. Sie wusste, dass das nicht stimmte. »Sie meinen, der Einzige außer Helen Tyler?« Lou erinnerte sich an den Brief, den Helen vor Wochen bekommen hatte, auf Redwood-Papier.

Charity stritt es nicht ab. »Ich habe ihr geschrieben, als sie den Job bei Raum angenommen hat, aber sie hat meine Einladung ignoriert.«

»Weil sie dachte, Sie wollten sie erpressen.«

Charity warf den Kopf in den Nacken und lachte. »Sie hat nicht erwähnt, dass Elmsley Chase ihr 100 Millionen Dollar geboten hat, wenn sie sich dem Vorstand widersetzt und ihm hilft, seinen Job bis nach dem IPO zu behalten?«

»100 … Millionen? Nur um ihn noch ein paar Wochen in seinem Job zu halten?« Irgendwie war der Gedanke, dass Elmsley

Chase jemandem wie Martina Allen sechs Milliarden zahlte, um seinen Arsch zu retten, leichter zu begreifen, als dass Helen – *ein ganz normaler Mensch* – einen obszönen Bruchteil dieser Summe erhielt. Lou erinnerte sich an Helens prahlerische Bemerkung, dass sie durch ihren Job bei Raum genug verdienen würde, um ein Leben lang damit auszukommen.

Charity leerte ihre Dose Monster Energy. »Welchen Preis hat das Ego eines Mannes? Der Punkt ist, Sie sind die Einzige, die über die nötige Glaubwürdigkeit verfügt. Ich habe Sie mit Helen Tyler zusammengebracht, um ihr bei den Untersuchungen zum Tod von Alex Wu zu helfen. Ich wusste, dass sie Elmsley Chase überzeugen würde, eine Presseerklärung abzugeben, die bestätigte, dass jedes Wort, das Sie über Wu geschrieben haben, der Wahrheit entspricht. Er hat sich für Ihre Glaubwürdigkeit verbürgt und sich dafür entschuldigt, Sie angezweifelt zu haben.«

Jetzt sah Lou alles klar vor sich – wie Charity sämtliche Saiten perfekt gespielt hatte, um Raums größter Kritikerin die Glaubwürdigkeit einer Insiderin zu verleihen. »Elmsley wird einfach sagen, dass die Daten Fake sind. Er wird einen Wirtschaftsprüfer holen, der nachweisen kann, dass Raum tatsächlich wächst.«

Charity nickte. »Das wird er bestimmt versuchen, aber die ganze Welt hat gesehen, wie Alex Wu über die Brüstung gesprungen ist. Was würden Sie glauben, wenn Sie ein Investor wären?«

»Gott, das ist ja …«

»Schrecklich? Makaber?«

Lou lachte auf. Zum ersten Mal hatte Charity sie komplett falsch gelesen. »Ich wollte sagen, das ist genial.«

»Wirklich, oder?« Charity streckte ihr eine perfekt manikürte Hand entgegen. »Also, Partner?«

Charity blickte tief in Lou McCarthys Augen und sah, wie die junge Frau in ihrem geliehenen grünen Kleid all das verarbeitete, was sie gerade gehört hatte. Charity wusste, Lous nächste Worte würden ihr verraten, ob es richtig gewesen war, dieser impulsiven Journalistin eine so zentrale Rolle in ihrem Plan zuzuteilen. Ob es richtig gewesen war, ihr zu erzählen, was sie ihr erzählt hatte, und darauf zu vertrauen, dass sie nicht direkt zu Helen Tyler laufen würde, oder zu Elmsley Chase, oder zur Polizei.

Denn dieser Teil entsprach der Wahrheit. Charitys Plan war fast komplett. In wenigen Tagen würde die Ära der mächtigen Männer, die ihr Geld, ihre Privilegien und ihre Technologie dazu einsetzten, den Rest der Menschheit zu unterdrücken, zu Ende gehen. Wenn der Staub sich legte, so hoffte sie, würde Lou verstehen, warum sie ihr nicht die ganze Wahrheit verraten hatte. Und würde ihr verzeihen.

Ja, redete Charity sich ein, eines Tages würde Lou ihr verzeihen.

Bis dahin musste Charity alles dafür tun, um Lou vor Gefahren zu beschützen, und auch dafür, dass Lou ihr nicht – absichtlich oder aus Zufall – einen Strich durch die Rechnung machte. Noch etwas entsprach definitiv der Wahrheit: Charlie Brusk, Elmsley Chase und ihre königlich-saudischen Geldgeber waren von diesem Börsengang abhängig und würden fast alles dafür tun. Die Gefahr war absolut real, und Charity wollte nicht, dass Lou etwas zustieß.

Sie starrte Lou an, und Lou starrte zurück. Bis schließlich …

Lou holte tief Luft, nahm Charitys Hand in ihre und sprach das Wort aus, auf das Schicksal gehofft hatte.

»Partner.«

71 %

EINE STUNDE SPÄTER traf Lou in Helen Tylers Apartment im Four Seasons ein. Dem Lärm aus dem Wohnzimmer nach zu urteilen, waren ihre Mutter und Carol nicht nur bereits eingetroffen, sondern schon dabei, sich einzuleben. Sie blieb im Flur stehen, als sie Carols berühmte laute »Streitstimme« hörte. »Kommen Sie, Lady, wir sind keine Vollidioten. Wir landen und stecken sofort in einem Tsunami aus Schwachsinn, weil unsere Hotelreservierung in die Hose gegangen ist. Dann bringen Sie uns hierher, und unser Mädchen ist weit und breit nicht zu sehen.«

Dann war das Geräusch eines schweren Glases zu hören, das auf den Couchtisch geknallt wurde, und schon schaltete ihre Mutter sich ein. »Ich habe ihr gesagt – ich habe dir gesagt –, dass Elmsley Chase niemals für unsere Flüge bezahlen würde. Der Kerl interessiert sich nur für zwei Dinge: sich selbst, und sich selbst.«

Lou trat einen halben Schritt auf die Wohnzimmertür zu, hin- und hergerissen zwischen dem Wunsch, ihre Mutter in den Arm zu nehmen, und auf direktem Weg ins Gästezimmer zu schleichen, um Helens Fragen auszuweichen. Sie wollte sicher wissen, was sie im Redwood herausgefunden hatte. Sie legte ihre geliehene Clutch leise auf den Tisch im Flur. Wenigstens musste sie keine Angst haben, dass Helen sich über die gewaltige Summe auf ihrer Kreditkartenrechnung aufregen könnte: Bevor sie das Redwood verlassen hatte, hatte Lou das Armband zurückgegeben, und Charity hatte versprochen, jeden Hinweis auf die Transaktion digital aus der Cloud zu entfernen, einschließlich der Überwachungsaufnahmen aus der Boutique.

»Ah, Lou!« Helen hatte aufgeblickt und sie im Flur stehen sehen. »Die Damen haben schon gedacht, man könnte dich entführt haben.« Ihr Tonfall ließ erkennen, dass sie diese Vorstellung zum Brüllen fand.

Lou grinste so breit sie nur konnte und rannte dann ins Wohnzimmer, um ihre Mutter fest an sich zu drücken. »Tut mir so leid, ich musste noch was erledigen. Helen hat mir erzählt, dass etwas mit eurer Hotelbuchung schiefgelaufen ist.«

Lou ließ ihre Mutter los und wandte sich Carol zu. Als sie sich umarmten, roch Lou den Alkohol und sah über ihre Schulter, dass Helen eine Flasche Basil Hayden's Whiskey geöffnet hatte. *»Bourbon« kann man nicht wütend sagen*, hatte Lous Vater immer erklärt. Auch wenn er das in der Regel tat, kurz bevor er mit der Schrotflinte die leere Flasche in Stücke schoss.

Lous Mutter winkte mit ihrem Glas in Helens Richtung. »Stimmt es, dass meine Tochter jetzt für Raum arbeitet? Oder ist das auch Schwachsinn?«

Lou löste sich von Carol. Sie registrierte die Enttäuschung in der Stimme ihrer Mutter, doch bevor sie sich rechtfertigen konnte, kam Helen ihr zuvor. »Schon okay, Lou, du kannst die Wahrheit sagen. Du hilfst mir, den Selbstmord von Alex Wu zu untersuchen, in der Hoffnung, einen Skandal bei Raum aufzudecken.« Sie wandte sich an Lous Mutter. »Leider weiß Ihre Tochter meist mehr als ich über das, was in dem Unternehmen vor sich geht.«

Lou ging zum Beistelltisch und goss sich einen Schluck Whiskey in das letzte unbenutzte Glas. Kurz darauf trat Helen neben sie, um ihr eigenes Glas nachzufüllen, und fragte leise: »Was erreicht?«

Lou schenkte sich nach. »Wieder eine Sackgasse.« Wenn Helen wirklich 100 Millionen Dollar dafür erhielt, Elmsley Chases Job zu sichern, würde Lou ihr ganz sicher nicht von Charity Jones erzählen und ihrem Plan, ihn als größten Betrüger seit Bernie

Madoff hinzustellen. Sie ignorierte Helens ungläubig gehobene Augenbraue, trank aus ihrem Glas und genoss das Brennen des Whiskeys in ihrer Kehle. Dann griff sie erneut nach der Flasche.

72 %

ALS LOU AM nächsten Morgen aufwachte und benommen nach ihrem Telefon griff, war es bereits nach zehn. Sie war mit ihrer Mutter und Carol bis fast drei Uhr nachts wach geblieben, bis Landon kam und sie in ihr Hotel brachte. Helen hatte sich um kurz nach eins verabschiedet und Lou versprochen, sie rechtzeitig zu wecken, wenn sie zum Raum One aufbrach. Ein weiteres gebrochenes Versprechen.

Lou zwang sich aufzustehen und spürte sofort die volle Wucht ihres Katers. Sie hatte vor dem Schlafengehen zwei große Gläser Wasser getrunken – ein drittes stand halb leer auf ihrem Nachttisch –, doch ihr Magen fühlte sich trotzdem an, als wäre er mit brennendem Sand gefüllt.

War sie verkatert, war Lou immer emotionaler, schutzloser – allein der Gedanke an Charitys Geschichte reichte aus, dass ihr die Tränen kamen. Es war eine nahezu perfekte Metapher dafür, wie das Silicon Valley mit Frauen umging – man klaute ihre Ideen, missbrauchte ihre Körper und drängte sie mit aller Brutalität an den Rand.

Lou kippte den Rest Wasser in sich hinein und zog den Four-Seasons-Bademantel über. Dann schleppte sie sich ins Bad und lehnte volle fünf Minuten mit der Stirn gegen den Spiegel über dem Waschbecken.

Sie dachte über das nach, was Charity versprochen hatte. Dass sie sich irgendwann im Laufe der nächsten vierundzwanzig Stunden in Raums bestgesicherten Server einhacken und eine Reihe von Dokumenten dort platzieren würde – E-Mails? Tabellen?

Bilanzberichte? –, die Elmsley Chase in einen massiven Unternehmensbetrug verwickelten, den sie sich komplett ausgedacht hatte. Erfundene Dokumente, die ohne jeden Zweifel beweisen würden, dass Chase und Raums Vorstand die User-Zahlen dramatisch aufgebläht hatten, um sich auf diesem Weg den größten Börsengang der Geschichte zu erschleichen. Sobald die gefälschten Beweise hinterlegt waren, würde Charity Lou sagen, wo sie zu »finden« waren, um sie an die Wall Street weiterzuleiten. Dann gäbe es keinen IPO mehr, kein Raum mehr. Es wäre – so stellte Charity es dar – der Anfang einer großen Abrechnung mit all dem bro-getriebenen Schwachsinn im Silicon Valley.

Würde sie das wirklich tun?

Scheiße, natürlich würde sie das.

Als Lou die Küche erreichte, stellte sie überrascht fest, dass ihre Mutter und Carol dort auf sie warteten. Noch überraschender war die dritte Person, die am Tresen saß: Stanley Martinez, Helens handzahmer Detective. Sie erstarrte. Das konnte unmöglich etwas Gutes bedeuten.

»Morgen, Schlafmütze«, sagte ihre Mutter. »Wir haben uns gerade über Claude Pétain unterhalten. Helens Freund Detective Martinez interessiert sich auch für ihn.«

Lou war erleichtert. Sie betrachtete die Szene in der Küche. Jede verfügbare Oberfläche war mit Papieren bedeckt: Fallakten, schwarze Notizhefte und, in der Mitte des Ganzen, ein Stapel schwarzer Ordner. Drei von ihnen lagen geöffnet vor den beiden Frauen, während Martinez einen Polizei-Laptop vor sich hatte.

»Was heißt interessiert?« Sie richtete die Frage direkt an Martinez.

Carol blickte von ihrem Ordner auf. »Stanley glaubt, dass Pétain innerhalb seines Zuständigkeitsbereichs agiert – dass er ein Tech-Unternehmen in der Stadt leitet.«

»Oder zumindest irgendwo in der Bay Area oder im Silicon

Valley«, stellte Martinez klar. »Aber mein Chef lässt mich nicht ermitteln, nicht ohne Strafanzeige, und …«

Carol brachte den Satz für ihn zu Ende: »… keiner wird eine stellen, weil alle Angst vor dem Bastard haben. Ich habe Stanley gesagt, dass man uns nicht so leicht Angst macht.« Sie legte einen Arm um Martinez, dem der Körperkontakt kein bisschen unangenehm zu sein schien. Lou warf einen Blick auf Martinez' Hand – kein Ring. *Das ging schnell, Carol!*

Lou beschloss, sich an die vernünftigere der beiden Frauen zu wenden, auch wenn es manchmal zugegebenermaßen nicht leicht war, zu sagen, welche das war. »Mom, ihr seid hergekommen, um in Sicherheit zu sein. Bitte, bringt euch nicht sofort wieder in Gefahr.« Was sie anfügen wollte, aber nicht konnte, war, dass Lou selbst es überhaupt nicht gebrauchen konnte, erneut ins Visier von Pétains Mob zu geraten, gerade jetzt, da sie sich darauf vorbereitete, Raum zum Einsturz zu bringen.

»Gerade du musst davon reden, Louise Bryce McCarthy. Wir wissen, dass der Psychopath unsere Flüge gebucht und sich als deine Freundin Helen ausgegeben hat. Ich würde sagen, wir sind schon jetzt in ziemlicher Gefahr. Wie wär's, wenn du uns selbst entscheiden lässt, welche Kämpfe wir kämpfen?«

Darauf hatte Lou keine Antwort. Sie konnte ihnen schlecht erklären, dass sie das alles ganz falsch verstanden hatten. Dass es Charity war, nicht Claude Pétain, die die Flüge gebucht hatte. Und dass sie es getan hatte, um sie vor Pétains Mob zu schützen. Zumindest glaubte Lou, dass sie es deshalb getan hatte – frustrierenderweise hatte sie vergessen, Charity nach Pétain zu fragen. Sicher wusste sie, dank all ihrer Technologie, wer er war.

Lou seufzte und schlenderte zum Kühlschrank, um eine Tüte Kaffeebohnen zu holen. Sie kippte sie in den Kaffeeautomaten und machte sich auf das ohrenbetäubende Geräusch gefasst, als sie das Gerät einschaltete.

»Warum glauben Sie, dass Pétain ein Tech-Unternehmen leitet?«, fragte sie. Die ersten dunklen Tropfen sammelten sich in der Kanne aus Glas.

»Das ist nur eine Arbeitshypothese«, sagte Martinez. Er lehnte sich zurück, die Hände auf dem Küchentresen. »Wir wissen, dass unser Mann technisch versiert ist, richtig? Wahrscheinlich kommt er aus der Computerwelt oder hat an einer guten Uni Informatik studiert. Die Jungs von der Technik sagen, dass die Ausrüstung, die er benutzt – die Video-Tools, Stimmverfremdung, der ganze Scheiß – allerbeste Qualität ist, vielleicht sogar Militärniveau. So was ist nicht billig. Und er verbringt Stunden damit, diese Videos zu machen, also kann er sich entweder leisten, nicht zu arbeiten, oder er ist so wichtig, dass er den ganzen Tag online herumsitzen und Frauen belästigen kann und trotzdem sein Geld kassiert. Außerdem sagt mir der Umstand, dass nicht mal das FBI ihn zu fassen kriegt, dass wir hier jemanden suchen, der über Mittel und Verbindungen verfügt.«

Lou dachte darüber nach. »Ein ausländischer Agent?« Noch während sie sich diese Vermutung aussprechen hörte, legte Lou instinktiv den Arm um die Schulter ihrer Mutter. Das Einzige, was noch furchterregender war als Claude Pétain, der Troll, war Claude Pétain, der Mittelsmann für den saudischen Geheimdienst, der die Investition des Königs bei Raum schützte.

»Ich glaube das nicht«, sagte Stanley und trank einen Schluck Kaffee aus einer von Helens Porzellantassen, die in seinen riesigen Händen lächerlich klein wirkten. »Mein Bauch sagt mir, unser Mann ist Amerikaner. Er redet wie so ein kleiner Stresser – wie ein wütender Halbstarker. Deshalb habe ich mich überhaupt dafür interessiert – er schreit ständig was von Bullen, von Faschisten, die das Gefängnissystem im Griff haben, dieser ganze Schwachsinn.«

Lou verkniff sich die Bemerkung, dass die Notwendigkeit einer Gefängnisreform das vielleicht einzige Thema sein könnte, in dem sie und Pétain einer Meinung waren, und Martinez fuhr fort: »Normalerweise reden Typen wie er gerne davon, wie sehr sie gegen das Establishment sind, aber tief in sich drin lieben sie Autorität.«

Jetzt hielt sich Lou davon ab, zu sagen, dass viele Polizisten Pétains Liebe durchaus erwiderten.

Martinez kratzte sich am Nacken. »Pétain ist anders. Er hasst uns fast so sehr, wie er Frauen hasst. Deshalb denke ich, wir suchen nach jemandem, der das System durchlaufen hat. Der vielleicht mal selbst gesessen hat.«

Lou spürte, wie ihre Übelkeit ein wenig nachließ. Was Martinez sagte, klang vernünftig. »Haben Sie die SFPD-Datenbank durchsucht? Es kann ja nicht viele Leute geben, auf die das zutrifft.«

Stanley verzog das Gesicht. »Das hier ist kein Film. Ich kann nicht einfach drauflos suchen, ohne einen Namen zu haben. Zum Glück konnte Ihre Mom mir was liefern.« Er deutete auf den Stapel schwarzer Aktenordner.

Lou sah ihre Mutter erstaunt an. Was auch immer sie *geliefert* hatte, es konnte nichts Gutes dabei herauskommen.

Kerri-Ann McCarthy zeigte auf den Ordner, der geöffnet vor ihr lag. »Die schwarze Liste. So eine gibt's in jeder Stadt. Total inoffiziell, die wird in Frauenhäusern und Schutzunterkünften unter der Hand herumgereicht. Namen, Fotos, Arbeits- und Wohnadressen sowie das Vorstrafenregister sämtlicher Männer, die Gewalt gegen Frauen ausgeübt haben, damit wir wissen, auf wen wir achten müssen.«

Lou betrachtete den bis zum Bersten gefüllten Ordner, den ihre Mutter irgendwie aufgetrieben hatte, nachdem sie um drei Uhr nachts das Apartment verlassen hatte und bevor Lou aufgewacht war. War sie einfach in eines der Frauenhäuser der Stadt spaziert und hatte erklärt, dass sie in einer ähnlichen Einrichtung in

Atlanta arbeitete, und schon hatte man ihr diese Unterlagen in die Hand gedrückt? »Das ist die Liste für San Francisco?«

Ihre Mutter schüttelte den Kopf. »Nur für den Tenderloin District. Ich dachte, wir fangen am besten rund um das Raum One an und arbeiten uns von dort aus weiter vor. Willst du mal durchgucken? Vielleicht kennst du ja jemanden.«

Lou wollte helfen. Das wollte sie wirklich, nicht zuletzt, weil sie wusste, dass Pétain zu enttarnen die beste – vielleicht die einzige – Methode war, diesen wütenden Mob endlich loszuwerden. Doch sie hatte schon genug Zeit damit vergeudet, vor Martinez normal wirken zu wollen. Sie musste sich an die Arbeit machen.

Sie marschierte zum Raum One, so schnell ihr Magen es zuließ, und ging auf direktem Wege zu Ten Wheelers Büro. In der Nacht hatte sie Ten noch eine E-Mail geschickt und ihn gebeten, sich Tyrus Webers Todesursache genauer anzusehen. Sie hatte ihm keinen Grund genannt, nur den vagen Hinweis, dass es etwas mit ihren Ermittlungen zu Alex Wu zu tun hatte.

Bevor sie sich noch tiefer hineinbegab, musste sie sicher sein, dass Charitys Geschichte stimmte, und der Weber-Part ließ sich am leichtesten überprüfen. Außerdem wollte sie Ten Wheelers eigene Rolle in alledem verstehen. Charity sagte, er habe in der Nacht des Hackathons die Polizei auf Alex Wu angesetzt, und doch war er still geblieben, als Wu mit seiner Vergewaltigung davongekommen war und ihren Algorithmus an Raum verkaufte? Warum also hatte sie nicht auch ihn als Ziel ausgewählt? Lou hatte eine Theorie: Was, wenn sie noch immer in Kontakt miteinander waren? Was, wenn Ten Charitys Maulwurf bei Raum war? Das würde erklären, warum ein Weltklasse-Softwareentwickler sich bereit erklärt hatte, den so niederen Job als Helens Recherchekraft anzunehmen.

Lou tippte an Tens Tür und wartete auf eine Antwort. Als

sie ihn zuletzt gesehen hatte, wollte sie gerade ins Redwood, um zu Thomas Calders Sex-Tape zu ermitteln – in der Hoffnung, Schicksal zu enttarnen. Sie versuchte, wie zuvor die Rolle der ratlosen, aber dennoch entschlossenen Reporterin anzunehmen.

Einige Sekunden später klopfte sie erneut, diesmal lauter. Noch immer nichts. Nach einem dritten Versuch drückte sie vorsichtig gegen die Tür. Sie öffnete sich, und Lou sah Ten an seinem Schreibtisch sitzen, den Rücken zur Tür gewandt, mit einem Paar absurd großer Kopfhörer auf den Ohren. Auf seinem Computerbildschirm war das Foto einer blonden jungen Frau im Bikini an einem weißen Sandstrand zu erkennen. Lou biss sich auf die Lippe, beschämt, ihn in einem so privaten Moment zu stören. Sie wollte sich rückwärts aus dem Raum schleichen, doch ein lautes Knirschen ließ sie erstarren, als ihr Fuß auf etwas trat. Es war eine Kunststoffdrohne, die jetzt in hundert Einzelteilen unter ihrem Schuh lag. Ten fuhr auf seinem Drehstuhl herum, griff hektisch nach der Maus und schloss das Foto des Mädchens, an dessen Stelle sogleich eine schwarze Seite mit weißem Code trat.

»Mist, tut mir leid«, sagte Lou. »Ich habe geklopft, aber ...«

Ten stand auf und hob die Teile der zersplitterten Drohne auf. Seine Hose war noch zu, Gott sei Dank. »Sie hatten recht, was Weber angeht«, sagte Ten sachlich, während er die Plastikteile auflas und auf seinen Schreibtisch legte. Dann wurde ihm klar, dass es ein hoffnungsloses Unterfangen war, und er schob alles in den Mülleimer unter seinem Tisch. »Der Typ hatte definitiv keinen Krebs. Aber dafür eine ziemlich heftig geschädigte Leber.«

»Wodurch geschädigt?« Lou stellte diese Frage reflexhaft – Ten hatte bereits genug erzählt. Der Gründer von Mushu Health war nicht an Krebs gestorben.

»Tabletten. Saufen. Hauptsächlich durchs Saufen. Er hat Disulfiram genommen, eine Droge, die einen kotzen lässt, wenn man trinkt. Hat wohl nicht funktioniert.«

»Das haben Sie aus dem Autopsiebericht?«

Ten ließ sich wieder auf seinen Stuhl fallen. »Wir haben eine Vereinbarung zum Informationsaustausch mit Mushu Health. Ich habe einfach ihre API angezapft, um mir Webers Krankenakte zu ziehen.« War sich Ten der Ironie bewusst, Mushus eigene Daten zu benutzen, um den Tod des CEOs ebendieser Firma zu untersuchen? »Soll ich Helen die Daten schicken? Glaubt sie, die Tode von Tyrus und Alex hängen irgendwie miteinander zusammen?« Plötzlich sah Ten erschrocken aus. Hatte er sich erinnert, Weber vor all den Jahren in dieser Bar getroffen zu haben? War dies die Panik eines Mannes, der glaubte, er könnte der Nächste sein, oder die eines Maulwurfs, der kurz davorstand, enttarnt zu werden?

Lou zuckte so beiläufig mit den Achseln, wie sie nur konnte. »Ich sag's ihr selbst. War wirklich nur so ein Gefühl. Wie kommt es überhaupt, dass Sie beide zusammenarbeiten?« Sie versuchte, die Frage wie harmlosen Small Talk klingen zu lassen.

Wieder errötete Ten. »Wollen Sie das wirklich wissen?«

»Sie kann ja nicht jeden, den sie für ihr Team rekrutieren will, von Landon im Tenderloin vom Gehsteig kratzen lassen, oder?«

Ten lachte. »Meine Rekrutierungsgeschichte ist viel peinlicher. Sie hat mir Dating-Tipps gegeben.«

Das war in etwa das Letzte, was Lou von Ten zu hören erwartet hätte.

»Ich glaube, es war ihr erster Tag bei Raum«, fuhr Ten fort. »Die meisten von uns waren noch nicht ins Raum One umgezogen, aber ein Team war hergeschickt worden, um die Installation der neuen Staging-Server zu beaufsichtigen. Ich bin hergekommen und hab mir ein leeres Büro geschnappt, um mich konzentrieren zu können. Verstehen Sie?«

Lou verstand. »Ich konnte in der *Herald*-Redaktion am besten denken, wenn alle nach Hause gegangen waren.«

Ten rutschte auf seinem Stuhl hin und her, offensichtlich war ihm die Geschichte, die er erzählen wollte, unangenehm – dennoch erzählte er sie. »Also, eines Nachts sitze ich hier rum, denke, ich bin der einzige Mensch auf der Etage, und rede mit diesem Mädchen, das ich gerade date, über IRC.« Lou nickte. *Internet Relay Chat.* Es war kein natürlich aufkommendes Bild – Ten mit einer Freundin –, doch sie erkannte am Leuchten seiner Augen, dass er diese Frau wirklich mochte.

»Holly – meine Freundin – berichtet mir von ihrem Ex-Freund, einem Surfer, und ich will gerade eine Antwort tippen … will schreiben, dass der Typ ein Arschloch ist, oder einen Witz über die Beach Boys machen oder was weiß ich, und plötzlich steht da diese komische Mary Poppins hinter mir – Zack! Wie durch Magie. Sie legt ihre Hände auf meine Schultern und fängt an, mich zu coachen. ›Sie testet Sie. Sie will wissen, ob Sie ein eifersüchtiger Typ sind.‹« Jetzt sprach Ten mit britischem Akzent weiter: »›Ich möchte Ihnen dringlichst raten, diesen Köder nicht zu schlucken.‹«

Lou lachte über Tens Helen-Imitation, auch wenn sie den Verdacht nicht abschütteln konnte, dass sie die wahre Bedeutung dieser Geschichte kannte.

»Holly wohnt gut 7000 Meilen von hier entfernt – es ist absolut unmöglich, dass Helen sie kennt oder etwas über sie weiß. Aber plötzlich erwische ich mich dabei, wie ich alles tippe, was sie mir sagt. Dass das Surfer-Arschloch wie ein total netter Kerl klingt und dass ich ihn so gerne mal kennenlernen würde. Und Holly reagiert mit Smileys und schreibt, dass ich ein viel netterer Typ bin als er und dass sie sich wünscht, sie könnte gleich ins Flugzeug steigen und mich treffen. Und dann … jetzt kommt der unfassbare Teil … Am nächsten Tag schreibt sie mich an. Sie will es offiziell machen. Also, als Freund und Freundin. Ich sag Ihnen, Helen Tyler sieht vielleicht aus, als hätte sie 'n Stock im Arsch, aber sie ist ein Beziehungsgenie.«

»Das ist eine schöne Geschichte«, sagte Lou. »Aber Moment ... haben Sie gesagt, Holly lebt 7000 Meilen von hier? Haben Sie sich nie getroffen?«

Ten nickte. »In Sidney, Australien.« Er beugte sich zu seinem Schreibtisch vor und nahm ein winziges Stoffkänguru, einen Schlüsselanhänger aus dem Souvenirshop, an dem Ten eine Reihe von USB-Security-Keys und Speichersticks, aber – soweit sie es erkennen konnte – keine normalen Türschlüssel festgemacht hatte. »Das hier hat sie mir geschickt.«

Jetzt war Lou absolut überzeugt von ihrer Theorie. »Holly« war in Wirklichkeit Charity, und sie hatte Ten dazu gebracht, als ihr Spion bei Raum zu agieren. Lou dachte an das Foto der Strandschönheit, das Ten angestarrt hatte, als sie hereinkam. Hatte Charity das gemeint, als sie sagte, Männer seien so leicht zu manipulieren? Und dann der Känguru-Schlüsselanhänger: ein niedliches Geschenk, um ihre Liebe zu zeigen? Oder konnte es eine Art Abhörvorrichtung sein? Auf diesem Wege musste sie von Helens 100-Millionen-Dollar-Deal mit Elmsley erfahren haben.

Mein Gott, Lou, halt dich zurück mit deiner Kater-Paranoia. Andererseits – konnte man überhaupt *zu* paranoid sein, wenn man es mit Charity Jones zu tun hatte?

»Also haben Sie Helen angeboten, ihr bei den Nachforschungen zu helfen. Als Dankeschön.«

Ten schüttelte den Kopf. »Das kam später. Sie rief an, um mir zu sagen, man habe sie angeheuert, um bei Raum aufzuräumen ... Sie wusste, dass hauptsächlich ich, nicht Alex, die erste Version des Algorithmus geschrieben hatte, und wollte, dass ich ihr helfe, Raums Datenbestand zu verstehen, damit sie sehen konnte, was für einen ekelhaften Scheiß er da macht.«

Lou fiel auf, dass Ten wie selbstverständlich Charitys Namen aus seiner persönlichen Raum-Geschichte ausgelassen hatte, und stellvertretend verspürte sie Wut. Doch sie ließ ihn weiterreden.

»Nach dem Börsengang wollte sie Elmsley sagen, er solle Alex rausschmeißen. Sie hat angeboten, mich als neuen CTO vorzuschlagen, wenn ich sie unterstützte.« Ten wirkte, als widere ihn dieser Gedanke an. »Ich habe ihr gesagt, dass mich Alex' Job nicht interessiert. Damals nicht, heute nicht, niemals.«

Das war es also. *Nach dem Börsengang wollte sie Elmsley sagen, er solle Alex rausschmeißen.* Die Bestätigung aus Helens eigenem Munde – wenn auch über Ten Wheeler –, dass sie davon ausging, Elmsley Chase würde selbst nach dem Börsengang noch das Sagen bei Raum haben.

»Warum sollten Sie nicht CTO werden? Sie haben den Algorithmus entwickelt, der hinter allem steckt, was Raum ausmacht. Sie verdienen die Anerkennung dafür.« Lou fühlte sich schlecht, Tens falsche Version der Geschichte zu wiederholen, doch sie wollte es von ihm hören.

Tens Schultern sackten traurig nach unten, und für einen Moment dachte Lou, er würde ihr gleich beichten, dass es Charity gab. »Wissen Sie, was Alex den ganzen Tag gemacht hat?« Er sah sie an. »Ich meine jetzt nicht das kranke Zeug – ich rede von seinem Job. Er saß in Meetings, hat Fernsehinterviews gegeben, und dann saß er in noch mehr Meetings. Ich glaube nicht, dass er im letzten Jahr auch nur eine einzige Zeile Code geschrieben hat. Er war ein *Manager*« – Ten sagte es, als wäre es ein Schimpfwort – »und zwar ein ziemlich guter.«

»Also hat es Sie nie gestört, dass er die Anerkennung für die Arbeit eines anderen eingeheimst hat?«

Lou hatte ihre Wut nicht mehr unter Kontrolle. Sie wollte Ten nicht verraten, was sie wusste, doch sie konnte es auch nicht ertragen zu hören, wie Charity ein weiteres Mal aus der Geschichte gelöscht wurde. Doch bevor Ten antworten konnte, wurde die Tür zu seinem Büro aufgestoßen, und eine sehr irritiert aussehende Helen Tyler trat ein. »Gute Neuigkeiten«, bellte sie und sah dabei aus, als würde sie gleich das genaue Gegenteil verkünden. »Du hast noch einmal Gelegenheit, das Diane-von-Fürstenberg-Kleid anzuziehen. Elmsley gibt heute Abend eine Party, und wir sind beide eingeladen. Er hat einen weiteren idiotensicheren Plan, den Börsengang zu retten.«

74 %

EINE HALBE STUNDE später war Lou zurück im Four Seasons und fand ihre Mutter und Carol noch immer an Helens Küchentresen vor. Martinez war gegangen, doch er hatte seinen Laptop dagelassen, auf dem Carol gerade mit zwei Fingern herumhackte. Lou wäre fast auf direktem Weg in ihr Zimmer gegangen. Sie hatte so viele Probleme, dass ihr schlicht die Kraft für einen weiteren Streit darüber fehlte, in welche Gefahr sie sich gerade begaben. Fürs Erste waren sie im Four Seasons sicherer, als wenn sie draußen herumliefen und nach diesem Psychopathen Pétain suchten. Das musste reichen.

»Hey, Schatz«, rief Lous Mutter ihr unerwartet, fast übertrieben gut gelaunt aus der Küche zu. »Willst du was essen?« Sie deutete auf eine kalte, halb gegessene Pizza Hawaii neben der Spüle.

»Klar«, sagte Lou, nahm sich ein Stück und gesellte sich zu den beiden Frauen. Nur für ein paar Minuten. Sie musste etwas essen. »Wie läuft euer Tag so? Kommt ihr voran?«

»Ganz gut«, erwiderte Lous Mutter, ein wenig zu schnell und zu laut. Lou kannte diesen Tonfall, und er bedeutete nichts Gutes. Sie hätte in ihr Zimmer gehen sollen.

Carol schaltete sich ein. »Wenn du mit ›gut‹ meinst, dass ein Mob wütender Jungfrauen mit brennenden Fackeln auf dem Weg hierher ist, dann ja, läuft alles prächtig.«

Lou legte ihr Stück Pizza beiseite. »Wovon redest du da? Mom?«

Ihre Mutter drehte den Laptop zu ihr, und Lou sah eine vertraute Silhouette vor sich, von hinten rot beleuchtet. Sie beugte sich vor und tippte auf die Leertaste, um das Video zu starten.

»Bonjour à tous!« Claude Pétains verfremdete Stimme ließ seine typische Begrüßung aus den blechernen Lautsprechern des Laptops ertönen. »Manche Leute wissen einfach nicht, wann sie aufgeben sollten. Quellen berichten mir, dass Kerri-Ann McCarthy und Carol Brook – die durchgeknallten Schlampen, die sich mit unserer Armee in Atlanta angelegt haben – nach San Francisco gekommen sind, um zu kämpfen. Sie arbeiten mit den Bullen zusammen, um mich der Justiz zu übergeben. Es sei denn, wir finden sie, bevor das passiert. Die Jagd ist eröffnet, *mes amis* …«

Jetzt brach Pétain in ein wahnsinniges, roboterhaftes Gelächter aus, während eine Horde gezeichneter Jean-Claude-Schweine mit Maschinengewehren und, aus unerfindlichen Gründen, gelben Davidsternen über den Bildschirm marschierte.

Lou klappte den Laptop zu. »Woher weiß er überhaupt, dass ihr in San Francisco seid?«

Diese Frage schien ihre Mutter zu verwirren. »Er hat ja unsere Flugtickets bezahlt.«

»Stimmt«, sagte Lou, sich daran erinnernd, dass sie noch immer nichts von Charity wussten. Sie griff zur Pizza und biss hinein. Sofort spürte sie, wie die Ananas ihren Blutzucker in die Höhe schießen ließ. Es konnte kein Zufall sein, dass genau in dem Moment, da Lou Charity dabei helfen wollte, Raum abstürzen zu lassen, plötzlich Claude Pétain seinen Mob erneut auf ihre Mutter losließ. Ein weiterer Beweis, dass er mit Raums saudischen Investoren unter einer Decke steckte.

Lou legte ihrer Mutter die Hand auf die Schulter. »Wir müssen sofort Landon anrufen. Er kann euch irgendwo hinbringen, wo es sicher ist.«

»Wir kommen schon zurecht«, unterbrach Carol sie. »Wir brauchen keine Männer, die uns beschützen. Nicht, solange wir dich haben, Terminator.«

Das Déjà-vu versetzte Lou einen Stich. Carols Spitzname für

Lou war schon damals, als sie zehn war, nicht sehr witzig gewesen, und jetzt war er ganz eindeutig nicht witzig.

Ihre Mutter zuckte mit den Schultern, sodass Lous Hand abrutschte. »Wir kriegen raus, wer dieser Kerl ist, und Martinez steckt ihn in den Knast. Dann sehen wir, wer hier wirklich die Schlampe ist – wenn er das erste Mal duschen geht.«

»Mom!«

»Vorsicht, Kerri-Ann«, sagte Carol. »Wir sind jetzt in Kalifornien. Hier sind Witze und Plastiktüten verboten.«

»Stimmt, tut mir leid. Ich meinte, Martinez steckt ihn in den Knast, wo man ihm einen fairen Prozess gewähren und jedem seiner Bedürfnisse respektvoll nachkommen wird.«

»Zum Beispiel dem Bedürfnis nach einem Knastschwanz im Arsch«, murmelte Carol.

Lou nahm die Hände hoch. *Genug.* Sie wusste, es brachte nichts, sich mit ihrer Mutter zu streiten, wenn sie so war und sich von Carol anstacheln ließ. »Ich bin jetzt ein paar Stunden unterwegs, wegen dieser Raum-Sache. Aber ich komme wieder – dann helfe ich euch, versprochen. Bis dahin geht bitte, bitte nicht raus. Okay?«

Als sie die Suite verließ, machten sie sich noch immer über den Mann lustig, der gedroht hatte, sie zu töten.

Kurz nach halb fünf erreichte Lou, frisch geduscht und umgezogen, den Vorplatz des Raum One, wo Helen ungeduldig auf ihre goldene Armbanduhr tippend wartete. Helen trug einen schwarzen Jumpsuit, ähnlich dem, den sie ein paar Tage zuvor auf der Party angehabt hatte. Bewahrte sie eine Auswahl an Abendgarderobe in ihrem Büro auf? Lou hatte auf das DVF-Kleid verzichtet und sich stattdessen für ihr eigenes frisch gewaschenes weißes Hemd und ihre Jeans entschieden. Dies war zum Teil ein Akt der Unabhängigkeit – sie war nicht in der Stimmung, sich für Elmsley

Chase zurechtzumachen –, hatte aber auch praktische Gründe, weil ihre Jeans Taschen hatte, in die ihr Notizblock und ein Stift hineinpassten. Charity konnte sie jeden Augenblick anrufen, um ihr zu sagen, wie sie die gefälschten Dokumente auf Raums Server finden würde, und sie wollte vorbereitet sein.

»Alles gut?«, fragte Helen und musterte Lou von Kopf bis Fuß, bevor sie in den wartenden vRaum-Wagen einstiegen.

»Alles super«, sagte Lou. Irgendwann würde sie Helen auf ihren Nebendeal mit Elmsley ansprechen müssen. Sie musste wissen, ob sie auf ihre Hilfe vertrauen konnte, wenn etwas mit Charitys Plan schiefging. Bis dahin würde sie so tun, als sei alles normal und als sei sie weiterhin auf der Jagd nach Schicksal. »Habe immer noch nichts herausgefunden über …« Lou formte mit den Lippen das Wort *Schicksal.* »Ich bin weiter auf der Suche nach möglichen Verbindungen zum Redwood.« Sie schnallte sich an. »Also, was ist Elmsleys großer Plan, um den Börsengang zu retten?«

Helen grinste sie an. »Um die Überraschung zu verderben?« Sie nickte in Richtung des Fahrersitzes – zur Erinnerung daran, dass überall fremde Ohren lauerten.

Weitgehend schweigend saßen sie nebeneinander, während das vRaum sich langsam durch die Innenstadt von San Francisco schob. Helen verbrachte die gesamte Fahrt damit, etwas auf ihrem Telefon zu tippen. Lou starrte aus dem Fenster und versuchte, sich auszumalen, welchen Plan Elmsley Chase und Helen sich ausgedacht haben mochten, um den Börsengang und Elmsleys Job zu retten. Und sie hoffte, Charity hatte bereits einen eigenen Plan, um ihren zu durchkreuzen.

75 %

DAS VRAUM NÄHERTE sich Elmsley Chases Townhouse in Pacific Heights. Seit den Gründungstagen dieser Stadt war diese Gegend die Heimat der Reichsten von ganz San Francisco. An diesem Punkt des 21. Jahrhunderts waren dies die Tech-Milliardäre, die Banker und die Autorin Danielle Steel.

Elmsley Chases Haus lag am Ende einer von Bäumen gesäumten Stichstraße. Als das vRaum heranfuhr, trat ein Wachmann in grauer Uniform und mit dem Sheriffstern einer privaten Sicherheitsfirma aus einem großen weißen Zelt und gab ihnen zu verstehen, sie sollten anhalten. Er musterte Lous und Helens Gesichter durch das Fenster hindurch und verglich sie mit etwas auf dem Bildschirm eines iPads. Lou fühlte sich wie bei der Sicherheitskontrolle am Flughafen: nervös und schuldig, obwohl sie gar nichts Falsches getan hatte. Noch nicht.

Der Wachmann war nicht allein in seinem Zelt. Ein Mann in einem teuer aussehenden dunkelgrauen Anzug blickte über seine Schulter hinweg auf das iPad. Als er sich überzeugt hatte, dass Lou wirklich Lou und Helen wirklich Helen war, nickte er und ließ sie passieren.

Fast augenblicklich wurden sie von einem fast identischen Anzugträger erneut angehalten. Er machte eine große Show daraus, ging langsam um das Auto herum, bevor er eine der hinteren Türen öffnete und die beiden Frauen bat – ihnen vielmehr befahl –, auszusteigen und den restlichen Weg zum Haus zu Fuß zurückzulegen. Lou wusste, dass Elmsley über private Sicherheitsleute verfügte, doch irgendetwas am Verhalten dieser Wachen fühlte sich seltsam an. Die Männer in den Anzügen wirkten wie Secret-Service-Agenten, und jeder Einzelne von ihnen – das fiel Lou plötzlich auf – sah aus, als käme er aus dem Nahen Osten.

Die Casa Elmsley war ein gigantisches Sandsteinhaus, vor dessen enormer Eichentür zwei Betonlöwen Wache hielten. Lou und Helen stiegen die fünf Steinstufen hinauf, die zum Eingang führten, und Helens High Heels klackerten bei jedem Schritt. Oben angekommen zog Helen an einer lächerlich aussehenden gotischen Türglocke. Alles an diesem Haus war darauf ausgelegt, eine merkwürdige Mischung aus mittelalterlicher Burg und französischem Château aus dem 17. Jahrhundert abzugeben, obwohl das Haus – den beiden römischen Ziffern nach zu urteilen, die in den Stein gehauen worden waren, ein doppeltes *M* – erst im Jahr 2000 erbaut worden war, vermutlich für irgendeinen glücklichen Nutznießer des ersten Dotcom-Booms.

Helen sah Lou an und kommentierte mit gehobener Augenbraue die Absurdität der Tür, der Türglocke, der römischen Ziffern und der Löwen. Lou reagierte mit einem angespannten Lächeln. Warum war Helen plötzlich so verschlossen? Wusste sie, dass Lou sie über ihre Erkenntnisse aus dem Redwood angelogen hatte?

Sekunden später öffnete sich die hölzerne Doppeltür – durch irgendeinen versteckten Mechanismus angetrieben – und gab die Sicht auf einen weitläufigen, mit Eiche vertäfelten Eingangsbereich frei, der von einer breiten Treppe aus Milchglas beherrscht wurde. Weniger französisches Château als mittelalterlicher Apple Store. Einige edel gekleidete Gäste stiegen bereits die Treppe hinauf. Das war also *tatsächlich* eine Party.

Oben fand sich Lou in einem großen Wohnzimmer wieder, auch wenn es eher nach einer Kunstgalerie aussah: ein gewaltiger Saal mit strahlend weißen Wänden, an die jemand einige der hässlichsten Kunstwerke gehängt hatte, die Lou je erblickt hatte. Eine Seite des Saals war mit gewaltigen, mit Graffiti versehenen Leinwänden gepflastert, die sich allesamt mit Reichtum oder Gier auseinandersetzten: riesige neonfarbene Dollarzeichen, gesprayte 100-Dollar-Scheine, auf denen das Gesicht Benjamin Franklins durch das von Elmsley Chase ersetzt worden war. Offenbar war Raums CEO nicht nur ein Liebhaber schrecklicher Kunst, sondern auch ihr Förderer.

Lou nahm die anderen Gäste in Augenschein. Sie erkannte den tadellos gekleideten britischen Generalkonsul, den sie einmal für eine Geschichte über europäische Start-ups interviewt hatte, die in die Bay Area umsiedelten. Er war in eine Unterhaltung mit einem ebenso eleganten chinesischen Herrn vertieft. Eine Delegation von Russen – die leicht an ihren Anzügen auszumachen waren – stand für sich da. Auf der anderen Seite des Saals unterhielt sich eine Gruppe von Männern in fließenden weißen Umhängen mit dem CEO von Samsung und seinen Begleitern. Die Anwesenheit der saudischen Delegation musste bedeuten, dass auch der Kronprinz nicht weit sein konnte.

»Ich geh nicht weiter«, flüsterte Lou Helen zu, als sie an der Schwelle standen, »bis du mir sagst, warum wir hier sind.«

Helen nickte und beugte sich zu Lou herüber. »Wir sind hier, um einem Pakt mit dem Teufel beizuwohnen.« Dann begab sie sich in die Menschenmenge und nahm Kurs auf die Saudis, was Lou die Wahl ließ, ihr entweder ins Gewühl zu folgen oder nach Hause zu gehen. Es war klar, was sie tun würde.

Sie entdeckte eine weitere bekannte Figur: Tim Palgrave, Händchen haltend mit einer schwarzen Frau, die definitiv nicht Charity war. Lou dachte darüber nach, wie mühelos Charity sich Palgrave und seinem Leben angepasst hatte. Sie dachte an die Party im Raum One, wo sie sich als die Person gezeigt hatte, die er erwartete: ein Callgirl, geschickt von seiner üblichen Agentur. Lou fragte sich, ob Palgrave auch ihre Eintrittskarte war, um ins Gebäude zu gelangen, damit sie dort die Dokumente platzieren konnte, mit denen sie Raum zum Absturz bringen würde. Vielleicht war sie gerade dort.

Lou suchte weiterhin nach ihr bekannten Gesichtern, nach Hinweisen darauf, warum sie alle hier waren. Von den wenigen Frauen im Saal erkannte Lou nur zwei: Miquela Rio vom *Wall Street Journal* und Elmsley Chases Freundin, deren Name Lou nicht einfallen wollte. Madeline? Maude?

Maude oder Madeline trug ein hautenges schwarzes Kleid mit dazu passenden Lackschuhen sowie ein Raum-Band aus der limitierten roten Tiffany-Edition (Ladenpreis: 30 000 Dollar, oder drei Tennis-Armbänder). Sie huschte von einer Gruppe zur nächsten, lächelte, prostete zu und gab die perfekte Gastgeberin. Elmsley Chase war nirgendwo zu sehen – wie stets ein Meister des dramatischen Auftritts.

Lou nahm sich ein Glas Orangensaft von einem Tisch. Sie nippte daran, gewappnet, den beißenden Geschmack von Wodka wahrzunehmen. Doch erstaunlicherweise war es tatsächlich nur Saft.

Lou sah zu, wie – Melanie? Monica? – langsam eine weitere Runde durch den Saal absolvierte, bevor sie stehen blieb und ihr Glas gegen ein Funkmikrofon eintauschte. »Guten Abend, zusammen«, sagte sie, elektronisch verstärkt, um über die Unterhaltungen hinweg gehört zu werden. In fast jedem anderen Raum hätte die bloße Anwesenheit der ehemaligen Olympiaturnerin ausgereicht, um den Männern die Sprache zu verschlagen, aber hier nicht.

Lou erschrak, als Helen Tyler, die jetzt direkt hinter ihr stand, mit einem Löffel gegen den Rand ihres Glases klopfte. Helen bellte ein kurzes »Ruhe, bitte«, auch das viel zu nah an Lous Ohr.

Die Unterhaltungen verstummten, bis auf die der Russen, die weiter miteinander scherzten, bis Helen sie mit einem lauten »*Molchaniye!*« zur Ordnung rief.

»Vielen Dank«, sagte Chases Freundin, an Helen genauso wie an die versammelten Gäste gerichtet. »Mein Name ist Meredith Maitland – und Elmsley und ich freuen uns sehr, Sie alle zu einem ganz bestimmt historischen Abend in unserem Zuhause begrüßen zu dürfen.«

Dies waren die Worte, die aus Merediths Mund kamen. Doch ihr Gesicht erzählte eine andere Geschichte. Das breite Grinsen, das sich einen Kampf mit den zusammengekniffenen Augen lieferte, war das Erkennungszeichen einer Frau, die ihre Pflicht erfüllte, obwohl sie insgeheim jeden umbringen wollte, der ihr unter die Augen kam. Es war ein Blick, der Lou nie so recht gelungen war. Während Meredith sprach, senkte sich hinter ihr eine Leinwand aus einem Schlitz in der Decke. Dann sprang ein Projektor in der Mitte des Saals an und tätowierte ihr Kleid mit einem sich drehenden Raum-Logo. Meredith trat zur Seite und verkündete mit einem wenig überzeugenden Lächeln: »*It's Showtime!*«

Die Deckenbeleuchtung erlosch. Lou trat einen kleinen Schritt zurück, sodass sie unmittelbar neben Helen stand, und die beiden sahen zu, wie das Raum-Logo auf der Leinwand sich in ein rotierendes, dreidimensionales Raum-Band verwandelte. Zu einem Soundtrack aus wummernden Bässen landete das Band wie durch Magie am Handgelenk einer attraktiven jungen Frau, die nach einer Partynacht ein Taxi rief. Von da flog es zu einem Mann, der Pizza bestellte, einem Hausbesitzer, der seine Alarmanlage einstellte, einer Collegestudentin, die einen Stapel Lehrbücher bezahlte, einer Krankenschwester, die die Werte ihres Patienten überprüfte … genau diese eingebaute Blutkontrolltechnologie hatte Alex Wu dazu eingesetzt, seine Opfer zu finden. Dann folgte ein weiterer Videoeffekt, und schon erschienen all diese Charaktere zugleich auf der Leinwand, jeder in einem kleinen Kästchen. Die Gesichter wurden mehr und mehr, als die Kamera herauszoomte und den Blick auf Hunderte, Tausende, Millionen dieser Kästchen freigab, die die gesamte Landkarte der Vereinigten Staaten ausfüllten.

Plötzlich setzte die Musik aus, und die Leinwand wurde schwarz, nur der Anfang von Raums Firmenmotto leuchtete in einfacher weißer Schrift auf. *Nie wieder …*

Jetzt fiel ein Spotlight auf Elmsley Chase, der sich neben Meredith gestellt hatte und in schwarzer Jeans und T-Shirt unsichtbar geblieben war, bis der Scheinwerfer ihn anstrahlte. »… *warten!*«

Schallendes Gelächter und Klatschen von den Russen, höflicher Applaus von den Chinesen und Augenrollen von den Briten.

Chase erstickte den Beifall. »Ich will sofort zur Sache kommen. Alles, was Sie gerade gesehen haben …« Er hielt inne, um dem Saal Gelegenheit zu geben, sich noch weiter zu beruhigen, bevor er mit seiner Show fortfuhr. »… kennen Sie längst. Sie wissen, dass wir zweiundvierzig Millionen Raum-Band-User in den Vereinigten Staaten haben. Sie wissen, dass das Raum-Band die Art und Weise verändert hat, wie Amerikaner leben, arbeiten, spielen, und … na ja, noch eine ganze Menge anderer Sachen treiben, die mich das Marketing-Team nicht im Video zeigen lassen wollte.«

Weiteres Gelächter, weiterer Applaus. Die Briten – die für ihr Faible für versaute Anspielungen berühmt waren – schien es besonders zu freuen. »Sie wissen auch, dass wir bisher nur an der Oberfläche gekratzt haben. Raum hat mehr als eine Milliarde aktive Nutzer weltweit – sie alle wollen unbedingt ein Raum-Band haben, um das volle Potenzial unserer Plattform für sich zu erschließen.«

Lous Augen waren noch immer auf die Leinwand gerichtet, doch in Gedanken war sie bei Charity. Himmel, sie konnte es kaum erwarten, die »Beweise« dafür durchsickern zu lassen, dass Raums Zahlen erfunden waren. Um diesem Arschloch das selbstgefällige Grinsen aus dem Gesicht zu treiben.

Noch eine Pause von Elmsley, eine ausholende Geste mit dem

Arm. »Gentlemen … Ladies, Eure Königliche Hoheit, Herr Botschafter, Herr Generalkonsul … ich habe Sie nicht hergebeten, um Sie betrunken zu machen und Ihnen Dinge zu erzählen, die Sie schon wissen. Ich habe Sie hergebeten, weil wir heute Abend, mit Ihrer Hilfe, etwas tun werden, von dem die meisten Tech-Unternehmen nur behaupten, sie wollten es tun. Heute Abend werden wir die Welt verändern.«

Wieder brandete Beifall auf, obwohl, soweit Lou es erkennen konnte, niemand auch nur die geringste Idee hatte, wovon er da redete. Aus dem Augenwinkel sah sie, dass auch Helen begeistert applaudierte. Dann blickte Lou nach unten und begriff, zu ihrem großen Schrecken, dass sie dasselbe tat. Vielleicht war es bloß ein Reflex, ein Überlebensinstinkt, um sicherzustellen, dass niemand eine Verräterin in ihrer Mitte vermutete. Doch es ließ sich nicht leugnen, dass Elmsley Chase ein unglaublicher Showman war. Auf der anderen Seite des Saals stand Miquela Rio vom *Wall Street Journal*, die als Einzige nicht klatschte. Sie war eingerahmt von zwei Raum-PR-Damen und transkribierte Elmsleys Worte in ihr Notizheft. Deshalb hatte diese Party schon so früh angefangen: der Redaktionsschluss an der Ostküste.

»Ich weiß, viele von Ihnen warten schon lange darauf, dass wir das Raum-Band den Usern außerhalb der USA anbieten. Und heute Abend habe ich das große Vergnügen, sagen zu können …«

Das Bild auf der Leinwand zoomte noch weiter heraus, und jetzt bedeckten die winzigen Gesichter die gesamte Welt.

»… das Warten hat ein Ende.«

Lou stand wie angewurzelt da. Seit Monaten hatte Raum angedeutet, dass man vielleicht eine internationale Version des Raum-Bands präsentieren werde, doch dem hatten die enormen technischen Kosten entgegengestanden, die es mit sich brachte, das sprachgesteuerte Armband – mitsamt seinen medizinischen Sensoren, der Technologie für sichere Zahlungen und allem anderen –

Millionen potenziellen neuen Benutzern verfügbar zu machen. Genau wie Charity gesagt hatte, all diese Daten zu verarbeiten, erforderte eine so gewaltige Infrastruktur, dass es einem die Tränen in die Augen trieb. Außerdem erforderte es eine endlose Reihe menschlicher Arbeitskräfte: um die Pizza zu liefern, die vRaum-Fahrzeuge zu fertigen, den Kundendienst zu leisten. Hatte Raum tatsächlich die logistischen Herausforderungen einer weltweiten Markteinführung aus dem Weg geräumt? Selbst wenn, würde die Aussicht auf ein paar Millionen zusätzliche Verkäufe weltweit wirklich reichen, um den Börsengang trotz allem erfolgreich verlaufen zu lassen? Elmsley Chase war offensichtlich dieser Meinung.

Lou blickte zur anderen Seite des Saals und spürte, wie ihre Mundwinkel zu einem Lächeln nach oben gingen. *Das ist in Ordnung.* Sollte Miquela Rio doch im *Journal* ihre Lobeshymne schreiben, denn schon wenige Stunden später würde Raum im Fokus einer viel größeren Geschichte stehen: dass trotz Elmsley Chases Versprechen einer weltweiten Markteinführung kaum jemand sein überteuertes Armband kaufen oder seine magische App herunterladen wollte. Er hatte die ganze Zeit über Raums Nutzerzahlen gelogen. Die ganze Firma war ein Scheinriese. *Was ist schon Wahrheit?*

Der Applaus legte sich wieder, und Elmsley stand schweigend da – so lange, dass sich Lou irgendwann umsah und sich fragte, ob Charity wieder einen ihrer Tricks abgezogen hatte. Doch sie sah nur grinsende Männer um sich herum und begriff, dass alle auf die wirkliche Pointe warteten. Elmsley Chase hatte immer noch »*one more thing*« im Ärmel.

Ihr Lächeln verschwand, während sie darauf wartete, den wahren Grund zu erfahren, warum sie alle hier versammelt waren.

Elmsley führte das Mikrofon an seine Lippen. »Mit einem einfachen Produkt« – er tippte auf das Band an seinem Handgelenk –

»hat jeder auf der Welt Zugriff auf Informationen, auf Essen, Transportmittel, Gesundheitsdaten, eine Unterkunft, sogar Liebe. Wir hoffen, dass es eines Tages auch für Wahlen benutzt wird, für die Diagnose und Behandlung von Krankheiten, aber …«, jetzt folgte eine deutlich längere Pause, »… diesen Traum können wir nur umsetzen, wenn die Vorteile allen zugänglich sind, unabhängig vom Standort oder Einkommensniveau.«

Lou bemerkte, wo seine Betonung lag. *Unabhängig vom Einkommensniveau?* Würde er gleich ein billigeres Einsteiger-Raum-Band vorstellen? Eine Raum-Kreditkarte, um es zu bezahlen? Das waren alles Dinge, die andere Hardware-Hersteller längst probiert hatten. Gähn, gähn, gähn.

Doch jetzt bemerkte Lou eine leichte Veränderung in Elmsleys Gesichtsausdruck, eine Aura kontrollierter Ruhe, die sie erst bei zwei Anlässen gesehen hatte: als Elmsley und Alex den ersten Raum-Algorithmus vorgestellt und als sie später auf der Bühne gestanden hatten, um das Raum-Band zu präsentieren. Sie spürte, dass ihr Herz schneller schlug.

»Das Raum-Band ist teuer. Zu teuer, wenn die Hälfte der Menschen auf unserem Planeten noch immer von weniger als zwei Dollar am Tag lebt. Also werden wir das ändern.«

Oh, Gott. Lou wusste jetzt, wie Elmsley Chase seinen Börsengang retten würde.

»In drei Monaten wird der Preis eines Raum-Bands fallen … und zwar auf null. Durch Tausende Partnerschaften mit Regierungen und privaten Stiftungen auf der ganzen Welt wird jeder Mann, jede Frau und jedes Kind auf der Erde in der Lage sein, auf die Macht eines Raum-Bands zuzugreifen, ohne einen Cent dafür zu bezahlen. Wir nennen es *Raum for Everyone.*«

Der Menge stockte der Atem, und dann brach ein ohrenbetäubender Applaus los. Auf der Leinwand war jetzt ein stilisiertes »R4E«-Logo zu sehen, neben dem Foto einer Frau in einem Hidschab, die ihre Faust in die Luft streckte. An ihrem Handgelenk war ein Raum-Band aus grünem Plastik zu sehen.

Lous Herzschlag dröhnte in ihren Ohren. Was Chase da versprach – kostenlose Raum-Bands für die ganze Welt – war unmöglich. Nicht Silicon-Valley-unmöglich, sondern wortwörtlich unmöglich. Die Datenübertragungsrate, der Speicherplatz und die Zahl an Arbeitern, die nötig waren, um acht Milliarden Raum-Bands zu betreiben, ohne jeden Umsatz … Allein die Logistik, so viele Geräte auszuliefern …

Doch als sie in die staunenden Gesichter der versammelten Diplomaten blickte, die alle hektisch auf ihren Telefonen herumtippten, und dann Miquela Rio ansah, die in ihr Notizheft kritzelte, wurde ihr klar, dass die wirtschaftliche Realität keine Rolle spielte. Was zählte, war, dass die Wall Street an Raum for Everyone glaubte. Deshalb hatte Elmsley behauptet, die Auslieferung werde in drei Monaten beginnen – mindestens einen Monat nach dem Börsengang. Er tat ganz offen und selbstbewusst genau das, was Lou und Charity ihm fälschlicherweise vorwerfen wollten: Raums Nutzerzahlen aufzublähen, um seinen IPO zu retten.

Nach dem heutigen Abend konnte Lou so viele falsche Zahlen an die Presse geben, wie sie wollte, es würde niemanden mehr kümmern. Wen interessierte es schon, ob er zuvor gelogen hatte? Wer erinnerte sich überhaupt noch an die alten Zahlen? *Eine Industrie, die auf dauerhaften Erinnerungen aufgebaut war, geleitet von Menschen, die sich nicht an letzte Woche erinnern können.*

Lou drehte sich zu Helen um. »Wusstest du davon?«

Doch anstelle einer Antwort packte Helen nur Lous Arm und drückte ihn. »Es wird noch abstoßender, versprochen.«

Chase deutete auf einen Mann, den Lou von der Übersicht der Raum-Anteilseigner und von einem Dutzend *Fortune*-Titeln kannte.

»Ich habe das Privileg, meinen Freund begrüßen zu dürfen,

Kronprinz Bansar bin Faisal. Als Vertreter des souveränen Investmentfonds seines Vaters ist Seine Königliche Hoheit Raums größter Investor und einer der wichtigsten Befürworter der Demokratie im Nahen Osten. Heute Abend darf ich mit Stolz verkünden, dass er sich als erstes Staatsoberhaupt bereit erklärt hat, Raum for Everyone seinen Bürgern zur Verfügung zu stellen.«

Wie aufs Stichwort trat Prinz Bansar hervor und stellte sich zu Chase. »Danke Ihnen, Elmsley.« Sein Akzent klang beinahe britisch, was angesichts seiner Ausbildung in Oxford nicht verwunderlich war. »Und danke Ihnen, Meredith, dass Sie uns in Ihr so prachtvolles Haus geladen haben.«

Lou hatte das Gefühl, noch tiefer in den Kaninchenbau hinabzustürzen. Vor wenigen Monaten hatte Raum den Prinzen still und leise aus dem Vorstand gedrängt, nachdem sein Vater eine Grenze zu viel überschritten hatte: Knochensägen und Tech-Einhörner passten einfach nicht zusammen. Doch all das schien inzwischen vergessen. Hier stand Elmsley, Seite an Seite mit dem Sohn eines Mörders, und genoss die Bewunderung des Publikums. Dies war der Pakt mit dem Teufel, den Helen meinte – die saudische Regierung hatte versprochen, der erste Kunde von Raum for Everyone zu sein, der so wichtige erste Nachweis für die Wall Street, und zwar im Gegenzug für die Wiedereingliederung des Prinzen in die amerikanische Wirtschafts-High-Society.

»Als mein guter Freund Charlie Brusk mir von Raum for Everyone erzählte, wusste ich, das ist die Initiative, auf die wir – wie Sie so gerne sagen, Elmsley – *gewartet* haben. Mein Land hat bereits große Fortschritte darin erzielt, jedem Zugang zu den neuesten Technologien zu verschaffen – einschließlich Frauen und andere Minderheiten.«

»Frauen sind keine Minderheit, du Stück Scheiße«, zischte Lou. Sie hatte Brusk bisher noch nicht wahrgenommen, doch da stand er, nickend und grinsend in der Ecke des Saals.

»Daher bin ich stolz, Ihnen mitteilen zu dürfen, dass wir eine Erstbestellung in Höhe von fünfunddreißig Millionen Raum-Bands getätigt haben – für jeden Mann und jede Frau über achtzehn Jahren in unserem Königreich. Sie werden ohne Berücksichtigung von Geschlecht, Ethnizität oder sexueller Orientierung verteilt.«

Hier schaltete sich Elmsley ein: »Darauf habe ich bestanden. Raum for Everyone wird Diskriminierung in keiner Form unterstützen.« Der König hatte nicht ohne Grund seinen Sohn als Gesandten ins Silicon Valley geschickt: einen jungen, fotogenen Modernisierer, der sich für Diversität und Inklusion aussprach, während die Einnahmen aus seinen Investitionen in der Heimat immer größere und sicherere Gefängnisse für LGBTQ-Aktivistinnen finanzierten sowie Armeen von Polizisten, die Wählerinnen von den Wahllokalen fernhielten.

Der Pitch ging weiter, und Chase und der Kronprinz taten alles – mit Ausnahme einer Stepptanzeinlage –, um die Idee von Raum for Everyone den versammelten Vertretern der größten Demokratien der Welt sowie ein paar Diktaturen zu verkaufen. Als die Präsentation schließlich zu Ende war und die Würdenträger sich darum rissen, Chase und dem Prinzen die Hand zu schütteln, griff Lou nach Helens Arm und zog sie in eine Ecke des Saals.

»Verdammte Arschlöcher. Verdammte bösartige Arschlöcher.«

Helen löste sich aus Lous Griff. »Nicht so laut.« Sie nickte in Richtung der Entourage des Prinzen.

»Ist mir egal«, sagte Lou. Erwartete Helen wirklich, dass sie glaubte, Elmsley Chase und der Prinz wären einfach so am Vorabend des Vorstandsmeetings auf den perfekten IPO-Rettungsplan gekommen, ohne fremde Hilfe? Einen Plan, der sie beide unglaublich reich machen würde, klar, aber der auch Helen einen Scheck in Höhe von 100 Millionen Dollar einbringen würde. »Wir wissen beide, wer einen Weg finden wird, um das aufzuhalten.« Sie stellte sich vor, wie Charity von Raum for Everyone erfuhr und blitzschnell ihren Algorithmus anpasste, um es zu verhindern. Elmsley und Prinz Bansar hatten keine Ahnung, mit wem sie es zu tun hatten. Es würde alles gut werden, sagte Lou sich. Sie hatten es schon so weit geschafft.

Helen gab ihr erneut mit gequälter Miene zu verstehen, sie solle leiser sprechen. »Ich wäre mir sicherer, wenn wir wüssten, wer sie ist und was sie will.«

Lou zögerte. Sagte Helen ihr gerade, dass sie von Charity wusste, und gab sie Lou die Gelegenheit, ihr alles zu beichten?

»Tyler!«

Lou biss die Zähne zusammen, als sie Charlie Brusks Stimme hörte. Helen jedoch hatte schon vor langer Zeit die Kunst perfektioniert, ein Arschloch würdevoll zu begrüßen. Sie drehte sich zu ihm um.

»Charlie! Es ist mir wie fast immer eine Freude.«

Heute Abend hatte Brusk sein übliches T-Shirt und die Designer-Jeans gegen einen pechschwarzen Anzug und ein weißes Hemd getauscht. »Hat Helen es Ihnen erzählt?« Brusk richtete diese Frage an Lou, doch er wartete nicht auf eine Antwort. »Wie sie Elmsley überzeugt hat, dass Raum for Everyone die Antwort auf all unsere Sorgen ist?« Er holte eine winzige Flasche Desinfektionsmittel aus der Innentasche seines Jacketts und spritzte sich ein wenig davon auf die Hände. Lou warf einen Blick auf seine Stirn und bemerkte, wie seltsam glatt seine Haut wirkte. Hatte er etwa Concealer aufgetragen?

Helen seufzte. »Ich habe bloß deinen Rat an Elmsley weitergegeben. Ich brauchte ihn nicht zu überzeugen. Außerdem ist diese … *Performance* ein wenig verfrüht, wie du weißt. Das Budget für Raum for Everyone ist noch nicht gesichert, bevor der Vorstand abstimmt.«

Brusk kicherte überheblich. »Der Vorstand besteht aus meiner

Wenigkeit, Tim Palgrave, Elmsley und – ab Montag – Seiner Königlichen Hoheit.«

»Der verlorene Sohn kehrt zurück.« Lou konnte es sich nicht verkneifen.

Brusk schüttelte langsam den Kopf, als habe er Mitleid ob Lous Naivität in Sachen Weltpolitik. »Ich weiß, dass Sie gern übertreiben, Miss McCarthy, aber ich arbeite seit fast einem Jahrzehnt mit dem Kronprinzen und seiner Familie zusammen. Ich versichere Ihnen, dass die Saudis nicht die Monster sind, als die die – ich möchte fast sagen *rassistischen* – Mainstreammedien sie gerne darstellen.«

Lou hatte genug gehört. Sie entschuldigte sich und ließ Helen und Brusk allein, damit sie einander auf Stand bringen und sich zum gemeinsamen Sieg beglückwünschen konnten. Sie musste Charity finden und sich einen neuen Plan ausdenken, doch als Erstes brauchte sie einen sehr großen Drink.

Na toll. Lou erreichte den Getränketisch gleichzeitig mit Elmsley Chases Freundin, die offenbar genau das Gleiche vorhatte. Sie beide hielten inne, als sie sahen, dass nur noch ein Glas übrig war.

»Bitte«, sagte Lou, kaum imstande, ihre Verachtung für eine weitere Kollaborateurin bei der Zerstörung des Universums zu verbergen. »Ihr Freund zahlt schließlich für das alles.«

»Eigentlich bin ich mir ziemlich sicher, dass Prinz Knochensäge die Rechnung übernimmt.« Meredith neigte den Kopf in die Richtung, in der der Prinz und Chase standen.

Lou sah sie erstaunt an. Hatte sie ihn wirklich gerade Prinz Knochensäge genannt? »Sie sind kein Fan?«

Meredith grinste schief. »Nur wegen des schicken Anzugs und eines TED-Talks ist er nicht weniger Komplize der Verbrechen seines Vaters. Mein Dad hat fast sein ganzes Leben lang für Amnesty International gearbeitet. Er muss sich im Grabe umdrehen. Oder wohl eher in der Urne. Kann man sich in seiner Urne umdrehen?« Jetzt hörte Lou es: Meredith lallte ein wenig. Sie hatte sich schon ordentlich am Champagner bedient. Wer konnte es ihr verdenken?

»In seiner Urne *rascheln*?« Lou hatte sofort ein schlechtes Gewissen, es mit Galgenhumor versucht zu haben – Witze über die eigenen toten Verwandten zu machen, ist das Eine; aber über die anderer Leute Witze zu machen ... Doch Meredith schien sich nicht daran zu stören. Sie lachte laut und beschwipst auf. Zwei Frauen, die das gemeinsame Bedürfnis zusammengeführt hatte, sich so weit wie möglich von allen in diesem Saal Versammelten zu entfernen, ohne ihn verlassen zu können. Meredith nahm das letzte verbliebene Glas Champagner und reichte es Lou. »Meredith Maitland.«

»Lou McCarthy.«

»Ich weiß«, sagte Meredith. »Ich habe Elmsley so zusammengefaltet für das, was er im Raum One mit Ihnen gemacht hat. Er vergisst manchmal, dass seine CEO-Arschlochnummer reale Konsequenzen hat.«

»Kann man wohl sagen«, bemerkte Lou. »Aber es scheint ja trotzdem ganz gut für ihn zu laufen.« Sie deutete auf den Saal und die Kunst an den Wänden.

Meredith ging nicht darauf ein, und so fügte Lou unnötigerweise hinzu: »Und dank heute Abend wird es bald so *richtig* gut für ihn laufen.«

Meredith machte den Mund auf, um etwas zu äußern, doch dann schloss sie ihn wieder, als könne sie sich nicht entscheiden, ein großes Geheimnis mit ihr zu teilen. Sie trat einen halben Schritt auf Lou zu – stand jetzt so nah, dass sich ihre Nasen beinahe berührten. »Haben Sie Elmsley gefragt, warum er Raum so verzweifelt an die Börse bringen will?«

Warum sollte sie? »Er wird dabei etwa 100 Milliarden Dollar verdienen. Das klingt nach einem hervorragenden Grund.«

Meredith lächelte. »Aber es stimmt nicht. All seine Gewinne aus dem IPO gehen an seine neu gegründete philanthropische Stiftung.« Sie sagte es, als sei das allgemein bekannt.

Lou trat einen Schritt zurück und wäre fast mit dem belgischen Charge d'Affaires zusammengeprallt. »Welche Stiftung?« Die Worte »Elmsley Chase« und »philanthropisch« passten eindeutig nicht zusammen.

»Der Ramsey Chase Neuroblastoma Research Trust. Die größte Stiftung zur Erforschung von Krebs bei Kindern in der Geschichte. Sein Vermächtnis.« Meredith lachte wieder, als fände sie den Gedanken, dass Elmsley Chase jeden Penny seines persönlichen Vermögens zur Heilung der Erkrankung ausgab, an der sein jüngerer Bruder mit vierzehn Jahren gestorben war, genauso unvorstellbar wie Lou.

»Das ist nicht Ihr Ernst.« Lou hatte Elmsley seinen Bruder Ramsey in Fernsehinterviews als seine Inspiration beschreiben gehört, als sein Gewissen, seinen Schutzengel. Doch dass Chase tatsächlich den Geldregen aus dem Börsengang für einen *guten* Zweck einsetzen würde, war ganz offensichtlich eine Lüge.

Ein Kellner kam vorbei, und Meredith versuchte erfolglos, sich noch ein Glas Champagner zu schnappen. »Elmsley und Ramsey waren als Kinder unzertrennlich. Das mussten sie sein. Ihr Vater arbeitete immer nur, und ihre Mutter war ständig mit gesellschaftlichen Terminen beschäftigt. Kinder wie ich träumten davon, irgendwann bei Olympia dabei zu sein, aber seiner Mutter nach – die übrigens ein echter Schatz ist – versteckten sich Elmsley und Ramsey stundenlang in ihren Zimmern und spielten CEO. Taten so, als wären sie wichtige Geschäftsleute, wie ihr Vater. Die beiden hatten diesen gemeinsamen Traum, dass sie irgendwann die Glocke der Nasdaq läuten würden.« Meredith blickte sich um und senkte die Stimme. »Das ist alles, was ihn interessierte: auf der Bühne zu stehen und die Eröffnungsglocke im Namen seines

Bruders zu läuten. Das ist es, was ihn antreibt.« Sie starrte wehmütig über Lous Schulter hinweg. »Als könnte er keine Ruhe finden – das Leben nicht genießen –, bis er diese beschissene Glocke geläutet hat.«

Lou suchte nach den passenden Worten. »Das ist verrückt … ich meine …« Sie konnte den Satz nicht zu Ende bringen oder auch nur den Gedanken. Sie wusste, was es hieß, ein Elternteil abgöttisch zu lieben, und was so ein dummes Versprechen für ein Kind bedeuten konnte. Doch sie wusste auch, wie wenig solche Versprechen für Erwachsene bedeuteten …

»Es ist nur verrückt, wenn Sie glauben, dass ein Mann wie Elmsley nicht imstande ist, etwas aus Liebe zu tun, oder aus Loyalität. Und was wäre ich dann? Eine Trophäe? Beiwerk? Eine Idiotin?«

Lou ruderte hastig zurück. »Ich glaube nicht, dass Sie eine Trophäe sind. Ich habe ja gesehen, wie er Sie ansieht.« Ehrlich gesagt konnte sie sich nicht erinnern, dass Elmsley Chase seine Freundin je angesehen hatte.

»Schon okay«, sagte Meredith. Sie nahm Lou das Glas aus der Hand und trank einen Schluck daraus. »Darf ich?«

Lou nickte. »Bitte.«

Meredith griff den ursprünglichen Faden wieder auf: »Jedenfalls hat Elmsley ein paar Datenschutzklauseln in den Vertrag schreiben lassen. Die Saudis bekommen die Raum-Bands, aber Elmsley behält die Kontrolle über sämtliche Daten. Er passt auf, dass der Prinz und sein Vater Raums Technologie nicht dafür einsetzen können, ihre Bürger auszuspionieren.«

Lou lachte gehässig. »Aber er hat kein Problem damit, wenn sein Vergewaltiger-CTO sie einsetzt, um seine Opfer zu stalken.«

Meredith verdrehte die Augen. »Alex? Ich meine mich zu erinnern, dass jemand einer Journalistin etwas über ihn gesteckt hat.«

»Ja«, sagte Lou. »Helen Tyler. Um mich in die Falle zu locken.«

»Und für wen arbeitet Helen noch gleich? Sie hätte tausend Möglichkeiten gehabt, Sie in die Falle zu locken, ohne Alex bloßzustellen.«

Lou hätte fast erwidert, dass Helen für den Vorstand arbeitete, nicht für Elmsley. Doch dann erinnerte sie sich an Helens 100-Millionen-Dollar Zusatzgeschäft. »Ich soll glauben, dass Elmsley *wollte*, dass Alex Wu als Vergewaltiger entlarvt wurde. Dass er …«

»… eigentlich ein guter Mensch ist, der nur fürs Fernsehen das Arschloch gibt? Dass er es hasst, dass jeder, den er einstellt, sich als Drecksack herausstellt? Dass er sein IPO-Geld dafür einsetzen will, um wirklich etwas zu verändern? Man baut kein Halbe-Milliarde-Dollar-Unternehmen auf, ohne manchmal mit Monstern zu tun zu haben. Er hat versprochen, dass er nach dem IPO sein Leben und sein Geld dafür einsetzen wird, um wiedergutzumachen, was …« Sie unterbrach sich, bevor sie das Offensichtliche ausgesprochen hatte. *Was Raum an Schaden angerichtet hat.* »So wie Bill Gates mit Malaria.«

Lou wusste nicht, was sie darauf antworten sollte. Ihr war klar, dass Meredith diesen Mist über den Mann, den sie liebte, glauben musste – Gott, wie gut sie das verstand –, aber trotzdem.

»Vielleicht werden Sie eines Tages erfahren, wer er wirklich ist. Ein Typ, der ein schlechtes Gewissen hat, weil wir unser wöchentliches Netflix-Date für diese Scheißparty verschieben mussten.« Meredith trank ihr gemeinsames Glas aus. »Er hat mir versprochen, dass wir es morgen nachholen, und ich weiß, dass er da sein wird. Er hält sein Wort, immer.«

Beinahe hätte Merediths Beschreibung eines Milliardärs-Dates Lou zum Würgen gebracht, doch sie wurde von einer Gruppe von Leuten davor bewahrt, die vorbeihasteten und die beiden um ein Haar zu Boden gerissen hätten. Lou drehte sich gerade rechtzeitig um, um Elmsley Chase, den Kronprinzen und Helen Tyler zu erkennen, die in einem Flur verschwanden, gefolgt von einem der Bodyguards des Prinzen. Charlie Brusk folgte der Gruppe mit einigen Metern Abstand.

Als Brusk an dem Tisch vorbeikam, an dem Lou und Meredith standen, verlangsamte er sein Tempo kurz, um Meredith atemlos etwas zuzuraunen: »Elmsley fragt, ob du dich um die Gäste kümmern kannst. Es ist … was passiert.« Lou verspürte ein Frösteln. Hatte Brusk wirklich gerade Lou angesehen, als er »was passiert« sagte?

Meredith nickte verwirrt, und Brusk eilte in den Flur. Lou sah ihm nach, dann drehte sie sich wieder zu Meredith um und stellte fest, dass diese bereits den Saal durchquert und eine Kellnerin abgefangen hatte, um sich noch ein Glas zu nehmen.

Lou zögerte keine Sekunde. Sie marschierte so schnell sie konnte Richtung Flur, ohne zu rennen. Vor jeder geschlossenen Tür blieb sie stehen und lauschte, bis sie endlich Elmsley Chases laute Stimme vernahm. Lou öffnete die Tür einen Spalt weit und erstarrte, als diese ein lautes Quietschen von sich gab. Sie hielt den Atem an, doch Elmsley brüllte weiter vor sich hin. Durch den Spalt sah sie, dass die Gruppe auf einen Balkon hinausgetreten war. Sie schob die Tür weiter auf und schlüpfte hinein.

Das Design dieses Schlafzimmers erinnerte an den Eingangsbereich des Hauses – eine schrille Kombination aus eichenvertäfelten Wänden, gläsernen Regalen und sehr wenigen Möbeln. Der einzige Hinweis auf die Funktion dieses Zimmers war ein Himmelbett aus Stahlrohr, das den Großteil des Raumes einnahm. An den Wänden hing noch mehr schreckliche Kunst: knallbunte Aquarelle von berühmten Orten der Bay Area, die sich nicht mit der Strenge von Eiche und Glas vertrugen. Lou schlich näher an den Balkon heran. »Meine Information war unmissverständlich.« Jetzt hörte sie Prinz Bansar, dessen unverkennbarer Akzent durch eine Spur Verärgerung gefärbt war. »Dieser … Mensch, der sich

Schicksal nennt, ist für den Tod eures CTO verantwortlich und vielleicht für den vieler weiterer Männer. Sein Ziel ist es, den IPO zu sabotieren und vielleicht sogar Raum selbst zu zerstören.«

Lou erstarrte. Der Prinz wusste von Schicksal! Er verwendete männliche Pronomen, Gott sei Dank – Charity war also fürs Erste in Sicherheit. Doch Lous Optimismus wurde schnell zunichtegemacht, als sie die Worte »Redwood Hotel« und »Operationsbasis« hörte.

Als Nächstes sprach Charlie Brusk. »Entschuldigen Sie die Frage, Eure Hoheit, aber wer ist Ihre Quelle für diese Informationen? Ist sie verlässlich?«

Der Prinz ging nicht auf Brusks Frage ein. »Das spielt keine Rolle. Wichtig ist, dass mein Sicherheitsteam den Saboteur bereits im Visier hat. Mein Vater hat sämtliche Ressourcen freigegeben. Er wird ein Scheitern dieses IPO nicht tolerieren.«

Lou hörte das Beben in der Stimme des Prinzen. Das war keine Wut, es war Panik. Er wusste, wie der König reagieren würde, wenn der Börsengang platzte.

»Ist mir scheißegal, was Ihr Vater toleriert.« Das war Elmsley Chase. Er weigerte sich, in seinem eigenen Haus Befehle entgegenzunehmen. »Ihre Leute sollen suchen, aber wenn sie was finden, rufen sie als Erstes mich an. Der IPO ist wieder auf Kurs, und *ich* werde keinen weiteren Skandal tolerieren, nur weil einer von Ihren Leuten sich nicht im Griff hat.« Dann musste er sich an Brusk gewandt haben, denn er fügte fast wehmütig hinzu: »Ich meine es ernst, Charlie. Du weißt, wie wichtig mir das ist.«

Lou erinnerte sich, was Meredith über das Versprechen gesagt hatte, das Elmsley seinem jüngeren Bruder gegeben hatte.

»Wir werden Sie informieren«, schnitt der Prinz Chase das Wort ab, in einem Tonfall, der zugleich abschätzig und unterwürfig klang.

Lou musste gehen. Was, wenn Charity schon im Raum One

war, um dort gefälschte Daten zu platzieren? Lou musste sie warnen, dass sie in eine Falle zu tappen drohte.

Ihre Panik wurde unterbrochen, als ihr Telefon in ihrer Jeanshose vibrierte. Sie tastete nach dem Gerät und war erleichtert, als sie die Nachricht einer unterdrückten Nummer las. *Gegenüber dem Four Seasons. In einer Stunde. – C.*

81 %

LOU RANNTE DIE Steinstufen hinab, ohne sich noch einmal umzudrehen, und lief an einer Schlange wartender schwarzer SUVs und vRaums vorbei, die sich durch die gesamte Stichstraße zog.

Sie brachte fast eine Meile in Richtung Raum One hinter sich, bis sie endlich ein Taxi entdeckte – ein echtes gelbes –, das auf sie zukam. Leer, wie fast alle Taxis in dieser Stadt. Sie sprang hinein und nannte dem Fahrer die Adresse des Four Seasons.

Danach holte sie ihr Telefon hervor und öffnete die App des *Wall Street Journal*. Miquela Rios Artikel war bereits online. *Raum for Everyone sagt Milliarden zu, um der Welt Raums Algorithmus zur Verfügung zu stellen.* Auch in den sozialen Medien war die Nachricht eines kostenlosen Raum-Bands eingeschlagen wie eine Bombe: Banker und Tech-Experten bejubelten eine weitere Meisterleistung des größten Disruptors aller Zeiten, während Menschenrechtsaktivisten aufschrien, weil autoritäre Regimes die Technologie unweigerlich zur Verfolgung ihrer Bürger einsetzen würden. Die erste Reaktion auf den Tweet, in dem die Geschichte verkündet wurde, kam von Tommy Paphitis. Ein einziges Wort: *Irre*, begleitet von einem Konfetti-Emoji.

Als sie die Market Street erreichten, bat Lou den Fahrer, langsamer zu fahren. Sie rutschte tief in ihren Sitz, als sie an dem kleinen Vorplatz des Raum One vorbeirollten. Drei schwarze SUVs – das Modell, das sie vor Elmsleys Haus gesehen hatte – standen mit Warnblinker in einer Parkverbotszone. Ein Mann in einem schwarzen Anzug – der ein Bruder des Bodyguards sein mochte, der den saudischen Prinzen beschützte – wedelte mit einem

Diplomatenausweis vor dem Gesicht eines wütend aussehenden SFMTA-Verkehrspolizisten herum. Lou betete, dass Charity längst wieder verschwunden war.

Das Taxi hielt vor dem Four Seasons, und Lou eilte durch die Drehtür. Oben saß ihre Mutter noch immer in Helens Küche und ging einen weiteren Ordner mit potenziellen Claude Pétains durch.

»Wie war die Party?«, fragte sie, ohne von ihrem Ordner aufzublicken.

»Bisschen komisch«, sagte Lou, die verzweifelt gegen eine Panikattacke ankämpfte. »Wo ist Carol?«

»Auf einem Date mit Detective Martinez.«

»Himmel.« Als sie ihre Mutter und Carol gebeten hatte, im Hotel zu bleiben, hatten noch keine saudischen Agenten auf den Straßen Jagd nach möglichen Saboteuren von Raums Börsengang gemacht.

Ihre Mutter hob die Hände, als wolle sie sagen: *Was willst du machen?* »Sie ist so weit geflogen, um mir zu helfen, einen Psychopathen zu finden. Da kann ich ihr doch wenigstens ermöglichen, sich flachlegen zu lassen. Ich habe Martinez' Nummer, und ich habe den beiden versprochen, dass ich mich melde, sobald ich irgendwo einen Mob sehe.«

Lou setzte sich auf den Hocker auf der anderen Seite des Küchentresens. »Tut mir wirklich leid, dass ich dich da reingezogen habe, Mom.«

Ihre Mutter klappte den Ordner zu und schob ihn von sich weg. Dann griff sie nach Lous Händen. »Du hast mich nirgendwo reingezogen. Elmsley hat uns beide hier reingezogen, als er einen Vergewaltiger eingestellt und dich dafür bestraft hat, die Wahrheit zu schreiben. Ich meine mich zu erinnern, wie mir eine gewisse Fünfzehnjährige einmal sagte, dass sie kein schlechtes Gewissen haben werde, die Wahrheit über … wie ging es noch mal weiter?«

»Die Wahrheit über ein beschissenes Arschloch zu sagen, das nicht mal die Scheiße an deinen Schuhen wert ist.« Lou drehte den Kopf weg, als sie an diesen jugendlichen Kampf mit ihrer Mutter zurückdachte. Den schlimmsten, den sie je hatten. Ihr Vater hatte zum ersten Mal seit Monaten angerufen, sie angefleht, ihn in South Carolina besuchen zu kommen. Er war krank, seine Freundin hatte ihn rausgeworfen, und er lebte in einem Motel 6 in Richburg. Ihre Mutter hatte sie ermutigt zu fahren, doch Lou hatte sie angeschrien, ihr vorgeworfen, sie falle schon wieder auf seine Lügen herein.

Ich werde kein schlechtes Gewissen haben, die Wahrheit zu sagen. Was für eine beschissene Heuchlerin.

Durch Helens Küchenfenster konnte sie die schillernden Lichter der Stadt sehen und die Spitze des Coit Tower, die aus dem Nebel ragte.

»Was, wenn es gar nicht die Wahrheit war?«

Ihre Mutter sah sie mit zusammengekniffenen Augen an, überrascht von der Frage oder der plötzlichen Intensität, mit der ihre Tochter sie gestellt hatte. »Sprichst du von Raum?«

Lou schüttelte den Kopf, und schon sammelten sich Tränen in ihren Augenwinkeln. Sie hatte diesen Moment zwanzig Jahre lang vor sich hergeschoben, doch jetzt ging es schlicht nicht mehr so weiter.

»Von Dad.« Jeden Augenblick konnten die Männer des Prinzen die Tür eintreten und sie davonzerren, um sie zu foltern und alles aus ihr herauszupressen, was sie über Charity wusste. Sie ertrug es nicht, wenn ihre Mutter sie als furchtlose Bewahrerin der Wahrheit anpries. Das war alles Schwachsinn. Sie hatte ihr ganzes Leben lang gelogen. »Das Haus in South Carolina. Er hat gesagt, es sei für uns.«

Sie spürte, wie ihre Mutter ihre Hände fester drückte. »Er war ein Lügner und Betrüger. Er hat unser gesamtes Geld gestohlen, um dieses Haus für sich und seine … Geliebte zu kaufen. Das hat er bei der Scheidung zugegeben.«

Plötzlich war Lou wieder zehn Jahre alt und schlurfte die Treppe hinunter. Ihr Vater war am Telefon und sprach mit dem Makler. Ihr ging das Herz vor Liebe über, als sie ihn über mögliche Einzugstermine und Einrichtungspläne und Sicherheiten reden hörte. Es passierte wirklich. Sie ließ sich auf der untersten Stufe nieder, und ihr Vater fragte nach dem Garten, dem Grill und der Schaukel: *Oh! Das wäre perfekt für …* Sie wollte zu ihm eilen und ihn fest an sich drücken, weil er sein Versprechen gehalten hatte. Doch dann hörte sie es: den Namen, der nicht ihrer war. Sie kannte nur ein Mädchen, das Milly hieß, die Tochter ihrer Grundschullehrerin. Und plötzlich zerbrach ihre Welt. Sie lag zusammengerollt da, den Kopf gegen die Knie gedrückt. Dann hörte sie, wie ihre Mutter zurückkehrte, und das Fluchen ihres Vaters, der hastig auflegte.

Klick.

Lou war wieder neunundzwanzig, ihre Mutter sah sie an, ihre Tochter, die alles aufs Spiel setzte, um sie zu beschützen. Und genau wie vor so vielen Jahren wusste Lou genau, was sie zu tun hatte.

Sie zog ihre Hände aus dem Griff ihrer Mutter. »Du verstehst es nicht. Er hat mir gesagt, das Haus sei für uns. Für mich und ihn. Wir wollten dich verlassen.«

Sie versuchte, sich zu erklären, doch das Geständnis kam nur unter Schluchzen heraus. »Du hast immer nur gearbeitet. Und wenn nicht, hast du geschlafen oder rumgebrüllt.« Damals wusste Lou noch nicht, warum ihre Mutter immerzu wütend auf ihren Vater war oder was ein Alkoholiker war. Sie wusste bloß, dass ihr Vater da war, wenn sie von der Schule nach Hause kam, dass er mit einem Bier auf der Couch saß und sich anhörte, wie ihr Tag gelaufen war. An Wochenenden ließ er sie in Filme ab dreizehn gehen, ließ sie allein im Park spielen, während er »Dinge erledigte«. Ihr Vater war es, der mit ihr in den Wald gegangen war und ihr gezeigt hatte, wie man ein Gewehr hielt – zu ihrem eigenen Schutz –, obwohl ihre Mutter Schusswaffen aus dem Haus verbannt hatte. Dieser bescheuerte Reim, der ihr noch immer im Kopf herumspukte.

Niemals lass die Waffe dein / Auf jemanden gerichtet sein ...

Jetzt beobachtete sie das Gesicht ihrer Mutter, als diese das Geheimnis verarbeitete, das Lou fast zwanzig Jahre lang für sich behalten hatte: der wahre Grund, warum sie in dieser Nacht zum Auto ihres Vaters gelaufen war, das Gewehrfach mit dem Schlüssel geöffnet hatte, den er unter der Sonnenblende verwahrte, und mit dem Gewehr zum Haus zurückgegangen war. Sie hatte immer gewusst, dass ihre Mutter sie nicht liebte, doch jetzt wusste sie, dass auch er es nicht tat. Sie wollte, dass er verschwand. Wäre Carol nicht genau in diesem Augenblick aufgetaucht, hätte sie vermutlich beide vertrieben. Oder noch Schlimmeres.

Anschließend, nachdem ihr Vater sein Auto beladen hatte und davongefahren war, hielt ihre Mutter sie im Arm und sagte, sie könne Lou verstehen. Lou sei wütend, dass ihr Vater fremdging – das würde jedem Kind so gehen! Und eine Waffe da zu verwahren, wo ein Kind sie finden konnte! Carol kam auf den blöden Spitznamen: Sie würden immer sicher sein, solange Lou, der Terminator bei ihnen war. Lou, die immer die Wahrheit sagte.

Und Lou hatte mitgespielt – hatte dieses neue Verständnis der Welt als ihre Superkraft angenommen. Sie wusste, dass alle beschissene Lügner waren. Lügner erkennen Lügner.

Endlich sagte ihre Mutter etwas, mit leiser, brüchiger Stimme und geröteten Augen. »Ich wusste, dass er dich vergiftet hat, gegen mich. Während ich den ganzen Tag gearbeitet habe, um seine Schulden zu bezahlen.« Lou hatte ihre Mutter noch nie weinen gesehen.

»Warum hast du ihn dann nicht rausgeworfen?« Die Frage sollte nicht so beschuldigend klingen, wie sie es tat, doch es war eine Frage, die Lou schon seit Jahren auf der Seele brannte, auch nachdem sie die Wahrheit über ihre Mutter verstanden hatte. Warum hatte sie selbst zur Waffe greifen müssen? Warum war sie immer die Einzige, die die Dinge in die Hand nahm?

Lou sah, wie sich der Kiefer ihrer Mutter verspannte. »Ich wusste, wie sehr du ihn geliebt hast. Ich wollte dir das nicht wegnehmen, solange er nur mir wehtat.«

»Obwohl dir klar war, dass er mich dir wegnehmen würde?« Doch Lou verstand jetzt. »Weil du dir sicher warst, dass er das nicht tun würde.«

Ohne ein weiteres Wort stand ihre Mutter auf, ging um den Tresen herum und nahm ihre Tochter so fest in die Arme, wie sie es noch nie getan hatte.

Lou drückte sie ihrerseits, fast noch fester. »Hab dich lieb, Mom.«

Ihre Mutter trat einen Schritt zurück, die Hände auf den Schultern ihrer Tochter. »Hör zu. Carol, Martinez und ich werden diesen Pétain-Bastard kriegen. Und welches Drama auch immer dir gerade ins Gesicht geschrieben steht …«

Lou setzte an, ihr von dem saudischen Prinzen zu erzählen, doch ihre Mutter schnitt ihr das Wort ab. »Das will ich nicht hören. Es würde mir bloß eine Heidenangst einjagen. Versprich mir einfach, dass du nicht versuchst, es allein zu regeln. Deine Freundin Helen hat Geld und Einfluss, und so jemanden brauchst du an deiner Seite. Schreib sie nicht ab, nur weil du Raum verabscheust. Okay?«

»Mom …«

»Okay?« Jetzt drückte sie Lou so an sich, dass diese das Gefühl hatte, ihre Rippen könnten brechen.

Lou nickte. Es war Charity, nicht Helen, mit der sie zusammenarbeiten musste, wenn sie sich aus diesem Chaos befreien wollte. Vorausgesetzt, die Männer des Prinzen hatten sie nicht bereits gefunden. »Mist, wie spät ist es?« Lou riss sich los und rannte durch die Verbindungstür ins Wohnzimmer.

Ihre Mutter rief ihr nach: »Kurz nach zehn.«

Lou presste ihr Gesicht gegen die Fensterscheibe und sah hinunter auf die Market Street. Scheiße. Im Eingang des Handyladens, nur von einer flackernden Straßenlaterne beleuchtet, stand eine große Gestalt in einem langen braunen Mantel mit hochgestelltem Kragen. Lou drückte ihre Mutter noch einmal an sich und lief in Richtung Fahrstuhl.

Als sie die Market Street überquert hatte, war Charity in den Türeingang zurückgetreten, halb verborgen im Schatten, den braunen Trenchcoat bis zum Hals zugeknöpft.

»Die Saudis wissen von Ihnen. Sie warten im Raum One.« Lous Warnung hallte im Türeingang wider.

Doch Charity antwortete nicht. Sie stand bloß da und starrte über Lous Schulter. Dann, schließlich, sagte sie: »Wir sind so am Arsch.«

Lou hörte einen Schrei von der anderen Straßenseite und fuhr herum. Eine magere Frau in einem zerschlissenen und schmutzigen Ballkleid, das einmal rot gewesen war, brüllte eine Wand an. Lou drehte sich wieder zu Charity. »Wissen Sie, wer Sie verraten hat?«

»Wem haben Sie von unserem Treffen im Redwood erzählt?«

Lou war schockiert, wie anklagend Charity das sagte. »Warum sollte ich jemandem davon erzählen?«

»Nicht einmal Ihrer Mutter?«

Lou spürte Wut in sich aufsteigen. So viel dazu, dass sie im selben Team waren. »Haben Sie Claude Pétains letztes Video gesehen? Er hat schon wieder eine rote Kennzeichnung gegen sie verhängt. Und ich weiß, dass Sie wissen, wer er ist.«

Charity fasste Lous Arm und zog sie weiter in den Eingang hinein. »Ich schwöre Ihnen, Lou, ich habe nicht die leiseste Ahnung. Aber ich werde mit ihm fertig.«

»Schwachsinn. Sie haben seinen Mob benutzt, um mir Angst zu machen, damit ich bei Helen bleibe.«

Charity blies ihre Wangen auf und atmete ganz langsam aus, sodass sich ihre Abwehrhaltung in Luft auflöste. »Ich weiß, wie man ihn manipulieren kann, aber jedes Mal, wenn ich denke, seine Identität zu kennen, ist es bloß eine neue falsche Fährte. Deshalb bin ich mir sicher, dass er für die Saudis arbeitet – er ist einfach zu gut beschützt. Das ist schon ziemlich absurd – seine rassistischen Fans würden durchdrehen, wenn sie die Wahrheit erfahren würden.«

Lou löste ihren Arm aus Charitys Griff. »Was machen wir jetzt? Es muss doch noch eine andere Möglichkeit geben, sie zu Fall zu bringen.«

Sie meinte – hoffte – sehen zu können, wie das Gehirn dieser brillanten Frau sämtliche Möglichkeiten durchspielte. Eine menschliche Version ihres eigenen Algorithmus. Doch als Charity wieder etwas sagte, klang ihre Stimme tieftraurig. »Die haben gewonnen, Lou. Es ist vorbei.«

Erneut flammte Lous Wut auf. »Das können Sie nicht entscheiden.«

Charity wich zurück, wieder in der Defensive. »Haben Sie einen Plan? Selbst wenn ich Zugang zum Raum One hätte und die falschen Daten einspielen könnte, wird das nach diesem ganzen Raum-for-Everyone-Quatsch niemanden mehr interessieren.«

Also war es tatsächlich vorbei? Charity würde einfach so aufgeben? Diese Person, die aus der Asche des schlimmsten Tags in ihrem Leben einen Algorithmus erschaffen hatte, der das Patriarchat des Silicon Valley beenden konnte, der Männern wie Elmsley Chase, Charlie Brusk und Prinz Bansar genau das geben konnte, was sie verdienten? Wer … *Oh.* Lou hörte sich selbst nach Luft schnappen, als ihr der Gedanke kam.

»Sie haben gesagt, der Algorithmus würde auf einen USB-Stick passen, richtig? Man muss ihn mit einer Schnittstelle verbinden, und er erledigt seine Arbeit quasi von selbst?«

»Ja, aber …«

Lou hatte keine Zeit für »Ja, aber«. »Also, wenn wir den Stick direkt mit Raums Datenbank verknüpfen könnten, würde er dann nicht … sein Ding machen?«

Charity neigte den Kopf. »Sein Ding?«

»Sie wissen doch, was ich meine. Sie haben mir erzählt, Sie haben den Algorithmus so angelegt, dass er herausfindet, was Männer wie Alex Wu und Elmsley Chase wollen, um ihnen zu geben, was sie verdienen. Wenn er also Zugang zu Raums Firmenserver hätte und sehen könnte, wie verzweifelt Elmsley und Brusk und Palgrave diesen Börsengang brauchen, würde er dann nicht … sein Ding machen? Einen Weg finden, sie aufzuhalten?« Sie sah bereits Charitys nächsten Einwand voraus. »Sie haben keinen Zugang zum Raum One, aber ich schon.«

Charity schwieg lange genug, dass Lou auffiel, wie dumm ihr Vorschlag klingen musste. Aber dann griff sie in ihre Manteltasche und holte etwas Silbernes hervor und drückte es Lou in die Hand. Lous Finger schlossen sich um das Objekt. Es war ein USB-Stick.

»Wollen Sie mich verarschen? Sie wussten, dass ich das vorschlagen würde?«

Charity schüttelte den Kopf. »Würden Sie glauben, dass der Algorithmus es wusste?«

Lou lachte. »Nein, würde ich nicht.« Obwohl sie inzwischen gar nicht mehr sagen konnte, wo Charitys Verstand aufhörte und der Algorithmus begann. Sie blickte auf den Stick und sah vier Ziffern, die mit Filzstift darauf geschrieben standen, gefolgt von einem kleinen Kreis.

»Was heißt 1414?«

Charity grinste. »Das ist der Schmelzpunkt von Silikon.« Sie wartete, bis Lou den USB-Stick in ihrer Tasche verstaut hatte, bevor sie weitersprach. »Stecken Sie ihn in Tens Rechner. Es wird so aussehen, als würde nichts passieren, aber das stimmt nicht.«

Lou nickte. »Brauche ich sein Passwort?«

Lou verstand nicht, was Charity als Nächstes sagte. Zumindest nicht, bis sie es noch einmal ganz langsam wiederholte. »G'day Holly.« Dann schob sie hinterher: »Großes G, großes H, das @-Zeichen statt *a*, Null statt *o*.«

Gd@yH0lly.

Eine weitere Theorie war bestätigt. Armer Ten. »Können Sie ihn aus dem Büro locken?«

Charity zog ihren Kragen enger um sich. »Ich denke, es wird Zeit für einen Überraschungsbesuch von Holly aus Australien. Und für ein Date weit weg vom Raum One.«

»Er mag Sie wirklich … also … er mag sie. Die Person, die Sie zu sein vorgeben.«

Charity blickte auf ihre Füße. »Jeder tut so, als wäre er irgendwer.« Sie streckte die Hand aus und hielt Lou ein kleines Mobiltelefon hin. »Ein Klon von Tims Telefon. Das brauchen Sie für die Zwei-Faktor-Authentisierung. Passwort, Sicherheitscode vom Telefon, dann dreißig Sekunden warten, bis der Algorithmus hochgeladen wurde.«

Lou nahm das Telefon entgegen und deponierte es mit dem USB-Stick in der Tasche. »Dreißig Sekunden? Das ist alles?«

Charity lachte. »Der ganze Algorithmus ist keine zwei Gigabyte groß. Hatten Sie auf einen langsamen Fortschrittsbalken gehofft, wie in Filmen?« Sie riss in gespielter Panik die Arme hoch. »Der Sicherheitsdienst kann jeden Moment hier sein!«

Lou fand es nicht witzig. »Ich habe keine Angst vor Dingen, die in Filmen passieren. Ich habe Angst davor, vom Vater des Kronprinzen in Stücke geteilt zu werden. Sie wissen schon, wie im normalen Leben.«

Charity lachte erneut, und selbst Lou fiel es schwer, angesichts der Absurdität des Ganzen ernst zu bleiben.

»Okay«, sagte Lou. »Ich gehe jetzt. Schreiben Sie Ten, dass Sie gerade aus Sidney gelandet sind oder was auch immer.«

Charity fasste sie wieder am Arm. »Nicht heute Abend.«

Lou hob die Hand. »Ich werde mich nicht streiten.«

»Ich streite nicht – ich will verhindern, dass Sie umgebracht werden. Sie müssen morgen früh Helens Apartment verlassen. Sich den ganzen Tag in der Stadt herumtreiben, in den Park gehen, die Twin Peaks hochsteigen, verstanden?«

Lou hatte genügend Agentenfilme gesehen. »Sobald ich sehe, dass mir jemand folgt, breche ich ab. Verstanden.«

»Das ist der verdammte saudische Geheimdienst, Lou. Wenn die Ihnen folgen, sind Sie schon so gut wie tot. Es geht nur darum, Ihre Chancen zu verbessern.« Sie hielt inne und sah Lou mit einem Lächeln an, das ihr offenbar Mut machen sollte. »Acht Uhr abends. Ich sorge dafür, dass Ten oben im Wine Country auf Holly wartet. Wenn Sie das Raum One erreichen, gehen Sie zum hinteren Eingang. Da gibt es eine Wache namens Mac, der mir manchmal einen Gefallen tut. Sagen Sie ihm, Kaitlynn hätte Sie geschickt.«

»Kaitlynn?«

»Kaitlynn.«

»Und wenn ich fertig bin, treffe ich Sie wieder hier. Selbe Zeit?«

Charity nickte. »Zehn Uhr.«

Bevor sie noch etwas sagen konnte, war Lou schon aus dem Eingang getreten und hatte die Straße halb überquert, um in Helens Apartment zurückzukehren.

Im selben Augenblick – als Lou dem Samstagabendverkehr

mitten auf der Market Street auswich und eine Tasche mit einem USB-Stick umklammerte, der den krassesten Algorithmus der Welt enthielt, sowie ein illegal geklontes Mobiltelefon, dessen Besitz ganz sicher ein schweres Verbrechen darstellte – merkte Lou, dass sie beobachtet wurde. An der Bordsteinkante vor dem Four Seasons stand, in einem 10 000-Dollar-Jumpsuit und mit einem Gesicht, das vor Zorn verzerrt war, Helen Tyler.

84 %

»WAS SOLL ICH dazu sagen?«

Die beiden Frauen standen in der Lobby des Four Seasons, doch Helen weigerte sich, Lou mit ins Apartment zu nehmen, nicht bevor sie ihr alles erzählt hatte.

Es brachte nichts, etwas zu verheimlichen. Helen hatte sie mit Charity gesehen und hatte die fehlenden Stellen mit dem kombiniert, was sie gerade von den Saudis im Raum One erfahren oder selbst wahrgenommen hatte. Tim Palgraves Begleitung. Schicksal. Das Redwood. Das Einzige, was noch fehlte, war das *Warum*. Also setzten sie sich in zwei Ledersessel in einer ruhigen Ecke der Lobby, und Lou beichtete ihr alles: ihr Treffen mit Charity im Redwood, die wahre Genese des Raum-Algorithmus sowie ihren Plan, Charitys eigene Version des Codes auf Raums Server zu installieren, in der verzweifelten Hoffnung, dass er irgendwie einen Weg finden könnte, Raums Börsengang zu verhindern, so wie er Alex Wu und Joe Christian zu Fall gebracht hatte. Währenddessen blieb Helens Miene ausdruckslos.

»Was soll ich dazu sagen?«, bemerkte sie schließlich.

Was sollte sie dazu sagen?

»Ich will, dass du mir die Wahrheit sagst. Hat Elmsley dir wirklich 100 Millionen Dollar versprochen, wenn du ihm hilfst, seinen Job bis nach dem IPO zu behalten?«

Helen schien sich nicht zu wundern, dass Lou von ihrem Nebengeschäft wusste. »Ich nehme an, Miss Jones hat dir auch erzählt, warum Elmsley so erpicht darauf ist, seinen Job zu behalten?«

Lou nickte. »Wegen seines Bruders.« Obwohl es Meredith gewesen war, nicht Charity, die Lou von Elmsleys Versprechen erzählt hatte, in Erinnerung an Ramsey die Nasdaq-Glocke zu läuten.

»Dann verstehst du auch, warum ich mich dazu bereit erklärt habe. Ich helfe Elmsley, sich diesen harmlosen Traum zu erfüllen, und setze mich mit 100 Millionen Dollar zur Ruhe. Ist dir klar, wie viel Gutes ich mit so viel Geld tun kann? Plus dem, was ich anschließend durch meine Schwarze-Witwe-Nummer verdiene. Ironischerweise stand Charity Jones ganz oben auf meiner Liste für eine Entschädigungszahlung.«

Lou wäre fast aus ihrem Sessel gefallen. »Du … *wusstest* von Charity?«

»Ich wusste nicht genau, was zwischen ihr und Alex passiert war, aber ich wusste, dass es eine dritte Entwicklerin des Algorithmus gab, ja. Wie gesagt, es ist mein Job, Dinge zu kennen. Ich dachte, sie könnte mir helfen, Raums Kurs nach dem Börsengang abstürzen zu lassen.«

Lou wollte ihr ins Wort fallen, doch Helen kam ihr zuvor. »Ungeschickte Wortwahl. Ich hatte erfahren, dass Miss Jones aus der Geschichte herausgeschrieben worden war, das ist alles. Ich habe im Traum nicht daran gedacht, dass sie Schicksal sein könnte, ich habe, zu meiner Schande, nicht einmal dann die Verbindung hergestellt, als Joe Christian den Namen Charity herumgebrüllt hat.« Sie zögerte. »Das erklärt jedoch, warum es so schwierig war, sie ausfindig zu machen.«

Lou umfasste die Lehnen ihres Sessels, spürte das feste Leder. »Aber warum die Geheimniskrämerei? Ich hätte dir helfen können, nach Charity zu suchen.« Dann fiel ihr auf, was sie gerade gesagt hatte. »Ich meine, gezielt nach ihr zu suchen.«

Helen sah Lou mit einem Blick an, der besagte: Wer im Glashaus sitzt, sollte nicht mit Steinen schmeißen. »Mein Deal mit

Elmsley basiert darauf, dass er seinen Job bis nach dem IPO behält. Ich brauchte deine Unterstützung, um herauszufinden, wer versucht hat, ihn zu verhindern. Hättest du mir geholfen, wenn du die wahre Entstehungsgeschichte des Unternehmens gekannt hättest?«

Ein guter Punkt. »Aber jetzt kenne ich sie – und du hast recht, ich werde nicht dabei mitwirken, dass Elmsley oder sonst jemand von Charitys Arbeit profitiert. Wenn du wirklich Gerechtigkeit für alle willst – echte Gerechtigkeit –, müssen wir sie dabei unterstützen, Raum zu Fall zu bringen. Nicht erst nach dem IPO. Sofort. Keine Milliarden-Dollar-Zahlungen mehr für Vergewaltiger und die, die sie decken.«

Helen seufzte. »Einverstanden.«

»Also hilfst du mir? Oder versuchst zumindest nicht, mich aufzuhalten?«

Helen holte tief Luft. Lou kannte diesen Blick. Es war der gleiche Blick, mit dem Carol sie angesehen hatte, wenn sie auf die kleine Lou aufgepasst hatte und überlegte, ob sie ihr noch einen Keks erlauben sollte. »Was bleibt mir anderes übrig? Soll ich dich den Männern des saudischen Prinzen ausliefern? Ich könnte dir einen Vortrag darüber halten, in welche Gefahr ihr euch begebt, du und Charity, aber …« Sie zuckte mit den Achseln. »Was soll ich tun? Ganz konkret?«

Es gab nur eines, was Lou von ihr benötigte. »Ich brauche deine Zugangskarte. Charity sagt, sie kann mich ins Gebäude bringen, aber ich brauche einen Plan B. Und wenn Elmsley oder sonst jemand morgen fragt, wo ich bin, musst du mich decken.«

Helen nickte. »Mit Vergnügen.«

85 %

LOU LEGTE SICH direkt ins Bett, wobei sie nicht davon ausging, dass sie Schlaf finden würde. Doch sie versank sofort in eine Art Koma, das immer wieder durch Albträume unterbrochen wurde, von Killerkommandos und Algorithmen, von Alex Wu, Joe Christian und Charlie Brusk, die auf Eisskulpturen stürzten oder sich vor Züge warfen. Sie träumte auch von Charity und Helen, wobei ihr Unterbewusstsein die beiden zu einer einzigen Person verschmolz, der Lou geschworen hatte, beim Sturz von Raum zu helfen.

Lou wusste nur, dass sie geschlafen hatte, als es plötzlich hell war. Sie griff nach ihrem Telefon, in panischer Angst, ihren Wecker überhört zu haben – doch es war erst 06:55 Uhr, fünf Minuten vor der eingestellten Weckzeit.

»Tut mir leid, dich zu erschrecken.« Helen stand am Bettende. »Ich fürchte, wir wurden *vorgeladen*.«

»Vorgeladen?« Lou setzte sich auf, noch ein wenig benommen.

»Der Prinz hat einen Privatermittler geschickt, der uns im Raum One befragen will.« Sie verkündete diese Neuigkeit so gut gelaunt, dass Lou meinte, sich verhört zu haben.

»Kein Grund zur Sorge«, fuhr Helen fort. »Bansar muss seinem Vater beweisen, dass er alles dafür tut, um … du weißt schon zu finden.« Sie stellte eine Porzellantasse mit Kaffee auf den Nachttisch. »Ich schlage vor, wir gehen hin, stellen uns dumm und hauen sofort wieder ab.«

Lou sprang aus dem Bett und zwängte sich in ihre Jeans. »Scheiße. Scheiße. Scheiße.«

Sie griff nach ihrem Kissen und stellte erleichtert fest, dass der

USB-Stick und das Telefon noch da waren, wo sie sie versteckt hatte. Dann kleidete sie sich weiter an und zog sich auf dem Weg in die Küche eine Bürste durchs Haar.

»Denkst du, wir sollten sie warnen?«

Helen schaltete den Kaffeeautomaten ein, obwohl sie keinen weiteren Kaffee wollte, und antwortete im Flüsterton: »Haben wir es uns anders überlegt?«

Lou schüttelte den Kopf. »Ich habe letzte Nacht so gut geschlafen wie seit Tagen nicht mehr.«

»Großartig«, sagte sie. »Dann wollen wir uns jetzt mal ein bisschen mit ein paar Monstern unterhalten!«

Kurze Zeit später traten Lou und Helen durch die Sicherheitsschleuse in die Lobby des Raum One. Lou entdeckte Landon bei den Fahrstühlen, der gerade mit einem Mann in einem dunkelgrauen Anzug diskutierte. Der Mann hatte die gleichen stechend braunen Augen, das akkurat frisierte schwarze Haar und die kantigen Wangenknochen wie all die anderen Mitglieder der Entourage des Prinzen. »Miss McCarthy, guten Morgen, wenn Sie bitte mitkommen möchten?« Zu Helen sagte der Anzugträger kein Wort. Hatten die Saudis nicht sie beide vorgeladen? Das und die Anwesenheit von Landon – der nur auftauchte, wenn mit Gewalt zu rechnen war oder Gewalt notwendig wurde – ließen Lou plötzlich den Drang verspüren, augenblicklich zu fliehen. Aber wohin?

Landon wandte sich nun an Helen. »Er will es oben machen. Ich hab ihm schon gesagt ...«

Helen schüttelte den Kopf, während sie ihn unterbrach: »Wir unterhalten uns in unserem Konferenzraum.« Ihr Tonfall ließ keinen Zweifel daran, dass sie nicht mit sich verhandeln ließ. »Ich bin mir sicher, dass das dem Prinzen recht sein wird. Ich nehme an, er will, dass diese Untersuchung diskret behandelt wird?«

Der Mann im Anzug wollte etwas einwenden. »Meine Anweisungen ...«

Helen lächelte ihn schmallippig an. »... haben keinerlei Relevanz. Miss McCarthy arbeitet für mich, und ich berichte direkt dem Raum-Vorstand, nicht Ihrem Arbeitgeber.« Lou fand es beeindruckend, dass Helen das Wort »Arbeitgeber« wie eine Beleidigung klingen lassen konnte. Wie sie den Mann subtil daran erinnert hatte, dass der Prinz nicht mehr im Vorstand saß, war geradezu kaltschnäuzig.

Er versuchte es noch einmal, doch Helen fuhr fort: »Ich hole sehr gerne Charlie Brusk ans Telefon, wenn es Ihnen unangenehm ist, auf eine Frau zu hören.«

Zwei Minuten später saßen Lou, Helen, Landon und der Mann schweigend im Konferenzraum, als ein zweiter Mann, legerer gekleidet in blauem T-Shirt und Jeans, mit einem schmalen braunen Umschlag eintrat. Er trug ein Raum-Band aus braunem Leder am Handgelenk.

»Entschuldigen Sie, dass ich Sie habe warten lassen«, sagte er, »und auch das Missverständnis mit unserem Sicherheitsteam.« Er deutete auf den Mann in dem dunklen Anzug, der, eine unausgesprochene Anweisung befolgend, den Raum verließ und die Tür hinter sich schloss.

Helen stand auf, um den Mann in dem blauen T-Shirt zu begrüßen, und Lou dachte einen Augenblick lang, sie könnte ihn gleich umarmen. »Alastair, wie lange ist es her? Zwanzig Jahre?«

Alastair schien verwirrt, bis sein Stirnrunzeln ganz langsam einem Lächeln wich. »Mein Gott, Helen ...« Plötzlich klang sein Akzent voll und ganz britisch.

Helen half ihm weiter auf die Sprünge: »LSE-Ruderteam, Siegerboot des Jahres ...«

»1989! Du lieber Himmel. Wenn ich gewusst hätte, dass du hier arbeitest ...«

»Ebenso. Die Welt ist klein. Also, sollen wir die Daumenschrauben rausholen?« Hatte Helen deshalb so ruhig auf die Aussicht reagiert, befragt zu werden? Was war das für eine Welt, in der Mächtige offenbar mit allen anderen Mächtigen zusammen studiert hatten?

»Daumenschrauben sind nicht notwendig«, sagte Alastair, öffnete den Umschlag und holte einen Stapel Papiere hervor. Aus einer Jeanstasche zog er einen silbernen Füller. »Miss McCarthy, danke, dass Sie unserem Treffen zugestimmt haben. Ich glaube, Ihnen sind die Umstände bereits bekannt – uns wurde zugetragen, dass Alex Wus Selbstmord vielleicht nicht nur eine Folge einer Depression war und dass eine oder mehrere unbekannte Personen darauf hingearbeitet haben könnten, Raums IPO zu sabotieren. Außerdem haben Sie und Miss Tyler – Helen« – er lächelte seine alte Freundin an – »soweit ich weiß, eine ähnliche Vermutung im Auftrag von Raums Vorstand verfolgt. Meine Hoffnung wäre, dass wir uns gegenseitig austauschen, sodass Seine Königliche Hoheit einen möglichst umfassenden Bericht erhält.« Er wandte sich an Helen. »Wäre das in deinem Sinne?«

Helen nickte zustimmend, und Alastair wandte sich wieder an Lou. »Sie haben vor zwei Tagen das Redwood aufgesucht?«

Sie hatte keine andere Wahl, als bei dieser Charade mitzuspielen, und so fing Lou an, die Geschichte zu erzählen, die sie auf dem Weg zum Raum One einstudiert hatten. »Martina Allens Ehemann, Thomas Calder, wurde offenbar erpresst. Es gab da ein Video, das wohl im Redwood entstanden war. Und ich wollte dieser Spur nachgehen.«

Alastair nickte und führte seine Fingerspitzen zu einer Raute zusammen. »Also waren Sie im Redwood, um Nachforschungen zu diesem Video anzustellen.«

»Ich ging in die Bar, um die drei Frauen zu suchen, die in dem Video zu sehen waren.« So weit, so wahr.

»Und, haben Sie sie gefunden?«

»Nein.«

»Aber Sie haben dort jemanden getroffen?«

Lou spürte, wie sie mit dem Fuß wippte. »Brett Palgrave war dort – Tim Palgraves Sohn.« Dann, als sei ihr das gerade erst eingefallen: »Außerdem bin ich einer Frau begegnet, die ich ein paar Tage vorher im Raum One kennengelernt hatte. Eine Freundin von Bretts Vater.«

Alastair dachte nach. »Sie waren zusammen da? Diese Frau und Brett Palgrave?«

Lou schüttelte den Kopf. »Ich glaube nicht.« Bisher hatte sie genau darauf geachtet, den Saudis nur das zu erzählen, was die Überwachungskameras in der Bar aufgezeichnet haben könnten. Charity hatte die Aufnahmen gelöscht, die sie in der Boutique und auf den Fluren zeigten. Lou hoffte, der saudische Geheimdienst hatte sie nicht schon vorher in die Finger bekommen.

Alastair schraubte seinen Füller auf und unterstrich etwas in seinen Unterlagen. »Und diese Information haben Sie nicht an Mr Palgrave weitergegeben? Dass Sie seine Freundin mit seinem Sohn im Redwood gesehen haben?«

Lou bemühte sich, ruhig und hilfsbereit zu erscheinen, obwohl ihr das Herz bis zum Hals schlug. »Brett war betrunken und kurz davor, rausgeworfen zu werden. Die Frau saß an der Bar, und ich habe ihr nur kurz Hallo gesagt.«

Lou zögerte für den Bruchteil einer Sekunde, weil ihr einfiel, dass die Überwachungsaufnahmen eine deutlich längere Unterhaltung zwischen ihr und Charity wiedergeben würden. Doch bevor Alastair auf diese Diskrepanz eingehen konnte, räusperte sich Helen. »Ich denke, ich kann hier ein wenig zum Kontext beisteuern, Alastair. Als Lou die Frau mit Tim im Raum One sah, war klar, dass sie … nun ja … eine bezahlte Begleiterin war, richtig, Lou?«

Lou nickte. »Ich wollte Tim nicht in eine peinliche Lage bringen.«

Alastair schraubte seinen Füller wieder zu. »Ja, Mr Palgrave hat eingeräumt, in privaten Dingen nicht unbedingt … umsichtig zu sein. Und so wie ich es verstanden habe, haben Sie außerdem die Ehefrau von Joe Christian von Grintech besucht?«

Damit hatte Lou nicht gerechnet. Seit wann beobachteten die Männer des saudischen Prinzen sie? »Amelia hat damit nichts zu tun.«

»Und das wissen Sie weshalb so genau?«

»Weil sie in einem Klamottenladen arbeitet, damit ihre Kinder zur Schule gehen können, weil ihr Arschloch-Ex-Mann die Konsequenzen seiner eigenen Taten nicht ertragen konnte.« Lou unterbrach sich. »Ich dachte, es könnte einen Zusammenhang zwischen den beiden Selbstmorden geben, aber ich konnte keine Beweise dafür finden.«

»Okay, sind wir jetzt fertig?« Helen sprang auf. »Ich nehme an, du denkst nicht, wir hätten uns irgendwie gegen Raum verbündet? Lou ist nur hier, weil ich sie eingestellt habe, und ich bin nur hier, weil ein guter Freund Seiner Hoheit – Charlie Brusk – mich angeheuert hat.«

»Nur noch eins, der Vollständigkeit halber.« Alastair griff in seinen Umschlag und zog ein großes Farbfoto heraus. »Ist das die Frau, die Sie im Redwood Hotel gesehen haben?« Er schob das Foto über den Tisch. Es war eine vergrößerte Porträtaufnahme von Charity, möglicherweise ein Passbild. Lou hatte das Gefühl, sich übergeben zu müssen.

»Ich denke schon«, sagte sie. »Ich kann mir Gesichter nicht sehr gut merken.«

»Und Sie haben noch nie mit ihr gesprochen, außer im Raum One und in der Bar?«

Lou schüttelte den Kopf.

»Bitte, Miss McCarthy, ja oder nein.« Er blickte sie direkt an.

»Nein.«

»Gibt es sonst noch etwas, das ich über den Mord an Alex Wu wissen sollte?«

Lou gab sich überrascht. »Alex Wu hat Selbstmord begangen.«

Alastair lächelte sie reumütig an. »Mein Fehler.«

Er steckte das Foto und die Unterlagen in den Umschlag zurück und stand auf. Nebenbei bemerkte er: »Während wir unseren Ermittlungen nachgehen, hat Mr Chase zugestimmt, es sei das Beste, Ihre Anstellung zu beenden.«

Helen starrte Alastair an. »Wie bitte? Lou arbeitet für mich, nicht für Elmsley …«

Alastair lächelte gelassen. »Mr Chase hat mich gebeten, Miss McCarthy für ihre Dienste zu danken.« Danach wandte er sich an Lou. »Sie werden das noch ausstehende Honorar für Ihre Dienste erhalten. Sollten Sie noch persönliche Dinge im Gebäude haben, werden Ihnen diese in Kürze zugeschickt werden.«

»Das ist lächerlich«, sagte Helen. Sie holte ihr Telefon hervor und fing an, darauf zu tippen.

Alastair stand bereits an der Tür. »Mr Chase ist in einem wichtigen Meeting mit Seiner Königlichen Hoheit. Ich bin mir sicher, dass die Herren die Störung nicht begrüßen würden.« Diese Drohung ließ er so stehen.

Helen sah Lou frustriert an. »Warum gehst du nicht erst mal was essen? Wir reden später, wenn ich nach Hause komme.«

Lou nickte. »Gut.«

»Gut«, sagte auch Helen und deutete auf einen Haken hinter der Tür. »Vergiss deinen Mantel nicht.« Dann, an Alastair gewandt: »Ich gehe davon aus, dass der nicht zu den persönlichen Dingen zählt. Es sei denn, du willst, dass sie erfriert?«

Er nickte, und Lou nahm Helens Trenchcoat vom Haken und verließ das Konferenzzimmer. Erst als sie das Raum One weit hinter sich gelassen hatte, wagte sie es, in die Manteltasche zu greifen, in der sie Helens Magnetkarte fand.

87 %

ALS LOU HELENS Apartment erreichte, wusste sie, was sie zu tun hatte. Was es jedoch nicht weniger beängstigend machte.

Zunächst ging sie ins Bad, wo sie sich einen cremefarbenen Stoffbeutel schnappte, in den sie ein paar von Helens T-Shirts und eine grüne Baseballkappe stopfte. Als Nächstes schaltete sie ihr Telefon aus und holte die SIM-Karte heraus. Sie zögerte, blickte auf das winzige goldene Stück Plastik.

Sind Sie sicher, dass Sie das machen wollen?
J/N

Sie steckte sich die SIM-Karte in ihre Gesäßtasche und warf ihr jetzt nutzloses Telefon in den Beutel. Danach holte sie Palgraves geklontes Telefon und den USB-Stick aus dem Kopfkissen ihres Betts im Gästezimmer.

Sie dachte an Ten. Jeden Augenblick würde er die beste Nachricht seines Lebens erhalten. Seine wahre Cyber-Liebe Holly war von Sidney nach Kalifornien geflogen, um ihn zu besuchen! Lou stellte sich vor, wie er sich ein frisches T-Shirt anzog, ganz ohne Monster-Energy-Flecken, und ein vRaum anforderte, das ihn nach Sonoma bringen würde – fast zwei Stunden Richtung Norden. Niemand verdiente es, dass man sein Herz brach. Doch im Großen und Ganzen kam er noch recht gut davon.

Lou steckte sich das Papier mit dem Passwort, das geklonte Telefon und den USB-Stick auch in ihre Jeans, nahm sich Bargeld vom Nachttisch und machte sich auf den Weg in die Stadt.

88 %

Sechseinhalb Stunden später

DIE UHR AM Ferry Building zeigte sieben Uhr abends an. Lou war den ganzen Tag auf den Beinen gewesen. Ihre Füße taten weh, ihr Rücken beschwerte sich über all die Hügel, die sie erklommen hatte, und irgendwie wog die Tasche mit den T-Shirts und der Baseballkappe jetzt dreimal so viel. Sie hatte die Stadt durchquert, vom Union Square bis zum Sutro Tower, vom Golden Gate Park bis zum Baseballstadion. In einer Crêperie namens Squat & Gobble hatte sie einen Kaffee getrunken und sich später eine kostenlose Mondrian-Ausstellung im MOMA angesehen, wo sie auf der Toilette ihr drittes T-Shirt des Tages angezogen hatte. Sie hatte an einem Burrito-Truck unter der Freeway-Brücke an der Thirteenth Street zu Mittag gegessen, sie hatte in der Mission Library so getan, als würde sie Camus lesen, und jetzt, das Haar unter Helens grüner Baseballkappe verborgen und in noch einem anderen T-Shirt (zur Erinnerung an einen Spendenlauf für die Krebshilfe), war sie beinahe wieder an dem Punkt, an dem sie losgegangen war.

In all dieser Zeit hatte sie keinen Verfolger entdeckt – keinen teuren Anzug, kein kantiges Kinn, kein gegeltes Haar oder schwarze Ohrstöpsel. Vielleicht hatte Alastair ihr abgekauft, dass sie unschuldig war, oder … Der Gedanke ließ sie erstarren – was, wenn sie längst wussten, wohin sie wollte? Nach all den Stunden, die sie sich durch die Stadt geschleppt, sich in öffentlichen Toiletten umgezogen hatte und beim Anblick ihres eigenen Schattens zusammengezuckt war – was, wenn sie bei Raum auf sie warteten? Sie durfte aber nicht riskieren, die SIM-Karte in ihr Telefon einzulegen und nachzuschauen. Ihr blieb nichts anderes übrig, als sich an den Plan zu halten und zu hoffen, dass Charity oder Helen, wenn etwas schieflaufen sollte, einen Weg finden würden, sie zu warnen.

Lou beugte sich über das Geländer, das die Grenze zwischen der Stadt und der weiten Wasserfläche der San Francisco Bay markierte. Die Sonne stand tief, und die Lichter der Bay Bridge funkelten durch den Nebel. Sie umfasste das Holzgeländer mit beiden Händen, sog die salzige Luft tief ein und fühlte eine seltsame Ruhe in sich. Es war fast so weit. In weniger als einer Stunde würde sie sich in Tens Computer einloggen und den Inhalt von Charitys Speicherstick in Raums Intranet hochladen. Dreißig Sekunden später würde ihr Privilegien und Patriarchat zerstörender Algorithmus die dunkelsten Geheimnisse des Unternehmens durchforsten – die Hoffnungen und Ängste der Vorstandsmitglieder, darunter auch ihr sehnlichster Wunsch, der nach einem Multimilliarden-Dollar-IPO. Dann würde er die beste Methode ermitteln, um ihnen all das wegzunehmen. Um die mächtigste Industrie, die es auf der Welt je gegeben hatte, zu markieren und Ctrl-Alt-Entfernen zu drücken.

Und danach?

Danach gab es eine ganz andere Welt.

Weil sie mit dem Rücken zur Stadt stand, bemerkte Lou den Mann in dem blauen Overall nicht, der sie von einem weißen Lieferwagen am Straßenrand aus beobachtete. Im Gegensatz zu den Sicherheitsleuten des Prinzen war dieser Mann blond und Amerikaner. Die saudische Botschaft hatte ihn für den Job ausgewählt. Der Mann starrte Lou an, so wie sie die Pendler anstarrte, die gerade die Fähre verließen. Schließlich stieg er aus und wartete auf

Lous nächsten Schritt. Seit sechs Stunden folgte er ihr schon, und soweit er es beurteilen konnte, hatte sie ihn bisher nicht wahrgenommen. Jetzt wurde es dunkel, und er wusste, wenn sie jemanden treffen wollte, würde es vermutlich bald geschehen.

Die Uhr am Ferry Building sprang auf 07:35 um. Lou musste los. Sie würde einen letzten Umweg nehmen – die Market Street unterirdisch queren, durch die BART-Station am Embarcadero. Das war etwas, das sie vage aus einem alten englischen Spionagefilm erinnerte: ein »Engpass«. Lou wollte am Fuße der Treppe warten, um zu sehen, ob ihr jemand folgte. Dann würde sie zur Straße hinaufsteigen und ihr Vorgehen wiederholen. Erst dann würde sie wissen, dass die Luft rein war.

Sie hatte nicht einmal halb die Treppe hinunter zur Station geschafft, als ihr im Spiegel über dem Eingang ein Mann in einem blauen Overall auffiel. Ihr Herzschlag beschleunigte sich, als sie sein Gesicht erkannte. Sie war sich sicher – zu hundert Prozent –, dass dieser Mann zwei Stunden zuvor vor dem MOMA eine Zigarette geraucht hatte. Er hatte sie an ihren Highschool-Geschichtslehrer aus Atlanta erinnert. Die Ähnlichkeit war so auffallend, dass sie ihm beinahe gewinkt hätte. Der Mann sah ganz anders aus als die Saudis, die sie im Raum One gesehen hatte, und genau darum, so begriff Lou, ging es.

Anstatt zu warten und dieselbe Treppe wieder hochzugehen, rannte sie plötzlich los, an der Schalterhalle vorbei, den Bahnsteig entlang bis zum Ausgang, der zur anderen Seite der Market Street führte. Anschließend bog sie in Richtung des Fährterminals ab, duckte sich hinter irritierte Pendler und stieß fast mit einem einbeinigen Mann im Rollstuhl zusammen. Sie wagte es nicht, sich umzudrehen, doch sie konnte den Mann im Overall hinter sich spüren. Ohne ihr Tempo zu verlangsamen, griff sie nach ihrem Telefon und steckte es sich in die Hosentasche, danach warf sie den Beutel mit den T-Shirts in einen Mülleimer. Das verlieh ihr das kleine bisschen Extraspeed, das sie brauchte. Nur noch eine einzige Straße – die breite Embarcadero – trennte sie von dem Labyrinth aus Läden und Restaurants, in dem sie sich verstecken konnte. Mit Erleichterung sah sie, dass die Ampel für Fußgänger auf Grün schaltete. Sie rannte über die Straße, schlängelte sich zwischen Touristen und Pendlern hindurch.

Und dann hörte sie es. Das Quietschen von Bremsen und einen dumpfen Aufprall. Danach Schreie und Hilferufe. Ein selbstfahrendes vRaum hatte die rote Ampel für die Autofahrer ignoriert und war genau dort gegen den Bordstein gefahren, wo Lou nur wenige Sekunden zuvor gestanden hatte. Die Frontscheibe des Autos war eingedrückt, doch ansonsten schien es unbeschädigt. Der Mann, der ihr gefolgt war, hatte weniger Glück gehabt. Um seinen Kopf herum hatte sich bereits eine Pfütze aus Blut gesammelt, das sein blondes Haar verklebte und die Schultern seines Overalls braun färbte.

89 %

DIE DIGITALUHR AN der Fassade des Raum One zeigte 07:53 an, als Lou den hinteren Eingang erreichte, noch immer geschockt, dass ein weiterer Mann durch Charitys unsichtbare Hand gestorben war.

Lou stand vor einer Metalltür, die mit der Aufschrift KEIN ZUGANG versehen war. Es war die einzige Tür der gesamten Anlieferungsanlage, die eine normale Größe hatte, und die einzige mit einem Lesegerät für Magnetkarten.

Lou holte Helens Karte aus ihrer Jeans und hielt sie vor das schwarze Gerät. Es surrte laut, aber die installierte LED-Lampe leuchtete nicht grün auf. Lou hielt den Atem an, doch weil die Kavallerie nicht eintraf, hielt sie die Karte ein zweites Mal davor. Wieder passierte nichts.

Sie wollte sich gerade zum Haupteingang begeben, als ein Husten hinter ihr sie zusammenzucken ließ. Sie fuhr herum und stand einem kleinen, fast kahlen Mann in T-Shirt und viel zu weiter Jeans gegenüber, der einen Raum-Mitarbeiterausweis um den Hals hängen hatte und ein einfaches Raum-Band am Handgelenk trug.

»Hey«, entfuhr es Lou. »Ich versuche, in mein Büro zu kommen. Ich wurde ausgesperrt.« Sie hielt Helens Magnetkarte hoch, als würde das ihre Lüge irgendwie glaubwürdiger machen.

»Sie müssen Lou sein«, sagte der Mann und streckte ihr die Hand entgegen. »Ich bin Mac. Kaitlynn hat mir gesagt, dass ich Sie hier finde.« Lou war verwirrt, doch dann erinnerte sie sich, dass Kaitlynn eines von Charitys Pseudonymen war. Sie schüttelte

Mac die Hand, und dieser schob hinterher: »Tut mir leid, dass Sie warten mussten. Ich musste mal pinkeln.«

Mac öffnete die Metalltür mit seiner eigenen Magnetkarte und wünschte ihr unheilvoll »Viel Glück«, bevor er dorthin zurückkehrte, wo er hergekommen war. Was wusste er über ihren Plan? Genug, um zu glauben, dass sie viel Glück brauchen würde.

Sie trat durch die Tür und befand sich in einem kahlen Versorgungsgang. Die Böden, die Wände und die Decke waren allesamt weiß gestrichen, nur auf dem Boden war ein breiter gelber Streifen aufgemalt, zur Orientierung für die robotergesteuerten Transportfahrzeuge, die zwischen den Laderampen und den verschiedenen Abteilungen des Raum One hin und her fuhren: dem Entwicklungslabor für selbstfahrende Autos, den Testküchen für den Raum-Service, den Essenssälen für Angestellte. Dies musste der Flur sein, durch den Joe Christian gekommen war, als er Alex Wu treffen wollte, in der Nacht, in der sie beide starben. War es hier immer so leer?

Lou lief den Flur entlang, bis sie zu zwei polierten Fahrstuhltüren gelangte. Eine Kamera fixierte sie von der Decke aus, obwohl kein Licht leuchtete, das angezeigt hätte, ob sie lief. Lou korrigierte ihre Körperhaltung. Falls man sie beobachtete, wollte sie so entspannt wie möglich aussehen – eine ganz normale Raum-Mitarbeiterin auf dem Weg in ihr Büro. Sie hielt die Luft an und drückte den Anforderungsknopf für den Fahrstuhl. Keine Reaktion. Sie spürte Panik in sich aufsteigen und drückte den Knopf erneut. Dann fiel ihr ein weiteres Kartenlesegerät auf, das an der gegenüberliegenden Wand befestigt war. Sie hielt Helens Magnetkarte vor den Sensor und atmete tief durch, als die Fahrstuhltür aufging. Bisher verlief alles so, wie Charity es versprochen hatte. Keine Security und keine saudischen Ermittler in Sicht. Lou erinnerte sich daran, dass sie noch nichts Verbotenes getan hatte. Noch nicht.

Als sie Sekunden später im Kellergeschoss ankam, war sie erneut irritiert. Der Fahrstuhl in der Hauptlobby befand sich direkt neben Helens Konferenzraum, doch dieser hatte sie auf die andere Seite des Gebäudes gebracht. Um Tens Refugium zu erreichen, musste sie zwei Großraumbüros durchqueren. Da Sonntagabend war, sollte es in ihnen relativ ruhig zugehen, doch das bedeutete auch, dass sie umso mehr herausstechen würde, falls jemand die Überwachungskameras im Auge hatte.

Das erste der fensterlosen Büros ließ Lou schnell hinter sich. Hier befasste sich tagsüber Raums Finanzverwaltung mit Reisekostenabrechnungen und anderen leidigen Aufgaben. Heute Abend war das Büro absolut leer. Die Buchhalter waren beim Kitesurfen oder Vapen oder was auch immer Raum-Mitarbeiter am Wochenende taten. Als sie das zweite Büro betrat, hatte sie weniger Glück: Eine ältere Reinigungskraft war damit beschäftigt, unter einem Schreibtisch zu saugen. »*Buenas noches*«, murmelte Lou. Die Frau lächelte sie zaghaft an und saugte weiter, während Lou an den Toiletten, der kleinen Büroküche und der Snackbar vorbeimarschierte, bis sie endlich die Tür zu Tens Büro erreichte.

Nun stand sie vor ihr, wie gelähmt. Dies war der Punkt, an dem es kein Zurück mehr gab, das Ende allen glaubhaften Bestreitens. Warteten die Männer des saudischen Prinzen hinter dieser Tür auf sie? War Charitys Vorhaben, Ten fortzulocken, gescheitert? Würde der USB-Stick so funktionieren, wie sie es versprochen hatte? Würde sich der Algorithmus von selbst hochladen und sich mit den richtigen Datenquellen auf dem Server verbinden? Funktionierten Technologie oder das Leben je so reibungslos?

Doch sie hatte ihre Entscheidung schon vor langer Zeit getroffen. Sie hatte Charity und ihrer Mutter versprochen, dass sie tun würde, was notwendig war. Furchtlose Lou. Lou, der Terminator.

Sie holte tief Luft und tippte sachte gegen die Tür. Sie lauschte auf eine Reaktion, und weil keine kam, drückte sie die Tür auf und trat ein.

90 %

TENS BÜRO WAR dunkel, die einzige Lichtquelle das Leuchten eines Bildschirmschoners. Diesmal keine australischen Surferinnen, bloß eine Reihe silber-orangefarbener Toaster, die über einen pechschwarzen Hintergrund flatterten. Lou trat vorsichtig näher, um ja keine herumstehenden Drohnen zu zerquetschen, auch wenn diesmal keine da waren. Sie erreichte Tens Schreibtisch, griff in ihre Jeanstasche und holte den Klon von Palgraves Telefon hervor, zusammen mit Charitys USB-Stick und dem gelben Stück Papier. Sie legte den USB-Stick vorsichtig neben das Papier auf den Tisch. Als die Wanduhr 08:05 anzeigte, drückte sie den Knopf an der Seite des geklonten Telefons und sah zu – ihr Herzschlag setzte aus –, wie das Gerät ansprang.

Dann erstarrte sie. Hatte Charity gesagt, sie solle erst den USB-Stick einstecken oder erst Tens Passwort eingeben? Sicher konnte der Algorithmus nicht hochgeladen werden, ohne dass der Rechner entsperrt war. Nein. Der Algorithmus kam als Erstes, bevor der Computer angeworfen und mit dem Netzwerk verbunden wurde. Erst den Stick, dann das Passwort. Klar.

Lou nahm den USB-Stick und schloss ihre Finger um das kalte Metall. Sie konnte es nicht riskieren, eine weitere Sekunde zu verlieren, weil sie über die Reihenfolge ihres Vorgehens nachdachte. Ganz sicher sollte der klügste Algorithmus der Welt nicht scheitern, nur weil eine ehemalige Journalistin plötzlich eine Panikattacke erlitt. Sie fand einen leeren Port am Desktop neben dem Monitor und schob den Stick hinein.

In diesem Moment fiel ihr die Reinigungskraft ein, und sie verfluchte sich dafür, wieder einmal eine Frau aufgrund ihres Aussehens und Jobs unterschätzt zu haben. Bestimmt hatte sie längst den Sicherheitsdienst informiert. Lou blickte zur Tür und wartete darauf, dass bewaffnete Männer ins Büro stürmten. Doch das einzige Geräusch, das sie hörte, war das leise Surren eines Lüfters in Tens Computer.

Sie streckte ihre zitternde Hand nach der Maus aus. Der Computer erwachte zum Leben, und anstelle der Toaster wurde der Login-Bildschirm zum Raum-Intranet sichtbar. Ein Dropdown-Menü, in dem der Benutzername WheelerT@raum.com vorgewählt war. Lou klickte auf das Menü, und neben Tens E-Mail-Adresse erschien ein alternativer Benutzername: *superadmin*, mit einem freien Feld für das Passwort. Sie starrte auf den blinkenden Cursor.

08:07. In genau diesem Moment würde Ten Wheeler 100 Meilen weiter nördlich, im Wine Country, darauf warten, dass seine australische Cyber-Liebe zu ihrem ersten Date auftauchte. Wie lange würde es dauern, bis ihm klar wurde, dass man ihn sitzen ließ? Eine Stunde? Zwei? Er war so ziemlich der einzige Mensch, über den sich Lou gerade keine Gedanken machen musste.

Langsam, sehr langsam gab sie Tens Passwort ein. *Gd@yH0lly.*

Dann zählte sie im Kopf die Sekunden *Eins … zwei … drei …* Es gab keinen Fortschrittsbalken. Keine Nullen und Einsen, die den Bildschirm füllten, während der Code vom Stick auf den Server geladen wurde und sich an seine seismische Aufgabe machte. Nichts, was angezeigt hätte, dass überhaupt etwas passierte, abgesehen vom leisen Summen der Festplatte und einem nur kurz aufflackernden Eingabefenster, das sofort wieder verschwunden war. Charity hatte recht: Der Prozess, mit dem das Patriarchat zu Fall gebracht wurde, machte erschreckend wenig her. Entweder das, oder der USB-Stick funktionierte nicht, oder sie hatte ihn zu früh eingesteckt.

Scheiße. Scheiße. Scheiße. Lou erinnerte sich an Palgraves geklontes Telefon. Und tatsächlich sah sie eine Benachrichtigung auf dem Display: *Zugriff auf RA_2378 erlauben?* Und dann zwei Optionen, *Erlauben* oder *Verhindern*? Verhindern! Lou wurde übel. Sie hatte nicht daran gedacht, Charity zu fragen, ob nur Palgrave diese Sicherheitsbenachrichtigungen erhielt. War diese Nachricht gerade auch auf Elmsley Chases Display erschienen? Auf Brusks? Oder auf Palgraves echtem Telefon?

Ihr Arm zitterte, als sie auf dem kleinen Telefonbildschirm auf *Erlauben* tippte. Sie brauchte drei Versuche, um nicht versehentlich auf dem *Verhindern*-Button zu landen.

Schließlich traf ihr Finger sein Ziel, und Lou seufzte, als Tens Computer eine kurze Bestätigung anzeigte. Der Lüfter lief auch merklich lauter, und eine winzige blaue LED-Lampe blinkte immer wieder am Ende des USB-Sticks auf.

Nach ein paar Sekunden leuchtete das Licht dauerhaft blau. War es fertig? Die Antwort auf diese Frage erfolgte, als sich Sekunden später ein neues Fenster öffnete, das nur ein einziges Wort anzeigte: *Fertig*. Lou atmete langsam ein, dann aus, darum bemüht, ihren Puls zu beruhigen und ihre Hände davor zu bewahren, noch schwitziger zu werden. Sie zog den USB-Stick aus dem Computer, doch als sie das tat, verschwand das Fenster, und ein zweites kam darunter zum Vorschein.

TUT MIR LEID.

Lou stand da, den Blick fest auf den Bildschirm gerichtet. Hatte sie sich das eingebildet? Das graue Kästchen mit der Nachricht war sofort wieder verschwunden.

TUT MIR LEID.

Was zur Hölle sollte das bedeuten?

Tut mir leid, aber dein Versuch, Charitys Algorithmus zu installieren, war leider nicht erfolgreich?
Tut mir leid, aber der saudische Geheimdienst ist schon unterwegs, um dich zu töten?

Es blieb keine Zeit, es herauszufinden. Lou stopfte den USB-Stick und das Telefon in ihre Hosentasche. Dann wischte sie, aus einem Impuls heraus, die Tastatur und die Maus mit ihrem T-Shirt ab. Abschließend betrachtete sie noch einmal den Schreibtisch, um sicherzugehen, dass alles dort stand, wo sie es vorgefunden hatte. Gott sei Dank, denn erst jetzt bemerkte sie das gelbe Stück Papier, das noch immer an der Stelle lag, wo sie es hingelegt hatte. Sie griff danach, und plötzlich fiel ihr etwas ziemlich Erschreckendes an Tens Schreibtisch auf. Er war aufgeräumt. Das Durcheinander war verschwunden.

Sie sah sich im Büro um. Das Foto von Ten Wheeler und Steve Wozniak war ebenfalls nicht mehr da, nur ein einsamer Nagel ragte noch aus der Wand. Der Haken, an dem Tens Kapuzenpullover gehangen hatte, war leer. Die Stapel mit den Büchern und Zeitschriften neben der Tür waren ebenfalls verschwunden.

Die Angst packte Lou, als sie begriff: Sämtliche von Tens wichtigsten Besitztümern waren nicht mehr da. Er würde nicht zurückkommen.

91 %

LOU RANNTE. DIESMAL hielt sie sich nicht an die Versorgungsgänge, sondern raste auf direktem Wege zum Hauptfahrstuhl, um dann durch die Lobby zu sprinten und zur Straße hinaus. Ohne zu verschnaufen, lief sie die Market Street hinab in Richtung des Four Seasons.

Warum rannte sie? Sie wusste es nicht. Sie wusste nur, dass sich alles ganz falsch anfühlte. Ten sollte sich nur zum Essen treffen, warum also hatte er sein Büro geräumt? Und wo waren überhaupt die Saudis? Zuvor hatte es in der Lobby und auf dem Vorplatz des Raum One vor Sicherheitsleuten des Prinzen nur so gewimmelt, und nun – weniger als eine Stunde, nachdem der Mann, der Lou verfolgt hatte, von einem vRaum überfahren worden war – waren sie alle einfach so verschwunden?

Es musste kurz vor neun sein. Ihr Plan war gewesen, im rund um die Uhr geöffneten Coffee Express beim Four Seasons zu warten, von wo aus sie den Türeingang sehen konnte, in dem sie sich um zehn mit Charity treffen wollte. Jetzt jedoch war ihr das viel zu nah dran. Ihr Impuls stellte sich als richtig heraus, als sie sich dem Four Seasons näherte und die blinkenden Blaulichter von drei Polizeifahrzeugen sah, die davor parkten. Lou hörte auf zu laufen, aber nur für eine Sekunde. Sie dachte an den Mann, den das vRaum erfasst hatte. Wusste die Polizei, dass Charity ihn getötet hatte, um sie zu schützen? Warum sollten sie sonst hier sein?

Sie machte auf dem Absatz kehrt und raste in die entgegengesetzte Richtung davon.

Verdammt, was passierte hier bloß? Was für eine Scheiße.

»Lou, Gott sei Dank, geht's dir gut?«

Carols Stimme am anderen Ende der Leitung klang außer sich vor Angst. Lou war im üblen Teil des Tenderloin District angekommen, nicht weit von der Stelle, wo sie nur wenige Nächte zuvor von Pétains Mob attackiert worden war. Diesmal jedoch hatte sie sich für die Sicherheit (so hoffte sie) des beleuchteten Tenderloin Children's Playground entschieden. Der Spielplatz war bei Sexarbeiterinnen und ihren Freiern beliebt, doch heute Nacht hatte Lou den kleinen Flecken Rasen für sich allein. Sie hatte ihr Mobiltelefon wieder zusammengesetzt und die Nummer ihrer Mutter gewählt. Carol hatte den Anruf entgegengenommen.

»Mir geht' gut, glaube ich. Ich war gerade am Four Seasons ...«

»Oh, Gott, sie ist vorm Four Seasons ...« Lou hörte, wie Carol diese Information weitergab, vermutlich an ihre Mutter.

»Ich bin nicht am Four Seasons, ich bin ...«

Carol fiel ihr ins Wort. »Sag uns nicht, wo du bist, Lou. Pétains Psychos sind bei Helen aufgetaucht. Hast du das nicht im Netz mitbekommen?«

Lou spürte, wie alles Gefühl aus ihr wich. Sie hatte sich so sehr darauf konzentriert, den Saudis zu entkommen, dass sie kaum noch an Claude Pétain und die Drohung gegen ihre Mutter und Carol gedacht hatte. »Geht's euch gut? Ist Helen bei euch?«

»Uns geht's gut. Helen ist hier – sie ist nur ein bisschen aufgewühlt. Einer von denen hat versucht, in ihr Apartment zu kommen ... sie hat ihm ordentlich einen verpasst. Sie glaubt, sie hat sich den Finger gebrochen. Aber du hättest mal den Typen sehen sollen.«

»Lass mich mit Helen reden.«

Lou hörte, wie das Telefon weitergegeben wurde, und dann Helens Stimme, ruhig und reserviert wie immer.

»Lou? Hier ist alles unter Kontrolle – Detective Martinez ist bei uns. Wo bist du?« Lou hörte jemanden im Hintergrund rufen –

einen Mann. »Ah, ja, stimmt. Nicht antworten. Anscheinend kann Pétains Mob unsere Mobiltelefone abhören.«

Lou umfasste ihr eigenes Handy fester. Pétains Überwachungsnetzwerk hatte sie schon einmal gefunden, und es würde nicht lange dauern, bis es sie wieder fand.

»Hör zu. Du musst dein Telefon ausschalten. Martinez seines auch.« Sie wollte Helen sagen, dass sie Charitys Algorithmus auf Raums Server installiert hatte und dass dieser irgendwie einen Weg finden würde, um alles in Ordnung zu bringen. Doch das konnte sie nicht – nicht zuletzt, weil sie nicht wusste, ob es überhaupt der Wahrheit entsprach.

»Ich weiß«, sagte Helen genervt. »Aber deine Mutter hat sich geweigert, bis sie wusste, dass du außer Gefahr bist. Du musst zur Polizei gehen. Die werden sich bei Martinez melden und dich in Sicherheit bringen.«

Lou wollte protestieren, doch sie verkniff sich auch das. Es war sinnlos, verhandeln zu wollen. »Versprich mir, dass du bei meiner Mutter und Carol bleibst, bis ich da bin. Ich meine es ernst, Helen. Lass sie nicht aus den Augen.«

»Du hast mein Wort, aber mach bitte schnell.« Dann war die Leitung tot.

92 %

LOU LIESS SICH auf eine Metallbank fallen, ihr ganzer Körper stand kurz davor, einfach aufzugeben. Ihr schwirrte der Kopf – sie spürte Schuld und Wut, dass Pétains Mob wieder ihre Mutter und Carol attackiert und fast umgebracht hatte, aber auch Erleichterung, dass es seine Leute waren, die im Four Seasons aufgetaucht waren, nicht die Saudis. Nicht dass es einen großen Unterschied gemacht hätte: Der Mob hatte vor Helens Tür gestanden, direkt nachdem der Mann des Prinzen von dem vRaum erfasst worden war. Auge um Auge.

Lou drückte den Powerknopf ihres Telefons. Falls man ihr Gerät überwachte, musste sie aus diesem Grund offline bleiben, bis sie Charity gefunden hatte und wusste, ob der Algorithmus erfolgreich auf Raums Server gelangt war. Sie hatte keine Ahnung, wie das ablief; wie schnell er damit anfangen würde, alles in Ordnung zu bringen.

Lou sprang von der Bank auf. War es schon zu spät? Sie entdeckte nirgendwo eine Uhr, doch sie sah eine dunkle Gestalt durch den Park auf sich zurennen. Es war eine Frau in einer engen schwarzen Laufhose und einem dazu passenden schwarzen T-Shirt, mit einer schwarzen Baseballkappe. Sie bewegte sich wie eine Läuferin, nicht wie eine Obdachlose. Eine Frau, die im Tenderloin joggte? Lou blinzelte in die Dunkelheit, als sie sich ihr näherte.

»Charity?«

Eine Sekunde später stand Charity Jones vor ihr, keuchend und mit aufgerissenen Augen. »Ten«, sagte sie, als sie endlich ein wenig zu Atem gekommen war. »Sie haben Ten.«

Und dann, ohne ein weiteres Wort der Erklärung, packte sie Lou am Arm und zog sie durch den Park.

93 %

»HIER SOLLTEN WIR sicher sein.«

Charity hatte Lou zwei Straßenblocks durchs Tenderloin gezerrt, bis sie an einem dunkelgrauen vRaum anlangten, der gegenüber eines geschlossenen Holiday Inn parkte. Sie setzte sich hinters Steuer und gab Lou zu verstehen, sie solle hinten Platz nehmen, wie ein Fahrgast.

Lou fühlte sich alles andere als sicher. »Sie haben gesagt, sie haben Ten. Wer?«

»Prinz Bansar. Seine Schläger.« Charity hyperventilierte noch immer, brachte die Worte schwer atmend nur einzeln hervor. »Sie haben Ten auf sein Boot in der Marina gebracht.«

Schiere Panik stieg in Lou auf. Sie dachte an Tens Büro: die fehlenden Sachen und die merkwürdige Nachricht auf dem Bildschirm.

TUT MIR LEID.

»Ich versteh das nicht. Er hat doch nichts Falsches getan.«

Lange Zeit schwieg Charity, starrte bloß geradeaus durch die Frontscheibe. Dann plötzlich schlug sie mit beiden Fäusten auf das Lenkrad. »Er ist zu ihnen gegangen. Er ist verdammt noch mal zu ihnen gegangen. Scheißbekloppte Männer mit ihrem idiotischen Weiße-Retter-Schwachsinn.«

Lou beugte sich zwischen den Sitzen nach vorne und legte ihre Hand auf Charitys Schulter. »Sie müssen mir sagen, was hier gerade passiert.«

Charity stieß einen tiefen Seufzer aus. »Er hat ihnen von Alex Wu erzählt, von Joe Christian und Tyrus Weber, und vom Algorithmus.«

Lou öffnete den Mund, doch es kamen keine Worte heraus. Ten hatte sie also verraten. Das war der Weltuntergang. »Warum hat er das getan? Die bringen uns um. Die bringen uns alle um.«

Charity schüttelte den Kopf. »Sie haben mir nicht zugehört. Er hat ihnen erzählt, er *selbst* sei Schicksal. Sie waren im Raum One, um ihn zu befragen. Als sie von ihm wissen wollten, wer Schicksal ist, hat er behauptet, das sei alles er selbst gewesen.«

»Warum sollte er das tun?« Doch Lou kannte die Antwort bereits. »Gott. Er wollte Sie schützen.«

TUT MIR LEID.

Charity nickte. »Er kennt den Algorithmus so gut wie ich. Er muss die Muster erkannt haben.«

»Und die Opfer«, sagte Lou. »Wu, Christian … und ich habe ihn nach Tyrus Weber gefragt.«

Charity dachte einen Moment lang nach, dann schlug sie erneut auf das Lenkrad ein. »Verdammter Idiot. Jetzt kennen sie meine Version des Algorithmus und denken, Ten hat sie. Raums Informationssicherheitsteam hat seinen Computer abgeklemmt und seinen Superuser-Zugang gesperrt.«

»Abgeklemmt? Dann habe ich den Algorithmus …«

»Auf eine leere, von allem Nützlichen abgetrennte Workstation gespielt. Dank Ten sind wir komplett ausgesperrt.«

»Scheiße«, sagte Lou. »Woher wissen Sie das alles?«

Charity zeigte Lou ihr Mobiltelefon. Darauf war eine App geöffnet, die sie nicht kannte: ein schwarzer Hintergrund mit einem orangefarbenen Lautsprechersymbol und zwei Buttons darunter, für *Record* und *Play*. Eine Art Audioaufnahme-App.

»Ich habe ihm ein Spielzeug geschickt – von Holly. Mit einer Abhörvorrichtung darin.«

»Das Känguru.« Lou erinnerte sich an den Schlüsselanhänger von der Internet-Freundin, den Ten ihr gezeigt hatte. Es war also wirklich eine Wanze! Lou nahm sich vor, nie wieder die paranoiden Ängste ihres verkaterten Selbst anzuzweifeln.

Charity wischte sich die Augen. »Er hat es Ihnen erzählt?«

»War nicht nötig. Was haben Sie gehört?«

Charity drückte auf *Play*, und aus den Lautsprechern des Telefons ertönte lautes Rascheln. Nach einigen Sekunden setzte es aus, und Lou hörte Stimmen. Zwei Männer, drei. Einer von ihnen hatte einen britischen Akzent, und der andere klang nach Nahem Osten, oder vielleicht Osteuropa? Lou kannte sich nicht gut mit Akzenten aus. Die dritte Stimme jedoch war eindeutig die von Prinz Bansar. Er sprach Englisch.

»Ein Algorithmus, der einen Mann töten kann, ohne Spuren zu hinterlassen. Mein Vater wird sehr beeindruckt sein, wenn er das hört.« Lou zuckte zusammen, als sie einen Schrei vernahm. Dann sprach wieder Bansar: »Ich verabscheue Gewalt, Mr Wheeler. Mein Vater dagegen interessiert sich nur für zwei Dinge: Geld und das Töten von Leuten, die ihm sein Geld stehlen. Sobald wir Riad erreichen, werden Sie ihm sagen, wie wir an Ihren Algorithmus herankommen, und beten, dass er uns beide leben lässt.«

Wieder ein Schrei, diesmal ganz nah am Mikrofon. Erneut zuckte Lou zusammen. Ten gab sein Leben, um Charity zu schützen.

»Eure Hoheit …« Lou erkannte eine weitere Stimme, der Mann, den Helen Alastair genannt hatte. Doch was auch immer er sagte, wurde durch Rascheln und, fast nicht zu verstehen, eine viel leisere Stimme überdeckt: hastig geflüstert, fast wie ein Gebet. Dann klapperte etwas, und die Aufnahme war vorbei.

»Wer war derjenige, der zuletzt geredet hat?«, fragte Lou. »Das klang wie Ten.«

Charity drückte den Lautstärkeregler ihres Telefons und wischte über den Bildschirm. Wieder spielte sie die Aufnahme ab, diesmal deutlich lauter und nur den letzten Teil. »Die *Oppulous*. Marina. Die *Oppulous*. Marina.« Ten flüsterte dieselben Worte noch drei weitere Male, bevor die Aufnahme abbrach.

Lou fragte sich, seit wann Ten bereits wusste, dass Holly eigentlich Charity war. Hatte er das wirklich erst begriffen, als Lou ihn nach Weber gefragt hatte?

Charity sagte: »Ich habe den Flugplan des Prinzen gecheckt. Sein Flugzeug fliegt heute Nacht um zwei Uhr nach Paris ab. Wir müssen ihn aufhalten.«

Vier Stunden. Ihnen blieb also noch Zeit. »Wir können das FBI rufen. Ich habe eine Quelle in der Außenstelle in San Francisco. Ein amerikanischer Staatsbürger wurde entführt und soll außer Landes gebracht werden.«

Charity drehte sich zu ihr um, mit Tränen im Gesicht. »Selbst wenn sie uns glauben würden, wissen wir beide, dass die Regierung den Sohn des saudischen Königs nicht anrührt. Nicht mal seinen verhassten Sohn.«

Es raste in Lous Hirn. »Dann rufen wir den König an. Wir können ihm die Aufnahme vorspielen – sein eigener Sohn nennt ihn einen Mörder. Das wird auf CNN nicht gut ankommen.«

Der Vorschlag brachte Charity bloß zum Lachen. Sie hielt sich den Daumen und den kleinen Finger spöttisch ans Ohr. »Ah, hey, Majestät. Hier ist die Frau, die Ihre Raum-Investition zerstören will. Ich sitze gerade mit einer Journalistin zusammen, und wir haben uns gefragt, ob Sie Ihren Sohn bitten könnten, unseren Freund freizulassen, den er auf seinem Boot festhält.«

Lou war nicht in Stimmung, sich verspotten zu lassen. Sie kannte Ten erst seit wenigen Tagen, doch er *war* ein Freund, und er war auch einmal Charitys Freund gewesen. »Haben Sie eine bessere Idee? Wo ist denn Ihr Algorithmus, wenn wir ihn brauchen? Ich denke mal, der USB-Stick war nicht die einzige Kopie.«

»Offline«, sagte Charity matt. »Ten lebt nur deshalb noch, weil der Prinz glaubt, dass er diesen Wundercode geschrieben hat, der Männer dazu bringt, sich selbst von Häusern zu stürzen. Die ultimative Cyberwaffe, die er seinem Daddy mitbringen kann. Wie lange, glauben Sie, muss der König Ten foltern, bis er zugibt, dass er gelogen hat? Und dann werden sie nach mir suchen. Ich kann nicht riskieren, dass sie den Algorithmus in die Finger bekommen.«

Lou wusste, dass sie recht hatte. »Ich kann Miquela Rio vom *Wall Street Journal* anrufen.« Doch sie verwarf ihren eigenen Vorschlag gleich wieder. »Die wissen, dass wir nicht an die Presse gehen, weil Miquela vorher erfahren will, warum man Ten überhaupt entführt hat. Und das ist eine Geschichte, von der wir *wirklich* nicht wollen, dass sie sie erzählt.«

Charity nickte. »Elmsley Chase kriegt seinen Scheiß-IPO – das ist alles, was er will –, und Ten wird irgendwo in der Wüste verscharrt.«

Zum zweiten Mal in zwei Tagen hörte Lou, wie Charity sich geschlagen gab. Nach all der Arbeit und so kurz vor dem Sieg hatte Ten alles zunichtegemacht, indem er jemanden retten wollte, der nicht gerettet werden musste. Und diesmal würde sie kein Algorithmus in letzter Sekunde retten können. Lou spürte, wie sich ihr die Kehle zuschnürte, als sie begriff, dass der König niemals Ruhe geben würden, vor allem nicht, wenn sie merkten, dass Ten den Algorithmus gar nicht besaß. Sie stellte sich vor, wie Claude Pétains Mob ihre Mutter und Carol angriff. Und dann würden sie auf sie und Charity losgehen.

Es sei denn … »Das ist nicht alles, was ihm wichtig ist.« Sie erinnerte sich an die Unterhaltung, die sie in Elmsleys Haus belauscht hatte, zwischen Chase und Brusk. *Ich meine es ernst, Charlie. Du weißt, wie wichtig mir das ist.*

»Elmsley?« Charity sah sie verwirrt an.

»Ich habe gestern seine Freundin kennengelernt, auf der Party. Sie hat mir erzählt, dass er besessen von dem IPO ist, weil er seinem Bruder ein Versprechen gegeben hat. Offenbar haben sie immer davon geträumt, das wichtigste Unternehmen der Welt zu erschaffen und es an die Börse zu bringen.«

Charity lachte. »Das ist der wahrscheinlich weißeste Traum, von dem ich je gehört habe.«

Auch Lou lachte. »Aber damit haben wir etwas in der Hand. Bei dieser brüderlichen Fantasie ging es ganz sicher nicht darum, Ten Wheeler zu entführen oder einen mörderischen saudischen König zu unterstützen. Wenn Elmsley das alles wirklich wegen eines Versprechens macht, das er einmal seinem Bruder gegeben hat, wird er nicht wollen, dass es von *so etwas* beschmutzt wird.« Sie deutete auf das Telefon mit der geöffneten App und wartete, bis Charity ihr Argument verarbeitet hatte.

»Noch mal langsam.« Charity schrie sie fast an. »Sie glauben, Sie können das größte Arschloch des Silicon Valley überzeugen, uns bei der Rettung von Ten zu helfen, ganz einfach, weil es das Richtige ist? Er soll einfach vergessen, dass Ten zugegeben hat, Alex Wu getötet und versucht zu haben, seinen IPO kaputtzumachen? Oder ist es Teil Ihres Plans, mich ans Messer zu liefern?«

Lou atmete durch. Zurückzuschießen brachte nichts. »Ich weiß, es ist schwer vorstellbar, aber wenn er versteht, warum Sie es auf Alex Wu abgesehen hatten, wenn er begreift, dass sein ganzes Unternehmen – sein ganzer Traum – auf *Ihrem* Algorithmus aufbaut …«

Charity konnte sich nicht mehr beherrschen. »Sind Sie völlig durchgeknallt? Sie wollen ihm *alles* erzählen? Weil Sie glauben, er *könnte uns helfen wollen*? Mein Gott. Vielleicht verzichtet er ja auch freiwillig auf seinen IPO.«

»Er kann seinen blöden IPO haben«, konterte Lou. »Wir versprechen ihm: kein Schicksal mehr, keine Sabotage, keine Überraschungen – alles, was er tun muss, ist, den König zu überreden, Ten gehen zu lassen.«

Wieder unterbrach Charity sie. »Also retten wir Ten, aber Elmsley bekommt seinen IPO, und die Bösen gewinnen wieder einmal. Nein. Ich habe Jahre damit verbracht, diese Arschlöcher zu studieren, und ich weiß genau, dass sie nur dann ihr Verhalten ändern, wenn sie *verlieren*.«

»Falsch«, sagte Lou. »Alex Wu, Joe Christian, Tyrus Weber – Sie haben ihnen alles genommen, und sie haben sich trotzdem nicht geändert. Sie haben es selbst gesagt, Ihr Algorithmus zwingt die Männer nicht dazu, ihr Verhalten zu ändern – er lässt sie bloß die Konsequenzen ihrer Entscheidungen tragen.«

»Und jetzt?« Wenigstens hatte Charity aufgehört zu schreien und schien ihr zuzuhören.

»Charlie Brusk hat Alex am MIT gedeckt. Elmsley hat nie die Wahrheit über Alex Wu und den Algorithmus erfahren. Er hatte nie Gelegenheit, das Richtige zu tun. Sonst säße Alex jetzt vielleicht im Gefängnis, und Sie könnten CTO bei Raum sein.«

»Ich wollte nie CTO bei Raum sein.«

»Gut, aber das hätte Ihre Entscheidung sein sollen.« Lou zuckte mit den Schultern. »Vielleicht haben Sie recht. Vielleicht hätte Elmsley den Algorithmus nie gekauft, wenn er gewusst hätte, dass er von einer Frau stammt. Vielleicht irrt sich Meredith total in ihm, und diese ganze Ramsey-Geschichte ist bloß PR-Gelaber. Aber Ihr Algorithmus würde ihm die Wahl geben.«

»Also sollten wir ihm die Wahl geben?«

»Erst liefern wir ihm die Fakten, dann die Wahl. Er kann Ten retten und kriegt seinen IPO, zu unseren Bedingungen. Oder er liefert uns ans FBI oder den König aus und hat unser Blut – und Tens – an seinen Händen. Jede dieser Entscheidungen hat Konsequenzen, für ihn, für uns, für das Versprechen, das er seinem Bruder gegeben hat.«

Charity neigte den Kopf, wägte die Logik von Lous Plan ab. »Was sind Ihre Bedingungen?«

»Sagen Sie's mir.« Jetzt gerade wollte Lou nichts anderes, als dass ihre Mutter, Carol und Ten in Sicherheit waren.

Eine weitere lange Pause. »Er tritt zurück. Direkt auf der Bühne, beim IPO. Er läutet die Glocke und sagt: ›Wisst ihr was? Ich bin raus.‹ Und dann wendet er sich an den Vorstand und an jedes einzelne räuberische Arschloch in seinem Unternehmen … ›Und noch was, *Bitches*. Ihr seid auch gefeuert.‹ Aber ich bin noch lange nicht fertig. Nachdem er zurückgetreten ist, kann er die Hälfte seines Geldes für die Stiftung einsetzen, die er für seinen Bruder gegründet hat. Aber die andere Hälfte muss er investieren. In Frauen. In *People of Color*. In Firmen, die von Menschen wie uns geleitet werden. Nicht von weißen Hetero-Cisgender-Bros.« Sie hielt inne. »Soll ich weitermachen? Meine Liste ist zehn Jahre lang.«

Lou zögerte. Erwartete Charity, dass sie ihr widersprach? Sie hatte eine eigene Liste: »Und in Stanford muss er investieren. Für Frauen im Fachbereich Computer Science. Aber die Uni bekommt das Geld nur, wenn jedes Jahr so viele Frauen wie Männer den Abschluss schaffen.«

»Ja!«, rief Charity freudig. Doch dann sah sie Lou niedergeschlagen an. »Sie wissen aber, dass Elmsley sich auf nichts davon einlässt, oder? Diese Typen entscheiden sich nie für das Richtige. Nie.«

»Sie haben die schwierige Arbeit gemacht. Sie haben es geschafft, dass wir kurz davorstehen, die ganze Welt zu verändern. Jetzt bin ich dran. Es gibt ja einen Grund, warum der Algorithmus mich ausgewählt hat, oder? Ich habe wirklich nicht darum gebeten, hier zu sein.«

Charity schaltete auf Drive. »Das hat keiner von uns.«

Lou saß schweigend da, während Charity den Nob Hill hinauf

Richtung Pacific Heights raste. Trotz ihrer großen Worte hatte sie keine Ahnung, ob ihr Plan funktionieren könnte. Es war eine schöne Vorstellung, dass Elmsley Chase, wenn man ihm alle Fakten präsentierte, durch die Erinnerung an seinen verstorbenen Bruder dazu gebracht werden könnte, das Richtige zu tun. Den saudischen König anzurufen und zu fordern, dass er Ten gehen ließ, um sich dann auf die IPO-Bühne zu stellen und zuzugeben, dass sein Unternehmen auf Diebstahl und Vergewaltigung aufgebaut war, auf Frauenhass und weiß Gott welchen Vergehen noch. Meredith Maitland mochte glauben, dass Elmsley das Richtige tun wollte. Aber welche Veranlassung hatte Lou, daran zu glauben? Sie erinnerte sich, was ihre Mutter über Helen gesagt hatte: *Sie hat Geld und Einfluss, und so jemanden brauchst du an deiner Seite. Schreib sie nicht ab, nur weil du Raum verabscheust. Okay?* Konnte dasselbe auch für Elmsley Chase gelten?

Es gab noch ein Problem. Lous gesamter Plan hing davon ab, dass Chase bereit war, sie zu treffen. Sie konnte Helen anrufen und um Hilfe bitten, aber dann würde Pétains Überwachungsnetzwerk Bescheid wissen. Dann erinnerte sie sich, was Meredith ihr noch erzählt hatte – dass sie und Elmsley ihren Netflix-Abend wegen der Raum-for-Everyone-Verkündung verschieben mussten. Lou stellte sich vor, wie sie auf der Couch lagen und *bingten*, was auch immer Milliardäre so *bingten*. Wie würde er reagieren, wenn er von einer panischen Ex-Journalistin gestört wurde, die ihm etwas von Algorithmen erzählte?

Nicht begeistert.

Und so entschied Lou, während sie auf ihr Ziel zurasten, ein weiteres Mal ihr Glück zu versuchen. Sie holte das geklonte Telefon hervor – die Kopie, die Charity von Tim Palgraves Gerät angefertigt hatte. Sie schaltete es ein und ging Palgraves Kontakte durch, bis sie den Namen fand, den sie suchte. Dann tippte sie eine Nachricht.

94 %

ALS DAS AUTO in Elmsley Chases Stichstraße einbog, stellte Lou erleichtert fest, dass die Zelte vom Vorabend abgebaut worden waren, und auch die Wachmänner waren verschwunden.

»Warten Sie hier auf mich«, sagte sie und öffnete die Tür, noch bevor Charity den Wagen zum Stehen gebracht hatte. »Wenn Sie die Männer des Prinzen sehen oder jemand einen Leichensack rausschleppt, dann …« Was dann? »Finden Sie meine Mutter und Carol, und bringen Sie sie in Sicherheit, okay?«

»Das ist Wahnsinn. Die töten Sie!« Lou spürte Charitys Hand an ihrem Bein, doch sie wussten beide, dass es keine andere Möglichkeit gab.

Lou rannte auf das Haus zu und stieg dann langsamer die Stufen hinauf, an den zwei steinernen Löwen vorbei, und zog an der Schnur der schweren Türglocke. Danach betete sie – zu Gott, zum Universum, zu jedem, der ihr zuhören und über die Macht verfügen mochte, ihren Wunsch zu erfüllen.

In der Ferne hörte Lou das Aufheulen einer Polizeisirene, doch davon abgesehen war es in der Gegend still. Sie blickte noch einmal auf die römischen Ziffern, die neben der Glocke in den Stein gemeißelt waren. *MM*. Das Jahr 2000. »Scheiße«, flüsterte Lou, als sie ihren Irrtum bemerkte, und genau in diesem Moment schwang die Tür auf.

»Oh!« Meredith Maitland war sichtlich verwirrt, warum Lou McCarthy um elf Uhr abends vor ihrer Tür stand. »Elmsley ist nicht hier. Er wurde gerade zu einem Meeting gerufen.«

»Ich weiß«, sagte Lou und erlaubte sich, kurz zu verschnaufen.

Die Textnachricht, die sie mit Tim Palgraves Absender verschickt hatte, hatte ihr Ziel erreicht. »Ich wollte zu Ihnen.«

Einige Minuten später saßen sich Lou und Meredith in der Bibliothek gegenüber. Jedenfalls war der Raum einmal als Bibliothek gedacht gewesen – mit riesigen Bücherregalen aus Eiche, die sich über drei Wände erstreckten, einem Schreibtisch und drei großen, bequemen Sesseln, die leise seufzten, als sie darin Platz nahmen. Das Einzige, was fehlte, waren Bücher. Sämtliche Regale waren leer.

»Also, warum sind Sie hier?« Merediths Stimme erzeugte in dem leeren Raum ein Echo. Ihr innerer Konflikt war ihr anzusehen: als habe sie keine Zeit, sich anzuhören, was Lou zu sagen hatte, und könne es nicht erwarten, es zu hören.

Lou sprach langsam und ruhig. Selbst wenn Elmsley sofort begriff, dass die Nachricht von Palgrave nicht echt war, würde es trotzdem mindestens eine halbe Stunde dauern, bis er wieder zu Hause war. Lou hatte genug Zeit, um ihr Plädoyer zu halten. Zunächst würde sie Meredith überzeugen; und dann würden sie gemeinsam Elmsley überzeugen. Partner.

»Zunächst einmal möchte ich mich bei Ihnen entschuldigen.«

Meredith schien aufrichtig überrascht. »Wofür?«

»Als ich das letzte Mal bei Ihnen war, habe ich gesagt, das hier sei Elmsleys Haus.«

»Das weiß ich nicht mehr. Ich war ziemlich betrunken.«

»So betrunken waren Sie nicht«, sagte Lou. »Aber ich habe genau das unterstellt, was jeder den Partnerinnen erfolgreicher Männer unterstellt, und das tut mir leid.« Sie deutete nach unten, in die grobe Richtung des Hauseingangs. »Ihre Initialen sind sogar in die Wand eingelassen. *MM*. Ich dachte, das sei das Jahr, in dem das Haus erbaut wurde.«

Meredith winkte ab. »Ich versteh das. Ich bin die Turnerin, die ein soziales Netzwerk für Hunde aufgebaut hat. Wer wird wohl derjenige sein, der die Hypothek für das Haus abbezahlt: die Frau, deren Firma im letzten Jahr 650 Millionen Gewinn gemacht hat, oder der Mann, der 400 Millionen verbrannt hat und es trotzdem für eine gute PR-Idee hielt, ein Gehalt von einem Dollar zu verlangen, wie Steve Jobs?« Sie verdrehte die Augen. »Ich habe ihm gesagt, er kann es mir nach dem IPO zurückzahlen.«

Lou griff das Stichwort auf. »Ich muss Ihnen etwas über den IPO erzählen, auch wenn es verrückt klingt. Ich bitte Sie nur darum, es sich bis zum Schluss anzuhören. Ich verspreche, am Ende ergibt es Sinn.«

»Das ist ja mal eine schöne Eröffnung.« Meredith lehnte sich in ihrem Sessel zurück. »Okay, und ich verspreche, ich schmeiße Sie nicht raus, bevor Sie fertig sind.«

Und so erzählte Lou ihre Geschichte, wie sie sie für den *Herald* geschrieben hätte, für das *Wall Street Journal* oder den *New Yorker*. Die wahre Geschichte des Algorithmus, der das Herz und die Seele von Raum bildete.

Der einzige Teil, den sie ein wenig bearbeitete, war, was genau Charity und sie im Raum One hatten anstellen wollen. In der redigierten Version kamen keine gefälschten Dokumente und kein USB-Stick vor: Lou hatte nur nach Beweisen für einen Betrug bei Raum suchen wollen, jedoch keine gefunden. Raum war ein schreckliches Unternehmen – das glaubte sie noch immer –, aber Elmsley Chase war kein Betrüger.

Meredith Maitland hörte ihr schweigend zu. Sie blinzelte nicht einmal. Nur einmal reagierte sie: als Lou erzählte, wie Ten Wheeler sich den Saudis ausgeliefert hatte, um seine alte Freundin und Teamkollegin zu schützen, und dass ihnen nur vier Stunden blieben, um sein Leben zu retten. Da stand Meredith leise auf und trat an eines der riesigen Fenster der Bibliothek, öffnete es und atmete tief durch. Anschließend kehrte sie an ihren Platz zurück.

»Elmsley wusste von alledem nichts?« Die Hoffnung in ihren Augen war unverkennbar.

»Er hatte keine Ahnung. Charity sagt, Charlie Brusk hat seine Position bei XXCubator dafür eingesetzt, die Zeugen zu bestechen. Joe Christian und Tyrus Weber. Er war sich sicher, wenn Elmsley die Wahrheit erfahren hätte, wäre er durchgedreht und hätte sich geweigert, Alex' und Tens Algorithmus zu kaufen.«

»Und was denken Sie?«

»Ich denke, dass der Elmsley Chase, den Sie beschreiben – der sein Riesenunternehmen aufgebaut hat, um ein Versprechen einzulösen, das er seinem Bruder gegeben hat –, nicht wollen würde, dass sein Vermächtnis auf Technologie aufbaut, die einem Vergewaltigungsopfer gestohlen wurde.«

»Einer Vergewaltigungsüberlebenden. Und natürlich würde er das nicht wollen.« Meredith stand auf und ging zum Schreibtisch. Dort hantierte sie mit einem Schloss, bis sie schließlich eine schmale Schublade aufzog: so schmal, dass Lou zunächst dachte, es handele sich um einen Regalboden. Tatsächlich war es weder Schublade noch Regalboden, denn jetzt hatte Meredith es ganz aus dem Schreibtisch gezogen und reichte es Lou. Es war eine Kinderzeichnung, in einem schmalen Holzrahmen eingefasst.

Lou betrachtete die groben blauen und roten Formen: zwei blaue Strichmännchen, die auf einem roten Rechteck standen. Eines der Männchen schien einen Aktenkoffer zu halten, das andere eine Art Pokal. Dann sah Lou die Bildunterschrift, die mit grünem Buntstift gekritzelt war. *Elmsley und Ramsey, co-CEOs von RamEl Corp (reichste der Welt!!!)*.

»Sein kostbarster Besitz.« Meredith lächelte matt und schloss die Augen.

Lou gab ihr das Bild zurück, und Meredith schob es in sein Versteck im Schreibtisch zurück. »Ich rede mit Elmsley, sobald er zurück ist. Er wird den König anrufen …«

Beide erschraken, als plötzlich die Tür hinter Lou aufging. »Einen Scheiß werde ich.«

Lou fuhr herum und sah Elmsley Chase im Türdurchgang stehen, das Gesicht rot vor Wut. Sie hatte keine Ahnung, wie lange er schon ihre Unterhaltung mit angehört hatte.

»Wenn von dem Schwachsinn irgendwas wahr wäre, würden Sie mit der Polizei reden, nicht bei mir zu Hause aufschlagen und mir gefälschte Nachrichten schicken ...« Chase trat in den Raum hinein und winkte mit seinem Telefon. Die falsche Nachricht von Palgrave war noch immer auf dem Display zu sehen.

Lou versuchte, sich zu erklären, doch Chase war noch nicht fertig. »Sie haben gerade zugegeben, dass Sie und Ihre Freundin versucht haben, meine Firma zu zerstören. Jetzt wollen Sie mich auch noch in eine Entführung mit reinziehen?«

Lou sprang auf, doch Meredith legte ihm die Hand auf die Schulter. »Elmsley«, sagte sie, als würde sie ein Kind beruhigen. Und dann noch einmal, strenger. »Elmsley.«

Die Wiederholung wirkte wie ein Zauberspruch. Chase beruhigte sich und starrte seine Freundin eine gefühlte Minute lang an, bevor er schließlich weitersprach. »Du glaubst das?«

Meredith zögerte nicht. »Ja.« Und dann, direkt in seine Seele blickend: »Und du auch.«

Wieder eine lange Pause, und dann: »Scheiße.« Elmsley ließ sich in den dritten Sessel sinken. »Scheiße.«

»Tut mir leid«, murmelte Lou. Und das tat es auch, denn der Elmsley Chase, der in diesem Sessel hing, hätte sehr wohl einer anderen Spezies angehören können als die Person, die sie eine Woche zuvor auf die Bühne hatte treten sehen, bereit, seinen alles in den Schatten stellenden IPO zu verkünden. Er war ein geschlagener Mann. Ein erschöpfter Mann. Ein Mann, der gemerkt haben musste, dass das Karma – Schicksal! – ihm auf den Fersen war, aber bis zu diesem Moment nicht hatte sagen können, warum.

»Also, was machen wir?« Seine Augen waren gerötet. »Was soll ich König Faisal sagen?«

Lou hatte ihre Antwort parat. »Der Prinz genießt diplomatische Immunität, aber sein Vater kann sie ihm entziehen. Rufen Sie ihn an, und sagen Sie ihm, dass Bansar Ihren besten Entwickler entführt hat, wegen irgendeiner verrückten Verschwörungstheorie. Dass das den IPO aus der Bahn werfen und das Königreich Milliarden kosten wird, es sei denn, Ten kommt unversehrt frei.«

Elmsley nickte, noch immer ohne aufzublicken. »Den gefährlichsten Mann des Planeten anlügen. Kein Ding.«

Lou schüttelte den Kopf. »Das ist keine Lüge. Wenn sie Ten gehen lassen, wird Charity aufhören, den IPO sabotieren zu wollen.« Sie blickte auf Meredith. »Wir wussten nicht, dass Sie es für Ramsey tun.«

Elmsley riss den Kopf hoch. »Sprechen Sie seinen Namen nicht aus.« Dann fügte er leise hinzu: »Bitte. Nicht so.«

Lou verstand ihn. »Charity hat mir ihr Wort gegeben. Kein Schicksal mehr.«

»Und im Gegenzug?« Es war Meredith, nicht Chase, die diese Frage stellte.

Wieder hatte Lou ihre Antwort parat. »Sie haben gesagt, Elmsley will sein Geld und seinen Einfluss nutzen, um den Schaden zurückzunehmen, den Raum der Welt zugefügt hat.«

Meredith versuchte zu widersprechen und wandte sich an Elmsley. »Ich habe nicht …«

Lou kam ihr zuvor. »Das Wort ›Schaden‹ hat sie nicht benutzt. Aber ich wusste, was sie meint. Können Sie sich ein eindrucksvolleres Mittel vorstellen, Ihren Status in der Geschichte zu zementieren, als auf der Nasdaq-Bühne zu stehen, direkt nachdem Sie die Glocke geläutet haben, und dann …«

Elmsley brachte den Satz für sie zu Ende. »Zurückzutreten. Verstehe.«

Lou sprach weiter: »Die Botschaft auszusenden, dass Sie wissen, dass die nächste Generation von Unternehmen wie Raum nicht von Leuten aufgebaut wird, die aussehen wie Sie.« Sie legte eine theatralische Pause ein. »Ich nehme an, Sie werden nach dem IPO in Unternehmen investieren?« Es war Standard für Gründer, die aus ihren Firmen ausgeschieden waren, einen Teil ihrer hart erarbeiteten Milliarden dafür einzusetzen, die nächste Generation zu fördern. Was in der Regel bedeutete, dass die nächste Generation von Bro-Gründern genauso war wie sie selbst.

»Das wird er«, sagte Meredith. »In Firmen, die ganz, ganz anders sind als Raum.« Sie wandte sich Bestätigung suchend an Elmsley, doch der tippte bereits auf sein Smartphone, um den Anruf zu tätigen, der hoffentlich Tens Leben retten würde – und sein eigenes Vermächtnis.

95 %

EILIG VERLIESS LOU Meredith Maitlands Haus und stellte erleichtert fest, dass Charitys Auto noch immer an derselben Stelle stand.

Lou hatte nur Elmsleys Teil des Gesprächs mit König Faisal gehört, doch daran, wie er das Telefon von seinem Ohr ferngehalten hatte, war zu erkennen, dass Prinz Bansar in der Wertschätzung seines Vaters gerade noch einmal um ein paar Tausend Punkte gesunken war. Seine Königliche Hoheit versprach, dass Ten noch in derselben Stunde freigelassen werden würde. Ganz sicher würde der Häcksler frisch aufgetankt bereitstehen, um den verlorenen Sohn willkommen zu heißen.

Jetzt konnten sie nur noch warten und hoffen. Würde der Prinz Ten wirklich freilassen und in ein Flugzeug nach Riad steigen, wissend, dass es der letzte Flug seines Lebens sein könnte? Bevor Lou ging, hatte Elmsley versprochen, jeden Abgeordneten in seinem Adressbuch anzurufen, um sicherzugehen, dass Prinz Bansar nirgendwohin fliehen konnte. Helen würde ohne Zweifel dasselbe tun.

Lou zog die Autotür auf und setzte sich auf den Beifahrersitz. »Wir haben's geschafft«, sagte sie. »Der König ruft Bansar nach Hause.«

Charity starrte in der Dunkelheit auf ihr Telefon. »Wir sind schon zu spät.« Sie hielt Lou das Display hin, auf dem eine ganze Reihe von Nachrichten zu sehen war. »Tim Palgrave hat gerade Charlie Brusk angerufen und ihn gefragt, ob er sich seinen Privatjet ausleihen darf. Charlie sagt, er habe verzweifelt geklungen.«

Lou fröstelte. »Wann ist das passiert?«

»Vor zehn Minuten. Vermutlich direkt nachdem Elmsley mit dem König gesprochen hat. Er flieht, und er nimmt Ten mit.«

»Und Tim Palgrave hilft ihm dabei?« Lou hatte immer angenommen, dass Brusk der Verbindungsmann der Saudis im Vorstand war. Doch dann fiel ihr auf, was Charity noch gesagt hatte. »Charlie Brusk hat Sie *angerufen*, um Ihnen das zu sagen?«

Charity seufzte. »Können wir später darüber reden? Charlie hat Palgrave gesagt, dass sein Flugzeug nicht zur Verfügung steht, aber es wird nicht lange dauern, bis er ein anderes findet. Wir müssen zur Marina, bevor sie weg sind.«

Charity wollte das Auto auf Drive schalten, doch Lou hielt sie davon ab. »Nein, wir können nicht später darüber reden. Warum sollte Charlie Brusk Sie anrufen, um Ihnen von den Reiseplänen des Prinzen zu erzählen?«

Charity machte den Wagen aus und stieß einen langen, resignierten Seufzer aus. »Weil er für mich arbeitet, okay?«

»Wie … er arbeitet für Sie?« Lou konnte nur stotternd reagieren. Charlie Brusk – der Mann, der Charitys Vergewaltiger gedeckt hatte, der Christian und Weber gefördert hatte, der jedes toxische Start-up im Valley finanziert hatte … wurde von Charity bezahlt?

Charity seufzte erneut. »Das ist eine Art strategische Partnerschaft. Ich habe Ihnen ja erzählt, dass die Frauen im Redwood mir Investitionstipps geben. Manchmal leite ich sie an Charlie weiter, und im Gegenzug gibt er mir Informationen, die ich brauche. Zum Beispiel warnt er mich, wenn Tim Palgrave vorhat, das Land zu verlassen. Es ist nützlich, einen Strohmann zu haben.«

»Er weiß, dass Sie Schicksal sind? Was Sie mit Alex Wu und den anderen gemacht haben?«

Charity nahm die Hände hoch. »Er weiß nur so viel, wie er wissen muss. Und er weiß definitiv, was passieren wird, wenn er nicht mehr von Nutzen sein sollte …«

»Von Nutzen? Zum Beispiel, um mich zu XXCubator zu locken und so zu tun, als wäre er eines Ihrer Opfer, um mich von Amelia Christian wegzuholen.«

Charity zuckte mit den Achseln. »Die Männer des Prinzen hatten schon angefangen zu graben, und ich wollte nicht, dass Sie sie auf die Stanford-MIT-Verbindung stoßen, bevor wir Gelegenheit hatten, zu reden.«

»Und der Ausschlag auf seiner Stirn?«

Charity rieb sich ihre eigene Kopfhaut. »Der war echt. Ich habe ihm das Zeug geschickt, das ich in Joe Christians Apartment gefunden hatte, und ihm gesagt, wo er es hinschmieren soll. Er war nicht glücklich, aber er hat getan, was ich gesagt habe.«

Lou hatte noch so viele Fragen, doch Charity gab klar zu verstehen, dass sie genug erklärt hatte. »Wollen wir den ganzen Tag hier sitzen? Ten wird gleich in ein Flugzeug in den Nahen Osten gesetzt.«

»Gut.« Sie konnten sich später darüber streiten. »Und was ist Tim Palgraves Motiv? Warum hilft er Bansar bei der Flucht?« Ihr kam ein Gedanke, und schon pochte ihr Herz von Neuem. »Scheiße … was, wenn Palgrave Claude Pétain ist?«

Charity schüttelte den Kopf. »Tim? Nicht Ihr Ernst. Der kann nicht mal einen Videorekorder bedienen.«

Doch Lou war es ernst damit. »Pétain steht Raum offensichtlich nah. Ist jemand, der ein persönliches Interesse daran hat, das Unternehmen gegen Kritiker und Journalisten zu verteidigen. Was, wenn Palgrave sich mit dem saudischen Geheimdienst zusammengetan hat, wenn er auf all ihre Überwachungstechnologie zugreifen kann – und diese Figur Pétain erschaffen hat, um die Drecksarbeit für sie zu erledigen? Alle halten ihn für dumm. Glauben Sie diesen Quatsch wirklich, dass er ganz aus Versehen in Raum investiert hat, weil er dachte, das sei ein Hersteller von Pullundern?« Dann fügte sie spitz hinzu: »Wenn man den Leuten etwas gibt, was zu ihren Vorurteilen passt, hören sie auf, Fragen zu stellen. Funktioniert es nicht so?«

Charity fuhr sich mit der Hand durch ihr langes Haar. »Und jetzt verlässt Tim die Stadt, mit seinem Kumpel, dem Prinzen? Sie wissen, das Spiel ist aus.«

Lou dachte, sie würde noch etwas sagen, doch sie drückte bloß den Startknopf und jagte das Auto in Richtung der Marina.

96 %

»ALSO, WAS IST unser Plan?«

Charity rief es über die Geräusche des Motors hinweg. Sie fuhr so schnell, dass es Lou angst und bange wurde, und trotzdem würden sie zwanzig Minuten bis zur Marina brauchen, wo der Prinz Ten gefangen hielt. Lou hatte während der Fahrt schweigend aus dem Fenster gestarrt und sich gefragt, wie zur Hölle sie verhindern konnten, dass der Prinz mit Ten das Land verließ. Außerdem wurde sie den Gedanken nicht los, dass Tim Palgrave Claude Pétain sein könnte. *Wenn man den Leuten etwas gibt, was zu ihren Vorurteilen passt, hören sie auf, Fragen zu stellen.*

Oh! Lou nahm ihre Stirn vom kalten Glas. »Ich weiß, wie wir Prinz Bansar aufhalten und Pétain ausschalten. Vorausgesetzt, ich liege richtig, und es ist wirklich Tim Palgrave.« Sie holte ihr Handy heraus. »Ich muss meine Mom anrufen.«

»Ihre Mom?« Charity riss das Lenkrad nach links, um einem Radfahrer auszuweichen.

Einen Moment später ging Kerri-Ann McCarthy ans Telefon. Natürlich hatte sie es verdammt noch mal *nicht* ausgeschaltet. »Mom, ich bin's. Wo seid ihr?«

»Immer noch bei Martinez. Wo zur Hölle bist du?«

»In Sicherheit. Und ich weiß, wie du und Carol Pétain schnappen könnt.«

Stille am anderen Ende der Leitung. Dann: »Lou, du musst herkommen … Im Internet steht überall, wie diese durchgeknallten Fans uns finden können. Die wissen, wohin wir wollen, bevor wir es selbst wissen.«

Lou umfasste ihr Telefon fester. Das war genau das, worauf sie zählte.

»Mom, du musst mir jetzt zuhören. Du, Carol und Martinez müsst zur Marina kommen. Dorthin, wo die irre teuren Boote liegen, okay? Da gibt es eine Jacht namens *Oppulous*. Opp-u-lous. Frag nicht, wieso. Ich bin gerade auf dem Weg dahin.«

Lou hörte, wie ihre Mutter tief Luft holte. »Du willst, dass ich Pétains Psycho-Mob zur Marina führe?« Sie sagte es so, dass auch Martinez es hörte.

»Genau – aber ihr müsst außer Sicht bleiben. Das ist sehr wichtig.«

»Warum?«

Lou hatte keine Zeit für Fragen, und sie wusste nicht, wer ihnen noch zuhörte. »Sag Martinez einfach, er soll seine Freunde vom SFPD holen. Sondereinsatzkommandos, Bombenräumdienst, je mehr, desto besser. Alle, die Gelegenheit haben wollen, Pétain und seinen Kumpel Prinz Bansar festzunehmen.«

Kerri-Ann musste den Anruf laut gestellt haben, denn nun meldete sich Martinez zu Wort. »Wollen Sie mich verarschen? Der Dreckskerl genießt Immunität. Mein Captain ...«

»Ich verarsche Sie nicht«, sagte Lou. »Und in etwa einer halben Stunde wird jemand vom FBI einen Anruf von *seinem* Chef erhalten, der ihm sagt, dass die Immunität des Prinzen aufgehoben wurde und er im Zusammenhang mit einer Entführung gesucht wird. Sagen Sie Ihrem Captain, Sie können es den Bundestypen zeigen.«

Lou hörte Charity neben sich auflachen. »Es den Bundestypen zeigen. Scheiße.«

Lou wusste, welches Risiko sie ihre Mutter und Carol einzugehen bat. Doch sie wusste auch, dass sie die Sache beenden mussten, und zwar jetzt. »Ich will euch nicht in Gefahr bringen.«

Ihre Mutter zögerte nicht. »Ein zehnjähriges Mädchen hat ein

Gewehr auf seinen eigenen Vater gerichtet, weil ich nicht da war, als es mich brauchte. Mich halten keine zehn Pferde von diesem Boot fern! Versprich mir nur, dass du dich nicht töten lässt.«

»Versprochen.« Lou sah bereits die Masten der Marina in der Ferne. »Okay, ich muss Schluss machen. Ihr müsst einfach so schnell wie möglich herkommen, und bleibt außer Sichtweite. Die *Oppulous*. Okay?«

Stille. Ihre Mutter hatte längst aufgelegt. Diese Frau war nicht in der Lage, sich zu verabschieden.

Jetzt wandte sich Lou an Charity, die das Auto durch das Straßen-Wirrwarr um die Marina steuerte. Es gab nur noch eines, was es zu erledigen galt.

»Dieser Trick, den Sie mit Martina Allen und Elmsleys Teleprompter abgezogen haben – die gefälschte *Politico*-Seite mit den Fotos –, können Sie das noch mal machen?«

»Jetzt?«

Lou bemerkte, wie lächerlich ihre Bitte war, weil Charity gerade damit beschäftigt war, den Wagen mit Höchstgeschwindigkeit über einen schmalen Betonsteg zu steuern. »Ich meinte, können Sie eine gefälschte Nachrichtenseite aufsetzen, die nur für bestimmte Leute in der Umgebung sichtbar ist?«

Charity schüttelte den Kopf. »Nicht, wenn sie nicht zufällig alle im selben Netzwerk sind. Bei Raum musste ich eine ganze Reihe von Mobilfunkmasten täuschen. Das hat Stunden gedauert.«

Das war nicht die Antwort, die sich Lou erhofft hatte. »Wissen Sie noch, was Sie mir vor dem Four Seasons erzählt haben? Dass Pétains rassistische Follower durchdrehen würden, wenn sie wüssten, dass er mit König Faisal zusammenarbeitet?«

Charity versuchte gar nicht erst, ihre Zweifel zu verbergen. »*Das* ist unser Plan? Pétains Rassisten-Mob zur Marina zu locken und darauf zu hoffen, dass sie spontan entscheiden, Prinz Bansar anzugreifen?«

»Sie müssen ihn gar nicht angreifen. Es reicht, wenn der Prinz glaubt, dass sie es tun könnten.«

Lous Plan war deutlich komplexer als das, doch sie hatte keine Zeit, ihn zu erklären. Sie musste immer noch einen Weg finden, damit der Mob tat, was sie wollte, und ihre beste Idee – Charitys Trick mit der gefälschten Webseite – kam nicht infrage.

Damit blieb nur die drastische Methode. Lou holte ihr Telefon heraus und tippte die Adresse der *Herald*-Webseite ein. Ein paar Klicks weiter erreichte sie den Log-in-Screen des News Management Systems. Zaghaft gab sie ihren Nutzernamen und ihr Passwort ein, darauf hoffend, dass der technophobe Stephen Camp den Account noch nicht gelöscht hatte. Ein paar Sekunden später stellte sich ihre Hoffnung als berechtigt heraus.

Die *Oppulous* war mit Abstand das größte Schiff in der Marina – sie ragte weit in die Höhe, mit vier Masten und einem ganzen Wald aus Kommunikationsgerätschaften. Nicht ganz eine Megajacht, aber doch von eindrucksvoller Größe und Eleganz – sie sah aus wie ein verkleinertes Modell der riesigen Kreuzfahrtschiffe, die Lou an der Embarcadero gesehen hatte, von wo aus sie nach Mexiko oder Hawaii aufbrachen. Charity hielt vor dem Bug des Schiffs an und schaltete den Motor und die Scheinwerfer aus.

»Sie glauben wirklich, dass das funktioniert?«

Lou wusste es nicht. Sie blickte noch einmal auf ihr Telefon und vergewisserte sich, dass die »Kurzmeldung«, die sie gerade eilig in das News Management System des *Herald* getippt hatte, noch immer im Ordner »Entwürfe« war, bereit zur Veröffentlichung. Zum ersten Mal in ihrem Leben hatte sie etwas geschrieben, von dem sie wusste, dass es zu hundert Prozent falsch war. Schlimmer noch, sie hatte die Story geschrieben, indem sie sich Zugang zu der Webseite einer Zeitung verschafft hatte, für die sie gar nicht mehr arbeitete.

In diesem Moment jedoch spielte all das keine Rolle. Es war das aussichtsreichste Vorgehen, um Ten das Leben zu retten, und vielleicht sogar das des ganzen Silicon Valley gleich mit.

Ihr Finger schwebte über dem *Veröffentlichen*-Button.

Moment. Sie wandte sich an Charity. »Haben Sie ein Foto von Ten?«

»Ein Porträt?«

Lou nickte. »Was Aktuelles. Das aussieht, wie er normalerweise … Sie wissen schon.«

Charity scrollte durch ihr Telefon, und ein paar Sekunden später zeigte ein Ton eine neue Nachricht in Lous Posteingang an. Es war ein Selfie: ein strahlender Ten auf seinem Schreibtischstuhl, in seinem typischen schwarzen T-Shirt mit Flecken. Der einzige Unterschied zu seinem üblichen Erscheinungsbild war, dass er – Lou konnte es kaum glauben – sich den Bart gekämmt zu haben schien.

Zwei Klicks später hatte Lou das Foto bereits in ihre Nachrichtengeschichte eingefügt. Jetzt starrte sie auf die allzu vertraute Frage, die auf dem Display ihres Telefons aufleuchtete …

Sind Sie sicher, dass Sie bereit zur Veröffentlichung sind?
J/N

Klick.

Lou stieg als Erste aus dem Auto, gefolgt von Charity. Sie sahen sich auf dem Steg um, doch da regte sich nichts. Die *Oppulous* lag still da, nur ein einzelnes Fenster des Mitteldecks war erleuchtet.

Leise gingen sie zu einer Gangway, die zur Jacht hinaufführte und von zwei Handläufen eingefasst war. Lou hielt sich mit beiden Händen fest. Charity befand sich hinter ihr, plötzlich hörte sie das Klirren von Metall. Auch einen Schrei. Lou erstarrte, mitten auf der Brücke. Es war vermutlich nur ein Betrunkener, versuchte sie sich zu beruhigen, denn kurz darauf vernahm sie, wie eine Flasche zertrümmert wurde.

Lou beschleunigte dennoch ihr Tempo. Ohne darüber nachzudenken, wie gefährlich es sein könnte, stieß sie die Tür zum Hauptdeck auf, als sie es erreicht hatte.

Gleich darauf hörte sie Geschrei.

»Bei allem Respekt, Eure Hoheit, das widerspricht den Regeln.« Es war Alastair, der Mann, der sie im Raum One befragt hatte.

»Wie können Sie es wagen, an meinen Worten zu zweifeln? Sie werden tun, was ich sage.« Der Prinz. Er schien außer sich zu sein. Kamen Lou und Charity zu spät, um Ten zu retten?

Lou stieß die Tür weiter auf. Sie stand am oberen Ende einer hölzernen Treppe, die zu einem niedrigen Salon führte. Der Raum wurde von einer langen Cocktailbar aus Mahagoni an einer Seite beherrscht. Rechts von der Bar, in beinahe absolute Schwärze gehüllt, war ein kleiner Sitzbereich, mit einem Ledersofa und, wie es zunächst aussah, einem merkwürdig geformten Sitzsack. Sie sah weder Alastair noch den Prinzen, doch als sich ihre Augen an die Dunkelheit gewöhnten, begriff Lou, dass die Form beim Sofa kein Sitzsack war, sondern der kauernde Tenrick Wheeler. Er bewegte sich, Gott sei Dank, und schien sich gegen etwas Unsichtbares zu wehren.

Lou drehte sich zu Charity, die hinter ihr stand, und raunte ihr zu, was sie sah.

»Es spielt keine Rolle. Ich mache es selbst!«, brüllte der Prinz. »Sie können hierbleiben und sich den amerikanischen Behörden erklären.«

Ohne ein weiteres Wort zu Charity stieg Lou die Treppe zum Salon hinunter.

Das Geschrei setzte aus. Jetzt bemerkte Lou den Prinzen, der rechts von der Treppe stand, in eines seiner üblichen weißen Gewänder gehüllt und schweißnass.

Alastair stand neben ihm, und beide Männer fuhren herum, als sie die Eindringlinge bemerkten.

Nach einer Schrecksekunde deutete der Prinz mit einer ausholenden Handbewegung auf den Raum – eine übertriebene Geste der Begrüßung. »Miss McCarthy, welch Überraschung.« Seine Stimme klang finsterer und britischer als zuvor. Falls er Charity bemerkt hatte, die sich hinter Lou befand, so erwähnte er sie nicht. Stattdessen bellte er einen Befehl auf Arabisch, und zwei Wachen traten aus dem Schatten und richteten ihre Handfeuerwaffen auf Lou und Charity.

»Ihr Vater schickt uns«, sagte Lou. »Wir sind wegen Tenrick hier.«

Sie blickte auf die kauernde Gestalt. Ten hatte sich in eine sitzende Position hochgekämpft, und Lou sah, dass sein Gesicht blutig war, sein T-Shirt nassgeschwitzt. »Lou? Scheiße, ihr solltet nicht hier sein.« Dann stieß er ein leises Ächzen aus – irgendetwas zwischen Wut und Angst.

»Hallo, Ten«, sagte Charity. »Ist lange her.«

»So lang auch wieder nicht«, sagte Ten und nickte in Richtung des Stoffkängurus, das noch immer neben ihm lag.

»Seien Sie still«, befahl der Prinz. »Ich weiß nicht, warum Sie hier sind, aber dieses Schiff ist saudisches Hoheitsgebiet.« Er griff in eine Tasche in seinem Gewand und holte eine silberne Pistole hervor. Die Wachen erschraken fast so sehr wie Lou, doch sie hielten ihre Waffen weiter auf die Eindringlinge gerichtet.

Lou trat einen Schritt zurück und blockierte instinktiv den Blick des Prinzen auf Charity. Sie war kurz davor, vor Angst in Ohnmacht zu fallen, doch sie wusste, dass sie weiterreden musste. Sie wandte sich an Alastair: »Er hat es Ihnen nicht erzählt? Das hier ist kein saudisches Hoheitsgebiet, und niemand von Ihnen genießt Immunität. Der König hat Prinz Bansar nach Hause beordert.« Lou hatte keine Ahnung, ob das stimmte, es zählte nur, dass Alastair es in diesem Augenblick glaubte. Und der Art und Weise nach, wie er jetzt seinen Chef ansah, tat er das.

»Glauben Sie ihr kein Wort«, brüllte der Prinz.

Charity trat hinter Lou hervor. »Sie müssen überhaupt nichts glauben. Rufen Sie einfach den König an, und fragen Sie ihn. Und wenn wir gelogen haben, könnt ihr uns erschießen.« Diese Ansage richtete sie an die Bodyguards des Prinzen, die jetzt ebenfalls verunsichert Bansar anblickten.

»Eure Hoheit, wenn es stimmt, was die beiden Frauen sagen ...« Alastair sprach sehr vorsichtig.

»Nein«, schrie der Prinz, dem Schweißtropfen auf der Stirn standen. Er hielt noch immer seine Pistole, die er jetzt auf seinen Chefermittler richtete.

Alastair wirkte seltsam gefasst. Ganz langsam griff er in seine Tasche und holte ein iPhone heraus.

»Sie werden nicht anrufen!« Auf den Befehl folgten ein Schuss und ein Schmerzensschrei. Alastair fasste sich an die Seite, und um seine Hand bildete sich rasch ein Kranz aus Blut. Er schrie einen Befehl, und die Wachen richteten ihre Waffen auf den Prinzen.

Lou sollte wegrennen – das wusste sie –, doch ihre Beine verweigerten den Dienst. »Ihr könnt jetzt gehen«, riet Charity den Wachen, als sei das bloß ein freundlicher Karrieretipp.

Der größere der beiden Männer raunte seinem Kollegen etwas zu, und dann verschwanden sie, die Waffen weiterhin auf ihren ehemaligen Chef gerichtet. Fluchend schleppte sich Alastair hinter ihnen her.

Jetzt waren sie zu viert. Der Prinz, Lou, Charity und Ten. Einer von ihnen war bewaffnet.

»Sie müssen das nicht tun«, sagte Lou. »Wenn Sie jetzt gehen, könnten Sie es außer Landes schaffen, bevor das FBI eintrifft. Alles, was wir wollen, ist Ten.«

Bevor der Prinz antworten konnte, hörte Lou plötzlich Schritte hinter sich. Sie fuhr herum und sah einen Mann in der Tür stehen, der ihnen den Weg versperrte.

Jetzt wurde Lou und Charity klar, welch folgenschwerer Irrtum ihnen unterlaufen war.

Der Mann war groß, wirkte aber kraftlos, mit fettigem Haar und einem ungepflegten Kinnbart. Er trug einen schlecht sitzenden, aber eindeutig teuren blauen Nadelstreifenanzug und ein blassrosafarbenes Hemd. *»Bonjour à tous«*, sagte Brett Palgrave, der einzige Sohn von Tim Palgrave. Dann, als er die Pfütze aus Blut bemerkte, von der weitere Lachen zur Tür führten: »Ach du Scheiße ...«

Die Zeit schien stillzustehen. Lou hatte richtiggelegen, dass Claude Pétain ein Palgrave war – sie hatte nur auf den falschen Palgrave getippt.

»Ein jämmerlicher Loser, der Papas Geld ausgibt und Frauen verachtet«, fuhr Lou ihn an. »Da hätte ich schneller draufkommen müssen.«

Palgrave starrte Charity an. »Ich kenne Sie«, sagte er langsam. »*Sie* haben versucht, Raum kaputtzumachen? Eine Redwood-Nutte?« Er trat einen Schritt vor, und Lou dachte für einen Moment, er könnte sie und Charity schlagen wollen. Doch Ten hatte sich irgendwie auf die Beine gestemmt und stürzte sich jetzt, die Hände noch hinter dem Rücken verbunden, mit seiner ganzen Masse auf Brett Palgrave. Lou und Charity konnten nur noch zur Seite springen, während Palgrave versuchte, Tens Attacke abzuwehren. Mit Erfolg. Ten ging mit einem Knall zu Boden.

»Genug!«, rief der Prinz. »Wir müssen los, sofort.«

»Mein Vater ist schon unterwegs«, flehte Palgrave ihn an. »Der besorgt uns ein Flugzeug.«

Der Prinz winkte ab. »Wir fahren jetzt, auch ohne ihn.«

»Was ist mit diesen beiden?«, wollte Palgrave wissen.

Der Prinz hielt seine Pistole hoch. »Warte draußen, überlass sie mir.«

Lou spürte, wie ihre Knie weich wurden, doch sie schaffte es irgendwie, sich aufrecht zu halten. »Ich würde da nicht rausgehen, Brett. Es sei denn, du willst meiner Mom und ihrer Freundin begegnen. Du hast ja gesehen, was sie mit deinem Jüngelchen in Atlanta gemacht haben.«

Palgrave zögerte, aber nur für einen Augenblick. »Ihre *Mom*.« Er sagte es in dem höhnischen Ton, den Lou aus den Claude-Pétain-Videos kannte. »Ich hoffe für Ihre Mom, dass sie nicht in der Nähe ist.« Jetzt wechselte er in Pétains aufgesetzten französischen Akzent. »Meine Follower tracken jede ihrer Bewegungen. Wenn sie hier ist, sind meine Leute auch nicht weit.«

»Genau das war der Plan.« Lou grinste ihn breit an und hoffte, dass sie damit überspielen konnte, wie groß ihre Angst war. »Charity, was denken Claude Pétains Follower noch gleich über Menschen mit anderer Hautfarbe?«

Charity antwortete, als zitiere sie aus einem wissenschaftlichen Artikel: »Ihre Einstellung gleicht der gegenüber Frauen. Sie sind der Meinung, wir seien …« Jetzt machte sie Pétains dümmlichen Akzent nach: »… gewalttätige Wilde, die allesamt – ich zitiere – aus dem Land gejagt und gezwungen werden sollten, auf unserer eigenen stinkenden Insel irgendwo im Ozean zu leben.«

Lou drehte sich wieder zu Palgrave um. »Ich frage mich, wie diese Follower reagieren, wenn sie sehen, dass der Prinz ihren Helden Claude Pétain als Geisel genommen hat. Und damit droht, ihn nach Saudi-Arabien zu fliegen, um da was weiß ich für kranke Sachen mit ihm anzustellen.«

»Ich glaube, die werden hier alles in Schutt und Asche legen«, sagte Charity.

Der Prinz fiel ihr ins Wort und wandte sich an Palgrave. »Wovon redet sie da? Wieso als Geisel?«

»Tut mir leid«, sagte Lou. »Aber ich weiß leider wirklich nicht, wer dieser Trottel in dem teuren Anzug ist.« Dann zeigte sie auf Ten. »Ich sprach von Claude Pétain.«

Sie holte ihr Telefon aus der Tasche und las den Artikel vor, den sie Minuten zuvor verfasst hatte. »Exklusiv beim *Herald*. Die Polizei von San Francisco geht Berichten nach, dass Claude Pétain – der unter Pseudonym auftretende Alt-Right-Troll, der zuletzt zum heiligen Cyberkrieg gegen Frauen und *People of Color* aufgerufen hat – auf einer Jacht als Geisel gehalten wird, die dem saudischen Kronprinzen Bansar bin Faisal gehört. Die Behauptungen, die über anonyme Beiträge in Dark-Web-Foren geäußert wurden, legen nahe, dass der Prinz durch Videos verärgert wurde, in denen Pétain seinen Vater angreift, König Faisal. In einem inzwischen gelöschten Beitrag gab sich der berühmte Internetprovokateur als der bekannte Softwareentwickler Tenrick Wheeler zu erkennen und bat seine Anhänger, ihn zu retten …« Sie hielt das Display so, dass Palgrave Tens Foto unter der Überschrift sehen konnte.

Ten schien verwirrt zu sein, doch dann zwang er sich zu einem Grinsen. »*Bonjour à tous*«, sagte er in einem unfassbar schlechten französischen Akzent.

Prinz Bansar explodierte schon wieder. »Hier gibt es keinen Mob, und es wird nichts in Schutt und Asche gelegt. Niemand kommt, um Sie zu retten. Niemand wird glauben, dass dieser Mann Claude Pétain ist.«

Doch Lou sah, dass Brett Palgrave nervös zur Tür blickte. Vermutlich stellte er sich gerade vor, was Pétains irre Anhänger sehen würden, wenn sie die Jacht stürmten.

Sie würden genau das sehen, was in Lous Artikel beschrieben wurde: den Prinzen mit einem rauchenden Colt in der Hand, der sich über einen blutenden Ten Wheeler beugt – und der wiederum exakt zur Beschreibung von Pétain passte.

Palgrave holte sein Telefon heraus und wischte hektisch auf

dem Display herum, um zu prüfen, ob es die Geschichte, die Lou vorgelesen hatte, wirklich gab. Es gab sie. Diesmal waren keine manipulierten Mobilfunksendemasten im Einsatz.

Nur eines fehlte: der verdammte Mob. Alles, was Lou vor der Jacht hören konnte, war Stille. Und jetzt, viel näher, ein Klicken.

Der Prinz hatte seine Pistole gespannt und hielt sie Charity an den Kopf. Lou hatte ihre beste Karte ausgespielt. Jetzt hatte sie keine Ideen mehr.

Der Prinz trat einen Schritt vor und zerrte Charity mit sich.

»Moment«, rief Ten, »hören Sie.«

Und tatsächlich – jetzt hörten sie in der Ferne Lärm und Geschrei. Wieder wurde Glas zerschlagen, diesmal deutlich näher. Verdammt, es wurde auch langsam Zeit.

Noch mehr Herumgebrülle, diesmal näher. Etwas knallte gegen das Oberdeck des Boots.

»Es ist Ihre Entscheidung«, rief Lou dem Prinzen zu. »Die einzige Möglichkeit, sie abzuhalten, ist, dass Claude Pétain dieses Schiff verlässt – lebend – und erklärt, dass alles ein Missverständnis war. Glaubst du, du kannst von Bord gehen, Ten?«

»Ich denke schon«, sagte Ten und bemühte sich, sich aufzurichten.

Abermals ein Knall, und dann ein Geräusch, als würde etwas Feuer fangen. Jetzt hörte Lou eine Sirene. »Das klingt nicht gut«, sagte Charity.

Palgrave drehte sich zur Tür um, bewegte sich aber nicht vom Fleck, schwankend zwischen Fliehen und Bleiben. Eine Ratte in der Falle.

»Lassen Sie sich was einfallen, Prinzchen. Die Uhr tickt.« Lou machte das Ganze inzwischen beinahe Spaß.

Ten taumelte ein paar Schritte nach vorn. Dann brüllte er in Richtung Tür: »Helft mir, *mes amis*! Ich bin hier drin!«

Der Prinz ließ Charity los und stieß sie in Richtung Treppe.

Danach wandte er sich Palgrave zu. »Tu, was sie sagt. Bring diese Tiere weg von meinem Schiff.«

»Gehen Sie«, bat Palgrave Lou. »Bitte gehen Sie.«

»Du auch«, herrschte der Prinz seinen jetzt nutzlosen Untertanen an. »Ihr alle.«

Lou und Charity packten Ten an den Armen und halfen ihm die Treppe hinauf. Palgrave folgte ihnen, darum bemüht, sich hinter den Frauen zu verstecken.

Sie traten aufs Deck hinaus und wurden augenblicklich von Flutlicht geblendet. In der Dunkelheit dahinter konnte Lou vage blaue und rote Lichter aufleuchten sehen, Streifenwagen, Sondereinsatzfahrzeuge sowie eine mobile Einsatzzentrale. Gott sei Dank, denn hinter diesen Lichtern entdeckte sie den wütenden Mob.

»SFPD«, dröhnte eine Stimme über einen Verstärker. »Gehen Sie langsam die Gangway hinunter, einer nach dem anderen.«

Lou und Charity drehten sich nach Brett Palgrave um und schoben die Jammergestalt Richtung Gangway. »Das ist Claude Pétain«, rief Lou den Polizisten zu. Sie fürchtete, er könnte türmen, fürchtete, dass die Polizei ihre erfundene Geschichte über Ten glauben und den echten Pétain entkommen lassen könnte.

Und tatsächlich, noch bevor Palgrave den Steg erreicht hatte, sprintete er schon auf seine Follower zu. Er hätte es sogar geschafft, hätte er nicht frühzeitig seinen Sieg gefeiert. Er ließ die Reihe verwirrter Polizisten problemlos hinter sich – sie machten dem weißen Mann im Maßanzug bereitwillig Platz – und reckte triumphierend die Fäuste … »*BONJOUR À TO…*«, doch dann brach er mit einem gewaltigen Schmerzensschrei zusammen.

»*Bonjour à* fick dich«, rief Carol und verpasste ihm mit ihrem Aluminium-Baseballschläger einen zweiten Schlag in die Genitalien. Beinahe hätte sie ihn ein drittes Mal erwischt, doch jetzt packten zwei kräftige Männer in SFPD-Schutzausrüstung Palgrave an den Armen und drückten ihn unsanft zu Boden. Lou kam dazu und sah, wie der größere der beiden Männer sein Knie in den Rücken des wimmernden Palgrave presste und ihm die Hände mit einem Kabelbinder zusammenschnürte. Lou nahm Carol den Baseballschläger ab und ließ ihn ins Hafenbecken segeln.

Kurz darauf standen Lou, Charity und Ten auf dem Steg. Ein paar von Palgraves Trollen hatten einen kläglichen Widerstandsversuch unternommen, hatten Plastikflaschen und Müll auf die Polizisten geworfen, bis sie schließlich in Polizeiautos verfrachtet wurden. Die anderen hatten sich still und leise verdrückt, zurück in ihre Keller oder zu ihren Jobs. Dort würden sie warten, bis der nächste Super-Troll ihren Hass anfachte und sie hinter sich versammelte.

Ein Sanitäter wollte die Schnittwunde an Tens Kopf versorgen, doch Charity winkte ab und griff selbst zu Verbandszeug und feuchten Tüchern. Lou beobachtete, wie sie Tens Stirn vorsichtig abtupfte und er sich erfolglos bemühte, nicht zusammenzuzucken. Die Tränen, die seine Wangen hinabliefen, erzählten eine eigene, eine komplizierte Geschichte. »Es tut mir so leid. So, so leid«, sagte er. Als ihre Arbeit erledigt war, ließ Charity das blutige Tuch fallen, und die beiden Freunde umarmten einander, zum ersten Mal seit zehn Jahren.

Lou fand ihre Mutter ein paar Meter weiter, wo sie hinaus auf die Bay starrte.

»Wo ist Carol? Jetzt sag nicht, dass sie festgenommen wurde.«

Ihre Mutter lachte. »Sie ist mit Martinez gegangen, aber ich bin mir ziemlich sicher, dass er sie nicht über ihre Rechte aufgeklärt hat.« Ihr Lächeln erstarb. »Wie geht's dir?« Ohne eine Antwort abzuwarten, streckte sie die Arme aus und zog Lou an sich.

»Lange Woche«, sagte Lou, ihre Mutter fest an sich drückend. »Ich bin nur froh, dass du da bist.«

»Ich bin auch froh. Kommt ja nicht jeden Tag vor, dass man

miterleben kann, wie die eigene Tochter eine hochkarätige Entführung vereitelt *und* den bekanntesten Troll der Welt entlarvt.«

Lou spürte ihr Telefon in ihrer Hosentasche vibrieren. Ohne ihre Mutter loszulassen, holte sie es heraus und blickte auf das Display. Überrascht sah sie eine Mitteilung des redaktionsinternen Nachrichtensystems des *Herald* vor sich. Dann fiel ihr ein, dass sie sich nicht ausgeloggt hatte, nachdem sie ihre Fake-Geschichte über Ten als Claude Pétain veröffentlicht hatte. Ihr entfuhr ein leises *»Shit«*, als sie den Namen des Absenders las: Stephen Camp.

Was konnte ihr ehemaliger Chef schlimmstenfalls tun? Sie anschreien? Sie verklagen? Ihre Falschmeldung hatte ein Menschenleben gerettet. Und wer auch immer die Richtigstellung schreiben würde – vermutlich Tommy –, würde eine Wahnsinnsgeschichte erzählen können.

Sie öffnete die Nachricht.

Heißt das, du willst deinen Job zurück? – SC

Lou starrte die Frage an, als schon die nächste Benachrichtigung aufleuchtete.

Du kannst ihn zurückhaben, wenn du willst.

Wollte Lou das?

J/N

Sie streckte den Daumen aus, um mit einem einzigen Buchstaben zu antworten, dann steckte sie das Telefon zurück in ihre Tasche.

Plötzlich ertönte ein lautes Dröhnen. Lou und ihre Mutter drehten sich um und sahen, dass die *Oppulous* sich langsam von ihrem Liegeplatz entfernte. Einige FBI-Männer brüllten in ihre Telefone, während andere zu ihren Autos liefen. Ein Helikopter schwebte über ihnen und schaltete ein grelles Suchlicht ein, das auf das Oberdeck der Jacht fiel.

Lous Mutter hob eine Hand, um sich vor dem Licht zu schützen. »Wie weit kommt er, was meinst du?« Sie konnten den Prinzen an Deck erkennen, der sein Schiff vorsichtig aus dem Hafenbecken steuerte.

»Bis Oakland, vielleicht«, sagte Lou. »Aber wenn er vernünftig ist, dreht er um und …« Sie redete nicht weiter und musste lachen. »*Wenn* er vernünftig ist.«

Auch ihre Mutter lachte. »Ein Vernünftiger ist uns noch nicht untergekommen, oder?«

Dann standen Lou und ihre Mutter da, Arm in Arm, und sahen zu, wie ein weiterer mächtiger Mann die schlechteste Entscheidung traf, die er nur treffen konnte.

Danksagung

BEN SMITH, (DAMALIGER) Redakteur vom Medienunternehmen BuzzFeed, berichtete 2014, dass ein Manager von Uber damit gedroht habe, für eine Million Dollar ein Team aus Ex-Journalisten damit zu beauftragen, schmutzige Geheimnisse über die Tech-Journalistin Sarah Lacy auszugraben, nachdem diese öffentlich den Umgang des Unternehmens mit Frauen kritisiert hatte. Der Vorfall brachte mich zum Nachdenken: Welcher Reporter würde je für ein Tech-Unternehmen arbeiten, um dort andere Journalisten anzuschwärzen? Und so war die Grundidee dieses Romans geboren.

Dies ist mein erster Roman, und es gibt viele Menschen, ohne die er niemals hätte geschrieben werden können.

Der erste ist Lisa Cron, die mir wortwörtlich alles beigebracht hat, was ich über die Kunst des Erzählens weiß. Jeder sollte das Glück haben, einen so brillanten und geduldigen Coach zu haben. Der nächste ist Jim Levine von der Agentur Levine Greenberg Rostan. Jim hat sich von Anfang an für dieses Buch eingesetzt, und ohne seine Begeisterung hätte ich vermutlich aufgehört, als es schwierig wurde. Genauso Rick Hogan von Scribner, der das Buch zwar nicht gekauft hat, aber so kurz davorstand, dass ich das Gefühl hatte, ich könnte auf der richtigen Fährte sein.

Danke an Rich Arcus, Lektor par excellence, der mir – neben eintausend anderen Dingen, darunter auch den Titel *1414°* – nahegelegt hat, meine fiktiven Tech-Bros weniger schrecklich und somit glaubwürdiger (Ha!) anzulegen. An Michele Alpern für ihr Lektorat und Sara Magness für ihr Korrektorat. Mit ihrer unglaublichen Detailversessenheit haben die beiden mich viele Male gerettet. Alle noch vorhandenen Fehler gehen auf meine Kappe.

Für immer dankbar bin ich meinen Freunden und den Lesern und Leserinnen meines Vertrauens, James Aylett, Veronica Irwin, Fran O'Leary, Nathan Pensky und Dan Raile für ihr aufschlussreiches und unermesslich hilfreiches Feedback zum Manuskript.

Ganz besonders danke ich Eli und Evie für die Umarmungen und das Versteckenspielen. Und Sarah Lacy, der Geißel der Ridesharing-Giganten, sowie der Liebe meines Lebens: Dieses Buch widme ich dir.